El hombre que esculpió a Dios

books4pocket

Fernando Carrasco

El hombre que esculpió a Dios

ALMUZARA

© Herederos de Fernando Carrasco Moreno, 2016
© de la primera edición en Editorial Almuzara, S.L.: septiembre de 2016
© de esta edición: Editorial Almuzara, S.L. para B4P, marzo de 2019
www.editorialalmuzara.com
info@almuzaralibros.com
Síguenos en redes sociales: @AlmuzaraLibros

Coordinación B4P para Almuzara: Óscar Córdoba
Impreso por Black Print.

I.S.B.N: 978-84-16622-19-1
Depósito Legal: CO-395-2019

Código BIC: FA
Código BISAC: FIC000000

Impreso en España - *Printed in Spain*

*A Francisco Rascón Rodríguez,
gracias por inculcar el amor por el
Arte a tus nietos, mis hijos.*

En la ciudad de Sevilla a siete días del mes de noviembre de mil y seiscientos y siete años ante el licenciado Gracia Gutierres de Perea, teniente de asistente desta dicha ziudad de sevilla y su tierra y en presencia de Jerónimo de Lara, escribano publico ede los testigos yuso escritos paresio presente un mancebo que nonbro Juan de Mesa natural que dixo ser de la ciudad de Cordova, hijo de Juan de Mesa y de Catalina de Velasco, su mujer, difuntos de hedad que dixo ser y por su aspecto parecia mayor de diez e ocho años y menor de veinte e sinco e dixo que el a estado en poder e casa de Juan Martínez Montañés, escultor...

I

La luz hizo acto de presencia de manera tenue primero para luego, poco a poco, ir adueñándose de todo el espacio. La habitación, situada en la última planta de la casa, era una buhardilla alquilada meses atrás buscando la posibilidad de poseer un lugar tranquilo en el que poder trabajar. A esa hora, cada mañana, cuando el sol despuntaba por encima de la iglesia y sobrepasaba la espadaña, los rayos entraban directamente por la ventana situada justo enfrente del templo. Era entonces cuando, dándole en el rostro, no tenía más remedio que despertarse. Se daba la vuelta en el camastro que le servía para poder conciliar, mal que bien, el sueño a altas horas de la madrugada y esperaba, en ese duermevela que no deja discernir la realidad, quedarse de nuevo sumido en un estado de placidez que le hiciera olvidarse de todo.

Imposible. El sol seguía en sus trece y entonces, cuando ya no había más remedio, optaba por incorporarse y quedarse sentado en el catre. Adormilado todavía, contemplaba a su alrededor intentando descubrir algo nuevo en aquella habitación mal oliente por la que se esparcían todo tipo de objetos y donde las virutas de madera cubrían casi todo el suelo y el polvo del serrín se entremezclaba con los haces de luz de los rayos, simulando miles de diminutos insectos revoloteando.

Pasados unos minutos, ya con plena consciencia de dónde se encontraba, lograba recuperar la total verticalidad. Tambaleante, con dolor de cabeza casi siempre, buscaba afanosamente en una pequeña mesa algo que echarse a la boca. Le gustaba lo dulce, lo salado. Lo conjugaba sin compasión ni pudor alguno con tal de poder masticar sólido. Esta vez fue un mendrugo de pan que llevaría allí unos cuantos días. No había reparado en él hasta aquella mañana. Lo cogió con avidez y se lo echó a la boca. El contacto con los dientes hizo que torciese el gesto. Apretó más con las muelas para así desgajar una parte. La reblandeció con la saliva y fue consiguiendo hacer una masa pastosa más fácilmente moldeable. Se la pasó de un lado a otro de la boca hasta que pudo engullirla. Había todavía aspereza en algunas partes. Un resquemor surcó la garganta cuando la bola de pan, a modo de sierra con diminutas puntas estriadas, se deslizaba hacia el estómago.

Una arcada hizo que tosiese, expulsando el trozo de pan que vino acompañado de sangre. Se retorció sobre sí mismo y volvió a esputar líquido rojizo. La sangre, revuelta con la saliva, se secó rápidamente en el serrín. Una tercera convulsión sirvió para quedarse algo más aliviado. Buscó la palangana de cerámica y hundió sus manos, en forma de cuenco, para tomar agua. Se enjuagó la boca y luego la expulsó directamente a una bacinilla que se encontraba a sus pies. Repitió la maniobra y esta vez sí bebió. Lo hizo con ansia, intentando quitarse el mal sabor que le quedó cuando la sangre salió de sus entrañas.

Ya más tranquilo, se refrescó el rostro, se secó la cara y las manos y comprobó que estaba preparado para seguir trabajando. Buscó por la mesa la gubia. A su lado, una garlopa todavía poseía pequeños trozos de madera. La noche anterior terminó tarde, rendido de tanto y tanto gubiar; de querer sacar el rostro de Dios de una vez por todas. «Así tiene que ser. No puede haber ninguna duda. No me lo perdonaría el maestro. ¿Qué diría de mí si no estuviese a la altura de las circunstancias? ¿Y qué pensaría el Todopoderoso si no se ve reflejada en la madera toda la grandeza de su omnipresencia? Ya queda menos. No puedo desfallecer. Ella me está esperando. Sé que no duerme, que está pendiente de mí en todo momento. Pero no puedo parar. Tengo que conseguirlo. Sólo así seré un digno hijo del Padre, del Hacedor. Él tiene que ayudarme y yo plasmarlo. Es su poder infinito el que me guía y alienta. El poder de Jesús».

Limpió con cuidado la gubia. Se puso, de nuevo, delante del gran bloque de madera y miró a los ojos de la cabeza que comenzaba a tomar forma, a modelarse a imagen y semejanza de Jesucristo. Hundió nuevamente la herramienta a la altura de la sien derecha y las lascas de madera comenzaron a caer en el suelo. La vista hacia abajo evidenciando sufrimiento y, a la par, irradiando perdón a todos aquellos que le vejaron y ultrajaron tratándolo como un pelele y mofándose de su grandeza. Mi Reino no es de este mundo. «No, no lo era. Su Reino no podía ser de un lugar donde el odio y la sinrazón son parte consustancial del ser humano. Pero sí dejar reflejado en su rostro, en su cara, en su mirada de Hijo de Dios».

Fue entonces cuando comenzó a tallar una serpiente en la Corona de Espinas. Lo hizo de manera impulsiva pero milimétrica. Se recreó en los detalles, estudió sobre el terreno las proporciones para que no destacase en demasía pero a la vez pudiese decir algo a aquellos que la contemplasen. «Y una espina en su ceja, clavada, denotando el dolor

13

intenso que debió padecer camino del Calvario. ¿Por qué, Dios mío? Ya sé que tu Reino no es de este mundo y a los hombres no les importó en aquel momento lo que dijiste. Ahora sí. Ahora estamos ante Ti y te pedimos perdón por nuestros pecados».

Otro golpe de tos le vino encima. Se apartó de la talla y se arqueó, agarrándose el estómago intentando contener de esa manera el dolor. No eran buenos tiempos para la salud. Pero no estaba dispuesto a renunciar a algo por lo que había luchado tanto y tan denodadamente. Ni siquiera ahora, en el momento en el que la enfermedad se le presentaba de forma más asidua y retrasaba su trabajo, su obra culmen. Es por eso que quiso, a diferencia de otras que nacieron en el taller del maestro, concebirla apartado de todo y todos, abstraerse y no pensar en otra cosa que no fuese dar vida, vida propia, al trozo de madera que tenía delante de él y en el que cada vez más se iba acercando al rostro verdadero de Jesucristo.

Paró por unos instantes. Se distanció unos metros de la talla y la contempló con extremada fijación. Alargó en posición horizontal el brazo derecho justo a la altura de sus ojos, colocando el dedo pulgar entre ambos a modo de mirilla para así medir la zona de la cabeza que estaba medio tallada. Cerró el ojo derecho y comprobó las medidas. «Quizá un poco grande. No importa. El cuerpo estará en proporción. Tendrá esa posición de sufrimiento que tuvo que padecer cuando iba camino de su muerte. Quién sabe si en verdad no lo sabía».

Sus pensamientos se entremezclaban con la idea de concluir aquella obra. Los adelantos no eran tan tangibles como en otras ocasiones, pero entre los golpes de tos, la sangre que cada vez era más constante cuando tosía, y su afán por acercarse lo más posible a su concepción de lo que debía de ser Dios, Jesucristo, hacían que no avanzase como él deseara. No le había ocurrido con otras tallas a las que, después de un estudio pormenorizado de la anatomía humana en multitud de cadáveres, supo plasmar de manera extraordinaria. Bien en la Cruz, muerto Jesucristo, inerte y abandonado, o bien entre los dos ladrones, esperando quizá la respuesta del Padre. Por una parte, la mirada condescendiente y de amor del que se sabe a punto de morir. Por otra, la placidez de la buena muerte, la plasmación del tránsito hacia la otra vida en la que Dios le esperaba.

Entonces, en ese momento, se acordó de su Córdoba natal. De su infancia por aquellas calles en las que la ciudad desprendía un aire califal difícil de erradicar y que formaba parte de la vida cotidiana, de su forma de ser. Se vio jugando, corriendo, cayéndose por el empedrado y haciéndose una herida en la rodilla. Y se vio estudiando esa parte de su cuerpo, preguntándose cómo aquello se podía hacer en madera, en una talla. «No sé, quizá es algo que nunca llegué a comprender». Y más adelante se encontró colándose en un Hospital de Pobres para contemplar a los muertos, siendo un jovenzuelo introvertido que escrutaba cada parte del cuerpo humano. Se admiraba de aquellos hombres que manejaban con total desinterés los cadáveres. «No te acerques tanto, déjanos trabajar». Pero él seguía allí, yendo de un lado para otro. Luego, en casa, repasaba mentalmente todas y cada una de las facciones de los rostros que se le quedaron de manera indeleble incrustados en su memoria. Y los pintaba. Y volvía a recordar y a dibujar. Así una y otra vez, sin prisas por el tiempo, sin ganas de que aquello concluyese. Veía en ellos la mirada de Jesucristo muerto, yacente, esperando el día de la Resurrección. «Mi Reino no es de este mundo». Caía rendido casi de madrugada intentando que ningún detalle se le escapase y que se vieran todos y cada uno de ellos reflejados en la hoja color sepia que emborronaba una y otra vez. «Es muy tarde, Juan. Apaga la vela y acuéstate. Mañana queda un día muy duro». Aguantaba lo máximo. Los brazos abiertos, clavadas las manos en el madero. La cabeza caída y la barba en el pecho. Los ojos cerrados, la muerte en el rostro. El cuerpo roto, desvencijado, desplomado por el peso y el sufrimiento. Las costillas sobresaliendo y el esternón pronunciado. Un poco más. ¿Y la sangre? ¿Por dónde corre la sangre? ¿Qué ríos forman desde la Corona de Espinas hasta que llega al suelo? El hilo de vida que se le escapó unos minutos antes. «Padre, perdónalos porque no saben lo que hacen». Y expiró. «Era ya cerca de la hora sexta cuando, al eclipsarse el sol, hubo oscuridad sobre toda la tierra hasta la hora nona». Y alrededor de la hora nona clamó Jesús con fuerte voz: Elí, Elí, ¿Lema sabactiní? Dios mío, Dios mío: ¿Por qué me has abandonado?». El sueño se apoderaba del joven hasta que la luz del sol, nuevamente, aparecía por la ventana, lo mismo que aquella mañana en la que la tos comenzó a ser compañera inseparable tanto de día como por la noche.

✝

Tres golpes en la puerta le sacaron de sus pensamientos. De manera impulsiva buscó un paño con el que cubrir la cabeza del Cristo. No sabía quién podía ser pero, desde luego, no estaba dispuesto a mostrar a nadie su creación hasta que no estuviese totalmente concluida. Detrás de un caballete encontró la prenda que deseaba. La asió por extremos opuestos y, lanzándola hacia arriba, la dejó caer sobre el trozo de madera. La sábana, blanca en su concepción original pero salpicada en toda su extensión por golpes de pintura de haber sido usada para limpiar lienzos que no cuajaban en lo que deseaba, resbaló por la parte superior de la cabeza. Volvió a repetir ese mismo acto y, de nuevo, sonaron, esta vez con mayor intensidad, otros tres golpes en la puerta a la par que se oyó una voz al otro lado.

—¡Maese De Mesa! ¿Está vuestra merced ahí dentro?

Aplicó con fuerza sus manos a la sábana para que la imagen, que comenzaba a mostrar lo que él quería, no quedase a la vista de nadie.

—¡Un momento! ¡Ya abro!

Llegó hasta la puerta y justo antes de abrirla, volvió a echar un vistazo hacia la talla para comprobar que, efectivamente, estaba completamente oculta a los ojos de cualquier persona que entrase en la habitación. De un golpe seco venció la dureza del picaporte. La hoja de madera chirrió mientras comenzaba a retroceder y posibilitaba que tanto él como la persona que llamaba se encontrasen cara a cara.

Era Francisco de Asís Gamazo, un joven aprendiz del maestro que llevaba varios meses en su taller. Una persona despierta, con mucho desparpajo que desde que entró a las órdenes del maestro se granjeó las simpatías de todos los que estaban trabajando allí. Y, sobre todo, demostró estar capacitado para, en un futuro breve, acometer la tarea de ayudar en la concepción de algunos trabajos que salían de aquel sitio. Su pelo revuelto, cayendo el flequillo hacia el lado derecho de su frente y casi tapando el ojo, le conferían un aspecto más aniñado aún del que tenía. No pasaba de los dieciséis años. La bata grisácea y evidentemente ennegrecida por el trabajo de aplicar las grasas para que los utensilios de trabajo estuviesen en perfecto estado de revista y dispuestos para ser usados cuando el maestro quisiese, casi arrastraba por el suelo. No era de su talla sino de una mucho más grande, pero podía estar orgulloso de que, en tan corto espacio de tiempo, le hubiesen asignado una prenda que no se solía tener hasta pasados varios meses.

Gamazo miró a la persona que tenía delante de él. Del ímpetu con el que aporreó la puerta pasó a un estado de timidez propiciado, sin duda alguna, por encontrarse delante de él. Comprobó que estaba desaliñado, que no había tenido tiempo de arreglarse. Estaba claro que no esperaba visita y menos que fuese a salir a la calle. La barba, a modo de perilla acabada en punta, sí que parecía más cuidada. A diferencia suya, a pesar de los 37 años que tenía aparentaba mucha más edad. Sabía los problemas que arrastraba de salud y que esa circunstancia podía acabar en algo peor. Europa vivía, en esos primeros años del siglo XVII, consternada por las continuas epidemias de peste. Ciudades enteras quedaban asoladas por la virulencia de la pandemia. Al muchacho le sobrecogían las historias que los más viejos contaban. Intentaba evitar escucharlas y cuando no tenía más remedio, haciendo de tripas corazón, solía distraerse con cualquier cosa o buscaba una excusa para salir del taller a hacer algún recado que hubiese quedado atrasado y así no sucumbir al horror que le producían aquellas palabras.

Recorrió en cuestión de segundos toda la fisonomía de aquel rostro que tenía delante y se detuvo en las ojeras que surcaban la parte inferior de las cuencas. Los labios resecos y la tez blanquecina denotaban que no sólo no había pasado una buena noche, sino que además se encontraba enfermo.

—¿Qué te trae por aquí, muchacho? —dijo sin mucha convicción volviendo de nuevo la vista, de manera rápida, hacia el bulto que tapaba la sábana que acababa de colocar.

—Perdone mi perseverancia. Pero me ha mandado venir el maestro. Quiere verle en su taller. Me dijo que acudiese en cuanto le fuera posible. Tiene que hablarle de algo importante.

—¿Sabes de qué se trata?

—No. Sólo me dijo que me llegase a buscarle. Ayer por la tarde vinieron al taller unos señores. Creo que de una cofradía. Estuvieron conversando con el maestro por espacio de más de una hora. Desde luego, no sé de lo que trataron.

—Está bien. Déjame que me refresque y me ponga algo más decente.

Aquellas palabras sonaron a disculpas por el aspecto físico que mostraba. Se dio la vuelta y el muchacho, tras vacilar por unos instantes, le siguió.

—Quédate ahí sentado y no toques nada —le ordenó al chaval.

Francisco de Asís Gamazo obedeció al instante y tomó asiento. No pudo evitar desviar su vista hacia el bulto que tapaba la sábana. Sintió curiosidad, la que despierta en cualquier zagal algo escondido. Las ansias por saber qué ocultaba aquel sucio trapo chocaban frontalmente con las palabras que le acababan de decir. «Seguro que se trata de otra gran obra. Y que esos señores que llegaron en la tarde de ayer al taller del maestro son los que han encargado el trabajo. ¿Cómo será? ¿Qué esconde la sábana? Quizá algo que se sale de lo común. No me extrañaría nada conociendo cómo trabaja y el ímpetu y pasión que pone en cada una de las imágenes que salen de su gubia. El maestro puede estar orgulloso de poseer entre sus filas a alguien como él. Yo le debo mucho, todo, al maestro. Y sucumbo ante lo que realiza. Pero no puedo negar que él es un gran aprendiz, un discípulo aventajado. El que más. Me gustaría seguir sus pasos. Difícil camino, vive Dios, pero no imposible. Quién sabe si cuando llegue a su edad puedo ser yo también uno de los elegidos. Sólo el tiempo, y el Hacedor, lo saben. Por mí, desde luego, no va a quedar. Me esforzaré aún más si cabe para que todos puedan ver las cualidades que atesoro».

—Bueno, ya estoy dispuesto. Vámonos, muchacho.

Las palabras le sacaron de sus pensamientos. Se levantó de forma rápida y se puso al lado, aunque ligeramente retrasado, de aquel hombre. Avanzaron hasta la puerta y entonces le cedió el paso a Gamazo.

—Pasa, chico. Voy a cerrar la puerta.

Antes de echar la llave comprobó nuevamente que la sábana seguía en su sitio y que no se veía nada lo que había realizado momentos antes.

Bajaron por una angosta escalera hasta que llegaron al zaguán de la casa. La puerta de entrada estaba semiabierta. El chaval la abrió por completo y dejó pasar al hombre. La luz del sol entró completamente. El día era espléndido y nada más pisar la calle comprobó la algarabía que se vivía. Era media mañana y el trasiego se mostraba importante. La calle donde tenía el improvisado taller, cercana a la Alameda, solía ser muy transitada por comerciantes y vendedores que llevaban de un lado a otro de la ciudad su género para que fuese adquirido por los ciudadanos. Sevilla era una ciudad que contaba con una vida realmente rica. Constantemente llegaban al puerto los barcos procedentes de América y tanto el oro como las especias que portaban sus bodegas repercutían directamente en el bienestar social. Es verdad que la clase media, por aquellos años, no estaba precisamente en su mejor momento, pero sí que aquellos que tenían la suerte de poder amasar algo de fortuna estaban muy bien considerados. Como en años anteriores, dependiendo del gremio al que se perteneciese así te mostraban mayor o menor afecto. No podía quejarse del suyo. Y máxime estando tan bien situado de cara a las hermandades y cofradías. Lo sabía a la perfección. La suerte de trabajar al lado del maestro le abrió muchas puertas. Encargos que de otra forma no hubiesen llegado a sus manos. Obras que evidenciaban la profunda labor de investigación de la anatomía humana. Días de estudio denodado intentando que no se le escapase ni un solo detalle. Valía la pena tanto esfuerzo cuando, una vez concluida la talla, comprobaba que representaba lo que tenía en su mente. Sabía que no era fácil aquella empresa pero no estaba dispuesto a dejarse vencer por la desazón ni mucho menos por la pereza.

De pronto, se paró en seco. El chaval, que lo seguía a escasos dos pasos por detrás, a punto estuvo de tropezar con él.

—¿Pasa algo, maese de Mesa?

—Nada. Espera un momento aquí. Voy a subir a casa.

—Lo que diga vuestra merced.

Cruzó la calle y llegó hasta la casa que se encontraba justo enfrente de donde se habían parado. Las ruedas de los carromatos crujían en el adoquinado. Estaba en Pasaderas de la Europa, donde vivía. Allí estaría María Flores, su esposa. Miró hacia el primer balcón. Aparecía cerrado. Avanzó hasta el portalón y lo empujó con fuerza. La penumbra en la que se encontraba el zaguán se vio, de pronto, inundada por la luz. Al fondo, un patio de vecinos se mostraba sereno. Las gitanillas y geranios habían estallado y rebosaban de las macetas que colgaban de las paredes. La ropa, tendida, emitía ese olor a limpio tan característico después de haber sido frotada y embadurnada con el jabón. Aspiró el aire que venía del patio y se sintió mucho mejor. Cerró los ojos y se vio en su casa, junto a María. Ella preparaba comida mientras él, ensimismado en sus quehaceres, dibujaba una y otra vez cuerpos inertes intentando plasmar a Jesús en la cruz o camino del Calvario. Ella lo miraba con condescendencia. Comprendía a la perfección que en aquellos dibujos le iba poco menos que la vida.

—Juan, más vale que abras algo el ventanal. Te vas a quedar ciego de tanto acercarte a la lámina.

—No te preocupes mujer. Veo perfectamente. Acércate, quiero que veas este dibujo.

Se limpió las manos en el delantal que llevaba y se puso justo detrás de él. El rostro que se le aparecía en el papel irradiaba grandeza, majestuosidad.

—Es muy bonito pero, ¿seguro que te lo van a aceptar así? Se refleja en sus ojos mucho sufrimiento y a lo peor no les gusta. Quizá quieran más dulzura en su mirada.

—¿Crees que Él no sufrió como hombre? Había pasado una noche entera siendo castigado a más no poder y no se inmutó. Le dieron de beber hiel y no respondió ni se retorció. Lo flagelaron hasta la extenuación y no se revolvió contra sus verdugos. Y luego, por la mañana, le hicieron tomar el madero y caminar hasta el Monte Calvario. Ahí es donde quiero llegar. Su rostro irradiaba perdón, pero no podía evitar el sufrimiento. Y eso lo saben los hombres piadosos. Por eso quiero que Jesucristo tenga esta cara.

María se dio la vuelta y se fue de nuevo hacia el fogón.

—De todas formas, creo que deberían verlo antes. Así no trabajas en balde.

—No digas esas cosas. Claro que les va a gustar. ¿Acaso las anteriores no fueron del gusto de las personas que las encargaron? El propio maestro quedó muy satisfecho con el trabajo realizado. ¿Por qué iba a ser éste distinto?

—No sé, hay algo en mi interior que me dice que esta imagen no es lo mismo que las demás.

—Si te fijas bien, tiene que ver mucho con el crucificado de la Conversión del Buen Ladrón. Aquí, en cambio, he apurado más su sufrimiento. Quizá el otro ya se sabía muerto. Estaba en la cruz a punto de expirar pero antes esperaba una señal del Padre. Aquí, en cambio, va camino de esa crucifixión y, por lo tanto, el sufrimiento es mucho mayor, sobre todo porque ignora lo que le queda al llegar y piensa que todavía puede salvarse. Pero allí, una vez clavado en la cruz, se dio perfectamente cuenta de que todo había acabado. Es la diferencia que quiero transmitir.

—¿Y cuándo te vas a poner manos a la obra? —María seguía atizando el fuego mientras un trozo de carne comenzaba a dorarse.

—La verdad es que quiero hacerlo ya. Pero antes tengo que hablar con el maestro. Me gustaría que me diese permiso para poder trabajar fuera del taller, en solitario.

—¿Venirte a casa? Vas a dejar todo hecho un asco. Tanta viruta y polvo...

—He pensado en tomar una habitación. Está cerca de la iglesia de San Martín. El otro día la estuve viendo y es el sitio ideal para poder llevar a cabo esta nueva obra.

—No andamos muy sobrados de dinero. ¿Qué tiempo estarías?

—No te preocupes por el dinero, mujer. Me han adelantado algo de los dos mil reales que me pagarán por la imagen y por la del San Juan, y nos queda también una parte del anterior encargo. No es mucho lo que piden por el cuarto y, además, espero no estar allí mucho tiempo.

El silencio se hizo en ese momento. María siguió cocinando y Juan, consciente del paso que quería dar, esperaba que ella formulase la pregunta clave de toda aquella conversación. No se equivocó.

—Y mientras tú trabajas, ¿yo voy a quedarme aquí todo el tiempo?

Tomó aire antes de contestar. No quería, por nada del mundo, que de sus palabras se desprendiese otro significado que no fuese el del trabajo.

—María, va a ser un tiempo corto. Está muy cerca de casa y yo vendré de vez en cuando a estar contigo. No sé, es algo que necesito hacer, que me lo pide la mente.

—Tú sabrás lo que haces. Pero primero te tendrá que dar permiso el maestro.

—No habrá problemas. Ya lo verás. ¿Qué estás preparando para almorzar?

—Carne asada. Encontré en el mercado un buen pedazo y me lo dejaron a un precio conveniente. Además, tendremos para un par de días como mínimo.

Un golpe en el portalón de entrada hizo que todo lo que estaba vislumbrando al ver los geranios y gitanillas en las macetas y la ropa tendida se difuminase y volviese a la realidad.

—Maestro, perdone que le interrumpa. Le esperan en el taller.

No dijo nada. Miró hacia la parte alta de la escalera y vio la puerta de su casa. «María, no te preocupes. Estoy a punto de terminar. Verás como todo sale bien. Te pido paciencia. No he podido venir. Te compensaré con creces. En la vida hay momentos en los que hay que dar un paso adelante trascendental para luego poder seguir con la cabeza bien alta. Sé que lo vas a comprender. Pronto estaré en casa. Te quiero, María».

—Vamos, muchacho, no quiero hacer esperar al maestro.

✝

El taller de Juan Martínez Montañés no estaba muy lejos de la casa de Juan de Mesa. Solía acudir al mismo andando, ya hiciese frío o calor, lloviese o venteease. Era una casa palaciega donde el maestro había distribuido varias estancias en las que se disponían en cada una de ellas todos los enseres propios de un taller de imaginería. Igualmente, en la llamada zona noble de la casa, al menos así la conocían los discípulos y aprendices del jiennense, el maestro trabajaba en otros encargos, principalmente aquellos que, siendo para fuera de Sevilla, podían realizarse aquí.

La actividad diaria era extraordinaria. Por allí pasaban numerosas personas que, disponiendo de importantes fortunas, acudían a realizar encargos tanto de carácter religioso como paganos, si bien estos últimos no eran demasiado frecuentes. Allí concibió Juan de Mesa varias de sus mejores obras: el Cristo del Amor; el Cristo de la Conversión del Buen Ladrón y el Cristo de la Buena Muerte. Este último fue tallado ese mismo año de 1620. Quedó gratamente satisfecho el cordobés y recibió muchos halagos, sobre todo del maestro. Tanto que posteriormente realizaría otras dos tallas de la misma guisa.

El joven aprendiz entreabrió la puerta de entrada de la casa y franqueó el paso a su acompañante.

—Pase, maestro.

Entró directamente al patio central porticado que distribuía las estancias de la planta baja. Al final, una gran escalera de mármol llevaba a la parte alta, también porticada y donde otras habitaciones cumplían prácticamente la misma función que las de abajo. Una fuente, justo en el centro del patio, servía para paliar, en los meses estivales, los rigores del calor sevillano. Profusamente recargada de plantas, ofrecía una plácida visión del lugar nada más acceder.

El sonido que producían los distintos objetos para trabajar la madera se podía escuchar desde la calle. En verdad aquella zona estaba habitada por imagineros, tallistas, carpinteros y otros profesionales que tenían que ver con este tipo de trabajo. Un barrio en el que este gremio se encontraba a gusto y que si por el día era bullicioso y alegre, por la noche, cuando los talleres cerraban y cada uno se marchaba a su casa, comenzaba a ser frecuentado por prostitutas que buscaban su clientela en las tabernas cercanas a la Alameda para luego consumir su profesión en pensiones de mala muerte que jalonaban las estrechas calles de esta zona de la ciudad.

El maestro bajó por la escalera pausadamente y sin prisa alguna.

—¡Juan! ¡Juan de Mesa! ¡Estaba esperándote! ¡Creí que habías desaparecido de la faz de la Tierra! ¡Menos mal que el muchacho ha dado contigo!

—Perdone, maestro. Ando muy ocupado con el nuevo encargo y se me ha pasado el tiempo sin que me haya dado cuenta. Le ruego me disculpe.

—Precisamente quería hablar contigo de ese encargo. Chaval —le dijo Martínez Montañés a Francisco de Asís Gamazo—, vete a la taberna de la esquina y tráete un cuarto de vino. Del bueno. Le dices al tabernero que vas de mi parte. Luego iré yo a pagar.

El joven salió corriendo por el portón de entrada y desapareció en cuestión de segundos.

—Juan, vayamos arriba y sentémonos a hablar con tranquilidad.

Los dos subieron las escaleras. Él lo hizo detrás del maestro, siempre a unos dos pasos. Conocía perfectamente la jerarquía. Le debía mucho, por no decir todo, a Martínez Montañés, su maestro; la persona que le dio la oportunidad de poder realizar imágenes de las que se sentía muy satisfecho. De otro modo, quién sabe si estaría dedicándose a otra cosa o mal viviendo con encargos que no tenían ni prestigio ni, por supuesto, dinero. Y es que su amor por la imaginería le había permitido, hasta ahora, vivir holgadamente. Tenía asumido que se encontraba a la sombra de uno de los grandes escultores de aquellos albores del siglo XVII, pero también comprendía que de esa forma, siendo Martínez Montañés su mecenas y protector, podía dar rienda suelta a su inspiración. De hecho, en cada uno de los encargos dejaba plasmado su sello y la personalidad que atesoraban sus manos a la hora de trabajar la madera.

Entraron en una de las habitaciones. Era la más amplia de la casa. Allí solía trabajar el maestro y allí recibía a las personas de alta alcurnia y a las de gran relevancia social. Le gustaba que quedasen admirados de su portento a la hora de concebir una obra. No es que fuera un jactancioso pero sí disfrutaba, en cierta medida, con la complacencia de sus invitados que, potencialmente, serían sus compradores.

Quedaron sentados frente a frente. El maestro sacó una pequeña bolsa que contenía tabaco; luego un papel de fumar y echó una pequeña parte. Comenzó a liar un cigarrillo mientras Juan de Mesa, en silencio, contemplaba los movimientos y esperaba a que fuese Martínez Montañés el que diese el primer paso y hablase.

—¿Cómo vas con tu nueva talla? —al fin rompió.

—Algo retrasado, maestro, pero no del todo mal. He pasado unos días muy molesto con las toses, que no me han dejado trabajar al ritmo que hubiese deseado. Pero no se preocupe, el encargo estará concluido en el plazo estipulado.

—Ayer tarde estuvieron a verme los señores de la Cofradía del Traspaso. Quisieron saber de las dos imágenes. Les dije que iba todo bien. Espero que sea así. Sabes que tengo depositadas muchas esperanzas en ti y que tu carrera está siendo extraordinaria. Todo son alabanzas al último crucificado que has realizado para la cofradía de Montserrat. Sabes que estos catalanes son muy meticulosos y les gusta que todo quede a la perfección. Y por lo que se ve, lo has logrado.

—Muchas gracias, maestro. Es lo mejor que puedo oír de sus labios.

—Dime, Juan —preguntó el maestro mientras daba una calada honda al cigarrillo—, ¿para cuándo crees que podrán ver la talla estos señores? Sabes que quieren seguir su ejecución para que todo esté a su gusto.

—Maestro, disculpe mi atrevimiento —la voz se le resquebrajó por unos momentos—, pero desearía que la obra no fuese contemplada hasta que estuviese terminada de forma completa.

—Comprendo tu inquietud, pero debes entender que ellos son los que pagan, y bastante bien, por cierto, y quieren saber si el desembolso está acorde con la calidad.

En ese momento sonó un golpe en la puerta. Era Francisco de Asís Gamazo.

—Maestro, perdone que les interrumpa. Aquí traigo el cuarto de vino. El tabernero me ha dicho que le espera esta tarde. Estarán sus amigos de la Cofradía del Traspaso de nuevo.

—Bien, muchacho. Acerca de aquella alacena dos vasos. Juan, brindemos por tu nueva obra.

El chaval sirvió primero a Martínez Montañés y luego a Juan de Mesa. Ambos bebieron a la par. El líquido suavizó la garganta del cordobés, que se sintió mucho más aliviado por el dulzor que le produjo el vino al ser ingerido.

—Bien, Juan —continuó el maestro—. Debo marchar la semana que viene a la capital del Reino. He de ocuparme personalmente de una serie de encargos que no admiten más demora. Estoy muy a gusto en Sevilla pero el deber y el trabajo me reclaman en Madrid. No sé qué tiempo estaré fuera. Pero me gustaría, antes de partir, que me concedieses el permiso para poder ver la talla. Yo haré de mensajero para los cofrades del Traspaso. Seguro que lo comprenderán.

Juan de Mesa volvió a beber otro trago de su vaso. Estaba paladeando cada uno de ellos y se sintió mucho más reconfortado. Incluso llegó un momento en que a punto estuvo de pedirle al maestro que le dejase liarse un cigarrillo. Desistió enseguida cuando se acordó del sufrimiento que luego pasaría, sobre todo por la noche.

—Está bien, maestro. Lo que diga vuestra merced. Coménteselo esta tarde a estos señores y venga, si lo desea, mañana. Podrá comprobar los avances que he realizado en la talla. Estoy seguro de que quedará satisfecho con ellos.

—No lo dudo, Juan, no lo dudo. Ahora, si no te importa, voy a seguir con el trabajo. Y quiero que sigas tú con el tuyo.

Sacó unos doblones de una pequeña bolsa que llevaba atada a la cintura y los extendió ofreciéndoselos.

—Me gustaría que pasases por la barbería y te asees. No tienes muy buen aspecto. Por cierto, ¿cómo está María?

—Muy bien, maestro. Sé que no lo está pasando bien en estos momentos, pero el retiro merece la pena y ella lo comprende perfectamente.

—Espero que así sea. Mañana estaré en tu taller. Hasta entonces pues.

—Muchas gracias por todo.

Juan de Mesa se levantó y salió de la habitación. Bajó las escaleras seguido del muchacho, que lo acompañó hasta la puerta de salida.

—¿Cree que será distinta a las demás?

Se volvió hacia el aprendiz.

—¿Qué quieres decir?

—La talla, que si será especial. Varios de los discípulos del maestro comentan que está ejecutando un trabajo extraordinario.

—¿Sueles acompañar al maestro cuando sale a visitar a amigos y compradores?

—Casi siempre.

—Mañana nos veremos entonces.

Se dio la vuelta y enfiló la calle por la que había llegado hasta el taller del maestro, mientras el muchacho entró de nuevo en la casa y tras de sí cerró el enorme portalón de madera. Caminó de manera pausada, sin prisas. Se cruzaba con la gente y parecía no darse cuenta de que estaban allí, junto a él, yendo de un lado para otro. Su mente estaba en otros menesteres que nada tenían que ver con lo que sucedía por la ciudad. Las risas de las mujeres que tendían la ropa en las balconadas no le llegaban. Tampoco las voces de los comerciantes que, a las puertas de sus establecimientos, gritaban la mercancía que se ofrecía atractiva a los ojos de los viandantes. Empero, seguía inmiscuido en sus pensamientos. No podía dejar de imaginar la cabeza, el rostro, del Nazareno. Lo tenía totalmente terminado en su mente pero seguía preguntándose si sería capaz de plasmarlo tal y como lo concebía en aquel trozo de madera que le esperaba en aquella habitación cercana a la iglesia de San Martín. Ya lo vislumbró meses atrás cuando concibió al Cristo de la Conversión del Buen Ladrón. Quedaron satisfechos, como dijo el maestro, los cofrades de la Hermandad de Montserrat. Es verdad que la suma de dinero había sido buena y que el trabajo le reportó una consideración distinta a la que antes mostraban sus obras. En cierta manera, con aquel Crucificado acababa de romper con los lazos invisibles que le tenían atado al montañesismo de su maestro. No tenía nada que ver, en verdad, con la obra hasta ahora realizada.

Pero quería dar una vuelta de tuerca más. Quería plasmar todo el sufrimiento de Jesucristo. Que las personas que lo contemplasen no tuviesen ningún tipo de dudas en afirmar que se encontraban delante del Hijo de Dios.

De pronto, un golpe seco le sacó de sus pensamientos. Un chavalín tropezó con él y casi lo tira al suelo. Un acceso de tos le vino encima de manera súbita. Se retorció de dolor y, de nuevo, esputó sangre. El muchachito, asustado, salió corriendo calle abajo y se perdió por los vericuetos de otras más angostas. Juan de Mesa tosió varias veces seguidas. Sintió cómo sus entrañas se revolvían de forma virulenta e intentaban salir por la boca. El dolor era acuciante y las ganas de vomitar todo tremendas. Aspiró con fuerza a la par que, una vez más, se agarraba el estómago, y expulsó de manera escalonada, el aire. Pareció sentirse mejor, más aliviado. Y fue entonces cuando, otra vez, se le borró de la mente la imagen del Señor y se le vino la de María, su esposa. «Debería ir a visitarla. Ya son varios días los que lleva sin saber nada de mí aunque imagina que estoy muy ocupado. Lo correcto sería pasarme por casa, estar un rato con ella y comentarle cómo va todo. Y de paso preguntarle si le hace falta algo. Pero ahora, con esta pinta y esta tos, no puedo. ¿Qué diría al verme así? Correría a buscar a un cirujano o algo parecido enseguida. Ya estoy a punto de terminar la talla. Entonces habrá tiempo para que me reconozcan y, si puede ser, que pongan remedio los galenos a este sufrimiento. Sí, eso es lo que haré. Voy a ir directamente a la habitación y me pondré a trabajar enseguida. Si mañana va a venir el maestro quiero, al menos, que lo que contemple le deje satisfecho. Sería un desdoro que la obra no estuviese a la altura que él se merece».

La tos desapareció y pudo seguir su camino con tranquilidad. Veía las cosas de otro modo tras sentirse más reconfortado. «¿Qué será lo que el Sumo Hacedor me tiene preparado? Es imposible saberlo pero a Él me encomiendo como lo he hecho en tantas ocasiones. Lo que sea será para bien. Lo único que te pido, Señor, son fuerzas para acabar este encargo. Espero que no sea el último pero si es así, déjame que lo concluya como Tú quieres que sea. Lo tengo metido en la cabeza, lo sabes bien, pero me falta un empujón, un pequeño escalón que subir. Cuando lo haya conseguido todo será distinto. Te pido ese favor».

Cuando se dio cuenta, se encontraba delante de la puerta de la casa donde tenía alquilada la habitación. Recobró las ganas por seguir trabajando. Subió las escaleras con cierta rapidez y, ya dentro, contempló desde cierta distancia el bulto que aparecía tapado por la sábana con la que lo cubrió cuando llamaron a la puerta. Le dio una vuelta completa y volvió a alejarse. Era como si tuviese miedo de despojarlo de aquel trapo. Repitió la operación en sentido contrario hasta que, a mitad del recorrido, se detuvo delante, por la parte frontal. Extendió el brazo derecho y tomó con delicadeza la sábana, tirando de ella y dejando el busto al descubierto. Ambos quedaron frente a frente. Transcurrieron unos segundos que parecieron ralentizar el tiempo. Juan de Mesa se acercó hasta el rostro del Señor y, susurrándole al oído, le dijo: «Ya estás más cerca del Reino de los Cielos».

Yo sea obligado de hacer, labrar y acabar en toda perfección una hechura Cristo nuestro señor Crucificado, de madera de cedro de las Indias, de estatura natural que tenga nueve cuartas de alto desde la punta de los pies hasta la cabeza quedando en la postura de vivo hablando con el Buen Ladrón clavado en la cruz y según la traza que para esto se me ha dado, lo cual he de poner la madera y toda las demás cosas necesarias hasta su encarnación...

Extracto del contrato de hechura del
Cristo de la Conversión del Buen Ladrón.

II

El coche giró de manera espectacular al tomar la curva de la calle Cristo del Calvario, una vía adyacente a la plaza de la Magdalena, uno de los centros neurálgicos del casco histórico de Sevilla. Lo hizo a una velocidad trepidante, llegando incluso a derrapar, emitiendo un sonido chirriante al frenar de forma brusca para no empotrarse contra uno de los edificios. El conductor dio un volantazo y a punto estuvo de llevarse por delante al hombre que en esos momentos cruzaba por el paso de cebra. Se echó para atrás de forma impulsiva y cayó al suelo. El susto se vio reflejado en su rostro cuando se dio cuenta que le asían por los brazos, mientras el vehículo se perdía al final de la calle y giraba de nuevo para enfilar otra.

—¿Se encuentra usted bien, señor?

Varios transeúntes vieron la escena y, al igual que aquella persona, también retrocedieron de forma brusca. Con el susto todavía en el cuerpo, en septuagenario, que portaba un bastón de madera y traje gris oscuro, mascota en la cabeza que no perdió, recuperó la verticalidad con la ayuda de las personas que acudieron a su auxilio.

—Sí, por fortuna no ha sido nada —dijo con voz quebrada mientras se sacudía la parte baja de la chaqueta.

—¿Necesita algo, un poco de agua?

—No, se lo agradezco. Estoy bien, de verdad. Lo único que me gustaría saber es quién ha sido el insensato capaz de pasar por esta calle a una velocidad así. Hemos perdido el sentido de la medida y esta ciudad se ha vuelto loca. En mis tiempos no pasaba esto.

—No se preocupe. Ese tío acabará estrellado en cualquier pared. Usted ha tenido suerte. ¿Quiere que le lleve a algún sitio?

Quien le hacía la pregunta era un hombre de mediana edad, corpulento, que esperaba a escasos dos metros detrás del anciano cuando el coche irrumpió de forma intempestiva. Tuvo la misma reacción que aquel señor, con la única diferencia que, al ser mucho menor en cuanto edad y más ágil, no cayó al suelo.

—Ni siquiera he podido ver la matrícula —se lamentó el anciano—. No se moleste, en serio. Me encuentro bien. Un poco aturdido pero bien. Voy a la capilla de Montserrat, a la misa de doce. Creo que no hay problema. Muchas gracias por todo.

El joven, entonces, se despidió cortésmente y se fue por la calle por donde había ido el coche. Faltaban cinco minutos para las doce del mediodía y el sol se agradecía en aquella mañana de invierno. La noche anterior no dejó de llover y el suelo apareció cuajado de charcos y hojas caídas por el viento.

El hombre cruzó, por fin, la estrecha calle y llegó hasta la puerta de la capilla de Montserrat, un pequeño templo justo al lado de la parroquia de Santa María Magdalena, una de las iglesias más grandes de Sevilla. A diferencia, la de Montserrat era pequeña, recogida, e invitaba a la reflexión y a la oración. Allí se encuentra radicada canónicamente la Hermandad que lleva el mismo nombre de la

Capilla, que le viene de la imagen de la Virgen, Nuestra Señora de Montserrat. Una cofradía de las conocidas en la ciudad como románticas, con aires dieciochescos y un patrimonio extraordinario tanto por su valor económico como religioso. La otra imagen titular es la del Santísimo Cristo de la Conversión del Buen Ladrón, talla concebida por el imaginero cordobés Juan de Mesa y Velasco, una de las obras cumbres del barroco sevillano, realizada unos meses antes que la del Señor del Gran Poder.

Precisamente, muchos expertos en iconografía religiosa y estudiosos de la vida de Juan de Mesa, coinciden en señalar que el Cristo de la Conversión es el precursor del Gran Poder. En verdad el parecido es grande y no son pocos los que piensan que la Hermandad del Traspaso, en 1619, se sintió atraída por tan magnífica talla, encargando al imaginero cordobés otra de parecida factura. En todo caso, son sólo historias, leyendas urbanas que nada tienen de verosimilitud, sobre todo porque no hay documentos ni papeles que así lo atestigüen.

El anciano entró con cierta dificultad en el interior de la capilla. Se persignó e hizo una leve reverencia con la cabeza al comprobar que el Santísimo estaba expuesto en el altar mayor. En aquellos momentos no había muchos fieles. Se acercó hasta los primeros bancos y, apoyándose en el bastón, se sentó. Respiró hondo y pareció sentirse relajado. Solía acudir a esta capilla al menos dos veces por semana. Era gran devoto tanto del Cristo como de la Virgen. En un tiempo fue hermano de la cofradía aunque diversos avatares hicieron que se diese de baja. No obstante, le gustaba rezar allí. Cruzó sus manos en la empuñadura del bastón y se dejó caer un poco hacia delante. Miró hacia el altar mayor y fijó la vista en la talla del Cristo de la Conversión. Primero con cierta rutina; luego, con mayor detenimiento.

Comenzó a estudiar sus rasgos de forma minuciosa. Hubo algo que le llamó la atención e hizo que, de pronto, escrutase cada rincón del rostro del Señor. Un escalofrío le recorrió todo el cuerpo. No daba crédito. «Debo estar soñando», se dijo para sus adentros. «¿Pues no parece distinto?. El susto me ha dejado aturdido. Sí, eso es... pero no. Es verdad, hay algo que no me encaja. Llevo muchos años viéndolo y ahora me parece otro Cristo».

Se levantó de su asiento y anduvo tres pasos hacia el altar mayor. Miró con sumo detenimiento la talla. Entonces retrocedió dando tumbos hasta tropezar con la primera fila de bancos. Varias de las personas que allí se encontraban se dieron cuenta de que algo anormal le ocurría a aquel anciano. En ese momento, por una de las puertas laterales del altar mayor, salió el sacerdote acompañado del capiller, que hacía las veces de monaguillo. El hombre alzó el bastón y apuntó con él hacia la imagen a la par que no cesaba de mirarla. El cura se detuvo en seco y dirigió la vista hacia las otras personas que allí se encontraban. Con un gesto de extrañeza pareció preguntar qué estaba ocurriendo. Fue entonces cuando otro señor se acercó hasta el anciano, poniendo su mano derecha sobre el hombro izquierdo.

—¿Qué le ocurre, caballero? —preguntó interesándose por su estado y la reacción que, segundos antes, había tenido.

El anciano no dijo nada. Siguió señalando con el bastón al Crucificado. En su rostro se reflejaba el asombro por haber descubierto algo que se salía de lo normal. También se acercó hasta él el sacerdote, intrigado por aquella escena. Conocía a aquel hombre de verlo en misa. Sabía que vivía por la zona y que incluso estuvo vinculado a la Hermandad de Montserrat. «Una persona normal y corriente, un cristiano que cumple con los preceptos de la Santa Madre

Iglesia. Pero está actuando de una forma rara que no alcanzo a comprender».

—¿Qué le pasa, buen hombre? ¿Se encuentra bien?

—preguntó el sacerdote.

Por fin el anciano acertó a hablar.

—¿No se han dado cuenta? —dijo horrorizado—. No me lo puedo creer. ¿Pero no ven que el Cristo no es el mismo? ¿No lo ven? ¡Ése no es el Cristo de la Conversión!

Entonces las miradas de los presentes se dirigieron hacia la talla. Todos parecieron estudiar la escultura policromada pero nadie pareció advertir lo que señalaba el hombre.

—Qué está usted diciendo, por Dios —replicó el sacerdote—. Creo que no se encuentra bien. ¿Le ha pasado algo?

—Hace cinco minutos un coche ha estado a punto de atropellarlo —dijo uno de los fieles que se disponía a oír misa—. Puede que esté aturdido.

—Siéntese, señor. ¡Nicolás! —dijo el sacerdote dirigiéndose ahora al monaguillo— ¡Ve a buscar a la sacristía un vaso de agua para este señor! Tranquilo, cálmese, se lo ruego. ¿De verdad que no le ocurre nada?

La decena de fieles que se encontraba en ese momento en la capilla rodeaba prácticamente al anciano y al sacerdote. Varios de ellos continuaban examinando desde la parte en la que estaban al Crucificado. A ninguno les parecía que aquella no fuese la imagen del Santísimo Cristo de la Conversión del Buen Ladrón. La miraban una y otra vez y, en verdad, no había nada que delatase que se tratara de otra talla.

El capiller llegó con el vaso de agua y se lo dio al sacerdote. Este lo alargó hasta la comisura de la boca del anciano para que diese un sorbo.

—Beba usted, señor. Verá como se siente mejor.

El hombre, sentado en uno de los bancos, ingirió el agua en un primer trago largo que vació prácticamente la mitad del vaso. Sin embargo, cuando parecía que estaba más calmado, al menos así les pareció a los presentes, se volvió a levantar de manera súbita.

—¿Pero no se dan cuenta? ¡No es el Cristo de la Conversión! ¡No es! ¡Llevo viniendo a esta capilla toda mi vida y les digo que no es el Cristo de la Conversión!

Aquellas nuevas palabras inquietaron sobremanera al sacerdote y a los fieles. El cura adoptó una actitud mucho más firme y el tono de voz cambió.

—Señor, le ruego, por favor, que no siga con esto. Estamos yendo demasiado lejos. Comprendo que se sienta mal por lo que le ha pasado hace un rato, pero ya está bien de delirar. Ahora mismo vamos a llamar a una ambulancia a ver si tiene usted algo. Así que cálmese, siéntese y descanse hasta que llegue un médico.

—¡Estoy perfectamente! —gritó el hombre—. ¡Les digo que ése no es el Cristo de la Conversión! ¡Alguien lo ha cambiado por el verdadero! ¡No comprendo cómo no se dan cuenta! ¡Está a la vista de todos y no me hacen caso! ¡Usted lo ve todos los días! ¿No se da cuenta? ¡Incluso un ciego sabría diferenciar el verdadero del falso!

En ese momento, el anciano, que estaba siendo sujetado por dos personas, se encogió hacia delante a la par que se echaba la mano derecha en la zona pectoral, donde se encuentra ubicado el corazón. El bastón se desplomó en el suelo de la capilla y el hombre se agarró con fuerza al brazo de uno de los que lo asistían. De pronto, las piernas cedieron, doblándose, y emitió un quejido, quedando desmadejado.

—¡Creo..., creo que la ha dado un infarto! —gritó una de las personas.

—¡Deprisa, llamen a una ambulancia! ¡Este hombre está muy mal! —inquirió el sacerdote.

La escena dejó a todos los presentes estupefactos. Uno de ellos reaccionó y cogió al anciano por las axilas, depositándolo en un banco boca arriba.

—Tranquilo, señor, tranquilo. No haga ningún movimiento brusco. Le voy a desanudar la corbata para que pueda respirar mejor. Por favor, apártense para que pueda tener aire. Vamos, vamos, tranquilícese. Esto ya está. Ahora le voy a desabrochar los botones de la camisa para que la opresión sea menor. Respire profundamente. ¿Cómo se encuentra?

El hombre no reaccionaba. Seguía tendido en el banco y le costaba respirar con normalidad. Nicolás había acudido de forma rápida a la sacristía para llamar al servicio de emergencias sanitarias. Otra de las personas que se encontraba en el interior del templo salió a la calle para pedir ayuda. Los gritos de desesperación hicieron que los viandantes comenzaran a arremolinarse ante la puerta de la capilla. En aquel momento pasaba un patrullero de la Policía Local. Los dos agentes, al ver el revuelo, pararon el vehículo y se dirigieron hacia el lugar.

—¿Qué es lo que ocurre? —preguntó uno de ellos.

—Le acaba de dar un infarto a un señor que se disponía a oír misa. Por favor, llamen a un médico.

—¿Han pedido ya una ambulancia?

—Creo que el capiller lo ha hecho. Pero ese hombre está muy mal y se puede morir en cualquier momento.

—Está bien, cálmese, caballero. Antonio —dijo el policía volviéndose a su compañero—, avisa a la central de que hay una persona indispuesta y contacta con el servicio sanitario a ver si te dicen por dónde va la ambulancia. Yo voy dentro a intentar ayudar.

El agente entró en el templo y pudo comprobar que en la primera fila de bancos estaba un señor tumbado. Alrededor de él varias personas parecían realizar movimientos encaminados a ayudar a la víctima. Se sentó junto a él, le apretó con fuerza el hombro y con voz firme le dijo:

—¿Señor, cómo se encuentra? ¿Puede oirme?

El anciano consiguió abrir los ojos y con apenas un hilo de voz exclamó:

—¡No es el Cristo de la Conversión! —y se desplomó sobre el policía.

—¡Señores! ¡Cálmense! —gritó con firmeza el agente—. ¡La ambulancia ya viene en camino! ¡Apártense y dejen sitio para que este hombre pueda respirar!

Lo tumbó de espaldas en el suelo y presionó con los dedos a la altura del cuello del anciano para comprobar si tenía pulso. Era muy débil y en unos segundos dejó de sentirlo. Acercó su mejilla a la boca de aquel hombre y comprobó que la respiración también se había interrumpido.

—¡Hay que actuar con rapidez! ¡Este hombre se nos muere!

Al instante, le hizo el boca a boca y tras insuflarle las dos primeras bocanadas de aire comenzó a realizarle el masaje cardíaco, presionándole con fuerza sobre el esternón con las dos manos entrelazadas. Sabía que tenía apenas cuatro minutos para intentar salvarle la vida.

El ulular de la sirena de una ambulancia comenzó a sonar a lo lejos. El policía que había contactado con el servicio de emergencias se plantó en medio de la calle y empezó a desviar el tráfico que discurría en aquellos momentos por la zona. Por medio de gestos conminó a los conductores a que dejasen un espacio lo suficientemente grande para que la ambulancia pudiese pasar sin ningún problema. El vehículo discurría por la avenida Reyes Católicos, prolongación del Puente de Isabel II, popularmente conocido como Puente de Triana y que une las dos orillas de la ciudad, separadas por el río Guadalquivir. A esa hora, la concentración de coches era soportable y los vehículos que podían crear mayores problemas eran los de carga y descarga de los establecimientos.

Sin embargo, la ambulancia llegó sin demasiada dificultad hasta la misma puerta de la capilla de Montserrat. Se abrió una de las puertas laterales para dejar paso a dos sanitarios, un hombre y una mujer. Ella fue quien se dirigió a la persona que estaba justo delante de la puerta de la iglesia.

—Soy médico. ¿Dónde está el paciente?

—Ahí dentro —señaló el hombre—. No se encuentra muy bien.

—Vamos para allá, Luis.

Ambos entraron en la capilla y comprobaron la escena. La fluorescencia de sus chalecos puso sobre aviso a los presentes. El policía, al percatarse de su presencia, hizo un gesto con la mano de que se acercasen lo más rápido posible.

—¡Ya le he realizado las maniobras de reanimación cardiopulmonar, pero este hombre no responde!

—Tranquilo. ¡Por favor, apártense todos! ¡Despejen este lugar! ¡Agente, saque a estas personas de aquí! ¡No hay tiempo que perder!

Su compañera comenzó a abrir el maletín que llevaba consigo mientras él comprobaba de nuevo la ausencia de respiración y pulso y relevaba al policía en el masaje.

Los dos sanitarios continuaron con las maniobras avanzadas, hasta pasados treinta minutos desde que el anciano dejó de respirar, sin conseguir cambios en su estado. Era imposible resucitarlo. Todos los esfuerzos resultaron baldíos. El hombre había fallecido.

La médico, sudorosa, se dirigió de nuevo hacia su compañero.

—Luis, déjalo. Ha muerto. Ha sido imposible.

El agente se acercó hasta donde se encontraban.

—He hecho lo que he podido. Desde el primer instante comencé con los masajes y creí que podría reanimarle. Perdió el conocimiento delante de mí y acudí enseguida a socorrerle, pero no ha sido suficiente,

—No se preocupe, agente —respondió la médico—. Este hombre entró en parada cardiorrespiratoria y ha sido poco menos que imposible reanimarlo. El fatal desenlace se hubiese producido igual aunque nos encontrásemos aquí desde el primer momento.

—Lo que me extrañó es lo que dijo antes de desmayarse. Parecía estar delirando —dijo el policía.

Entonces se acercó el sacerdote. Visiblemente consternado, se situó a la altura del fallecido y le dio el sacramento de la extrema unción.

—Es verdad lo que usted dice —precisó el cura—. Ha estado comportándose de forma extraña desde que entró en la capilla. Se levantó soliviantado del banco y comenzó a gritar que el Cristo no era el original, que lo habían cambiado. Antes de acudir al templo, al cruzar la calle, estuvo a punto de ser atropellado. A lo peor eso es lo que le ha producido el infarto.

—Puede ser —respondió la médico—. En todo caso, será el juez de guardia y el forense quiénes determinen las causas de la muerte.

—¿Cómo dice usted? —interrumpió el sacerdote.

—Este hombre ha fallecido en circunstancias anómalas. Me han dicho también que estuvo a punto de ser atropellado. Por lo tanto, es de suponer que habrá que llevar a cabo una investigación y que deberá ser sometido el cuerpo a una autopsia. Esto ya no es competencia nuestra. Aquí entra en juego la Policía. Agente —dijo la médico dirigiéndose al policía—, a partir de ahora este cadáver es suyo y de sus compañeros. Nosotros vamos a realizar el informe de lo acontecido desde que recibimos la llamada.

Las palabras de la médico eran correctas. De hecho, en cuanto se supo que el anciano había fallecido, el otro agente dio aviso a la central para que se pusiese en marcha todo el dispositivo.

—Muy bien —dijo el policía tomando el timón de la situación—. Desde este momento quiero que todo el mundo se aparte de aquí y no toque nada. Por favor, quédense fuera de la capilla pero no se vayan. Mis compañeros tendrán que hacerles una serie de preguntas sobre todo lo acontecido. No quiero que se marche nadie de los que estaban en la iglesia cuando este hombre comenzó a sentirse mal. Toda la información que recabemos será importante. ¿Saben si alguien vio el coche que casi atropella a este hombre?

—Yo lo vi, agente —respondió una de las personas—. Pero fue todo muy rápido y no hubo tiempo para ver la matrícula. Sí le puedo decir que era un vehículo grande, de color negro metalizado, aunque no sabría decirle la marca.

—Bueno, algo es algo para empezar.

—Perdonen que interrumpa —espetó el sacerdote—, pero me inquieta el delirio de este pobre hombre y el hecho de que insistiese en que la imagen que se encuentra en el altar mayor no es la del Cristo de la Conversión del Buen Ladrón, sino una réplica.

—Eso, padre —respondió el policía—, no es ahora mismo de nuestra incumbencia. Creo que deberían hablar con los miembros de la Hermandad de Montserrat e intentar aclarar esta cuestión entre ustedes. Nosotros tenemos un muerto en circunstancias extrañas y nuestro trabajo consiste en saber el porqué de su fallecimiento.

Laura Moreno hizo sonar varias veces el claxon de su coche. El semáforo se había puesto en verde, indicando que se podía transitar por aquella calle, pero la fila interminable de vehículos no se movía. El atasco comenzaba a tomar proporciones considerables. Aunque el sol hacía que el habitáculo tuviese una temperatura alta, le causaba más sofoco tener que esperar. No podía evitar la sensación de impotencia dentro de su vehículo. La impaciencia era uno de sus principales defectos, algo que no había podido erradicar a sus 35 años. De hecho, en el colegio, siempre era la primera en llegar a las puertas y corría hacia el patio interior en cuanto se abrían. Era también la primera en ponerse en la fila y la primera en salir al recreo. Alzaba la mano en clase incluso antes de que el profesor terminase de formular cualquier cuestión. Esa impaciencia también le acompañó en sus años de instituto, donde puso en marcha proyectos y actividades que dejaban a las claras que se trataba de una persona con muchas ansias por conocer pero a la que le molestaba sobremanera tener que esperar.

La pérdida de tiempo fue su principal enemigo a batir en la Universidad. Laura se matriculó en Historia del Arte y, cuando estaba en segundo de carrera, también lo hizo en Filología, compaginando ambas. Pero, sobre todo, era una apasionada del arte. Bellas Artes y, por encima de todo, la imaginería, le fascinaban. Podía llevarse horas delante de un ordenador revisando biografías de escultores, contemplando obras de arte en museos e imágenes procesionales de cristos y vírgenes en sus iglesias. La restauración de cuadros y esculturas suponía un inmenso placer. Encontrarse frente a frente con una obra de Murillo o una talla de Pedro Roldán, o de Martínez Montañés, era el culmen de sus aspiraciones.

Este torbellino de sensaciones que se acumulaban de forma instantánea no más se levantaba por la mañana, le llevaron también a solicitar un puesto en el Instituto Andaluz de Patrimonio Histórico, IAPH. El empeño puesto en las distintas pruebas por las que tuvo que pasar, los severos tribunales que sorteó y las ganas por ser la primera, hicieron que la plaza fuese suya. A partir de ese momento, hacía ya siete años, su trabajo fue cada vez mayor y sus conocimientos en todo lo relacionado con el arte sobrepasaban con mucho a los del resto de sus compañeros.

Se especializó en restauración y pronto destacó en un campo en el que hay que andar con mil ojos y no cometer errores que, a la postre, pueden suponer la caída en picado en tu carrera profesional. Porque trabajar sobre una imagen procesional tiene componentes que, en un momento dado, pueden escapársele al profesional. La devoción por un Cristo o una Virgen va mucho más allá de lo que es la talla en el aspecto artístico. Y eso lo conocía a la perfección Laura.

Fueron muchos los encargos que realizó y por los que se granjeó el respeto de sus compañeros de profesión y la admiración de quienes contemplaban el trabajo terminado. Pero detrás de todo ello estaban las horas y horas de investigación denodada; no cejar en su empeño por saber más y más de cada uno de los autores y de sus obras. De hecho, solía decirse por el IAPH que Laura Moreno poseía una de las mejores bibliotecas sobre arte de toda Andalucía. Ella, empero, cambiaba de conversación siempre que surgía ese tema. Era muy celosa a la hora de salvaguardar su vida privada y la defendía con uñas y dientes, de la misma forma que luchaba por seguir avanzando en su carrera y sus conocimientos y por ganarle tiempo y sitio a la falta de paciencia.

Falta de paciencia que también le puso en un brete en cuestiones amorosas. Es verdad que nunca se le dieron bien y que en las dos ocasiones en las que mantuvo relaciones más allá del flirteo y que se prolongaron por espacio de algunos meses, las cosas fueron de mal en peor. El fuerte carácter de Laura chocaba, en la mayoría de las ocasiones, con las pretensiones de quiénes ocupaban un lugar en su corazón. Era por eso por lo que su vida sentimental, si no un desastre, no había sido hasta ahora precisamente un remanso de paz donde encontrar cobijo en los momentos de tranquilidad y a la hora de separar el trabajo de lo personal. Cuestiones, por otra parte, que en ella eran prácticamente lo mismo las veinticuatro horas del día. Por mucho que en no pocas ocasiones se esforzase por deslindarlas. Al final terminaba dominando el trabajo, sus ansias por conocer más y más de un mundo, una cultura, una forma de entender en definitiva la vida, que le hacían que ora sí ora también se dedicase a ello empleando sus cinco sentidos.

Por fin la interminable fila de coches comenzó a moverse. Metió la primera marcha y avanzó, de forma lenta, por el carril. Sonó el móvil, que estaba situado en el asiento del copiloto. Miró de reojo mientras intentaba adelantar al vehículo que se encontraba justo delante y pudo ver en la pantalla la palabra «JEFE». «Vaya, ya están allí y a mí me queda todavía llegar y, lo que es peor, aparcar. Tendrán un cabreo monumental».

El sonido de la llamada se repetía una y otra vez. Se decidió, finalmente, a cogerlo, a sabiendas de que si había por allí algún policía podía ser multada. Se arriesgó.

—¿Dígame?

—Laura, soy yo, Miguel Ángel —se oyó al otro lado del teléfono móvil—. ¿Dónde te metes? Llevamos ya un tiempo en la capilla y los políticos se están poniendo nerviosos.

—Perdone, jefe, pero es que estoy en medio de un atasco. En cinco minutos llego. Distráigales con algo. Cuéntele la vida y milagros de Juan de Mesa.

—Te quiero ver aquí en cinco minutos. No podemos esperar más. Date prisa.

Las palabras de Miguel Ángel del Campo resonaron en el oído de Laura. «Realmente está cabreado. Me va a caer una buena. Pero es que no podía salir antes del Instituto. Si no dejo a aquella imagen con la pátina puesta mañana habría sido tarde. Lo peor es que estos políticos no entienden de nada y lo que quieren sólo es hacerse la foto para salir en los periódicos. Menuda fiesta habrán montado en la iglesia. Ya me veo a esta gente rodeada de periodistas, cámaras de televisión y fotógrafos... lo que hay que aguantar para que las subvenciones no falten».

Consiguió aparcar, mal que bien, a escasos metros de la capilla de Montserrat. Faltaba algo menos de media hora para que finalizase el horario establecido para la carga y descarga de los vehículos de aprovisionamiento de establecimientos, bares y restaurantes. Pero el hueco estaba libre y Laura lo contempló como una buena tabla de salvación. El gorrilla se acercó con rapidez y le abrió la puerta.

—No se preocupe, señora. Ya no creo que venga ningún camión.

—Eso espero, amigo. Tome —dijo mientras le daba una moneda de un euro.

—Muchas gracias. Aquí está bien aparcado. Si viene la Policía, yo le digo algo.

—Claro, claro —respondió Laura mientras levantaba la puerta del maletero y sacaba una maleta de cuero, desgastada por el uso, muy abultada.

Cruzó la calle sin mirar siquiera si venía algún coche en aquellos momentos. Se dirigió hacia la capilla de Montserrat y pudo comprobar cómo, efectivamente, la puerta de entrada se encontraba repleta de periodistas. «Bueno, con esta gente que lidien los jefes. Yo a lo mío. Lo que espero es que me dejen trabajar con tranquilidad».

También en la puerta se encontraba Miguel Ángel, que departía con algunos de los periodistas. Se le veía nervioso y no hacía más que mirar su reloj mientras asentía con la cabeza a lo que le decía un hombre que conversaba con él.

—Ya estoy aquí, jefe —interrumpió Laura.

—¡Hombre! ¡Por fin! Un poco más y te quedas sola en la capilla. Anda, vamos dentro que están muy nerviosos.

Laura saludó levemente a los periodistas que se encontraban apostados en la puerta de la capilla y siguió a su jefe. En el interior del templo esperaban el consejero de Cultura de la Junta de Andalucía, acompañado del delegado provincial Bienes Culturales y varios miembros de su gabinete. Igualmente estaba el sacerdote de la capilla y el hermano mayor de la Hermandad de Montserrat junto con otros cargos de la junta de gobierno de la cofradía. En total serían unas quince personas.

Miguel Ángel del Campo se acercó hasta el consejero y le presentó a Laura Moreno.

—Consejero, esta es Laura Moreno, nuestra técnico y especialista en todo lo concerniente a cuestiones de arte. Puedo decirle, sin temor alguno a no equivocarme, que es la persona más entendida en la vida y obra de Juan de Mesa.

—Muy bien —el consejero le tendió la mano—. Soy Francisco Castaño, consejero de Cultura. ¿Cómo está usted?

—Muy bien, gracias. Nos conocemos de cuando usted presentó la restauración de la Inmaculada de Murillo a los medios de comunicación, hace ahora un año y medio. Me cedió la palabra para que explicase los pormenores de los trabajos realizados.

—Ah, es verdad —respondió sin mucha convicción el consejero, más preocupado de solventar el trámite cuanto antes y abandonar aquel lugar—. Bien, y dígame, ¿qué va a hacer?

La pregunta hizo que la nave de la capilla quedase en silencio. Los presentes dirigieron la vista hacia la restauradora, quien se dio cuenta de que todos esperaban una respuesta satisfactoria.

—Verá, consejero. Ustedes piensan que voy a examinar la imagen, le voy a dar un par de vueltas y voy a emitir un veredicto. Pero no es así. Comprendo que fuera estén muchos medios de comunicación ávidos de una noticia. Pero ahora mismo eso es imposible.

—¿Qué quiere decir?

—Que no se trata de hacer una valoración a la ligera. Mi superior me ha hecho venir hasta aquí para que haga un diagnóstico de la talla del Crucificado y diga si es el original o una copia. Pero eso no puede saberse así como así.

Miguel Ángel del Campo comenzó a sudar. El espacio, pequeño, contribuía a crear un ambiente algo sofocante que iba subiendo de grados a tenor de la respuesta de Laura Moreno. Su jefe conocía a la perfección las reacciones que tenía cada vez que se encontraba delante de una imagen. Las trataba como si fuesen seres humanos y no soportaba que cualquier advenedizo quisiese salir del paso con una restauración de tres al cuarto. De hecho, esta forma de pensar y actuar no era del agrado de muchos de sus superiores. Él mismo había tenido, en no pocas ocasiones, que mediar para justificar los argumentos de Laura. Sin embargo, los resultados saltaban a la vista cada vez que concluía un trabajo. Pero, claro, la tirantez que se producía hasta que todo terminaba hacía que incluso perdiese kilos. Lo peor de todo, que en esta ocasión también parecía que la situación iba a tomar un camino parecido a otras veces. La respuesta que acababa de dar al consejero de Cultura así lo presagiaba. Respiró profundamente y se dispuso para lo peor.

—Señorita —respondió el consejero de Cultura—, si no tengo entendido mal, usted está más que capacitada para emitir un veredicto acerca de la autenticidad de la imagen y su autoría. No me dirá que se puede haber hecho un trabajo tan perfecto que este Cristo —se volvió hacia la talla y la señaló—es una copia que han depositado aquí, así como así, llevándose la original.

Laura Moreno se lo pensó dos veces antes de responder. No quería, por nada del mundo, que las palabras que debía pronunciar solivantasen a aquellas personas que esperaban una respuesta acorde con lo que habían venido a hacer, que no era otra cosa que salir a la calle y decir a los periodistas que aquél, en verdad, era el Cristo de la Conversión del Buen Ladrón y que las acusaciones hechas por el anciano muerto se debían a una situación de delirio provocadas por un shock traumático cuando estuvo a punto de ser atropellado por un coche.

La mirada de Miguel Ángel del Campo delataba ese nerviosismo propio de quien espera lo peor. Sin embargo, alguien se adelantó a la respuesta de la profesora.

—Me parece una estupidez todo este embrollo que se ha montado. No entiendo cómo podemos estar aquí discutiendo sobre si es o no la imagen del Cristo de la Conversión. Por favor, vamos a ser serios y a dejarnos de paparruchadas propias de personas sin cultura alguna.

Quien acababa de hablar era el hermano mayor de Montserrat. Laura se fijó en él y entonces se dio cuenta de que a su lado se encontraba una persona a la que reconoció en ese momento. La expresión del rostro le cambió y buscó con la mirada algún gesto de su superior.

Se trataba de Enrique Carmona Ponce, afamado restaurador de imágenes y toda una eminencia en ese campo. Empero, Laura no compartía sus métodos de trabajo y en varias ocasiones había disentido sobre la forma de recuperar una escultura. Hacía tres años que abandonó el IAPH para instalarse en solitario y por su cuenta. Pero en los seis que estuvo se encontró con la oposición de ella en la mayoría de las ocasiones. Sobre todo cuando llegó hasta el Instituto la imagen de Nuestro Padre Jesús de la Misericordia, de Almería, una talla venerada por cientos de miles de fieles y que arrastraba serios problemas de estructura y, por encima de todo, de encarnadura. Enrique Carmona trastocó la policromía de tal manera que muchos incluso denunciaron que se trataba de otra imagen. Esa misma teoría la sostenía Laura Moreno, que llegó a desafiar públicamente a Carmona, un hecho que hizo que se produjese un pequeño cisma en el IAPH. Meses más tarde, Enrique Carmona anunció su salida del Instituto. Ahora recibía importantes encargos de reconocidas hermandades y cofradías de Sevilla, provincia y del resto de Andalucía, ya que era una persona con extraordinarios contactos. De hecho, pertenecía a varias hermandades hispalenses con peso específico en el entramado social sevillano y desde que trabajaba en solitario fueron muchas de estas corporaciones las que optaron por sus servicios en detrimento de la institución pública. El IAPH contaba con los mejores medios materiales para la realización de restauraciones harto complicadas, pero el propio Carmona se encargaba de desacreditarlo, algo que Laura no soportaba, sobre todo por la falta de sensibilidad que él mostraba a la hora de intervenir una imagen.

—Por lo que veo, no han requerido solamente mi opinión —espetó Laura.

—Perdone —respondió el hermano mayor—. Si se está usted refiriendo a Enrique Carmona, he de comunicarle que es el restaurador oficial de nuestra Hermandad y, como ya sabrá, persona más que cualificada para emitir un juicio de esta importancia.

—Amiga Laura —terció Carmona—. Me alegra verte de nuevo. Supongo que de tus primeras palabras puede deducirse que lo que piensas es que lo mejor es trasladar la imagen al IAPH y realizarle un estudio pormenorizado.

—Así es. Es lo más lógico teniendo en cuenta de que no están seguros de que sea la original. No creo que usted lo sepa, de un simple vistazo, si es así. Yo, al menos, no sabría discernirlo aquí y ahora.

—Pues eso significa, entre otras cosas, que no conoces tan bien la talla como tu currículo dice. Siendo de Juan de Mesa y Velasco y una de las más reconocidas, lo normal es que viéndola pueda saberse si es la original o no. Aquí estamos una serie de personas que, por el momento, no hemos notado diferencia alguna ni percibido algo, un detalle, que nos haga pensar que se trata de una copia.

—Entonces, ¿por qué me han llamado?

—Señorita —interrumpió el consejero de Cultura—, todas las opiniones de expertos son válidas. Y por lo que cuentan sus superiores, usted es toda una erudita en Juan de Mesa. Por lo tanto, creo que su presencia está más que justificada. Espero, en todo caso, que las diferencias que mantiene con Enrique Carmona, algo que salta a la vista, no conviertan este hecho en un tema personal o de celos profesionales.

Nuevamente se contuvo para no soltar un improperio. Se dio cuenta Miguel Ángel del Campo, que no sabía ya dónde meterse ni qué hacer para que acabase aquella embarazosa situación que por momentos se estaba volviendo tan cargante y espesa que podía cortarse con un cuchillo.

—Ya les he dado mi opinión —dijo mientras se acercaba a la talla y las personas que se encontraban justo delante se apartaban para que pudiese pasar—. Así, a primera vista, se trata de la imagen del Cristo de la Conversión del Buen Ladrón. Sin embargo, son ustedes los que albergan dudas y, por tanto, lo mejor es realizar un estudio exhaustivo que pueda arrojar más luz a todo este embrollo.

—Y, claro, quieres que sea en el IAPH —dijo con cierta ironía Enrique Carmona.

—Eso me da igual. Yo sólo soy una trabajadora del Instituto y me someto a lo que digan mis superiores. Quieren ustedes mi opinión, pues ya la tienen: para saber si es la imagen original hay que someterla a un TAC y luego a una serie de estudios estratigráficos que nos den el veredicto. Y, como dice el señor Carmona, eso sólo se puede llevar a cabo en las dependencias del IAPH. Porque, según tengo entendido, usted no posee este tipo de maquinarias y cuando debe realizar alguno de estos análisis deriva a la imagen a un centro de salud privado.

—¿Está insinuando que no estoy capacitado para realizar este tipo de trabajos?

El tono de voz de Carmona había cambiado y su expresión era ahora seria y desafiante.

—Yo no he dicho nada de eso. Me han llamado para que dé mi opinión y lo acabo de hacer.

—Señores —terció el consejero intentando calmar los ánimos al ver que la situación se estaba volviendo insostenible—, vamos a reunirnos y entre todos decidiremos qué es lo mejor para deshacer este entuerto que se nos está yendo de las manos. Si lo estiman oportuno, podemos entrar en la sacristía y deliberar. Miguel Ángel —se dirigió al superior de Laura—, ya le comunicaremos la decisión.

Aquellas palabras indicaron claramente que ni él ni su subordinada iban a participar en dicha reunión.

—Lo que usted diga, consejero. Me tiene a su disposición en las dependencias del Instituto Andaluz de Patrimonio Histórico, como siempre.

Del Campo estrechó la mano del consejero e hizo lo mismo con el hermano mayor de Montserrat, con Enrique Carmona y con el sacerdote. Empero, Laura hizo un gesto leve con la cabeza y se dio media vuelta para dirigirse hacia la puerta, por donde salió acompañada de su jefe.

Los periodistas que se encontraban en el exterior se acercaron a ambos. Uno de ellos se digirió a Miguel Ángel del Campo.

—¿Se ha descubierto algo?

—No le puedo decir nada porque no ha pasado nada. En todo caso, cualquier declaración corresponde al consejero de Cultura de la Junta de Andalucía. Espero sepa comprender mi posición.

Cruzaron la calle. Miguel Ángel anduvo junto a Laura en dirección al coche de ella.

—¿Vas para el IAPH?

—¿Y adónde si no voy a ir?

—¿Te importa llevarme? He venido con el consejero.

—Claro que no. Pero lo único que te pido es que me expliques qué ocurre. No sé para qué me han llamado estando ahí el estirado de Carmona. Sabes que no es persona de mi agrado y mucho menos el trabajo que realiza. No sé por qué tenemos que competir con un fantoche como ése que lo único que quiere es figurar y salir en los periódicos.

—Política, Laura, política. Desgraciadamente este mundo se mueve a golpe de política.

—Pues qué bien. Pero quiero que sepas una cosa: si este tío se entromete en mi trabajo, vamos a tener serios problemas.

—No digas eso. Sabes de sobra que tienes total libertad para actuar cada vez que restauras un cuadro o una imagen.

—Por eso mismo te lo advierto. No estoy dispuesta a compartir ni un solo minuto con Carmona. Si el consejero, que es lo que me temo, le permite trabajar en nuestras dependencias, te digo desde ya que conmigo no cuentes.

—Creo que estás llevando las cosas demasiado lejos.

—¿Pero es que no has visto cómo trabaja y cómo se las gasta ese individuo? Es increíble la forma de destruir el patrimonio. Me niego a compartir conocimientos con alguien a quien le importa un bledo esta profesión y que no siente el más mínimo amor por imágenes que significan un legado de nuestros antepasados. Debemos conservar el patrimonio, no destruirlo. Y Enrique Carmona, precisamente, se dedica a esto último.

Subieron al coche. El tráfico había disminuido sensiblemente, si bien no era fácil avanzar. Ambos permanecían callados en el trayecto hacia el Instituto. La expresión de Laura delataba que se encontraba contrariada por los sucesos acontecidos en la capilla de Montserrat. Miguel Ángel quiso introducir un poco de relax en la situación.

—¿Cómo llevas la restauración de la talla del San Juan Evangelista?

—Antes de ir hacia la iglesia la he dejado con una capa de pátina. Mañana iniciaré los trabajos de policromía. Eso si no estoy fuera del Instituto.

—¿Qué insinúas?

—Estoy harta de los políticos. No comprendo por qué tienen que meter sus narices en algo que no les concierne.

—No olvides que son ellos los que financian los trabajos que realizamos.

—Eso no les da derecho a saber de esto ni a entrometerse en la forma de trabajar. Deberían dejar hacer a los que saben y así todo iría mejor. Nunca se preocupan de nada y cuando huelen que puede haber algo bueno para sus intereses, ahí están en primera fila. El rumor extendido de que esa imagen es una copia ha hecho que salgan de sus ampulosos despachos. Estoy segura de que no serían capaces de distinguir un crucificado de un cautivo ni un Murillo de un Velázquez. ¿Y quieres que esté tranquila? Ya me los imagino presionando y, lo que es peor, poniéndote en un aprieto. No me gustaría estar en tu pellejo, Miguel Ángel.

—No me has dicho nada del Cristo de la Conversión.

—No sé a qué te refieres.

—¿Hay algún indicio que te haga pensar que no es el original?

Laura Moreno siguió conduciendo. El calor era más agobiante a esa hora del mediodía. Aceleró cuando estuvo a la altura de un semáforo en ámbar. Un fuerte pitido indicó que a punto había estado de darle a un coche que transitaba por la calle perpendicular. Cruzó con rapidez el Puente del Cristo de la Expiración y tomó la vía de servicio que daba acceso al recinto de la Isla de la Cartuja, el espacio que en 1992 acogió la Exposición Universal de Sevilla. Pasaron frente al edificio del World Trade Center y a Torre Triana, una de las sedes de la Junta de Andalucía. En sentido contrario comenzaba a formarse un atasco importante. Muchos funcionarios abandonaban su lugar de trabajo y se dirigían rápidamente hacia sus domicilios. Entonces Laura respondió.

—Nada más entré en la capilla me di cuenta de que, efectivamente, no es el original. Se trata de una copia y, además, algo burda.

—¿Estás segura?

—Miguel Ángel, intenta por todos los medios que esa talla venga al Instituto. Carmona también lo sabe, estoy convencida, y hará todo lo posible para que no trascienda este hecho. No sé qué es lo que ha podido pasar, pero esa imagen no es el Cristo de la Conversión del Buen Ladrón. Juan de Mesa y Velasco era un genio. El que lo ha hecho, un chapucero.

Dos mil reales de a treinta y cuatro maravedís, cada uno, que yo hube de haber por las hechuras de un Cristo con la Cruz a cuestas y de un San Juan Evangelista que hice de madera de cedro y pino de Segura, de estatura de dicho Cristo de diez cuartas y media poco mas de alto...

Extracto del contrato de hechura de Señor del Gran Poder.

III

Los chillidos de los chavales jugando por la calle parecieron animar a Juan de Mesa. En cierta medida, aquella algarabía le retrotraía a sus tiempos de juventud. Esbozó una tímida sonrisa en sus labios al verse también correteando por las angostas calles cordobesas, en medio de un calor sofocante. Aquella circunstancia hizo que tomase de nuevo la gubia y se dispusiese a seguir con su trabajo. «Mañana puede ser el gran día que esperamos». En verdad mantenía, cada vez que trabajaba en la cabeza del Nazareno, una conversación con Él. Se sentía plenamente identificado no sólo con la obra que estaba realizando, sino con el sentido de aquella escultura. «¿Quién puede haber más grande que Dios, que su Hijo? Tú eres quien está posibilitando que todos puedan contemplar esa grandeza. Y has sido tan magnánimo que te has fijado en mí, un pobre servidor, para que muestre al mundo cuán fuerte es tu poder. Sé que me estás dando fuerzas, que no te separas de mi lado y que en cada golpe de gubia está tu mano para guiar las mías. Sólo así es factible lo que se refleja en este trozo de madera. Quién sabe si más adelante, con el paso de los años, serás el referente para cientos de miles de cristianos. Es la única forma de servirte. Otra cosa no sé hacer. Pero en esto pongo todo mi empeño. En ello me va la vida. Tú lo sabes, Jesucristo Todopoderoso, y estás conmigo en todo momento. Nunca, nunca, podré agradecerte lo que estás haciendo por mí».

Continuaba con su labor. El rostro que tenía fijado en su mente iba tomando forma en la madera. Juan de Mesa quería que fuese igual, que no quedase sin plasmar ni uno solo de los detalles que veía una y otra vez. «Dolor, sufrimiento, perdón. Grande es tu Poder, Señor, infinita tu misericordia». Las lascas de la madera seguían cayendo al suelo. Comenzaba a anochecer pero el tiempo, en aquellos momentos, no existía para el escultor. Seguía moldeando, dando forma, entresacando de cada estría el dolor y el sufrimiento del Hijo de Dios. Los chavales seguían chillando fuera. El buen tiempo contribuía a que se prolongase más tiempo su estancia en la calle. Eran momentos en los que las penurias, el hambre y la desazón se dejaban a un lado. Sevilla, en todo caso, no podía quejarse en cuanto a su modo de vida. Sus habitantes, los más, disfrutaban de un status apacible. Claro que, como en cualquier ciudad, las penas también tenían cabida entre la población.

Sin embargo, todo aquello parecía no importante a Juan de Mesa. Su trabajo le tenía totalmente sumido en un estado que entremezclaba el placer por lo que estaba haciendo con la incertidumbre de no saber si aquella obra sería merecedora del beneplácito de su maestro y de las personas que la habían encargado, la Cofradía del Traspaso. Es por ello que se afanaba aún más si cabe por buscar la perfección en aquel rostro. Conocía de manera extraordinaria la anatomía humana. Y a diferencia de Martínez Montañés, él se había dedicado en exclusiva a realizar imágenes religiosas, muchas de las cuales presidían las procesiones sevillanas. Era algo que también le llenaba de orgullo. Pero su condición y su carácter le impedían figurar y hacer ostentación de autoría. Era muy distinto a su maestro pero no le importaba estar, en cierta medida, en el anonimato, en la sombra.

En su círculo estaba muy bien considerado, e incluso pertenecía a la cofradía del Silencio, una corporación muy distinguida en aquella Sevilla en la que la sociedad se medía por un rasero extraordinariamente clasista. En su caso, Juan de Mesa podía sentirse satisfecho, en lo personal, con aquella acogida. Sabía que aquellas personas elogiaban su trabajo y ensalzaban las obras que habían salido de su gubia. Así se lo hacían saber cuando acudía a la Casa Hospital de San Antonio Abad, sede de la cofradía de Nuestro Padre Jesús Nazareno. Precisamente, la fuerza de aquella imagen le tenía fascinado. Pero fuera de aquel ámbito, se esforzaba por pasar desapercibido. No quería, por nada del mundo, que le pudiesen tachar de prepotente. Nunca lo había sido y ahora no iba a cambiar. Una vida normal y corriente, sin ningún escándalo que salpicase su honor y la consideración que los demás tenían hacia su persona. Muy distinto el comportamiento de Juan Martínez Montañés. Antagónicos en muchos aspectos, puede decirse que se complementaban a la perfección. Quizá por la condición del discípulo de no sobresalir en nada.

El trabajo era lo principal y una consecuencia de su vida cristiana, sencilla, sin nada que se saliese de lo común en el día a día. Ahí radicaba la grandeza de Juan de Mesa. Los que le conocían así lo hacían constar a cuantos preguntaban por él. Lo más sorprendente de todo, máxime en el gremio en el que se movía, es que nada de ello era forzado sino natural, espontáneo. Lo ponía en práctica porque así lo entendía y no sabía actuar de una manera distinta. «¿Quién quiere alardear de ser lo que no se es? No sería capaz de hacer algo que no fuese con mis convicciones. Eso lo sabes bien, Señor, y es por ello que si alguna vez no me reconoces, me conmines a que deje el mal camino y vuelva al redil. Las tentaciones están en cualquier rincón de la ciudad. Pero las pruebas más duras son las que nos sirven a todos para seguir y no caer en el pecado. Toma tu Cruz y sígueme. Voy contigo, Señor. Quiero padecer lo que Tú sufriste y ser tu cireneo para que el peso del madero te sea más liviano. No te abandonaré. No me abandones».

Sonó un golpe en la puerta de entrada. Juan de Mesa reaccionó y se dio cuenta de que estaba en aquella habitación alquilada abstraído totalmente con sus pensamientos. Miró hacia una de las ventanas y comprobó que el sol ya estaba a punto de esconderse. Y se vio con la gubia en la mano y, enfrente de él, el rostro de Cristo.

De nuevo sonó otro golpe en la puerta. Antes de que pudiese abrir se oyó una voz al otro lado.

—¡Juan! ¡Juan! ¿Está ahí?

La reconoció al momento. Era María, su esposa. Aquella circunstancia pareció descolocarle. No era normal que ella acudiese al improvisado taller. Sin embargo, estaba claro que se encontraba allí, al otro lado de la puerta. Una sensación de alegría le invadió pero también un sentido de culpabilidad por no haber pasado por casa en los últimos días. «El trabajo es importante, y mucho más éste, pero no debería dejar tanto tiempo sola a María. Me comprende y me estima; me respeta y apoya mi trabajo. Pero, ¿quién soy yo para dejarla sola en casa, sin pasar ni una vez, aunque sea sólo un momento? Su enfado está más que justificado».

Cubrió la cabeza del Nazareno con la sábana y buscó un cepillo para quitarse de la ropa las virutas. Se alisó algo el pelo y comprobó el mal aspecto que presentaba. Dormía poco y mal, comía peor y la salud no estaba en su mejor momento. Intentó cambiar su mirada y su expresión para que así la amada esposa, al menos, no se asustase de su estado, algo que no parecía probable.

Se dirigió a la puerta y la abrió. Juan se encontró con María cara a cara. Era más joven que él, de una dulzura en la mirada extraordinaria. Cabello castaño, recogido atrás. Vestía una especie de túnica morada, ajustada a la cintura con un cíngulo. Portaba en su antebrazo derecho un pequeño canasto de mimbre. Se quedó mirando a su marido, que no dijo nada.

—¿Es que no me vas a invitar a pasar, Juan?

Reaccionó de forma mecánica.

—Perdona, María. Pasa, pasa.

Entró con una elegancia fuera de lo común. Sus andares le conferían un aspecto mucho más elegante de lo que aparentaban sus ropajes. Sencilla pero extremadamente natural. Finura en cada paso que dio hasta darse la vuelta y quedar, de nuevo, frente a su esposo. Sosteniendo con las dos manos el pequeño canasto, que colgaba a la altura de las piernas, miró a su alrededor con un movimiento de cabeza suave y limpio. Comprobó en cuestión de segundos el estado de la habitación. No dijo nada. De pronto, fijó la mirada en el bulto que escondía la sábana. Sabía que allí se concentraba todo el trabajo de los últimos días, las últimas semanas, de su marido. Le llamó la atención que estuviese cubierto. No acertaba a comprender que no quisiese mostrárselo. Tuvo, en un momento dado, la tentación de pedirle que se lo enseñase, aunque desistió enseguida por temor a que él no compartiese esa idea. Debía de salir de Juan de Mesa. No le podía forzar. Así se comportaba siempre cuando trabajaba. Muchas de sus obras, realizadas en el taller de Martínez Montañés, no las había contemplado hasta estar totalmente concluidas. Conocía la forma de actuar de su esposo y no tenía intención de variar ni un ápice aquellas manías de él. Empero, la curiosidad era más fuerte que otras veces. Sobre todo porque aquella imagen le tenía sumido en un estado febril que bien podía costarle un disgusto.

Juan de Mesa no emitía palabra alguna. Entonces ella desvió la vista hacia él. Se dio cuenta de su deplorable estado y de la mala cara que presentaba. Sin duda alguna había pasado días muy malos en cuanto a salud. No podía evitar sentir, en aquellos momentos, pena por el hombre al que amaba. Comprendía la importancia del trabajo pero no compartía que en ello le fuese, si era menester, la vida.

—¿No me vas a decir nada? —intervino por fin.

—Perdona, María, pero parece que estoy en otro mundo. No sé por qué no he ido todavía a casa para verte. La verdad es que ando muy ocupado. Ya ves, aquí estoy con esta obra.

Ella no respondió. Volvió a recorrer con la mirada la habitación, fijándose hasta en los más pequeños detalles. Luego, al cabo de unos segundos, se decidió a hablar.

—Está todo hecho un asco. No sé cómo puedes vivir aquí. Si al menos vinieses a casa a dormir. No está tan lejos y por la noche no haces nada quedándote aquí.

—No te lo tomes a mal, esposa, pero sabes que, de repente, puedo comenzar a gubiar. No hay horas y a lo mejor, en mitad de la madrugada, me viene la inspiración.

Entonces ella se dio cuenta de la infinidad de dibujos que colgaban de las paredes. Reflejaban todos el rostro de aquel Nazareno que iba cobrando vida en la madera. La inclinación de la cabeza era siempre la misma; el ángulo exacto y contundente. Pocas variaciones entre unos y otros.

—¿Has comido algo?

—Poca cosa. He estado esta mañana en el taller del maestro. Mañana quieren venir a ver la obra los miembros de la Cofradía del Traspaso. No he parado en todo el día.

—Anda, hazme un hueco en cualquier sitio para que, al menos, tomes algo decente y repongas fuerzas. Las vas a necesitar.

Apartó de la mesa los utensilios de trabajo como pudo y con un paño quitó el polvo de virutas que se esparcía por toda la estancia. Cogió una silla y se la ofreció a María. Luego tomó un pequeño taburete y se sentó.

Ella puso en la mesa la cesta y comenzó a sacar las viandas que contenía. Alargó el brazo y le dio a su esposo un trozo de pan blando. Luego una salazón. Juan de Mesa probó un primer bocado y aquello le supo a gloria. Ella también tomó lo mismo. Sentados frente a frente, fueron comiendo en silencio.

—¿Cuándo vas a ir a un médico para que te reconozca?

Sabía que aquella pregunta iba a llegar tarde o temprano. La esperaba desde el primer momento en que entró en la habitación. Aunque también sabía que ella poseía un tacto delicado y extraordinariamente sutil para no herir su sensibilidad. Pero su aspecto le delataba. No podía disimular que se encontraba mal. Incluso haciendo un esfuerzo por enmascarar su estado María lo había visto nada más llegar.

—Me encuentro mucho mejor. Esta mañana tuve un golpe de tos fuerte pero con el paso de las horas desapareció. Te agradezco que hayas venido. Sabes que soy un despistado y que esta noche, lo mismo, me hubiese quedado sin tomar nada. No sé cómo voy a poder agradecerte lo pendiente que estás de mí.

—Lo único que tienes que hacer es cuidarte. Tu salud no es la mejor y si encima te pasas los días en este cuarto, aspirando tanto polvo de virutas, vas a caer enfermo y entonces no habrá remedio alguno que sirva para que te levantes de la cama.

—No hables así, mujer. Tan mal no estoy. Ya verás como todo cambia cuando concluya la obra.

Siguieron comiendo. Un poco de vino sirvió para que Juan de Mesa saborease mucho mejor las viandas. Se sentía con hambre. En verdad era el primer bocado decente en varios días, y eso se reflejaba en su rostro, mucho más animado. Pero, sobre todo, su placidez venía dada por la presencia de María. Sin querer encontrarse de manera directa con la mirada de ella, la contemplaba cuando se introducía un trozo de pan en la boca. Estaba más bella que nunca, o al menos eso le parecía. Sus ojos irradiaban una ternura que en muy pocas mujeres había visto. Se presentaba ante él como lo que era: su único y verdadero amor. Y no podía por menos que sentirse avergonzado pensando en las horas, los días, que se llevaba sola en la casa, sin tener noticias de él, sin conocer su estado físico. «He sido realmente injusto con ella», pensaba mientras ambos seguían comiendo.

El silencio confería a la estancia un estado de bienestar que le llegaba a lo más profundo. No hacían falta palabras para sentirse a gusto y reconfortado. Tan sólo su presencia era suficiente para sentirse descansado, tranquilo, sosegado. Sin embargo, ella rompió aquel momento. Sabía cuándo debía hacerlo. Se dio cuenta de que su esposo se encontraba bien.

—¿Cómo va la imagen?

Juan de Mesa paró de comer. Tomó una servilleta de las que había traído María en la pequeña cesta y la pasó por sus labios para limpiarse los restos de comida que podían quedarle en las comisuras. Sin decir nada, dejó el trozo de pan y la servilleta en la mesa y se levantó. Se dirigió hacia el bulto que tapaba la sábana.

—¿Quieres verla? —dijo mientras tomaba el trapo con la mano derecha y quedaba en ademán de tirar de él.

María no volvió la vista y siguió comiendo.

—Eso depende de ti, Juan. Sabes que nunca te he dicho que me enseñes tu trabajo. Tú eres quién decide esas cuestiones.

Entonces él comprendió que ya no le quedaba más remedio que enseñárselo. Con un movimiento algo brusco hizo que el busto del Nazareno quedase a la vista de ambos. Ella sabía que ahora debía girarse y contemplarlo, pero esperó unos segundos a que él la invitase a hacerlo. Era una especie de juego que mantenían cuando él no se oponía a que María viese su trabajo. Había sucedido con otras imágenes de Cristos. No ocurría, empero, con figuras secundarias, caso de los sanjuanes. Precisamente ella ya tenía perfecto conocimiento del que también debía de entregar a la Cofradía del Traspaso junto con el Nazareno. Pero con éste último la cosa era distinta. Sólo conocía los primeros dibujos que había esbozado y los que colgaban de las paredes de la estancia, mucho más rematados y que, en teoría, debían plasmarse en la madera. Desde que se sentaron a comer ella fue componiendo en su mente el rostro de aquel Jesucristo que ahora se le ofrecía en toda su plenitud. Fue finalmente él, como estaba previsto, quien dio el paso.

—Aquí lo tienes, María.

Ella se volvió lentamente. No quería, por nada del mundo, que pensase que estaba ansiosa, como así era, por ver la imagen. Sus ojos se posaron, directamente, en los de la talla. Y entonces comprendió al momento por qué Juan no quería que viesen su trabajo hasta que estuviese concluido por completo. Dios se había instalado en la madera. Ésa fue la primera de las conclusiones que sacó cuando vio la imagen. La expresión que irradiaba aquel busto era sólo comparable con una puesta sol cerca del Guadalquivir o con la inmensidad de los campos castellanos, al atardecer, que ambos habían recorrido en varias ocasiones. La congoja se apoderó de María y tuvo apartar la vista. No podía mantener esa visión directa con los ojos de aquel Cristo, todavía inconcluso pero que ya definía totalmente lo que quería dejar su marido en la madera.

No habló en aquel momento. Se levantó de la silla y se acercó hasta la talla. A la derecha se encontraba Juan, que todavía sostenía en su mano la sábana. Miró a su esposa intentando descifrar lo que pensaba de su obra. Sabía, estaba convencido, que no le iba a desagradar. Pero quería conocer su opinión. ¿Quizás una cabeza demasiado grande? ¿A lo peor la corona de espinas quedaba algo apretada? Incógnitas que a él mismo se le habían aparecido mientras gubiaba y en cada golpe ponía toda su alma, todo su empeño.

María quedó a centímetros del rostro, intentando mantener la mirada con el Nazareno. Sintió un escalofrío tremendo y un impulso hizo que, lentamente, alzase su mano derecha y acariciase la mejilla izquierda de Dios. Luego, despaciosamente, recorrió con sus dedos el entorno de la barba y fue pasándolos por la comisura de los labios, por la nariz. Los desplazó por ambos ojos y, posteriormente, con el índice y el corazón, subió por la frente y fue bordeando cada una de las espinas. Él la contemplaba y no sabía qué hacer, qué decir. Quería que se pronunciase pero debía esperar. Al fin, María habló.

—No me cabe la menor duda. Es Dios.

†

Aquella mañana de 1606 el frío calaba hasta los huesos. A esa hora eran pocos los que caminaban por las calles de Sevilla. Juan de Mesa y Velasco, 23 años aunque aparentaba muchos más, había llegado desde su Córdoba natal. Estaba dispuesto a ejercer el oficio de escultor. Lo tenía decidido desde que se sintió atraído por la anatomía humana. Este hecho, combinado con sus profundas convicciones religiosas, hicieron que diese el paso necesario. De pequeño acudía a los Hospitales de Sangre y de Viejos para ver los cuerpos inertes y conocer de primera mano el rictus que deja la muerte en un cadáver. Sus padres no estaban precisamente ilusionados con el camino que quería escoger su hijo, pero se daban cuenta que aquel impulso era mucho mayor que los deseos y consejos que pudiesen darle acerca del rumbo que debía tomar en la vida.

Juan de Mesa y Antonia de Velasco, sus padres, le inculcaron desde que tuvo uso de razón la fe en Jesucristo y María. Hondas convicciones religiosas que, sin duda, marcaron el devenir del pequeño Juan, desde muy joven atraído por la figura humana y la manera de plasmarla en la madera para representar a Cristo, tanto en la Cruz como camino del Calvario. No era Córdoba, precisamente, el lugar ideal para profundizar en aquellas cuestiones y aprender el oficio de escultor. Es por eso que, tras asistir al estudio del pintor Antonio Fernández, padre de Felipe, Gaspar y Federico de Ribas, e ingresar en el taller de Francisco de Uceda, decidió probar fortuna, ya sabiendo manejar los utensilios del arte de la imaginería, en el taller del afamado Juan Martínez Montañés.

Una circunstancia marcó aquella determinación en el joven Juan de Mesa: la muerte de un conocido, mayor que él unos cuantos años. Al enterarse de la noticia acudió a su casa, muy cerca de la calle en donde él vivía con sus padres. En aquel barrio cordobés los dimes y diretes estaban a la orden del día. Por eso, cuando conoció la muerte de aquella persona, no dudó ni un solo instante en ir.

La entrada estaba totalmente abarrotada de gente. Amigos, conocidos, personas del barrio que, al igual que

Juan de Mesa, querían ver el cadáver. Una especie de morbo recorría el ambiente. Unos decían que si la muerte le sobrevino por el escorbuto; otros que en un momento dado pudo contraer cualquier enfermedad venérea... la muerte, casi siempre, conllevaba en aquellos años, principios del siglo XVII, esta serie de conjeturas.

Juan de Mesa accedió por el portalón que daba al zaguán. En el recibidor se encontraba una pléyade de mujeres enlutadas que se arremolinaban alrededor de otra: era la desconsolada viuda de su amigo. El muchacho dudó en un principio pero luego, haciendo de tripas corazón, echó el paso adelante y se plantó frente a ella. Ceremonioso, le tendió la mano y cogió la de la mujer, inclinándose levemente para besarla. Ella lo reconoció y entonces bajó la cabeza y sollozó. La situación era, poco menos, que embarazosa para aquel chaval de 23 años ya curtido en la vida. Sus fuertes convicciones religiosas servían para paliar el hueco que dejaba una persona al morir. Al fin y al cabo, se estrenaba el finado en una vida mejor, al encuentro del Padre, a su lado, disfrutando de la eternidad.

No hubo palabras entre ambos, tan sólo las miradas que lo decían todo. Pasados unos minutos, Juan de Mesa dio un paso atrás a la par que soltaba, con dulzura, la mano de la viuda. Al volverse siguió con la vista el reguero de personas que formaban una especie de camino que conducía a la habitación donde se encontraba el cadáver. Se abrió paso y llegó hasta la puerta. Se elevó sobre las puntas de los pies para poder divisar el cuerpo inerte por encima de las cabezas de los hombres que dificultaban el paso al interior. De pronto, sobre un camastro flanqueado por dos hachones, lo vio. Tendido boca arriba, con las manos entrelazadas a la altura del pecho, descansaba su amigo. Pero sus ojos se fueron directamente hacia el rostro. Contempló el rictus, la forma de los labios; la nariz afilada y blanca que presentaba; la palidez de las mejillas y la pulcritud de las cejas, que parecían esculpidas. Los párpados daban la sensación de estar insertados y se hundían como si la cavidad ocular estuviese hueca. Lo pronunciado de los pómulos resaltaba en medio de aquel conjunto orgánico yerto, inerte. Efectivamente, no había ni un solo atisbo de vida en el rostro. Se detuvo en todos y cada uno de los ángulos que presentaba la cara; en la caída del pelo hacia la derecha; en la posición de las orejas, mucho más bajas que cuando estaba en vida su amigo. Todos los rasgos fueron quedándose grabados en su mente.

Al cabo de un rato salió de la casa. Lo hizo apresuradamente. Había contemplado varios cadáveres en la morgue pero aquél le llamó mucho más la atención. Ya en su habitación, se apresuró a tomar un papel para plasmar lo que acababa de presenciar. Dibujo perfecto, casi calcado. La expresión de la muerte apareció poco a poco. Y a ella le añadió una corona de espinas. Dios se hizo presente en el papel.

†

No era normal que el maestro Juan Martínez Montañés aceptase aprendices con la edad de Juan de Mesa. Consideraba que ya era demasiado tarde para aprender el oficio de la imaginería. Pero el jiennense vio en las manos del joven de 23 años algo distinto a los demás. Evidentemente no comenzaba de cero. Tenía conocimientos pero, sobre todo, atisbaba en él una condición preclara para destacar por encima de los demás. Se dio cuenta en el mismo instante que, delante de un trozo de madera en bruto, hundió la gubia y, de la nada, comenzó a surgir el arte. Le llamó la atención, entre otras circunstancias, la forma de conocer las partes del cuerpo humano y plasmar el rostro Divino, como si lo tuviese incrustado en su mente. Era, sin lugar a dudas, un preciado don el que poseía aquel chaval tímido y, cualidad que se fue agudizando más con el paso de los años, temeroso de Dios siempre. Muchos años después, cuando conoció la muerte de su mejor discípulo y, a decir de muchos, la persona que «compitió» de tú a tú con el jiennense, dijo:

«Yo, Juan Martínez Montañés, quedo en terrible postración tras la muerte del muy querido alumno, ayudante y amigo, Juan de Mesa, Gran recuerdo y admiración ostente quien tuviere tan alto, el digno sentido de su trabajo. Verlo trabajar era un placer, pues no faltó de ningún saber en su labor, era minucioso y gran conocedor anatómico y bueno en la definición de sus más detallados apuntes y dibujos del cadáver».

—Así que te llamas Juan, como yo.

—Sí, maestro. Juan de Mesa y Velasco.

—Y dices que vienes de Córdoba y que tu deseo es entrar como aprendiz en mi taller.

—Así es, maestro, si vuestra merced lo estima oportuno y me concede ese privilegio.

—No suelo tener entre mis alumnos a gente de edad como la tuya. Ten en cuenta que el aprendizaje en este noble oficio ha de llevarse dentro desde prácticamente la cuna.

—La razón no le falta, maese don Juan, pero debo advertirle, si me lo permite, que anduve estudiando en mi tierra natal cuantos cadáveres pude para así poder plasmarlos en la madera. Y además, antes de llamar a su puerta estuve aprendiendo el oficio de manos del noble y prestigioso pintor Antonio Fernández, padre de Felipe, Gaspar y Federico de Ribas. Y también tuve la dicha de poder mostrar mis conocimientos en el taller de Francisco de Uceda.

—Sin lugar a dudas, muchacho, estas referencias que aludes son carta de presentación digna y fiable. Por lo que me cuentas, eres hombre de Dios y a Él es al que quieres representar en la madera.

—Si vuestra merced me lo permite, así lo intentaré.

—Es trabajo duro.

—Lo conozco, maestro.

Ambos se encontraban en la estancia del piso superior de la casa taller de Martínez Montañés. El ruido de fondo de los trabajos hacían que el joven Juan de Mesa se sintiese ansioso por poder entrar a trabajar en aquel lugar. El maestro bebía de una copa vino y paladeaba cada sorbo. Había ofrecido al chaval pero éste declinó su invitación. Su mente estaba solo pendiente de las palabras de aquel hombre que, por lo que conocía de sus trabajos, era para él uno de los grandes genios. «El Dios de la madera» se diría de él años después. Y no faltaba razón a quienes así pensaban.

Tras un rato de conversación, que a Juan de Mesa le pareció eternizarse, Martínez Montañés, dejando la copa en la mesa y limpiándose los restos del líquido elemento que habían quedado en los labios con la mano, se levantó y fue hasta un pequeño escritorio de madera, finamente tallado, y sacó un papel. Volvió a sentarse y, tomando una pluma que se encontraba en un precioso tintero en forma de cisne, comenzó a escribir.

El muchacho contemplaba aquella escena sin decir palabra alguna, esperando que fuese el maestro quien hablase.

—¿Tienes dónde dormir? —dijo sin levantar la vista mientras seguía escribiendo.

—Sí, maestro. Tuve la suerte de encontrar habitación cerca de aquí, en la collación de San Martín.

—Muy bien. Quiero que mañana, a primera hora, te vengas al taller y comiences a trabajar.

Le extendió el papel escrito para que lo leyese. Juan de Mesa, en un estado de nervios por lo que acaba de escuchar de boca de Martínez Montañés, fue recorriendo cada línea escrita. Letra barroca, preciosa, digna de un gran artista como él. El contrato de aprendizaje establecía un periodo de cuatro años y medio y en el mismo el maestro detallaba, de forma clara, que se comprometía a enseñarle el oficio «como yo sé». Al final de dicho contrato, se comprometía a entregarle «un vestido nuevo compuesto de saya, ferreruelo, calzas de paño cordobés, jubón de lienzo, dos camisas, un sombrero dos cuellos, unas medias, zapatos y un cinto».

Juan de Mesa abandonó la casa del maestro poco después. Había recibido unas cuantas monedas para que se comprase algo de ropa. Incluso Martínez Montañés le aconsejó dónde hacerlo. También le pidió que, a ser posible, evitara frecuentar tabernas y lugares de alterne demasiado tarde en la noche. «Hay que estar despejado, muy despejado, para poder dar forma a la madera».

Así lo hizo el muchacho. Atravesó el gran portalón de la casa taller y se encaminó hacia el establecimiento recomendado por el maestro para adquirir una camisola. El calor se dejó notar cuando el sol empezó a instalarse en lo alto de la ciudad. El trasiego por la calle era grande y eso animó al joven Juan, que sorteó algunos puestos de comida, muy concurridos a aquella hora de la mañana. Sintió hambre y se detuvo en uno de ellos. Compró una torta de carne y fue tomándola mientras se dirigía a la tienda. Se sintió reconfortado, pletórico. Pensaba una y otra vez en la inmensa suerte que le había deparado el destino al poder entrar en el taller del insigne maestro Juan Martínez Montañés. Esta circunstancia hizo que a su mente acudiese la imagen de Jesucristo. Se paró en seco. «Debo darle gracias a Él, al Todopoderoso, por la magnanimidad que ha tenido para conmigo. Me tiene reservado privilegios que otros mortales ni siquiera sueñan. ¿Cuántos, como yo, habrán llegado hasta el taller del maestro y se marcharon apesadumbrados por no poder cumplir con sus objetivos? Él es quien ha puesto su bendita mano sobre mí y ha hecho este milagro. Su gracia es infinita y su bondad tiene que ser correspondida».

En aquellos momentos pasaba por una capilla. Era la del Santo Crucifijo, en la Casa Hospital de San Antonio Abad. Le invadió ese estado de tranquilidad al saberse cerca de Dios. Entró por la parte trasera, la única abierta en aquellos momentos. Le sobrecogió la oscuridad en que se encontraba sumida la nave en la que se situaba el sagrario, una pieza de plata profusamente decorada. Se trataba, sin lugar a dudas, de una obra digna de los mejores plateros cordobeses. Su tierra natal era, precisamente, uno de los baluartes en cuanto a la platería.

Se postró en uno de los reposaderos y quedó de rodillas. Al lado derecho del altar, una tenue luz roja indicaba que el Santísimo Sacramento estaba expuesto a los fieles. Entrecruzó sus manos, apoyándolas en el mentón, bajó los ojos y cerró los párpados. El silencio era el dueño de todo el edificio y tan sólo los pasos, despaciosos, del sacristán rompían la armonía que se respiraba allí.

Rezó con vehemencia, dando las gracias por lo que acababa de conseguir. «Debo estar eternamente agradecido, Dios mi Señor. Sólo tu bondad infinita ha hecho que a partir de ahora pueda servirte de la mejor manera que sé:

reflejándote en la madera. Tú eres quien me ha puesto en el camino del insigne Juan Martínez Montañés y Tú eres quien a partir de ahora guiará mi gubia para que pueda mostrar a la Cristiandad cómo eres».

Quedó un buen rato en el templo. Una mezcla de placer y sufrimiento iba apoderándose del joven Juan de Mesa y Velasco, desde aquel momento decidido, por encima de todo y de todos, a realizar las obras más grandes que Sevilla pudiese contemplar. La madera, a partir de ahora, iría tomando la forma Divina de Jesucristo. Palabras como conversión, buena muerte, gran poder... se barruntaban en su mente. Había sido elegido por el Todopoderoso. Al menos así lo entendía su fuerte convicción religiosa. Por eso no le extrañó que un maestro como Martínez Montañés se fijara en él. «Sabías que cuando llegase a su taller me quedaría. Tenías dispuesto todo para que pueda seguir dándote las gracias una y otra vez, Señor mío. Te ruego que sigas intercediendo por mí y que me guíes de la mejor forma que sabes, transmitiéndome todo el amor posible para que quede reflejado en mi trabajo. Sólo así podré agradecerte todo. Sólo así podré devolverte todo el amor que has depositado sobre mí. Dame fuerzas y no te fallaré. Que sea lo que tu voluntad quiera».

Declaro que estoy obligado a ejecutar una imagen de Nuestra Señora de la Soledad o Angustias de la ciudad de Cordoba para el Padre Maestro Fray Pedro de Góngora, conventual en San Agustín, la cual no le faltan tres días de trabajo, habiendo cobrado quinientos reales a cuenta del precio que se fijaba en la tasación...

Extracto del testamento de Juan de Mesa en cuanto a la hechura de la Virgen de las Angustias de Córdoba.

IV

«Yo, Juan de Mesa y Velasco escultor y arquitecto, vecino de esta ciudad, en la collación de san Martín otorgo y conozco que soy convenido y concertado con la Cofradía y Hermandad de Nuestra Señora de Monserrate y Conversión del Buen Ladrón, que al presente está sita en la iglesia parroquial de san Ildefonso de esta ciudad y con Alonso Díaz, vecino de ella en su nombre y como mayordomo en tal manera que yo sea obligado de hacer, labrar y acabar en toda perfección una hechura Cristo nuestro señor Crucificado, de madera de cedro de las Indias, de estatura natural que tenga nueve cuartas de alto desde la punta de los pies hasta la cabeza quedando en la postura de vivo hablando con el Buen Ladrón clavado en la cruz y según la traza que para esto se me ha dado, lo cual he de poner la madera y toda las demás cosas necesarias hasta su encarnación y de manera que todo quede en toda perfección en madera y poniendo las potencias de madera y por la cabeza por la orden que se me diere, por razón de todo lo cual la dicha cofradía y el dicho su mayordomo en su nombre, han de ser obligados de me pagar la cantidad que Pedro Fernández de Quiñones corredor de lonja de esta ciudad declarase hecha la obra concertada conmigo, y a cuenta de lo que montare y el susodicho declarara de haber por ella recibido luego de presente de mano del dicho Alonso Díaz, trescientos reales en dineros contados realmente y con efecto en presencia del escribano público y testigo de cuya paga he recibido, yo Juan Bautista de Contreras, escribano público de Sevilla, doy fe y son en poder de mi el dicho Juan de Mesa.»

Laura Moreno leía con detenimiento el documento del encargo de hechura del Cristo de la Conversión del Buen Ladrón. Había llegado a las dependencias del Instituto de Patrimonio Histórico y se encontraba en su despacho. Rodeada de multitud de papeles a lo largo de la mesa, en medio de aquel desorden aparente parecía encontrarse a gusto. Y en verdad así era. Un diminuto caos a nivel de escritorio donde cada uno de los documentos, aunque ubicados en un lugar que pudieran dar la impresión de perdidos, podían ser encontrados en cualquier momento. Justo a su espalda, una enorme librería contenía infinidad de volúmenes entre los que predominaban obras relacionadas con el arte, la restauración, los grandes escultores de los siglos XVII y XVIII. Tratados en los que solía bucear a menudo, sobre todo cuando su trabajo se lo permitía. Más que libros de consulta profesional, para ella significaban una vía de escape. Lo curioso de todo es que los tenía por duplicado, toda vez que la mayoría de ellos también engrosaban la biblioteca particular que poseía en su casa.

Era Laura Moreno una de esas personas que podía llevarse horas y horas en cualquier librería de viejo, buscando textos, por pequeños que fuesen, que le pudiesen aportar conocimientos y así aumentar su ya de por sí vasta cultura. Se puede decir que prácticamente aprendió a leer en libros de obras de arte, de monumentos y de biografías de pintores y escultores. Suscrita a cuantas revistas de arte hubiese en el mercado, éstas se le iban amontonando tanto en su despacho profesional como en su domicilio. Y es que ese desorden también había hecho mella en las habitaciones de su casa, un chalecito coqueto en el barrio de Heliópolis, aquellos que se construyeron con motivo de la Exposición Universal de 1929 y que tenían como referente más preclaro al insigne arquitecto Aníbal González, conocidos como los «hotelitos» de Heliópolis.

Seguía leyendo una y otra vez el contrato de la hechura de la imagen del Cristo de la Conversión del Buen Ladrón. Le sorprendía que Enrique Carmona no se hubiese dado cuenta de que la imagen que se hallaba en la capilla de Montserrat no era la original, sino una copia. Pero lo que más le llamaba la atención es que esta circunstancia no pusiese en marcha, de manera inmediata, los mecanismos necesarios para solucionar lo que consideraba un problema mayúsculo. En definitiva, alguien había robado una obra de arte de valor incalculable. Se trataba de un caso, al menos para ella, de un nivel parecido al robo de un Velázquez, un Goya, un Picasso... incluso más si se tenía en cuenta de que la imagen es venerada, desde el punto de vista religioso, por miles y miles de fieles católicos.

Sabía que su jefe haría todo lo que estuviese en su mano por traerse hasta el Instituto la copia de la talla. Pero no las tenía todas consigo al inmiscuirse en aquel asunto Enrique Carmona. «Es un petulante que va a sacar un partido extraordinario de todo esto. Ya lo estoy viendo en las portadas de los periódicos, anunciando a bombo y platillo que ha sido el descubridor de tamaño fiasco. Pero que no se preocupe nadie que él se encargará de todo ello». Realmente estaba enojada. Volvió a leer el contrato y la mente, al menos por unos instantes, pareció que se relajaba. Imaginó encontrarse en el lugar donde Juan de Mesa firmó aquel papel, para ella también una auténtica obra de arte. Intentó también, como lo había hecho muchas veces, introducirse en el taller del imaginero cordobés. Se veía sentada allí, contemplando cómo trabajaba el maestro, cómo moldeaba la madera y de ella surgía el arte. En verdad era un sueño que se le repetía con asiduidad. Ahora, en cambio, el descubrimiento de un trueque burdo y hasta insultante hacía que, cuando menos, se mostrase furiosa por no poder controlar la situación. A ello había que añadir la impaciencia de Laura por querer saber más de aquella copia y descifrar quién era la persona capaz de ponerla nada menos que en altar de la capilla de Montserrat y que nadie, salvo aquel anciano muerto ahora, se diese cuenta. «¿Cómo es que no se ha dado cuenta el soberbio de Carmona? Si lo llega a saber le habría faltado tiempo para plantarse delante de todos aquellos periodistas. Está claro que algo falla en todo esto y a mí se me escapa. Si pudiese tener la imagen aquí...».

El sonido del teléfono hizo que volviese a la realidad. Buscó entre los papeles y dio con el aparato.

—¿Dígame?

—Laura, soy Miguel Ángel. Acércate un momento a mi despacho.

—En dos minutos estoy, jefe.

Colgó y salió por la puerta. Debía ir a una planta superior del edificio, donde se encontraba Miguel Ángel del Campo. Estaba acostumbrada a ir cada dos por tres, y casi siempre que lo hacía se debía a alguna cuestión concerniente a su trabajo pero por el lado negativo. En esta ocasión sabía que la llamada se debía a la imagen del Cristo de la Conversión. Y seguro que no era nada bueno.

Respiró hondo antes de golpear en la puerta.

—Pasa —se oyó al otro lado.

—Con permiso, jefe. ¿Qué ocurre?

El despacho de Miguel Ángel del Campo era mucho más amplio que el de ella. Poseía unos grandes ventanales que dejaban ver la parte principal del monasterio de Santa María de las Cuevas, lugar donde se ubicaba el Instituto Andaluz de Patrimonio Histórico. Estaba sentado en su ampuloso sillón revisando una serie de documentos. Sin levantar la vista, gesticuló con la mano para que Laura se sentase. Lo hizo con poca convicción. Prefería estar de pie pero aquella invitación le puso sobre aviso. Nada bueno se avecinaba.

—Vamos a restaurar la imagen de la Virgen de las Angustias de Córdoba.

—¿Cómo? —preguntó sorprendida Laura—. ¿La de Juan de Mesa?

—Claro, ¿cuál va a ser si no? Sólo será la Dolorosa. El informe que preparaste hace ahora algo más de dos años ha recibido el visto bueno de la Consejería de Cultura y hay luz verde para su restauración. No así con el Cristo, que según tus estudios, está en buen estado y no hace falta tocarlo. Y para eso, los de arriba son muy meticulosos y si se pueden ahorrar unos euros... Huelga decirte que no la vas a realizar sola, sino que tendrás que compartir trabajo con varios técnicos.

—¿Con quiénes?

—Ahora mismo están por decidir. Así me lo ha dicho el consejero. Pero también te digo que la Hermandad ha formado una comisión y van a estar aquí prácticamente todos los días. No quieren que la imagen pueda cambiar de aspecto.

Aquella última frase la enojó sobremanera.

—Sabes que sería incapaz de hacer algo que fuese perjudicial para cualquier talla. Y menos para una que salió de las manos de Juan de Mesa. Me molesta que insinúes que no se fían de mí.

—No digo eso —Miguel Ángel del Campo había dejado de leer y ahora miraba fijamente a Laura—. Pero sabes muy bien lo que nos jugamos con esta restauración. Son ya muchos los compañeros tuyos que se han establecido por su cuenta y están obteniendo resultados muy satisfactorios en el campo de la restauración. Nosotros tenemos el deber de seguir manteniendo el nivel de este Instituto y hacer que cada trabajo que realizamos sea el mejor.

—No creo que puedas tener quejas de mí.

—Claro que no. Pero me choca que sea ahora cuando se apruebe la restauración de esta Virgen. Si no teníamos suficiente trabajo con lo del Cristo de la Conversión, ahora otra imagen de Juan de Mesa. Por cierto, el consejero me ha preguntado por tu dictamen.

—¿Y qué le has dicho?

—La verdad. Que piensas que es una copia.

—¿Cómo se lo ha tomado?

—No muy bien. Me ha hablado de escándalo si se llega a saber, por lo que me ha exigido máxima discreción. Sólo hay cuatro personas que lo saben: nosotros dos, el consejero...

—Y Carmona —interrumpió ella.

—Y Carmona, así es.

—Sabiéndolo Carmona lo sabe media Sevilla. Tiempo le va a faltar para airearlo. No me extraña que él esté detrás de todo esto.

—Te pido un poco de respeto —inquirió elevando el tono de voz—. Que no te lleves bien con él no quiere decir que sea un inconsciente. Se trata de uno de los más reputados restauradores de toda España y su currículo es extraordinario. No compartes sus métodos de trabajo, de acuerdo, pero eso no significa que estén equivocados. Y su profesionalidad está por encima de aspectos personales.

Laura Moreno comprendió que había metido la pata. Le sucedía a menudo por su falta de tacto y también por esas ansias nunca disimuladas por intentar que todo se hiciese conforme a los cánones marcados por la Ley y, por supuesto, con la deontología profesional que debía tener la restauración de una obra de arte.

—Lo siento, jefe. Le ruego que me disculpe. Pero entenderá que es una situación poco menos que embarazosa y que hay que tener mucho cuidado. El escándalo puede ser mayúsculo. Además, y perdone mi insistencia, él pertenece a la junta de gobierno de la Hermandad de Montserrat. Por lógica, informará al hermano mayor.

—Vuelves a equivocarte, Laura. El consejero me ha remitido un fax —alargó la mano entregándole el papel— en el que Enrique Carmona se compromete a no revelar nada a nadie, ni siquiera a la Hermandad, y poco menos que jura por todos los suyos que no aireará a la Prensa esta situación.

Laura leyó con detenimiento el documento. Le extrañaba que Carmona actuase así, cuando lo normal era que a esas horas supiese toda Sevilla el cambio que habían dado en la capilla de Montserrat.

—Comprendido entonces, jefe. ¿Cuándo sabré con quiénes tengo que trabajar en la restauración de la Virgen de las Angustias?

—Pronto. Sin embargo, antes debes concluir la del San Juan. ¿Cuánto le falta?

—Espero que una semana como máximo. Compaginaré ambos trabajos.

Miguel Ángel del Campo se levantó de su sillón. Rodeó la mesa y se puso a la altura de ella, que también se incorporó. Quedaron frente a frente. Le sorprendió el rostro serio de su jefe.

—Por ahora te vas a tener que olvidar del San Juan. Mañana, a primera hora, te marchas a Córdoba para encargarte del correcto embalaje de la Virgen de las Angustias. Quiero que seas tú la que supervise ese traslado. Habla con Jacinto, el de personal, que ya te tiene sacados los billetes del AVE y el hotel donde quedarás alojada.

—Pero el San Juan...

—Puede esperar. Ya está todo concertado con la Hermandad jiennense. Comprenden perfectamente las prioridades y no les importa esperar. Ahora debemos centrarnos en esta imagen. Vete a casa, prepara la maleta y descansa algo. Creo que sales mañana a primera hora.

—Sólo son las tres y cuarto de la tarde. Todavía puedo adelantar algo. Hasta mañana no me voy.

—Haz lo que te digo —insistió, ya en un tono más amable, Miguel Ángel del Campo—. Descansa que lo que te espera en Córdoba no es moco de pavo. ¿Desde cuándo no contemplas la imagen de la Virgen de las Angustias?

—Por lo menos hace tres años, cuando comencé a realizar los estudios para el informe.

—Pues disfrútala desde mañana. Os vais a hacer compañeras de viaje, ya que si no me equivoco, tendrás que volver con Ella en el camión de transporte.

Laura estrechó la mano del jefe y salió del despacho. Todavía se encontraba algo confusa por la vertiginosidad con que se acababa de desarrollar todo. No es que no quisiese ir a Córdoba a recoger la talla, pero no le encajaban las prisas, de buenas a primeras, que había en la Consejería de Cultura. Por otra parte, el hecho de volver a tener entre sus manos la Virgen de las Angustias, posiblemente la última obra que talló Juan de Mesa, le producía un estado de felicidad que solía aparecer cuando le encargaban algo muy importante. Y es que se trataba de la primera vez se haría cargo de una imagen del escultor cordobés. Por sus manos habían pasado multitud de obras, tanto escultóricas como pictóricas, de una relevancia extraordinaria. Pero en esta ocasión iba a tener la dicha de estar al cargo de la restauración de una talla de Juan de Mesa.

De pronto, se acordó del Cristo de la Conversión del Buen Ladrón. Se paró en seco e hizo ademán de darse la vuelta y retomar el tema con su jefe. Pero desistió enseguida. Comprendió que no iba a sacar nada en claro y que lo más seguro es que fuese Enrique Carmona quien se llevase toda la gloria, por otra parte buscada, de aquello. Empero, le inquietaba que el auténtico Crucificado estuviese desaparecido. «¿Quién puede tener una imagen de esta envergadura? ¿Para qué la quiere, si es imposible venderla?». Preguntas que le iban pasando por la mente a la par que se dirigía a la sección de «Personal» para recoger el billete de tren y bonos de hotel para su estancia en Córdoba. En ese momento, un desasosiego tremendo le invadió y quedó casi paralizada. «¿No habrá sido destruida la imagen?». Ese pensamiento le produjo un sudor frío. «¿Puede alguien en su sano juicio cometer tamaña atrocidad? No lo creo. Si se diese ese caso, estaríamos ante uno de los crímenes artísticos más grandes de la Historia. Dios mío, espero que mis temores estén infundados. Tengo que quitarme eso de la cabeza. Es imposible».

Encendió el motor de su coche y se dirigió hacia su casa. Aquellos pensamientos le habían agotado. «Mejor descanso algo. Tiene razón mi jefe. Mañana me queda un día muy duro y quiero estar lo más despejada posible para que todo salga bien. Meter la pata es algo habitual en mí y no quiero que los de la Consejería la tomen conmigo. Bastante mosqueados andan últimamente. Y si tienen tanto interés en restaurar a la Virgen de las Angustias será por algo. Mientras no trabaje con Enrique Carmona —una sonrisa sarcástica recorrió sus labios—todo irá sobre ruedas. Al menos así lo espero. En fin, que mañana será otro día. Que le den morcilla a toda esta gente. Por fortuna, lo bueno de este trabajo es que estoy en contacto con las obras de arte. Y nada menos que con la Virgen de las Angustias. Tiembla Carmona, que ésta te la has comido».

∾

El AVE procedente de Sevilla llegó a la estación de Córdoba a las ocho menos veinte de la mañana, la hora estipulada. Cinco minutos antes de que partiese de la estación de Santa Justa lo tomaba Laura Moreno, que se había quedado dormida. «No sonó el despertador o yo no lo he oído. Mira que dije que me iba a acostar pronto. Quién me mandaría ponerme a leer. Si es que no falla. Me lío y cuando me doy cuenta son las tantas. Menos mal que no tenía que tomar un avión, que si no...».

Bajó del vagón y enseguida dos hombres acudieron a su encuentro.

—¿Laura Moreno? —preguntó uno de ellos, el más alto, mientras le tendía la mano—. ¿Se acuerda de mí? Soy Rafael Lara, hermano mayor de la Hermandad de las Angustias y nos conocimos cuando vino a realizar el informe sobre la Virgen.

—Sí, claro. ¿Cómo está usted?

—Muy bien. Por favor, deme su maleta. Le presento a Alberto Troyano, prioste de la Hermandad y la persona que le va a ayudar en todo lo relativo al embalaje de la imagen.

—Mucho gusto —dijo ella entregándole su maleta—. Si no les importa, me gustaría pasar por el hotel antes de ir a la iglesia. Quiero soltar mi equipaje.

—Por supuesto. ¿Dónde se aloja?

—En el hotel Maimónides.

—Perfecto. La llevaremos. Síganos. El coche está ahí mismo, en el aparcamiento de la estación.

Los tres se dirigieron hacia el vehículo. Laura fue invitada a sentarse en el asiento delantero. Conducía el hermano mayor. A esa hora el tráfico era intenso y el hotel se encontraba en pleno casco histórico de Córdoba, justo al lado de la Catedral, la antigua Mezquita del Califato cordobés. Era uno de los edificios que más entusiasmaban a Laura Moreno. Consideraba que se trataba de una de las obras arquitectónicas más importantes de la historia musulmana en aquella ciudad. Hacía años que no la visitaba y pensó que si le quedaba algún hueco, era una ocasión extraordinaria para hacerlo.

—Y dígame —preguntó el hermano mayor para intentar romper el silencio que se había producido en el interior del habitáculo—, ¿cuántas serán las personas que se encarguen de la restauración?

—La verdad, señor Lara, es que no lo sé todavía. Ayer me dieron la noticia de este trabajo pero todavía no se ha asignado el personal correspondiente.

—Pero usted será la que lleve la voz cantante...

—Bueno, eso es algo que tienen que decidir mis superiores. Sí le puedo decir que al tratarse de reestructuración de policromía así como de saneamiento de algunas grietas que ustedes ya conocen, me compete. Pero no sé si seré yo quien dirija toda la intervención.

—En su informe puntualiza de manera expresa que el estado general, al margen de esas grietas y de zonas del rostro y las manos con respecto a la policromía, es bueno.

—Y así es. Pero también lo es llevar a cabo una labor de conservación general y evitar males mayores dentro de unos años. No se trata de parchear, como hacen muchos, sino de atajar lo malo y prevenir para el futuro, ya sea a medio o a largo plazo. Eso es algo que deberían meterse en la cabeza todos los que tienen encomendada la misión de proteger un patrimonio que tiene siglos y que heredamos para que otros puedan seguir disfrutándolo... bueno, y venerándolo, que es de lo que se trata finalmente —se apresuró a decir finalmente para que no se sintiesen ofendidos.

La conversación no le gustaba nada. Comprendía que aquellas personas quisieran saber todos los pormenores de los trabajos que iba a realizar e incluso sabía que estarían constantemente llamando por teléfono para conocer cada paso; que realizarían «excursiones» a Sevilla en forma de comisión de seguimiento para ver «in situ» los progresos. Eso era algo que hacían todas y cada una de las hermandades que depositaban su confianza en el IAPH. Así que tenía que llevarlo con resignación. No le quedaba otra salida.

—La pena —siguió el hermano mayor—es que el Instituto no se haya hecho cargo del Cristo. Desde que usted realizó el informe hemos detectado algunas lagunas en la encarnadura.

—Desgraciadamente yo sólo me limito a realizar los estudios y a emitir los informes. Las decisiones las toman otros. Pero si les sirve de consuelo, le echaremos un vistazo mientras se producen los trabajos de embalaje de la Virgen.

Llegaron a las puertas del hotel. A esa hora ya había varios grupos de turistas que deambulaban por las tiendas de sourvenires que se extendían por las estrechas calles del barrio de la Judería. Esperaban ansiosos a que se abriesen las puertas de la Catedral para poder contemplar la grandiosidad de sus naves y la composición islámica de aquellos arcos de herradura con los vivos colores rojo y blanco tan característicos y que aparecían en todas las postales. Laura se registró en recepción y dejó la maleta y el ordenador en consigna. No quería perder tiempo y estar cuanto antes en la iglesia de San Pablo, sede canónica de la Hermandad de las Angustias. No estaba muy lejos del hotel el templo y era más fácil ir andando, dando un paseo, que en coche. Pero en la puerta esperaba el vehículo del hermano mayor.

—Dejo los bártulos y ya vendré esta tarde.

—No se preocupe, señorita Moreno —dijo el recepcionista—. ¿Almorzará o cenará en el restaurante?

—Ahora mismo no puedo decírselo. Quizá más tarde, cuando vuelva.

Cuando se disponía a cruzar la puerta de salida, la voz del recepcionista la detuvo.

—Perdone, se me olvidaba. Esta mañana, a primera hora, llegó un pequeño sobre para usted.

—¿Para mí? —preguntó iniciando la marcha de nuevo hacia la salida—. Bueno, no se preocupe, ya lo cogeré después. Muchas gracias.

«¿Quién ha podido saber que estaba aquí incluso antes de llegar?», pensaba Laura mientras se introducía en el coche. «Será Miguel Ángel. Seguro, con lo puntilloso que es, que quiere que actúe de la forma más correcta y que haga todo lo posible por ser amable con estas personas. Como si lo estuviese viendo».

Llegaron pasados unos minutos a la iglesia de San Pablo. Se encontraba cerrada. Mientras Rafael Lara abría una puerta aledaña a la parte principal, Laura contempló la esplendorosa fachada del siglo XVIII. La primera vez que estuvo aquí le sorprendió su conformación y la reja que daba paso a la puerta de entrada. Todo se encontraba igual. El hermano mayor la invitó a acceder al interior, para después pasar al templo propiamente dicho, que se encontraba en semioscuridad. Encendió las luces y entonces, frente a ella, se hizo presente el extraordinario grupo escultórico. La Virgen de las Angustias llevaba en sus brazos a su Hijo, muerto ya después de ser descendido de la Cruz. La fuerza del rostro de Ella contrastaba con los signos evidentes de la muerte en la talla de Jesucristo. Se acercó lentamente, como si no quisiese romper aquel momento mágico. «Cuántos cadáveres debió observar Juan de Mesa para poder plasmar en la madera el signo de la muerte».

—Dentro de un momento vendrán otros miembros de la junta de gobierno —interrumpió Rafael Lara— y procederemos a bajar al Señor. El camión estará mañana aquí a primera hora. Lo que necesitamos saber es si el cajón especial que han enviado es el idóneo para el traslado de la Virgen hasta Sevilla. Está aquí, en la sacristía.

Laura lo inspeccionó por espacio de varios minutos, sin decir nada a sus anfitriones. Comprobó que, efectivamente, el cajón reunía las condiciones para la imagen que debía de trasladar. No era una talla de Dolorosa al uso, esto es, sólo esculpido el busto y las manos, sino que era de talla completa. En este sentido, se le antojaba algo ideal para un traslado por lo compacto de la imagen.

—Está bien. Creo que sirve sin ningún problema. Los anclajes y cinturones de seguridad están dispuestos de tal manera que la Virgen irá sujeta a la perfección.

Los trabajos de embalaje se prolongaron durante toda la mañana. Poco antes del mediodía, ya una vez despojada la Virgen de su Hijo, varias personas tomaron la imagen de la Dolorosa y la introdujeron con sumo cuidado en el cajón. A Laura le seguía sobrecogiendo el rostro de la Virgen de las Angustias. Estaba prácticamente igual que hace tres años, cuando comenzó con los estudios para realizar posteriormente el informe. Pero quedaba claro que necesitaba, además de la reposición de las lagunas en la policromía y el resanamiento de las grietas, una limpieza de la encarnadura. Y eso era algo que muchos cofrades, de cualquier ciudad, no comprendían. La suciedad del humo de las velas y el polvo terminaban por ennegrecer el rostro y las manos. Pero parecía que limpiándolo se le quitaba a la talla parte de su valor devocional. En eso ella ponía todo el cuidado del mundo. Sabía que una limpieza inapropiada podía tener consecuencias desastrosas. Por eso le gustaba, una vez concluida cualquier restauración, ofrecer a las hermandades una conferencia minuciosa de todo el proceso realizado, ilustrada con fotografías, algo que muchos, sobre todo los hermanos de las cofradías, no compartían. Eran de la opinión que no se podía ver a su Virgen o a su Cristo como un trozo de madera, o desgajado mientras se fortalecían ensambles o se cambiaban extremidades. Circunstancias que no comprendía pero respetaba, sobre todo porque lo primero que buscaba era que la imagen quedase tal y como salió de la iglesia aunque, eso sí, totalmente nueva.

Poco antes de las dos de la tarde el prioste procedió a colocar la tapa de madera que cerraba por completo el cajón. Rafael Lara, entonces, pidió a los presentes, unas diez personas que habían asistido en un total silencio a los trabajos, que rezaran una Salve a la Virgen. Laura bajó la cabeza y musitó entre dientes la oración, aunque sin compartirla con aquellos hombres. Alguna lágrima se escapó; otros se persignaron con el dolor y la pena en sus rostros y los más se arrodillaron.

Una escena que ya había vivido en varias ocasiones. Y es que el hecho de que una venerada imagen salga de su casa, de su templo, supone un duro varapalo no sólo para los componentes de la Hermandad en cuestión, sino para los miles de fieles, en el caso de la Virgen de las Angustias, que cada día acuden a la iglesia de San Pablo para rezarle y pedirle.

Un golpe seco, que retumbó por las naves del templo, vino a decir que el cajón se encontraba perfectamente cerrado. Todos quedaron de pie. El hermano mayor acudió a la sacristía y, al momento, ayudado por el sacristán, trajo un cuadro de enormes dimensiones en el que se podía ver una fotografía de la Virgen de las Angustias sola.

—Quedará en el altar mayor mientras Ella esté fuera de casa. Así todos los fieles podrán seguir rezándole. Y de nuevo se entonó la Salve.

Pasadas las dos concluyeron los trabajos. Laura se disponía a despedirse de los miembros de la junta de gobierno pero éstos, del silencio y el dolor por haber tenido que meter en un cajón a su imagen titular, pasaron a la alegría y a dar las gracias por haber terminado esta primera fase con éxito.

—Le ruego, señorita Moreno —invitó Rafael Lara—que nos haga el honor de compartir con nosotros un pequeño refrigerio que hemos preparado en la casa hermandad. Es hora de almorzar y así luego podrá descansar con tranquilidad.

Era algo que se temía. Siempre ocurría lo mismo. Cualquier acto, conferencia, charla e incluso en este caso el embalaje de una imagen servía para llevar a cabo un «acto de convivencia» que ella solía definir como «acto de combebencia».

—Dentro de poco llegará el director espiritual. Está ansioso por que le explique los pormenores de la restauración de la Virgen. Y nosotros también.

No pudo negarse. Lo peor de todo es que no quería quedarse allí. Pero no tenía más remedio. Suplicó, en el transcurso de aquel ágape, que le sonase el móvil, que fuese su jefe y que le dijese que debía volver a Sevilla o que se pusiese a trabajar en el hotel en algún informe o similar. Desgraciadamente para ella, esa llamada no se produjo, por lo que no tuvo más remedio que quedarse hasta el final. Se acordó en todo ese tiempo del Cristo de la Conversión. Y también de la nota que le dijeron había llegado al hotel. Pero al momento aquellos pensamientos se le iban de la cabeza cuando el director espiritual, o el hermano mayor, le requerían mayor y más detallada información sobre el proceso de restauración. Ella repetía lo mismo una y otra vez y ellos insistían en detalles muy concretos. Así hasta media tarde. Qué remedio. «Como si no tuviese otra cosa que hacer que estar aquí hablando con unos y con otros, y todos ofreciéndome comida y bebida. Espero que esto acabe ya, que pueda marchar al hotel y, si me da tiempo, visitar la Catedral. Pero al ritmo que van mucho me temo que llega el camión del traslado. Y eso que viene mañana por la mañana».

Cuando por enésima vez dijo «hasta mañana» a todos y cada uno de los miembros de la hermandad que se encontraban en aquel salón y declinó amablemente, una y otra vez, la invitación para que acudiese a partir de las ocho y media de la tarde a una función solemne que iba a tener lugar para despedir a la Virgen de las Angustias, Laura se sintió liberada. Dobló una de las calles y por fin se vio libre. Eran poco más de las cinco y media y la tarde se presentaba tranquila. Decidió ir andando hasta el hotel. Las calles estrechas y angostas de aquel barrio cordobés, el de la Judería, le fascinaban. Chavales jugando a la pelota, turistas de un lado para otro fotografiando cualquier cosa que consideraban monumento... una especie de tranquilidad le invadió el espíritu. Estuvo tentada de entrar en dos templos que se encontró en su camino de regreso al hotel pero desistió. «Lo mismo uno de los de las Angustias está y me tienen otra vez hasta las tantas».

Se paró en una tienda de sourvenir y, al ver una postal de la Catedral, decidió encaminarse hacia ella. Echó el resto de la tarde en su interior, deleitándose con la inmensidad de sus naves, sus columnas y arcos y los magníficos tesoros que guarda en su interior. Un privilegio y un desahogo para la mente después de la sesión de «combebencia» con los cofrades. Allí todo era distinto. Los grupos de turistas callaban ante lo que se les ofrecía a la vista. Luego, pasando por la Puerta del Puente, caminó por la Ronda que discurre por la ribera del río, se detuvo en la Cruz del Rastro y se dispuso a entrar en el Museo de Julio Romero de Torres, pero se encontraba cerrado. «Una pena no poder contemplar sus obras. Pero merece la pena darse una vuelta por Córdoba», pensó, a la par que volvía sobre sus pasos y llegaba al Paseo de la Ribera. Se paró a contemplar el paso del Guadalquivir sobre el puente romano y aspiró el aire que le golpeaba suavemente la cara.

De pronto se acordó de la nota del hotel. Se dio la vuelta y anduvo con paso ligero. Comenzaba a anochecer. «Una ducha, ceno algo rápido y si me quedan fuerzas, me doy un paseo por las Tendillas», pensó mientras accedía al hall del hotel.

—Buenas noches, señorita Moreno. Aquí tiene su llave. Le traigo ahora mismo la maleta y el ordenador —dijo con voz cálida el recepcionista.

—Perdone, ¿y la nota de la que me habló esta mañana?

—Ah, sí. Aquí la tiene.

Era un sobre pequeño. Laura se dispuso a abrirlo cuando el recepcionista le entregó el equipaje.

—Si espera unos segundos, enseguida vendrá un botones para subirlo a la habitación —dijo el hombre haciendo un gesto con la mano para que un chaval de unos veinte años, perfectamente uniformado, acudiese a coger los bártulos.

Subieron en el ascensor. La habitación estaba situada en la planta segunda y era amplia. Encendió las luces el botones y depositó el ordenador en la mesa de escritorio, dejando la maleta en la puerta del armario.

—Si necesita usted algo, no tiene nada más que pulsar aquel interruptor y vendré enseguida. Si lo desea, puede pedir en recepción que le despierten a una hora concreta. El minibar está a su disposición; el restaurante cierra a las once pero la cafetería no lo hace hasta las doce y media, aproximadamente.

Laura rebuscó en uno de los bolsillos del pantalón y sacó un par de euros.

—No tengo más suelto. Pero seguro que mañana le veré.

—Muchas gracias y a su disposición.

Cerró tras de sí la puerta de la habitación. Laura se sentó a los pies de la cama y echó el cuerpo para atrás, quedando boca arriba. Cerró los ojos y se dio cuenta de que se encontraba cansada. El día había sido agotador, de esos que dejan huella. Se incorporó pasados unos minutos y se dirigió hacia la ventana. La abrió de par en par y la brisa de la noche hizo que se sintiese mucho mejor. Miró a su alrededor. Enfrente tenía la Catedral, ya completamente iluminada y, girando la vista hacia la izquierda, podía ver parte de la Ronda. Le reconfortó todo aquello y recreó la vista durante unos instantes. Experiencia maravillosa la que estaba viviendo en esos momentos. «Voy a darme una ducha en condiciones. Luego desharé la maleta. Son cuatro trapos». Y, de pronto, le vino a la mente la nota. «No, si me voy a ir de aquí y no la he leído. ¿Qué querrá el pesado del jefe?», susurró mientras abría el sobre. Dentro había un papel escrito de puño y letra.

«Sepan cuantos esta carta vieren que yo Juan de Mesa, vecino de Sevilla, en la collación de San Martín, otorgo y conozco que soy convenido y concertado con el Padre Pedro de Urteaga, prepósito de la Casa Profesa de la Compañía de Jesús de esta ciudad de Sevilla, en tal manera, que yo sea obligado y me obligo a de hacer y dan hecha dos imágenes de escultura, la una de un Cristo Crucificado y la otra una Magdalena abrazada al pié de la Cruz de madera de cedro y ambas a dos, e la estatua ordinaria humana por precio de ciento cincuenta ducados».

«No pierda de vista este Cristo. Y lea los periódicos de mañana».

Laura quedó sorprendida. Se trataba del contrato de la hechura de una imagen por parte de Juan de Mesa. En aquellos momentos no cayó en la cuenta a qué talla correspondía. Se sentía confundida porque, sobre todo, no entendía qué quería decir aquella nota. Ni tampoco por qué se le decía que no perdiese de vista a aquel Cristo y que leyese los periódicos del día siguiente. «¿Quién me ha podido mandar esta nota? ¿Qué quiere decir con ello? Esto es cosa de mi jefe, seguro. Es el que sabe que iba a venir a Córdoba».

No salía de su asombro. Cogió el móvil y buscó el teléfono de Miguel Ángel del Campo. «El teléfono al que llama está apagado o fuera de cobertura. Inténtelo pasados unos minutos» dijo una voz al otro lado del receptor. «Lo que me faltaba. Ahora este hombre no está. Pues qué bien».

Leyó de nuevo la nota y entonces supo de qué imagen se trataba. «Es el Cristo de la Buena Muerte». Pero, ¿por qué no debo perderlo de vista?. No entiendo nada».

Las dudas que se le planteaban se agudizaron más al llamar en repetidas ocasiones a Miguel Ángel y siempre saliese el mismo contestador. No sólo no comprendía nada sino que consideraba una broma de mal gusto esta situación. Decidió conectarse a Internet y navegar por las webs de los periódicos. No encontró nada que pudiese relacionarse con la nota que había recibido. «Mañana será otro día. Ahora no puedo hacer nada. A la ducha y a dormir, que el trabajo que me espera es fuerte».

El sonido del teléfono le despertó. Todavía adormilada, alcanzó a coger el auricular. Al otro lado, una voz dijo:

—Buenos, días, son las siete de la mañana.

Se despejó. Había dormido mal. Se quedó pensando parte de la noche en aquella nota. Dio un salto de la cama y comenzó a buscar páginas de periódicos sevillanos por Internet. «Que lea los periódicos. Vamos a ver». Pasaba las noticias. Nada en concreto tenía que ver con lo que pudiese ser una pista. De pronto se paró en una. Quedó estupefacta.

«EL CRISTO DE MONTSERRAT TRASLADADO DE URGENCIA PARA SU RESTAURACIÓN».

La noticia decía lo siguiente: «La Hermandad de Montserrat procedió en el día de ayer a trasladar a su imagen titular, el Cristo de la Conversión del Buen Ladrón, a las dependencias del Instituto Andaluz de Patrimonio Histórico, donde será sometida a un proceso de restauración urgente, habida cuenta de una serie de grietas aparecidas en la parte trasera del cuello.

Según explicó a este periódico el hermano mayor, los trabajos serán realizados por el catedrático de Bellas Artes Enrique Carmona Ponce, que además es hermano de la corporación del Viernes Santo y la persona responsable de la conservación de las imágenes titulares».

«Esta noticia –continuaba la información– tiene especial relevancia al haberse producido, hace dos días, un altercado en la capilla de Montserrat, donde un anciano murió de un ataque al corazón después de asegurar que no se trataba del Cristo original, algo que ha desmentido por completo la Hermandad, así como la Consejería de Cultura de la Junta de Andalucía, de la que depende el IAPH. Los trabajos se prolongarán por espacio de poco más de un mes y coinciden con la llegada, presumiblemente hoy, de otra imagen de Juan de Mesa a las dependencias del Instituto, la de la Virgen de las Angustias de Córdoba».

La información se acompañaba de un pequeño artículo de opinión titulado: «¿QUÉ LE PASA A JUAN DE MESA?», en el que el periodista se extrañaba de que dos imágenes del insigne artista cordobés tuviesen que ser restauradas a la vez, dejando caer, de manera sutil, si no había algo más detrás de todo ello».

Laura Moreno no podía creer lo que acababa de leer. «Está claro que me la han jugado. El mamón de mi jefe me manda para Córdoba con la excusa de la Virgen de las

Angustias y en cuanto me marcho va y mete en el Instituto a Carmona. Lo sabía, lo sabía».

Cerró el ordenador de un golpe y cogió el móvil. «Éste me escucha». Marcó el número de Miguel Ángel del Campo. Por fin se oyeron al otro lado del teléfono las señales de llamada. Tras cuatro o cinco contestó una voz adormilada.

—¿Diga? ¿Quién es?

—Miguel Ángel, soy Laura —respondió en voz alta y con tono enfadado—. No sé cómo has podido hacerme esto. Te lo dije, que en cuanto nos diésemos cuenta Carmona se metía en el Instituto. Y tú estás compinchado porque me has enviado a Córdoba para quitarme del medio y que no estorbe.

—Laura, son las siete de la mañana. Dentro de hora y media estaré en mi despacho. Ya hablamos luego, que ahora estoy atontado. Además, tú te vienes esta misma mañana para acá, ¿no? Pues luego lo aclaramos.

—¿Y qué tiene que ver con todo esto el Cristo de la Buena Muerte?

—¿Qué dices? No sé de qué me hablas. Anda, luego lo discutimos. Un beso.

Colgó el teléfono su interlocutor. Laura quedó aún más enojada. Se sentía impotente ante tamaña afrenta. Y lo peor es que aquel no era el Cristo de la Conversión, sino la copia que ella había diagnosticado. Estaba claro que la dejaban fuera de aquella empresa que suponía algo excepcional. «Sólo cuatro personas sabemos que no es la imagen original», recordó. «Pero una de ellas, yo, por lo visto no cuento. Pues que se la quede Carmona y su panda de ineptos. Me voy a recoger a la Virgen de las Angustias. Al menos, con Ella no tendré los problemas que van a venir a partir de ahora. Que ellos se lo guisen y se lo coman. Y que no piensen que voy a ayudarles». «¿Qué le pasa a

Juan de Mesa?». Se acordó de aquel titular de nuevo. Y del Cristo de la Buena Muerte. «Que no lo pierda de vista. Y mi jefe, con el atontamiento, me dice que no sabe nada. A ver qué cuento me suelta para que me lo trague. No, si al final tendré que pedir perdón y todo por conocer la obra de Juan de Mesa y Velasco».

Otorgo y conozco que soy convencido y concertado con el Padre Pedro de Urteaga, prepósito de la Casa Profesa de la Compañía de Jesús de esta ciudad de Sevilla, en tal manera, que yo sea obligado y me obligo a de hacer y dar hechas dos imágenes de escultura, la una de un Cristo Crucificado y la otra una Magdalena abrazada al pié de la Cruz de madera de cedro y ambas a dos, e la estatua ordinaria humana por precio de ciento cincuenta ducados...

Extracto del contrato de hechura del
Cristo de la Buena Muerte.

V

El camión se detuvo a las puertas del Monasterio de la Cartuja. Pasaba un cuarto de hora de la una de la tarde. El viaje hasta Sevilla resultó tranquilo. La velocidad no podía ser demasiado alta ya que aunque la imagen de la Virgen de las Angustias se encontraba perfectamente embalada cualquier brusquedad era perjudicial. Laura había hecho el viaje en la parte trasera del pesado vehículo, vigilando en todo momento el cajón que contenía la talla. En todo ese tiempo no dejó de pensar en los últimos acontecimientos. Sentía, por encima de todo, impotencia al saber que la falsa imagen del Cristo de la Conversión iba a ser tratada, a los ojos de todos, como si fuese la original. Pero también la indignación tenía cabida en aquellos momentos merced a la presencia de Enrique Carmona en las dependencias del Instituto.

Intentó analizar todo bajo la perspectiva de la objetividad si bien le era sumamente difícil poder discernir entre lo que ella consideraba como justo y lo que realmente iba a suceder. Pensamientos que se apaciguaban cuando recordaba que a su lado se encontraba la Virgen de las Angustias, la última imagen realizada por Juan de Mesa. «Entre un original y una copia, me quedo con lo primero», se repetía una y otra vez mientras el camión avanzaba por la autovía. Pero también sentía una curiosidad enorme por conocer más aspectos de la talla falsa. «¿Quién habrá sido capaz de copiarla de tal manera que se pueda colocar en lugar de la original y nadie se haya dado cuenta hasta ahora? ¿Cuánto tiempo llevaría en el altar mayor de la capilla?». Se puso a repasar mentalmente los nombres de los imagineros sevillanos que, debido a su extraordinaria reputación y currículos, podrían ser los autores de aquella falacia. Vinieron a su mente al menos cuatro, aunque fue descartándolos. Evidentemente, tenía que ser una persona con un conocimiento de Juan de Mesa fuera de lo común y que además tuviese un taller acorde. Y trabajar en el más absoluto de los secretos y no revelar a nadie sus intenciones. Empero, la realización de esa obra, ¿qué motivos tenía? ¿Quién querría hacer eso y con qué fines? Preguntas que seguían dando vueltas por su mente sin que, desgraciadamente, encontrase respuesta alguna.

Y de nuevo se le venía el nombre de Enrique Carmona. «Debo intentar no obsesionarme con él. Hemos tenido nuestras diferencias, y grandes, pero ahora tengo que concienciarme que durante un tiempo vamos a estar codo con codo. Bueno, supongo que no podré saber nada de sus trabajos pero él sí de los míos con la Virgen de las Angustias. A ver quién es el guapo que contradice al jefe y al consejero de Cultura».

Aquellos pensamientos se entremezclaban de forma constante de tal manera que, de repente, se acordaba de la nota recibida en el hotel de Córdoba y del Cristo de la Buena Muerte. «Es lo más extraño que me ha ocurrido en mi vida. Que no lo pierda de vista. ¿Acaso lo van a robar? ¿Debería avisar a la Policía? Y entonces me tacharían de loca y, lo que es peor, sería despedida. Tengo que actuar con cautela y no precipitarme».

Bajó del camión y supervisó los trabajos de desembarco del cajón. Cuando la imagen estuvo en una de las dependencias del Instituto, Laura se dirigió al despacho de Miguel Ángel del Campo. La puerta estaba cerrada. Golpeó por dos veces hasta que hubo respuesta.

—Adelante.

Al abrirla, se encontró con la celebración de una reunión. Todas las caras le eran conocidas y, por desgracia, algunas de ellas no quisiera haberlas visto. Junto a Miguel Ángel del Campo se hallaban el consejero de Cultura de la Junta de Andalucía; Enrique Carmona y el director del Instituto Andaluz de Patrimonio Histórico, Gonzalo Fernández, un jiennense que ostentaba aquel puesto desde hacía cinco años y que, junto a Miguel Ángel del Campo, había sido uno de los principales valedores de Laura. En principio Fernández no debía conocer la falsedad de la talla de la Hermandad de Montserrat, pero no se fiaba de que así fuese. «Cuantos más lo sepan, mucho peor», pensó.

—Pasa y siéntate, Laura. Ya conoces a todos los presentes —dijo Gonzalo Fernández—. ¿Cómo ha ido el viaje?

—Bastante tranquilo, don Gonzalo. La talla se encuentra en perfecto estado y ya ha sido instalada en una de las dependencias. En breve procederemos a realizarle una serie de pruebas radiográficas para, posteriormente, comenzar con los trabajos de restauración, limpieza y reposición de la encarnadura.

—Perfecto. Pero antes de ello, me gustaría que discutiésemos aquí el problema que se nos viene encima con la talla del Cristo de la Conversión.

—¿También lo sabe usted? —terció.

—Pues claro que lo sabe, Laura —interrumpió Miguel Ángel—. ¿O es que crees que una grieta de esas dimensiones y el peligro de que la imagen se parta en dos es para tenerlo oculto?

Comprendió entonces que, efectivamente, en aquel despacho sólo cuatro de las cinco personas sabían que el Cristo no era el original. Fingió como todos los demás.

—Supongo que el señor Carmona será el encargado de restaurarla.

—Así es. Pero también queremos contar con tu experiencia con respecto a Juan de Mesa. Vas a estar atareada con la restauración de la Virgen de las Angustias pero ello no es obstáculo para que, de vez en cuando, puedas aportar tus conocimientos en esta otra restauración. Se trata de que el Instituto, con la ayuda de alguien como el profesor Enrique Carmona, vuelva a demostrar que es la institución líder en el tratamiento de bienes de interés cultural y que forman parte del patrimonio no sólo de la ciudad, sino de toda España y el mundo.

Aquellas palabras le sonaban falsas hasta decir basta. Pero tenía que meterse en el papel de persona sumisa. Tragó saliva para no explotar; contó hasta diez cuando habló el director del IAPH y evitó por todos los medios cruzar mirada con Carmona, que no abrió la boca en todo el tiempo que duró la reunión. Fue Laura a preguntar cuándo comenzaban los trabajos con respecto al Crucificado pero el consejero puso fin a aquel encuentro.

—Bien, creo que ya está todo claro. Me gustaría tener dentro de dos días sendos informes detallados de lo que se va a realizar en ambas imágenes, con los criterios de intervención y la propuesta de trabajo. Ahora vamos a redactar una nota de prensa para tranquilizar a la opinión pública. Espero que, como es habitual en ustedes, el rigor y la profesionalidad sean la bandera de todo lo que se vaya realizando.

Todos se levantaron cuando lo hizo el consejero. Salieron del despacho de Miguel Ángel del Campo, quien con un gesto le dijo a Laura que se esperase. Antes de quedar solos, se volvió Carmona hacia ella.

—Espero que a partir de ahora —dijo en tono conciliador—podamos trabajar como auténticos profesionales que somos. Tus conocimientos son muy importantes para llevar a cabo esta empresa. Quiero contar con tu ayuda y deseo que te sientas a gusto en todo lo que realicemos conjuntamente a partir de ahora.

—También lo espero yo.

Laura cerró la puerta del despacho y volvió a contener la respiración por unos segundos para no lanzar a los cuatro vientos un grito de rabia. Las palabras de Carmona se le fueron clavando como dardos envenenados. Lo peor de todo es que no sólo no podía esquivarlos sino que además debía poner buena cara.

—¿Cómo estás? —preguntó el jefe sin demasiada convicción e intentando calmar el enrarecido ambiente que se había creado en aquellos momentos.

—¿Tú qué crees? Me fastidia esto pero, al menos, he comprobado que lo que me dijiste acerca de las personas que sabíamos de la falsedad de la talla es cierto. ¿Qué vais a hacer?

—Carmona quiere saber quién es el autor de la imagen falsa. Pero nos preocupa saber sobre todo dónde está la original. Si se llega a saber que ha desaparecido el escándalo puede ser monumental. Vamos a esperar a descubrir la autoría de la falsificación porque puede que nos lleve a quien está detrás de todo esto.

—Pero de eso debe encargarse la Policía.

—Si damos cuenta de ello se nos escapará de las manos. Hasta que no estemos seguros no podemos dar ese paso. Te pido discreción y, sobre todo, que colabores con Carmona. Es por el bien del patrimonio, algo que a ti te interesa más que a nadie.

—Así lo haré. Pero después de todo esto no me pidas más favores. Estarás en deuda conmigo el resto de tu vida.

—No te preocupes —sonrió—. Posiblemente, cuando acabe todo me conceda unas merecidas vacaciones permanentes. Por cierto, ¿qué es lo que me dijiste esta mañana del Cristo de la Buena Muerte?

—La verdad es que no me acuerdo. Estaría tan dormida como tú. Cosas mías que no conducen a nada.

—Bien, ahora quiero que te tomes el día libre. Descansa, ordena las ideas y mañana comenzamos con los trabajos. Nos quedan semanas muy intensas y quiero que todos estemos frescos y despejados.

—Sabes que prefiero quedarme. Pero voy a aceptar tu ofrecimiento ya que hasta mañana no puedo empezar con las pruebas radiográficas. Si necesitas de mí estaré en casa.

Laura abandonó el despacho y se encaminó hacia el aparcamiento. Quería llegar cuanto antes a su domicilio y revisar documentación acerca del Cristo de la Buena Muerte. Había preferido no decirle nada a su jefe por temor a que aquella revelación fuera perjudicial. Evidentemente no era él quien le envió la nota. Pero entonces, ¿quién pudo ser? Algo no cuadraba y estaba claro que tenían que ser o el consejero o Enrique Carmona. Aquello era un auténtico enigma que, de momento, se antojaba complicado de resolver. «Con la mente despejada podré pensar mejor», se dijo mientras abandonaba el recinto de la Isla de la Cartuja y buscaba la dirección para llegar a casa.

❧

El ruido que producía el ajetreo propio de la hora parecía desvanecerse en el interior de aquella estancia. Las paredes, totalmente lisas, recrudecían más el ambiente, de por sí lúgubre. Tan sólo un cirio iluminaba la habitación. El silencio era denso y las tres personas que allí se encontraban, conformado un triángulo, aparecían inmóviles. Ni una sola palabra, ni un solo gesto. De vez en cuando, el sonido de un tubo de escape en el exterior, más fuerte que otros, amenazaba con romper aquel estado casi de meditación en que parecían sumidos los tres. Un golpe seco en la puerta rompió con todo. Ninguno se inmutó. Al final, uno de ellos fue el que abrió.

—Adelante.

Se abrió la puerta, dejando entrar la luz de fuera aunque sin mancillar la estancia. Un hombre accedió sin decir nada. Quedó frente a ellos. Por espacio de varios minutos, que le parecieron poco menos que horas, permanecieron en el más absoluto de los silencios. Estaba incómodo por la situación, a pesar de que los conocía. Pero la escena se le antojaba fuera de lugar, sobre todo por el aire de misticismo que pretendían querer darle a todo ello. Al fin, el que parecía presidir la estancia y esa especie de cónclave, habló.

—¿Cómo van los trabajos?

El recién llegado se echó mano al nudo de la corbata y lo aflojó. Intentó crear saliva pero la boca estaba totalmente seca, áspera.

—Muy bien, Señor. Todo va conforme a lo que quedó estipulado.

—Y entonces —irrumpió otro de los hombres—, ¿por qué han comenzado las dudas y alguien ha insinuado que es una copia?

—Fue un anciano al que todos han tomado por loco.

—Un loco que puede echarnos a perder nuestros propósitos —intervino el tercero.

—No se preocupen. Todo está controlado. Incluso la copia ya se encuentra en el Instituto Andaluz de Patrimonio Histórico.

De nuevo volvió a hacerse el silencio en la estancia. El hombre seguía de pie mientras los otros tres continuaban sentados sobre cojines. No se movían y aquella situación alteraba mucho más al interrogado.

—¿Cuántas llevamos ya?

—Cuatro. Nos queda una.

—¿Y la Virgen?

—También está ya en el Instituto.

—¿Hay peligro de ser descubiertos?

—Ninguno, Señor.

—¿Ninguno?

—Bueno —titubeó—. Esa chica está incordiando un poco más de lo previsto pero sabemos cómo mantenerla a raya.

—Eso espero. Por lo que tenemos entendido, anda metiendo las narices. Cuando una paloma ensucia demasiado bien puedes cortarle las alas para que no vuele, bien puedes eliminarla. Lo único que hay que calibrar es el grado de suciedad que puede llegar a producir y así cortar de raíz el problema. Ahora hay que seguir con lo establecido. La última debe quedar consumada cuanto antes. Ya nos falta muy poco para completar la misión que se nos ha encomendado y sería una pena, sobre todo para ti, que se fallase.

—Así se hará, Señor. ¿Cómo podré saber cuándo traerla?

—Igual que las anteriores. Ya te avisaremos por los cauces establecidos.

Fue a contestar pero se dio cuenta de que aquella conversación, interrogatorio más bien, había concluido. Inclinó la cabeza a modo de saludo sumiso y dio dos pasos hacia atrás sin perder de vista a los tres. No hubo más palabras ni gestos. Cerró la puerta tras de sí y la estancia volvió a quedar en semipenumbra, tan sólo con la endeble luz que ofrecía el cirio. «Tengo que andar con sumo cuidado. No puedo fallarles. ¿Qué sería entonces de mí? No se andan con juegos estos tres y ahora informarán al Superior. Si pudiese conocerlo, hablar con él, hacerle ver que no lo hago sólo por dinero, que comprendo la grandeza de la empresa que formo parte, quizás me tendría en mayor y mejor estima y sería uno de ellos. En verdad lo soy aunque no se me reconozca. No en vano, tengo la sartén por el mango y dependen de mí para completarlo todo. ¿Qué sería de ellos sin mis conocimientos, mis contactos y, sobre todo, sin la persona que es capaz de hacer lo que quieren sin que nadie, absolutamente nadie, se dé cuenta?».

Se perdió por una de las estrechas bocacalles y siguió ensimismado en aquellos pensamientos, preguntándose dónde estarían las originales y qué harían después con ellas. «Mejor no hacer más conjeturas. Ya llegará el momento en el que pueda hablar cara a cara con el Superior y hacerle ver que yo estoy tan legitimado como cualquiera de ellos. No tendrá más remedio que comprenderlo. Sí, lo comprenderá. Ahora seguiré con mi trabajo. No quiero que un descuido profesional pueda dar al traste con todo. Ya falta poco. Ya queda menos. Y luego... la gloria».

Laura bajó del coche y abrió la verja por la que se accedía al interior del garaje cubierto de su casa. Introdujo el vehículo y se volvió para cerrar la puerta de entrada. Se sentía cansada, extenuada, por todo lo acontecido. «Menos mal que he hecho caso a Miguel Ángel. Necesito descansar y ocupar mi mente con algo».

Llegó al porche de entrada y se detuvo en el buzón exterior para recoger la correspondencia. «Facturas y propaganda. No falla», pensó mientras echaba un vistazo a las cartas e introducía, de manera mecánica, la llave en la cerradura. «Gas, luz, teléfono, agua... ¡Joder! ¡Vienen todas juntas!». De pronto, cuando ya se encontraba en el recibidor, comprobó que había una carta a su nombre, pero sin sello y sin remitente. Y se dio cuenta de que era del mismo tamaño de la que recibió en Córdoba. Se puso algo nerviosa y la abrió con rapidez.

«Yo, Juan de Mesa, me obligo a hacer y acabar en toda perfección y a vista de maestros que lo entiendan, una hechura de Cristo Crucificado, que tenga de largo 2 varas, antes más que menos, medido desde el cañamal al pie hasta la punta del cabello; y una imagen de Nuestra Señora, hasta medio cuerpo de escultura, la cual ha de ser de tristeza y me obligo a hacer la dicha obra por mi persona, sin que en ella pueda entrar oficial alguno, y de la comenzar mañana lunes y no alzar la mano della hasta la tener acabada, por razón de la cual, han de ser obligados a me pagar mil reales».

«¿HA PERDIDO DE VISTA AL PRIMER CRISTO? NO LO HAGA TAMBIÉN CON ÉSTE. PUEDE QUE SEA DEMASIADO TARDE.».

De nuevo quedó estupefacta. Otra nota igual que la recibida en Córdoba. «Este es el contrato de hechura del Cristo del Amor. No me cabe la menor duda. Voy a comprobarlo». Rebuscó entre la multitud de libros de su biblioteca para cerciorarse que no estaba equivocada. «¿Dónde lo tengo, Dios mío?», pensaba mientras, de manera presurosa, seleccionaba una tras otra obras dedicadas a la imaginería de los siglos XVI y XVII. «¿Dónde, dónde?». Finalmente halló lo que buscaba. Se trataba de su tesis doctoral: «Juan de Mesa, el hombre que esculpió a Dios». Fue pasando páginas hasta que dio con la parte dedicada al Cristo del Amor. El contrato de hechura se le apareció. Lo comparó con la nota recibida. Efectivamente, era el mismo. «No entiendo quién me está guiando hacia las imágenes de Juan de Mesa. Y, sobre todo, por qué no tengo que perder de vista a ambas. ¿Tarde? ¿Tarde para qué?».

Laura estaba confusa y no sabía qué hacer. Por una parte, quería decírselo a su jefe aunque no se fiaba del todo. No comprendía una situación que comenzaba a tomar tintes detectivescos, algo que se le escapaba de las manos. «Ya sé, iré a la capilla universitaria y a la iglesia del Salvador a ver tanto al Cristo de la Buena Muerte como al del Amor. Sí, es lo mejor. Aunque no sé qué puedo sacar en claro». De pronto se acordó que a esa hora estarían ambos templos cerrados. «Tendré que esperar a la tarde. La tengo libre y de esa manera podré acercarme hasta estos lugares. Otra cosa no puedo hacer ahora».

Subió a su dormitorio para cambiarse y luego almorzar algo. Ya más repuesta, y mientras hojeaba una revista de arte en la salita, se dio cuenta de que parpadeaba la luz del teléfono fijo. «Ni me he dado cuenta de que tenía mensajes». Descolgó el teléfono. «Tiene tres mensajes nuevos», dijo el contestador automático. «Mi madre, cómo no». Era el primero. Luego sonó la voz de Miguel Ángel del Campo. «Perdona que te moleste. Supongo que te has marchado ya a Córdoba. Te quería decir sólo que la Consejería ha decidido trasladar al Instituto la imagen del Cristo de la Conversión. Así podremos estudiarla con más detenimiento. Ya te contaré a la vuelta. Un beso». «Sí, pero no fuiste capaz de decirme que venía Enrique Carmona. Eres un cobarde, Miguel Ángel», pensó mientras esperaba unos segundos a que saltase el tercero de los mensajes. La voz no le sonaba y el teléfono desde el que se llamó tenía el número oculto. «Cuando escuche este mensaje ya habrá venido usted de Córdoba. Debe andar con mil ojos y mucho cuidado, Laura Moreno, porque las imágenes de Juan de Mesa están en peligro. No le puedo decir nada más. Espero que haga todo lo que esté en su mano para que no desaparezca uno de los patrimonios más importantes de la ciudad. No pierda de vista al Cristo de la Buena Muerte y al del Amor. Adiós».

El mensaje había sido realizado a las nueve de la mañana de ese día. Evidentemente, la persona era la misma que mandó las notas tanto a Córdoba como a su casa. «Pero no entiendo cómo me localizó. Es alguien que sabía de mi viaje a Córdoba. Y está claro que me conoce. Sabe mi teléfono y dónde vivo. Ha tenido que traer la nota en propia mano y dejarla en el buzón. ¿Quién es, Dios mío? ¿Por qué están en peligro las imágenes de Juan de Mesa?». La sensación de impotencia era inmensa. No sabía cómo actuar en aquellos momentos. «Llamaré a la Policía. No. Me tomarían por una loca. Lo mejor será darlo a conocer al Instituto. Sí, es lo más normal. Yo no soy detective ni me dedico a perseguir a ladrones de obras de arte. Mis superiores sabrán lo que hay que hacer». Cientos de incógnitas se le planteaban mientras iba de un lugar a otro de la casa. Estaba claro que la persona que le había llamado conocía perfectamente la obra del imaginero cordobés. No era nadie del Instituto. Al menos su voz no la reconoció. «Por lo tanto, tiene que ser alguien que esté inmiscuido en las cofradías o que sepa de restauración, obras de arte y todo este mundo. A lo mejor alguien que trabajó en el IAPH. Mi viaje a Córdoba ha sido sobre la marcha pero mis compañeros estaban al tanto. No es de extrañar que lo conociese también».

Subió de nuevo a su habitación y se tendió en la cama. Eran casi las cuatro de la tarde. «Me voy a quedar relajada y dentro de un rato voy a la Universidad. Quiero ver de cerca al Cristo de la Buena Muerte y luego...».

Despertó de manera súbita. Se dio cuenta de que estaba tendida sobre la cama sin deshacer y vestida. «¿Cuánto tiempo ha pasado?», pensó mientras dirigía su mirada al reloj despertador de la mesilla de noche. «¡Las ocho menos veinte!». Me he quedado dormida. Se refrescó la cara en cuestión de segundos y se cambió de camisa. «No tengo tiempo para ducharme. Si no llego a tiempo encontraré la capilla universitaria cerrada».

El cartel del parking de la avenida de Roma, al lado del Hotel Alfonso XIII, indicaba que el aforo estaba completo. Giró en la fuente de la Puerta de Jerez y tomó dirección a la calle Almirante Lobo, que desembocaba en el Paseo de Colón. «Pasada la plaza de toros hay otro parking. No voy a llegar, no voy a llegar...», se repetía una y otra vez. Justo a la altura del Teatro de la Maestranza encontró un hueco. «Reservado para minusválidos», rezaba una señal. «Lo siento pero lo dejo aquí. No puedo perder más tiempo». Corrió todo lo que pudo por las calles del Arenal, atajando lo máximo posible para llegar a la avenida de San Fernando, donde se encuentra la Universidad de Sevilla. Era ya de noche y la misa de ocho estaba concluida. Se dio cuenta al ver salir, a lo lejos, a la gente de la capilla universitaria. Accedió a la Lonja por la verja que da a la puerta del Paraninfo. Cuando estaba casi a la altura de la capilla vio cómo un hombre comenzaba a cerrar las puertas.

—¡No, por favor! ¡Espere un momento! —gritó mientras corría a su encuentro.

El hombre se sorprendió de la reacción de Laura. Era el capiller y se disponía a cerrar la capilla una vez concluida la última misa del día.

—Lo siento, pero ya ha terminado la misa. Ahí tiene los horarios de mañana y tarde.

—Perdone usted —dijo entre jadeos producidos por la carrera—. Necesito ver la imagen del Cristo de la Buena Muerte.

—Ya le he dicho que acabamos de cerrar. Mañana puede verla.

—¡Necesito verla ahora!

—Señorita —interrumpió el hombre—. Yo sólo cumplo con mi trabajo. Si tiene alguna queja, el hermano mayor está en la casa de hermandad.

Sin decir nada más Laura se dio la vuelta y entró por la puerta del rectorado. Justo a la izquierda se encontraban las dependencias de la Hermandad de Los Estudiantes. Llamó a la puerta. Abrió un chaval de unos veinticinco años y de una altura considerable.

—¿Qué desea?

—Necesito hablar con el hermano mayor.

—Lo siento, pero dentro de cinco minutos va a comenzar un Cabildo de Oficiales. Se va a prolongar porque son varios los puntos que van a tratar. Si usted quiere, le dejo un recado.

—No puede ser. ¡Quiero hablar con él ahora mismo!

El tono de voz, alto e imperativo, hizo que las personas que se encontraban en la sala volviesen su mirada hacia la puerta de entrada.

—Álvaro, ¿qué es lo que ocurre? —se oyó desde el interior de la estancia.

—Esta mujer, que quiere hablar con el hermano mayor. Le he dicho que van ustedes a iniciar un Cabildo de Oficiales.

Se le acercó un hombre de aspecto muy distinguido. Perfectamente enchaquetado, con el cabello peinado a raya y engominado.

—Buenas, noches, señorita. ¿Qué desea usted?

—Pretendo hablar con el hermano mayor. Es muy importante.

—Soy Antonio Mejías Gutiérrez, hermano mayor de Los Estudiantes. ¿En qué puedo ayudarle?

Laura se calmó. Pasó al interior de la casa hermandad. El salón exhibía distintos enseres de la cofradía. Presidido por una gran vitrina hasta el techo, se ofrecía en toda su plenitud el manto de salida procesional de la Virgen de la Angustia, titular de la corporación. A los lados, juegos de varales, varas, respiraderos del paso de palio, insignias... un rico patrimonio de una de las hermandades más señeras de la ciudad.

—Usted dirá, señorita.

—Mi nombre es Laura Moreno. Soy profesora de Bellas Artes y trabajo en el Instituto Andaluz de Patrimonio Histórico. Me dedico, principalmente, a la restauración de imágenes procesionales.

—Creo que he oído su nombre. Si no me equivoco, ahora va a restaurar a la Virgen de las Angustias de Córdoba.

—Así es. De eso quería hablarle precisamente. Verá, necesito echar un vistazo al Cristo de la Buena Muerte.

—¿Para qué?

—No puedo decírselo. Pero es muy importante para mí.

La expresión del rostro del hermano mayor cambió por completo. Aquella petición le parecía absurda y carente de sentido alguno.

—Lo siento. Comprenderá que lo que me pide no es posible. Que yo sepa, nuestra imagen está en perfecto estado de conservación y no sé qué quiere usted hacer.

—Es muy importante para mí, don Antonio. Se lo ruego, déjeme verla.

—Esto ha llegado demasiado lejos, señorita Moreno. Le invito a que salga de esta casa de hermandad. Vamos a iniciar un Cabildo de Oficiales y está usted interfiriendo en nuestro quehacer.

—Pero...

—Por favor. Ahora se lo exijo. Márchese inmediatamente si no quiere que llame al personal de seguridad. Su proceder no sólo no es correcto sino que me parece insultante tanto para esta junta de gobierno como para todos los hermanos de Los Estudiantes. No hay más que hablar.

Laura comprendió que sus impulsos y su forma de actuar volvían, una vez más, a perjudicarle. Lo peor de todo es que estaba convencida de que la acababan de tomar poco menos que por una loca inconsciente. «Mi falta de tacto me pierde», se dijo mientras buscaba el Paseo de Colón para recoger su coche. «Si al menos hubiese podido ver la talla del Crucificado. Ese hombre no comprende nada. Tampoco yo podía decirle de qué va todo esto. Pensaría que no estoy en mis trece si le advierto de que es posible que su Cristo no sea el original. ¿Quién me iba a hacer caso? Lo que no puedo es crear una alarma social en la ciudad. Pero si esos anónimos son verdad, aquí se esconde algo muy gordo. Y yo estoy en medio de todo. ¿A quién puedo recurrir?».

Dudas y más dudas se le venían a la cabeza mientras caminaba por la calle. La noche inundaba todo el cielo pero la temperatura era agradable. «No es mal momento para caminar por aquí». A su izquierda, el Guadalquivir reflejaba las luces de las casas del barrio de Triana. A lo lejos se divisaba el Puente de Isabel II, conocido por los sevillanos como el Puente de Triana. La capillita del Carmen, en la plaza del Altozano, se erguía coquetamente iluminada. Pensó en los edificios tan singulares que jalonan la ciudad y por unos momentos se olvidó de todo lo que le había sucedido en apenas veinticuatro horas. Pero se dio cuenta de que, como siempre, se encontraba sola. Su impaciencia, su modo de actuar y ese estar pendiente día y noche de su trabajo hacían que, como en aquel momento, estuviese sin compañía alguna. «Llegaré a casa, cenaré algo, veré la tele y me acostaré. Qué remedio. No tengo solución. Como dice mi madre, me voy a quedar para vestir santos. Al fin y al cabo, no iba tan descaminada. Estoy rodeada de Cristos, Vírgenes y apóstoles. No los visto, pero los restauro, que viene a ser prácticamente lo mismo».

Al llegar al lugar donde había aparcado su coche comprobó que no estaba. Un papel adhesivo en la acera indicaba que el vehículo acababa de ser retirado por la grúa municipal al estar estacionado en un aparcamiento prohibido. «Lo que me faltaba para rematar el día. ¿Qué más me puede pasar? ¡Taxi!».

La puerta se abrió de manera brusca, sorprendiendo a Laura. Había llegado temprano al Instituto para disponer todo lo necesario y comenzar a hacer estudios radiográficos a la talla de la Virgen de las Angustias. Casi no pudo conciliar el sueño y se quedó dormida de madrugada en el sillón de la salita, mientras tenía de fondo un reportaje de National Geographic en la televisión acerca de las pirámides de Egipto. Debía haber ido a recoger el coche al depósito municipal, pero pensó que era mejor acudir primero al Instituto y no demorar los trabajos sobre la nueva imagen que tenía que restaurar.

—¡Laura! ¡Ven a mi despacho inmediatamente! —gritó Miguel Ángel del Campo, que dio un portazo tremendo y se marchó.

Ella miró al compañero que se encontraba en aquellos momentos ayudándole con la maquinaria y, con gesto de no comprender nada de lo que estaba ocurriendo, se encogió de hombros, se quitó la bata de trabajo y se dirigió al despacho del jefe.

—Continúa con los preparativos, Luis. Voy a ver qué tripa se le ha roto ahora.

El enfado de Miguel Ángel del Campo era monumental. Su cara desprendía una mezcla de furia y cólera que no había visto ella en muchas ocasiones. Quedó de pie, frente a él, que no miraba a la cara de su subordinada, quizá intentando contenerse para no explotar del todo. Respiró hondo y entonces habló.

—Me ha llamado esta mañana el hermano mayor de Los Estudiantes. ¿Me puedes decir qué pasó anoche?

—¿Es por eso por lo que está tan cabreado? —dijo como queriendo quitarle hierro al asunto—Sólo fui a la Universidad porque quería ver al Cristo de la Buena Muerte.

—¿Y para qué quiere una persona, que se identifica como técnico del IAPH, ver una determinada imagen a esas horas? ¿Tú crees que es normal?

Laura pensó dos veces antes de responder. Por una parte quería decirle lo de los anónimos pero por otra era de la opinión de que mantenerlo en secreto le podría servir mejor.

—Estaba intrigada con todo lo que ha acontecido en torno al Cristo de la Conversión. Quería ver otra talla de Juan de Mesa y así comprobar rasgos comunes en su trabajo.

—¿Y eso debo creérmelo? Ayer me dijiste no sé qué de esa imagen. Exijo que me expliques que es lo que está ocurriendo. Tu forma de actuar, primero en lo relativo al consejero y a Enrique Carmona, y ahora con la Hermandad de Los Estudiantes, ha sobrepasado los límites de lo aceptable.

—No pasa nada. Pero sí es verdad que no es normal que hayan dado el cambiazo a una imagen. También podría ocurrir con otras, ¿no te parece?

—A mí lo que me parece es que estás llevando todo esto al terreno de lo personal y no es ya que te perjudique a ti, sino que manchas la imagen del Instituto Andaluz de Patrimonio Histórico y, lo peor de todo, de sus profesionales.

—Me ofendes con esa aseveración.

—Pues vete ofendiendo más si quieres. A partir de ahora quedas suspendida, momentáneamente, de empleo y sueldo.

—No puedo creer lo que estás diciéndome. ¿Eso ha salido de ti?

—Del consejero y de mí. No se puede ir por ahí haciendo lo que a uno le venga en gana, coaccionando prácticamente a la gente en nombre del Instituto.

—¡Pero sabes que no es así! ¿No te das cuenta de que esto es muy importante? ¿Qué pasaría si los sevillanos supiesen que han robado una imagen procesional, de gran devoción para los católicos? ¡Sería un escándalo sin precedentes! ¡No puedes cerrar los ojos! Aquí está pasando algo muy grave y no sabemos quién está detrás de todo esto.

—Tus conjeturas me parecen fuera de lugar, Laura. No estás capacitada ahora mismo para seguir trabajando. Te voy a relevar en la restauración de la Virgen de las Angustias. En tu estado de obcecación no puedes hacerte cargo de ese trabajo.

—¿Y quién lo va a hacer?

—Ya está decidido: Enrique Carmona.

—¡No sabes lo que dices, Miguel Ángel!

Entonces él se levantó de su asiento.

—Laura, a partir de ahora quedas suspendida de empleo y sueldo. Lo siento en el alma, pero no me dejas otra opción que abrirte un expediente sancionador. Es posible que tus días en el Instituto hayan acabado. Lo siento. Tú te lo has buscado. Te ruego recojas tus pertenencias y abandones las instalaciones. La Consejería te comunicará lo que se decida con respecto a tu futuro. Buenos días.

Miguel Ángel del Campo se acercó hasta la puerta del despacho, la abrió y se quedó junto a ella esperando que Laura saliese. No hubo más palabras entre ambos. Había sido herida en su amor propio y puesto en duda su mejor arma: el trabajo. Mancillado su honor, no le quedaba otro remedio que irse de allí. «¿Qué va a ser de mí? No sé hacer otra cosa. Me han borrado de un plumazo y, lo que es peor, me han desprestigiado. Y todo por intentar sacar a la luz la verdad de un embrollo que va camino de tomar proporciones descomunales y que es un escándalo. Han ido a por mí, soy el chivo expiatorio. Sin mi presencia Carmona hará y deshará lo que le venga en gana. Y todo con el consentimiento de gente tan inepta como los políticos y los lameculos que tienen a su alrededor lampando por un cargo que les dé poder y así sentirse importantes. ¡Qué panda de golfos!».

Se acordó que tenía el coche en el depósito municipal pero no le entraron ganas de ir a por él. Tomó un taxi para ir a casa. Eran poco más de las once de la mañana y se encontraba, por ahora, suspendida de empleo y sueldo, aunque estaba claro que era el paso previo para ser despedida con cajas destempladas.

Entrando por la puerta sonó el teléfono fijo. La pantalla indicaba que el número estaba oculto. Descolgó.

—¿Dígame?

—¿Laura Moreno?

—Sí. ¿Qué desea?

—Siento que ayer no pudiese ver el Cristo de la Buena Muerte. Ya le dije por escrito que no lo perdiese de vista. Es demasiado tarde.

—Pero, ¿quién es usted y qué quiere?

—No puedo decírselo por teléfono. Está sucediendo algo muy grave en torno a imágenes de Juan de Mesa.

—¿Qué quiere decir con eso?

—¿Conoce usted la zona de Sevilla Este?

—Sí.

—Cerca del Palacio de Exposiciones y Congresos hay un bar que se llama «La Espiga», al lado de la avenida principal de entrada. Vaya esta noche a las nueve. Pregunte por Javier y dígale que es Laura Moreno. Ah, y siento lo que le ha ocurrido en el IAPH. Es una pena que prescindan de alguien con tanta valía como usted.

—¿Cómo?

—No me falle. Todavía estamos a tiempo.

—¿A tiempo de qué?

No pudo decir nada más. Su interlocutor cortó. «Está sucediendo algo muy grave en torno a imágenes de Juan de Mesa. ¿Qué habrá querido decir ese hombre?». La incertidumbre se apoderó de Laura. Ahora sí que parecía que sus temores eran ciertos y que algo que no alcanzaba a comprender estaba a punto de ocurrir. «Desde luego, nada bueno. Voy a por mi coche. No quiero llegar tarde a la cita con Juan de Mesa».

Yo, Juan Martínez Montañés, quedo en terrible postración tras la muerte del muy querido alumno, ayudante y amigo, Juan de Mesa. Gran recuerdo y admiración ostente quien tuviere tan alto, el digno sentido de su trabajo. Verlo trabajar era un placer, pues no faltó de ningún saber en su labor, era minucioso y gran conocedor anatómico y bueno en la definición de sus más detallados apuntes y dibujos del cadáver.

Juan Martínez Montañés al conocer
la muerte de Juan de Mesa.

VI

La navaja recortó y perfiló la barba por la zona del mentón. El hombre que la utilizaba se esmeraba en darle la forma perdida por no habérsela cortado en varios días. Afeites y otros mejunjes que se distribuían por la estancia producían olores característicos que envolvían el ambiente y daban sensación de placidez. El agua de rosas, el de lavanda, las esencias de especias mezcladas con el azmicle y el ámbar endulzaban el lugar. Los botes con pócimas y lebrillos lo jalonaban. Juan de Mesa se encontraba postrado en una silla. Dejaba hacer al maestro, que con destreza lo acicalaba. Un gran barreño con agua sucia todavía dejaba escapar el vapor. Se sentía en aquellos momentos reconfortado, abandonado a la tranquilidad que estaba disfrutando. El olor del jabón le tenía sumido en una especie de aletargamiento. Tenía el cuerpo y los músculos relajados. Una gran bata le cubría, tan sólo dejando al descubierto pies, manos y la cabeza desde el cuello.

Nadie hablaba. Al fondo, otro hombre barría el suelo. La cortina de la puerta dejaba entrar la luz del sol y el griterío de la gente. Una mano corrió la cortina y apareció un hombretón, más alto que el resto de los allí presentes.

—Buenos días tengan vuestras mercedes —saludó dirigiéndose a las personas que estaban dentro—. Aquí le traigo uno de los cubos que me pidió con las sanguijuelas para las sangrías. ¿Dónde quiere que lo deje?

—Allí, al fondo —respondió sin dejar la navaja.

—Que tengan un buen día —volvió a decir el hombre mientras abandonaba la habitación.

—Bueno, pues esto ya está concluido, don Juan. Espero que todo haya quedado a su gusto.

—Y tanto —dijo mirándose en un pequeño espejo—. La verdad es que ha sido un trabajo fino. Parezco otro. Y el baño me ha dado nuevos bríos.

—¿Agua de lavanda o de rosas para la cara? ¿Algún otro perfume que sea de vuestro agrado?

—No hace falta. Me marcho impregnado de los olores que pululan por toda la estancia. ¿Cuánto le debo a vuestra merced?

—Lo estipulado para estos casos. Sigue siendo el mismo precio. Y más para vos.

Juan de Mesa solía acudir siempre al mismo barbero. Es verdad que últimamente, sobre todo por el tiempo dedicado a la obra del Nazareno, había descuidado este paso. Pero quería estar presentable para cuando acudiesen al improvisado taller los miembros de la Cofradía del Traspaso y su maestro, Juan Martínez Montañés.

Hacía tiempo que, en cierta medida, se había independizado, ya que trabajaba en el taller del maestro pero con total libertad. Sin embargo, no podía evitar esa sensación de dependencia de quien le enseñó los entresijos de aquel arte. Gustaba de que él supervisase sus trabajos y buena parte de ellos provenían de las propias gestiones que realizaba el jiennense, más volcado en obras para la capital del reino y en otros menesteres más alejados de la escultura religiosa. En cambio, él sí se dedicó casi por completo a las imágenes de Cristos y Vírgenes. Y su prestigio subía cada vez que entregaba una nueva obra. Ese aumento también se dejaba notar en su cotización, si bien no era persona exigente con el dinero ni presurosa por cobrar. Eso, precisamente, le supuso una serie de encargos que, a lo peor de otra forma, no hubiesen llegado. Pero todos quedaban complacidos con el resultado de las obras, y el boca a boca era importantísimo. Acababa de concluir el Cristo de la Buena Muerte y este encargo hizo que su prestigio fuese aún mayor. Pero ello no era óbice para que cambiase de forma de pensar y, sobre todo, actuar. Seguía siendo el mismo. Acudía, cuando el trabajo lo permitía, a los sitios de siempre y no faltaba a su compromiso con la Iglesia. Ahora, si cabe, era más temeroso de Dios.

Salió de la barbería con un ánimo distinto. Aquella mañana, cuando se levantó, prefirió asearse que trabajar. La visita, la tarde anterior, de María, supuso todo un respiro para el alma. Tenía decidido dejar la habitación en cuanto concluyese la obra, volver a casa y trabajar allí. La presencia de su esposa servía para recobrar el ímpetu y eso se reflejaba también en su estado de salud. No volvió a tener toses ni esputó sangre. Y eso para él era extraordinario y un motivo de alegría.

Llegó al improvisado taller. Allí estaba el Nazareno. Parecía más grande que cuando se marchó por la mañana. Sólo habían transcurrido un par de horas —tiempo suficiente para tomar algo de comida y luego pasar por la barbería— pero su imagen se agigantaba. Lo veía distinto. Quizá desde la perspectiva de saberse en la recta final. Tuvo la tentación de tomar escoba y recoger un poco la estancia para que todo estuviese a gusto de las personas que vendrían por la tarde. Pero al pasar por la mesa donde estaban los utensilios de trabajo, no pudo evitar coger la gubia. «Voy a rematar la obra. Queda tan poco que no puedo resistirme».

La corona de espinas se enroscaba en la frente de Jesucristo. Las espinas sobresalían y parecía que el sufrimiento era real, que allí mismo aquellos que le prendieron en el Huerto de los Olivos, lo vejaron y humillaron, colocaron esa presea mientras las carcajadas se elevaban hasta el cielo. «Él no dijo nada. Y cuando le dieron el madero, lo tomó y enfiló camino del Calvario. Así es el Poder de Jesucristo».

La sinuosidad de la corona, entrelazando ramas y espinas, terminaba en esa especie de cabeza de serpiente, la que tentó a Adán y a Eva e hizo que Dios los expulsase del Paraíso. «Serpiente que quiso matar al Hijo de Dios pero a la que venció. Serpiente de sufrimiento por todos nosotros». Una espina atravesando la oreja, otra la ceja. «Dios lo quiso así y así ha de ser mientras tenga fuerzas para esculpirlo». Más lascas en el suelo, viruta y polvo al unísono y la escofina que pule, lima, concluye y fija. «No hay que tocarlo más. No puede Dios ser de otra forma. No es posible que tuviese otro rostro».

Se sentó en un taburete y quedó contemplando su obra, su imagen. Solos los dos, frente a frente. Entonces preguntó.

—¿Qué es, Señor, lo que me tienes preparado? Sabes que lo acataré tal y como me lo digas. Tus deseos son órdenes que cumpliré a rajatabla.

Y en su mente se dibujaba la respuesta aunque la sabía de antemano. Pero quería hablar con Él, expresarle lo que sentía, lo que había vivido aquellos meses modelando su rostro, dándole forma y haciendo que estuviese presente entre los hombres. «Sois vos, y no otro, quien guía mis pasos. Tanto en mi trabajo como en la vida. Desgraciado aquel que no siga tus consejos, que no esté a tu lado, que se aparte del camino que trazaste para todos nosotros».

Soledad. Sólo se respiraba soledad en aquella estancia. Ambos mirándose a la cara, hablándose. Ambos entablando un diálogo sólo posible por mor de la fe y la esperanza que Juan de Mesa tenía en Dios y en su Hijo Jesucristo. Le dolían las manos a pesar del poco esfuerzo. Los dedos aparecían agarrotados y no pudo evitar contraerlos. Pero era dolor placentero. Sabía que todo había terminado, que ya estaba el Rey de los hombres entre ellos, en una habitación de la collación de San Martín. «Él lo ha querido así. A partir de ahora ya no eres sólo mío. Te darás a los demás, como cuando te clavaron en la Cruz. Y Sevilla entera te venerará».

El cansancio se apoderó de Juan de Mesa. De pronto sintió sueño y a punto estuvo de echarse en el catre. Pero no. Resistió. Quería seguir contemplando a Jesucristo y que aquellos momentos no se acabasen nunca. Sintió incluso la tentación de marchar al taller del maestro y decirle que la imagen no estaba concluida, que sería mejor que viniesen otro día. Así tendría más tiempo para estar a solas con Él. «Sí, eso voy a hacer. No quiero que todo acabe aquí, esta tarde, y que mañana ya no sea mío. Es verdad que debe ser de los sevillanos, pero te pido, Señor, que me concedas este favor de admirarte por más tiempo en la soledad del taller. No se trata de egoísmo, tú lo sabes. Es sólo ese afán por tenerte cerca de mí algún tiempo más. Luego, cuando te marches, se habrá ido contigo una parte muy importante de mí. Te encarnarán y cobrarás más vida, si es que eso es posible. Otras manos te tocarán y será entonces cuando ya, definitivamente, serás sólo un recuerdo para mí. No quiero. Déjame que te goce algún tiempo más. Te lo suplico».

Se levantó y cogió la escoba. Sus pensamientos seguían puestos en el Nazareno. De pronto, de manera súbita, le vino otro golpe de tos. No pudo evitarlo. Vomitó de forma aparatosa y la sangre se hizo presente en el suelo. El dolor se apoderó de sus entrañas y buscó un punto de apoyo para sostenerse y no caer al suelo. «¿Por qué Dios mío? ¿Por qué debo sufrir así? No lo hagas por mí, sino por María. Déjame que esté con ella, que siga amándola. No me corresponde a mí y no seré yo quien te contradiga. Pero ahora no. Espera un poco más. Lo suficiente para que pueda disfrutar de la presencia de ella, de su amor, el mismo que yo le profeso. No la puedes dejar sola tan pronto. No. Te lo suplico».

Bebió algo de agua y se sintió mejor. Recuperó la verticalidad y siguió barriendo. Faltaba poco para que el maestro llegase. «Dame fuerzas. Debe verme bien. He seguido sus consejos. Sabes que él también modela en la madera tu Cuerpo. Deja que te admire. Si no podemos estar solos, al menos que ellos comprendan que tu grandeza es ésta».

✝

Juan Martínez Montañés había nacido en la localidad jiennense de Alcalá la Real. Era quince años mayor que Juan de Mesa y el año en que nacía el cordobés él se casaba con la joven Ana de Villegas. Llegó a Sevilla un año antes para establecerse profesionalmente procedente de Granada, donde estuvo en el taller del maestro Pablo de Rojas. En la ciudad del Betis contactó con algunos artistas paisanos suyos, caso del pintor Gaspar de Rexis, con el que colaboraría en algunas obras suyas.

Un año después de su boda, Martínez Montañés se examinó para obtener el título necesario y así poder ejercer la profesión de escultor. Aquel tribunal lo declaró apto y «hábil y suficiente para ejercer dicho oficio y abrir tienda propia».

A diferencia de Juan de Mesa, el jiennense, genial donde los hubiese y que se ganó el sobrenombre de «el dios de la madera», era de carácter violento, con una fuerte personalidad y con un acusado sentido de la superioridad. Esa circunstancia contrastaba enormemente con su discípulo cordobés. Es más, al maestro le gustaba alardear de esa superioridad, de tal manera que consideraba a compañeros, y sobre todo discípulos y aprendices, inferiores a él.

—Debes esmerarte mucho más, Juan. Tienes talento, talento innato que puede reportarte tanta gloria como fama y dinero. Pero para eso hay que concienciarse y no cejar en el empeño.

—Lo que vuestra merced diga, maestro.

A menudo Juan Martínez Montañés mantenía largas conversaciones con su discípulo preferido. Su forma de mimar la madera le sorprendía. No es que estuviese todo el día alabándolo en público, y menos delante de otros discípulos, pero sí de vez en cuando le regalaba los oídos. «No es bueno que una persona tenga el ego por lo alto en cada momento del día», solía decir a aquellos aprendices que, obnubilados, aguantaban impertérritos broncas del maestro.

Empero, con Juan de Mesa todo era distinto. Poco a poco fue ganándose su confianza y, lo que era más importante, su estima. Si tenía que ausentarse él era quien se quedaba al cargo del taller; si surgía cualquier compromiso urgente, Juan de Mesa la persona designada para llevarlo a cabo. Muchos años después, cuando ya el cordobés se independizó y montó taller propio, el alcalaíno, no sin cierta sorna, solía comentar a un selecto grupo de amigos: «el muchacho acabará superándome. Quién sabe si dentro de dos o tres siglos es más conocido que yo».

Eso, a qué dudarlo, nunca importó a Juan de Mesa. Ni cuando estuvo a sus órdenes ni cuando se estableció por cuenta propia. Sus objetivos y miras eran muy distintos a los de Martínez Montañés. Ni fama ni gloria estaban entre sus aspiraciones. En cambio, la gente se sorprendía cuando, de repente y en reuniones con los más íntimos, soltaba aquello de que «sirviendo a Dios estoy conforme».

Constante que siempre le acompañó. Porque, efectivamente, eran la noche y el día. La agitada vida social y amorosa de Martínez Montañés en nada se parecía a la de su discípulo. Estuvo el jiennense en la cárcel por cuestiones de riñas; se casó en dos ocasiones y tuvo un sinfín de hijos. Juan Francisco Martínez Montañés, hijo de su segundo matrimonio, se hizo clérigo.

Y mientras todo eso acontecía y el ritmo vertiginoso de su vida se compaginaba con su labor profesional, Juan de Mesa, en cambio, se dedicaba a frecuentar cofradías, a estar cerca de Dios y a trabajar por y para Él. No es que su maestro no se le conociese trato con las Hermandades, ya que era hermano de la del Dulce Nombre de Jesús, Primera Sangre de Nuestro Señor Jesucristo y María Santísima de la Encarnación, que radicaba en el compás de San Pablo. En este sentido, tenía una profunda convicción religiosa que muchas veces chocaba frontalmente con ese carácter irascible del que hacía ostentación a la más mínima oportunidad.

Cuando Juan de Mesa entró en el taller de Martínez Montañés, éste ya era un consagrado imaginero y, sobre todo, una de las personas en las que se tenía depositada más confianza en la hechura de retablos. Le había sorprendido al cordobés la talla del Cristo de la Clemencia. Los cánones que marcaba Montañés hacían que sus discípulos no pudiesen evitar sentirse no sólo atraídos por la forma de ejecutar los trabajos, sino que igualmente imprimían el sello que dejaba patente el maestro.

Eso le ocurrió a Juan de Mesa con el Cristo del Amor, labrado en el año 1618 y que bebía claramente de las tallas montañesinas. Recordaba al de la Clemencia, al Cristo de los

Cálices y, sobre todo, al de los Desamparados de la iglesia del Santo Ángel. Misma fuerza en la cabeza de Jesucristo, que ya está muerto en la Cruz, entregado a Dios Padre.

Curiosamente, el alcalaíno, que no era persona compasiva ni mucho menos, tuvo un acto misericordioso a la hora de cobrar esa talla de los Desamparados. Aquello fue una especie de leyenda que fue agrandándose con el paso de los años y cuya verdad se llevó a la tumba. Cuentan que la Orden Carmelita le hizo tres encargos: un San José, un San Alberto y el Crucificado. La tercera fue la última que gubió. Martínez Montañés solía pasar, camino de su taller en la collación de la Magdalena, por el llamado Callejón de los Pobres, una estrecha calle en la parte trasera del convento carmelita al que acudían los mendigos del centro de la ciudad para que los frailes les diesen de comer. Todos los días sacaban una gran olla de sopa que repartían entre cuantos se acercaban a pedir caridad. Montañés se admiraba de la labor de aquellos hombres de Dios que, sin importarles quién llamara a su puerta, le ofrecían un plato de comida caliente.

Cuando concluyó la talla del Crucificado de los Desamparados, y conmovido por esa labor de caridad, cuentan que no quiso cobrar el encargo y que estaba pagado con la sopa que cada día ofrecían a los desarraigados. Es por ello que durante cierto tiempo, a aquella imagen se le conoció como el Cristo de la Sopa de los Pobres, algo que vino bien a los frailes y que ayudó a que la devoción hiciera que los cepillos de la iglesia se llenasen de monedas.

Martínez Montañés no fue precisamente un hombre que se volcase en las imágenes procesionales. Sin embargo, el de los Desamparados, dos siglos después de su muerte, fue utilizado por la Hermandad de la Sagrada Lanzada cuando tuvo como sede canónica el templo de los Carmelitas Descalzos. Era ésa una circunstancia que conmovía al discípulo, que no alcanzaba a comprender por qué el maestro no se dedicó más de lleno a las imágenes procesionales. Máxime siendo capaz de gubiar a Nuestro Padre Jesús de la Pasión, una de las tallas más impresionantes y arrebatadoras que Juan de Mesa había contemplado. Y es que aquel Nazareno también le marcó. El barroquismo que imprimió el maestro y la fuerza expresiva de Jesucristo con la Cruz a cuestas camino del Calvario le subyugaron desde el principio. «Nunca podré ser como él. Es imposible. No entiendo que no quiera glorificar más con sus manos a Dios», solía repetirse Juan de Mesa.

Esa dependencia profesional hacía que, aún estando ya completamente independizado, buscase siempre el beneplácito y la complicidad del maestro. Era fundamental para él que Juan Martínez Montañés supiese, conociese y diese el visto bueno a sus obras. Por eso no era de extrañar que esperase con algo de angustia su presencia aquella tarde en el taller. Sabía que le daría su aprobación, pero también era consciente de que podría ponerle peros, que en un momento dado era capaz de recriminarle, quizá, su falta de tacto o cuando menos su ligereza con algunos detalles, caso de la corona de espinas terminando en la cabeza de serpiente o el hecho de que dos espinas atravesasen una ceja y una oreja.

Todas esas dudas le asaltaban cada vez que Montañés conocía una nueva obra suya. María también lo sabía y es por eso que se esforzaba en dar ánimos a su marido para que no cayese no ya en la autocompasión, sino casi en una especie de depresión que le ahogaba y que motivaba, la mayoría de las veces, que apareciese la tos. El dolor y el sufrimiento en definitiva.

Aquella tarde, mientras limpiaba un poco el taller, las dudas volvieron a presentársele. Estaba dispuesto a todo pero esperaba, necesitaba más bien, que el maestro se sintiese orgulloso de él, de su trabajo.

✝

Tapó la imagen con una sábana limpia. Le costó trabajo encontrarla en medio de aquel desorden en el que había intentado, mal que bien, desterrar el caos. Por fortuna María siempre estaba pendiente de los más mínimos detalles y fue la persona que le trajo, además de comida digna, algo de ropa y trapos limpios con los que poder desarrollar su labor.

Hacía calor. Julio comenzaba a abandonar el calendario y se disponía a entrar agosto. La habitación era fresca y al menos disipaba los rigores estivales. Las ventanas estaban abiertas de par en par y una pequeña brisa recorría la estancia haciendo más soportable todo. La talla estaba prácticamente terminada. Esperaba Juan de Mesa el beneplácito de aquellos señores que, dentro de poco, llegarían hasta el taller.

Repasó la imagen del San Juan, lista para ser entregada y trasladada cuando lo estimasen oportuno. Pero, ¿pasaría lo mismo con el Señor? Aquellas incógnitas que rondaban por la cabeza le tenían a mal traer. No podía evitarlo.

Un golpe en la puerta sirvió para que se reaccionase. «Ya están aquí», pensó mientras se daba los últimos retoques en la ropa y se encaminaba para abrirla. Se encontró de nuevo, como el día anterior, con Francisco de Asís Gamazo. El chaval venía como avanzadilla.

—Buenas tardes, maese Juan de Mesa. El maestro Juan Martínez Montañés está a punto de doblar la esquina con los señores de la Cofradía del Traspaso. Me ha enviado por delante para que me cerciore de que todo está correcto.

—Pasa, muchacho —dijo con buen tono Juan de Mesa—. Como ves, todo está en orden y dispuesto para que den su aprobación quienes deben hacerlo.

—Si me lo permite, no esperaba menos de vuestra merced.

—Siéntate si quieres. Esperaremos juntos al maestro.

El aprendiz, no sin cierta timidez, tomó uno de los taburetes y se sentó. Estaba tan impaciente o más que los cofrades que iban a venir por conocer la imagen. Aún a sabiendas de que podía molestarle a Juan de Mesa, se atrevió a hablarle sobre la escultura.

—Ardo en deseos de conocerla.

—El ímpetu es propio de los de vuestra edad —terció el cordobés—. Todo tiene su tiempo, su ritmo. No por contemplar algo antes que nadie vas a saber apreciarlo mejor.

Aquella frase le sumió en una pequeña decepción. Quería ser el primero en ver la imagen, incluso antes que el maestro. No podía evitarlo. Había quedado entusiasmado con las tallas anteriores. Sin dejar de admirar a Montañés, Francisco de Asís Gamazo era un ferviente devoto, si es que se podía definir así, del trabajo de Juan de Mesa. Comprendía la genialidad del jiennense pero no podía por menos que rendirse ante, para él, la clara evidencia de que el cordobés era mucho mejor. Sabía que sólo los tocados por un don divino eran capaces de plasmar en la madera lo que Juan de Mesa hacía. Su amor por la imaginería no se correspondía, desgraciadamente, con sus habilidades para tallar la madera. Su papel en el taller de Juan Martínez Montañés se limitaba, aparte de las labores de limpieza de utensilios y el edificio, a bruñir en alguna ocasión el pan de oro de los retablos o bien a terminar de pulir partes de una talla. No le importaba porque consideraba que su destreza para con la gubia no era la más apropiada para acometer otro tipo de trabajos.

—Maestro —volvió a insistir—. Estoy seguro que todos estos señores quedarán satisfechos con su trabajo, como quedaron otros con el Cristo del Amor, el de la Conversión del Buen Ladrón y con el de la Buena Muerte.

—Eso espero, Francisco, eso espero.

Las voces por la escalera del edificio pusieron en alerta a ambos. Se acercaba el maestro Juan Martínez Montañés con los miembros de la Cofradía.

—¿Son muchos los que hasta aquí vienen? —preguntó Juan de Mesa.

—Contando con el maestro, creo que diez.

Se levantaron y fueron hacia la puerta. El muchacho quedó algo más rezagado, a unos pasos del imaginero, que abrió la puerta. En aquel momento, por delante de los demás, alzó la cabeza Juan Martínez Montañés. Su voz retumbó en el descansillo.

—¡Juan de Mesa y Velasco! ¡No podía ser de otra forma que vuestra merced buscase un sitio como éste! —llegó hasta la puerta y le dio un abrazo mientras los otros señores quedaban parados en medio de la escalera—¡Sólo alguien como tú es capaz de esconderse de tal manera! ¡Si no es por mi discípulo Francisco de Asís Gamazo no te encuentro!

Pareció ruborizarse el cordobés, que le franqueó el paso tanto al maestro como a aquellas personas.

—Siento que vuestras mercedes hayan tenido que subir por escalera tan angosta. Pero necesitaba un lugar así para poder llevar a cabo mi trabajo. Les ruego me disculpen si en algo he podido molestarles.

Efectivamente, eran nueve las personas que llegaron con Martínez Montañés. A algunas las conocía por haber firmado con ellas el contrato de ejecución. Otras, en cambio, era la primera vez que las veía.

—Acomódense como mejor puedan —dijo mientras distribuía las pocas sillas que se esparcían por la estancia—. Y perdonen también el desorden. Ya saben que cuando un imaginero trabaja...

—No se preocupe, maese De Mesa —interrumpió Andrés de León, el hermano mayor de la Cofradía del Traspaso—. Quiero presentarle a los miembros de la Junta de la Cofradía. A don Francisco Fernández de Llera ya lo conoce. Es nuestro Alcalde, junto con don Alonso de Castro. Don Pedro de Salcedo y Arteaga es el mayordomo; don Pedro Ruiz el prioste. Don Gaspar de Salcedo y don Luis de Herrera tienen el cometido de fiscales de la corporación, y don Pedro López y don Francisco de Alfaro son los escribanos, que recordará vuestra merced como los que llevaron a cabo el contrato.

—Siéntanse todos como en su casa —dijo Juan de Mesa haciendo una leve reverencia a modo de saludo.

—Y bien, Juan de Mesa —dijo alzando de nuevo la voz Martínez Montañés mirando al bulto tapado por la sábana—¿cuánto vas a esperar para enseñarnos la obra?

Había llegado el momento de la verdad. Un pequeño escalofrío le recorrió la columna vertebral y sintió algún resquemor en el estómago. No podía evitarlo. Con una lentitud fuera de lo normal, se acercó hasta la talla y alzó la mano derecha para desposeerla del trapo que la cubría. En ese momento se volvió hacia los presentes.

—¿Querrán ver antes la imagen del San Juan? Está completamente terminada y prefiero que se fijen en los detalles.

Sin tiempo a que nadie de los presentes pudiese decir palabra alguna, Juan de Mesa se encaminó hasta el otro bulto y, en un acto rápido, quitó la sábana que lo cubría. Los cofrades quedaron mirando aquel San Juan. La expresión de su rostro les llamó la atención, lo mismo que lo acentuado de su mirada, que parecía compadecer a la Madre de Dios.

—En verdad se trata de una gran obra —dijo Andrés de León a la par que asentían los demás.

Martínez Montañés, al contrario que en otras ocasiones, no dijo nada. Conocía la valía de su discípulo más aventajado y la hechura de un San Juan no suponía nada extraordinario para él. Quería, empero, ver de una vez la imagen del Señor. Sabía que había puesto todo su empeño en aquel trozo de madera. Estaba seguro de que superaría a los anteriores trabajos. Y esa circunstancia, aunque no quisiera reconocerla en público, le producía cierto desasosiego.

Los beneplácitos por el San Juan fueron unánimes. La expresión de Juan de Mesa cambió y su rostro denotó tranquilidad, algo que le había faltado desde que entraron por la puerta aquellos señores. Entonces se volvió sobre sus pasos y se dirigió hacia el otro bulto, el que escondía la imagen del Señor. Respiró profundamente y, por fin, quitó la sábana. El silencio se apoderó de la estancia. Nadie dijo nada en el momento en el que el Nazareno quedó a la vista de todos. Las miradas se clavaron en su perfil, en cada detalle de la cara, de su pelo, de la corona de espinas. La talla estaba en madera pero irradiaba ese poder que querían que desprendiese el Señor. El maestro fue el primero en reaccionar. Anduvo hasta la altura de la imagen y le dio una vuelta completa. Le llamó la atención la curvatura de la espalda, soportando el peso del madero camino de su crucifixión. Entonces comprendió que Juan de Mesa le había sobrepasado. Estaba claro. Aquel Jesucristo no era uno más que despertaba devoción entre los fieles. Era Jesucristo con mayúsculas, el Único y Verdadero. La madera hecha Dios. No acertaba a digerir que de las manos de un ser humano pudiese salir tanta belleza, tanto dolor y sufrimiento; tanta misericordia y dulzura en una mirada. Quería retener en su mente cada palmo de madera, cada lugar donde se alojaba el rostro del Sumo Hacedor. Diseccionaba cualquier recoveco, el más mínimo detalle. Luchaba por no romper a llorar, que era lo que hubiese querido hacer en aquellos momentos. Llanto de emoción por encontrarse delante de Dios. Se sobrepuso y se dio la vuelta para dirigirse a los miembros de la Cofradía.

—Señores, creo que están contemplando lo mismo que yo.

—En verdad que sí —dijo con voz entrecortada Francisco Fernández de Llera—. No sé que decir.

—Diga vuestra merced que es de su agrado —interrumpió Martínez Montañés.

—Así es. No creo que haya palabras para definir la grandiosidad de esta obra. Colma nuestras aspiraciones y a buen seguro que la de tantos y tantos fieles que tiene nuestra Cofradía.

—Ya les dije que quedarían complacidos —terció el maestro, que comprendió que aquellas personas estaban realmente satisfechas de la labor de Juan de Mesa y Velasco.

—Como sabrá vuestra merced —volvió a hablar Francisco Fernández de Llera—, seré yo quien la encarne. Y puede estar tranquilo que entre madera y policromía quedará la imagen como lo que debe ser.

—No lo dudo y me complace escucharle tales palabras. Sólo les pido unos días más para que pueda concluir el trabajo. Ya saben, algún retoque más, nimio y mínimo, que realzará más la obra. Luego, cuando lo estimen oportuno, pueden llevársela donde gusten y realizar la encarnadura.

—Así se hará, maese Juan de Mesa.

El abrazo del maestro al discípulo dio por terminada la visita. Lo sabía Juan de Mesa, que vio en el rostro de Montañés la aprobación de aquel trabajo.

—¿Cómo está María? —preguntó para romper con todo lo anterior.

—Muy bien, gracias a Dios. Ayer tarde estuvo aquí y también pudo contemplar el trabajo. Sabe que ella es la más crítica y la que aprieta más cuando algo no le gusta.

—¡Claro que sí! —soltó una gran carcajada el maestro—. Si no fuese por ella, este artista no tendría nada que hacer. Sin ella y sin mí, que es de quien ha bebido el gran Juan de Mesa y Velasco.

El tono de superioridad que imprimió a aquella última frase venía a corroborar esa dependencia que solía estar presente en cada una de las reuniones en las que había gente ajenas al gremio. Algo, por otra parte, que no disgustaba a Juan de Mesa sino que servía para que se sintiese respaldado por alguien de la envergadura profesional de Martínez Montañés.

—¿Le parece bien que dentro de un mes quede todo preparado para el traslado al convento del Valle? —preguntó Andrés de León al imaginero.

—Lo que vuestras mercedes crean conveniente. Por mi parte no hay problema alguno.

—Pues así ha de ser. Nos vamos. Tenemos prisa y no queremos importunarle más. Siga, por favor, con su trabajo, que ha de ser para mayor gloria de Nuestro Señor Jesucristo.

Todos abandonaron el taller. Cuando Juan de Mesa cerró la puerta, le invadió una sensación de dolor tremenda. No se trataba de su dolencia estomacal sino más bien de algo anímico, espiritual si cabe. No le dio tiempo a pensar más cuando de nuevo se oyó un golpe en la puerta.

—¿Qué quieres, muchacho? —preguntó al ver a Francisco de Asís Gamazo.

—Me ha dicho el maestro que me quede con vuestra merced por si necesita algo.

—Pasa entonces pero, la verdad, no sé en qué puedes ayudarme.

—Si lo desea, le recojo, limpio y ordeno los utensilios. Así puede descansar y, si le apetece, marchar por un rato a su casa.

—No es mala idea, zagal, no lo es.

Comenzó a recoger los enseres mientras, de nuevo, Juan de Mesa cubría la imagen del Señor. Ambos permanecían en silencio hasta que, no pudiéndolo resistir más, el joven aprendiz rompió a hablar.

—No acierto a comprender cómo de unas manos y una mente puede surgir una talla como la que acabamos de contemplar.

—Me halagan tus palabras, Francisco. Veo que asimilas las enseñanzas del maestro.

—Hago lo que buenamente puedo, pero quisiera estar a una altura superior. No he sido llamado por los caminos de la imaginería, muy a mi pesar. Pero sé al menos distinguir una obra maestra. Y tanto en el maestro como en vuestra merced hay obras maestras.

—El Señor ha querido que pueda parecerme a él en algo pero no llego a donde su capacidad creativa se instala.

—No diga eso, por favor. El propio maestro sabe, y lo ha reconocido ahora aún sin decir palabra alguna, que esta imagen es la genialidad más grande que ha salido de su gubia.

—¿Qué harás cuando abandones el taller del maestro?

Francisco de Asís Gamazo siguió recogiendo los utensilios de trabajo. Aquella pregunta le cogió desprevenido. No quería que de sus palabras pudiese entenderse que no estaba a gusto con Martínez Montañés. Lo adoraba y seguía a todas partes, pero no podía evitar sentir algo especial por Juan de Mesa. Entonces se armó de valor y dejando una garlopa que tenía en aquellos momentos entre sus manos, respondió.

—Si vuestra merced lo tiene a bien, nada me complacería más que entrar a su servicio. Y junto con ello, pregonar a los cuatro vientos la grandeza de su obra, que quede en la mente de los presentes pero que también la admiren las generaciones venideras. Y preservarla de cualquier desdichado que, sin temer a Dios, pudiera causarles algún desdoro.

—Me abrumas con esas palabras, muchacho. Sea como tú quieres, pero te advierto que no soy persona fácil en el trato y que, como conoces, mi desorden forma parte de la manera que tengo de trabajar.

—Bienvenido sea el desorden siendo capaz de esculpir a Dios.

—Está bien. Ahora márchate. Mañana quiero que, a primera hora, acudas al taller del maestro y le cuentes lo que me acabas de decir. Si él da su consentimiento, estarás a mis órdenes. No seré yo quien no cuente con el maestro para esta oferta que me haces. Eres espabilado, despierto y trabajador. Y admiras mi trabajo, cosa que te agradezco sobremanera. Pero también has de comprender que sólo maese don Juan Martínez Montañés es el que tiene la potestad de decidir lo que me acabas de decir.

—Así lo haré, maestro. Pero quiero que sepa que si no pudiese entrar a sus órdenes, mi cometido en cuanto a su obra sigue en pie.

—También te honra lo que me dices. Mas no entiendo tanto afán por ello. ¿Quizá te reconcome algo que no me quieres decir por miedo o vergüenza?

Bajó la cabeza Francisco de Asís Gamazo. Aquella pregunta le ruborizó y por primera vez, se dio cuenta de que había llevado sus pretensiones demasiado lejos. Temía importunar a Juan de Mesa y enojarle si decía lo que pensaba. Pero ya era tarde, así que se decidió.

—Es que no quiero, y os ruego no os ofendáis, que su legado no pase a la posteridad.

—No es algo que me preocupe en demasía pero, ¿por qué no habría de ser así?

—Vuestra merced conoce a la perfección al maestro. Él lo eclipsa todo y a todos.

—Su grandeza y genialidad no tienen parangón.

—Pero Dios le ha dotado a usted de esa misma grandeza y genialidad. No hay más que ver este Nazareno.

—No temas, muchacho. Lo que tenga que ser será porque Dios lo ha querido así.

—Dios así lo querrá. Pero yo pondré todo de mi parte para que así sea. Y Nuestro Señor Jesucristo no tendrá otro remedio que darme la razón.

Abrió la puerta y se marchó. Y en su mente comenzaba a disponer qué podría hacer para que lo que acababa de decirle a Juan de Mesa quedase sellado de tal forma que sirviese para preservar su obra de cualquier desaprensivo. Salió de la estancia convencido de que tenía esa misión y no otra en la vida. A partir de aquel momento Francisco de Asís Gamazo, aprendiz de Juan Martínez Montañés y si el maestro quería y así daba su consentimiento, servidor de Juan de Mesa y Velasco, y mantenedor, a costa de lo que fuere, de su obra. Así debía de ser, por los siglos de los siglos.

Que yo sea obligado y me obligo a haser y acabar en toda perfesion y a bista de maestros que lo entiendan una hechura de un Cristo Crusificado, que tenga de largo dos baras, antes mas que menos, medido desde el cañamar al pie hasta la punta del cabello; y una imagen de Nuestra Señora, hasta medio cuerpo de escultura, la cual ha de ser de tristeza y me obligo a haser la dicha obra por mi persona, sin que en ella pueda entrar oficial alguno...

Extracto del contrato de hechura del Cristo del Amor.

VII

Faltaban diez minutos para las nueve de la noche cuando Laura Moreno consiguió aparcar. A unos veinte o veinticinco metros divisó el luminoso típico de un bar. Enfrente, una pequeña placita albergaba todavía a algunos niños que correteaban detrás de un balón. El establecimiento, que hacía esquina, estaba dentro de unos soportales, guarnecido por unos toldos que daban aspecto de recogimiento al lugar. Fuera, varios veladores donde grupos de personas tomaban una cerveza tranquilamente. El sitio le pareció diáfano y plácido, con grandes parterres y una abundante arboleda, así como jardines con rosales y flores de distinto tipo que daban colorido a todo el entorno. Matrimonios jóvenes charlaban con la distensión propia de haber acabado la jornada laboral. «Está claro que la zona está plagada de parejas que acaban de casarse. No hay más que ver el ambiente». Y le sobrevino un sentimiento de melancolía. «Ya tengo una edad que debería pensarme las cosas más en serio. Pero claro, a buenas horas, mangas verdes. Acabo de ser despedida y me pongo a pensar en estabilizarme en cuanto a familia. Como si no tuviera otra cosa que hacer, máxime ahora. ¿Quién será el que me ha llamado? ¿Qué sabe y qué quiere decirme que es tan importante?». La incertidumbre se apoderó de ella. Toda la tarde estuvo mortificándose. No terminaba de entender por qué su jefe actuó de esa manera. Y la llamada de teléfono de aquel hombre sirvió para aumentar su estado de desasosiego. Se encontraba desamparada en medio de una encrucijada en la que no sabía por dónde tirar. Incluso hubo un momento en que estuvo a punto de no acudir a la cita. «No conozco de nada a quien me ha llamado. Podría ser una trampa, ya no sé qué pensar. ¿Y si me veo envuelta en algo de lo que puedo arrepentirme más adelante? Lo mío es la restauración de obras de arte. No sé qué pinto aquí, a esta hora y en un lugar que no conozco». Le tranquilizó, sin embargo, la escena que contemplaba. «No creo que me saquen una pistola en medio de tanta gente».

Se encaminó hacia el bar. Tenía ventanales que dejaban ver el interior. En la barra algunos hombres mantenían una conversación que se le antojó acalorada. «Será de fútbol», pensó mientras cruzaba el umbral de la puerta de entrada. Se fijó enseguida en varios cuadros alusivos a Hermandades. Cristo y Vírgenes jalonaban las paredes del local. La barra estaba prácticamente llena. Detrás de ella, una mujer despachaba a la clientela. Miró a su alrededor. No vio a nadie conocido ni persona alguna que pudiese estar esperándola. Se acercó al mostrador.

—Buenas noches —dijo dirigiéndose a la camarera.

—Buenas noches. ¿Qué desea tomar?

—No, ahora mismo nada. Vengo preguntando por Javier.

—Es el dueño del bar. Un momento, que ahora le aviso. ¿Quién le digo que le busca?

—Laura Moreno. Ah, y sí, póngame una cerveza. Creo que la voy a necesitar. Un botellín de Cruzcampo, por favor.

La camarera sirvió la cerveza y salió de la barra en busca de su jefe. Laura quedó sola, contemplando la escena de aquellos hombres que seguían hablando de manera animada. Intentó ver en alguno de ellos algún rasgo conocido pero llegó a la conclusión, mientras bebía sorbos de su cerveza, de que ninguno aparentemente, tenía que ver con la llamada que había recibido.

Pasados unos segundos llegó un hombre, de ojos claros, que se acercó hasta ella.

—Buenas noches, soy Javier, el dueño de «La Espiga». ¿En qué puedo ayudarle?

—Mi nombre es Laura Moreno. Un señor me dijo que estuviese aquí a las nueve y preguntase por usted.

—Ah, sí. Claro. Acompáñeme, si es tan amable.

Aquella invitación le sorprendió. ¿Dónde tenía que ir ahora si le habían dicho que fuese a ese bar? Siguió al dueño y tras pasar la puerta giraron a la izquierda. Enseguida, a unos escasos cuatro metros, había otra puerta. Se trataba de un local contiguo al bar. Un saloncito para celebraciones y reuniones, acondicionado con mesas. En la pared central colgaba un televisor de plasma. «Aquí ven todos los domingos el fútbol», pensó mientras contemplaba la gran cantidad de fotografías cofrades que se distribuían por las distintas paredes.

—Es usted, como suele decirse, un auténtico capillita.

—Pues sí —respondió el hombre—. Tengo fotografías de casi todas las imágenes titulares de las cofradías. ¿Usted también lo es?

—No, no. Yo me dedico a dejar estas imágenes en perfecto estado de revista.

—¿Es restauradora? —inquirió con verdadera curiosidad el hombre—. Sí, su nombre me es conocido, ya decía yo. Usted fue la que restauró a mi Cristo, el Señor de las Penas de La Estrella.

—Así es. Eso fue hace ya unos tres años.

—Tres años y medio concretamente —dijo con una seguridad pasmosa.

—Perdone, pero no sé si es usted quien me ha hecho venir hasta aquí.

—No, qué va. Lo único que ocurre es que le he traído a este reservado para que puedan charlar con tranquilidad. En un momento viene la persona que espera. Yo estaré ahí al lado, en la barra. Si quieren tomar algo, me lo dicen.

Javier le dio un apretón de manos y se encaminó a la puerta. Justo antes de cerrarla se volvió hacia Laura.

—Ah, y muchas gracias por su trabajo. Dejó a mi Cristo perfecto.

Quedó sola en aquella habitación. Tenía dos puertas más que se suponía eran otros tantos cuartos. Uno era el de los servicios. El otro, una pequeña oficina, a tenor del cartel que rezaba colgado: «Privado». Justo cuando se sentaba en una de las sillas se abrió dicha puerta. Se asustó por unos instantes. Salió un hombre, de unos cuarenta años aproximadamente, de estatura normal, algo más alto que ella. Tenía el cabello castaño y algo alborotado aunque denotaba que así lo había dispuesto él. Vestía de manera informal, pantalón color camel y camisa en un tono rosa palo. Una sonrisa recorría su rostro. Se le veía desenvuelto, como si la conociera. Le pareció, a primera vista, resultón aunque quizá algo presumido por la forma de vestir, cuidada si bien intentando que pareciera improvisada. Llevaba bajo el brazo una carpeta.

—Buenas noches. Muchas gracias por venir, Laura. Pensé que no lo haría y que daría marcha atrás —dijo mientras le estrechaba la mano y le invitaba a sentarse—. Mi nombre es Lucas. Lucas Vega. Soy periodista, y la persona que ha estado enviándole las notas y la que le llamó este mediodía.

—Me alegro de conocerle. Creo que sé quién es. Usted se dedica en el periódico local a escribir sobre las Hermandades y Cofradías, ¿me equivoco?

—No. Está en lo cierto. Llevo ya casi tres lustros dedicándome a ello. Supongo que me habrá leído en alguna ocasión.

—Sí, claro, usted ha escrito la noticia sobre el traslado sorpresivo del Cristo de la Conversión del Buen Ladrón al Instituto y también el artículo de opinión sobre Juan de Mesa. Lo que no sé es qué ha querido decir en él.

—Por eso le he llamado. Mire, la información de Hermandades y Cofradías es muy solicitada por los sevillanos. Como verá, estamos escribiendo prácticamente todos los días del año. Pero, qué quiere que le diga, ya estoy un poco harto de tener que estar pendiente de los actos y cultos, de si se dora un paso, se le quitan abolladuras a unos candelabros de cola, de si se sustituyen unos varales. Son noticias que llaman mucho la atención. No tiene más que echar un vistazo a este lugar: lleno por completo de fotografías de todos los Cristos y Vírgenes de Sevilla pero, al menos para mí, la información más apetecible en este campo se encuentra en asuntos internos de las hermandades o está en el Instituto.

—Pues yo ya no estoy en él, como sabe. Lo que no entiendo es cómo usted lo sabía prácticamente a la vez que ocurría.

—Desde hace unos años tengo buenas fuentes dentro del Instituto —dijo con algo de arrogancia—y sé, y perdona que te tutee, los trabajos que vienes realizando tú y otros compañeros. Por eso pude enterarme del incidente del Cristo de la Conversión, algo que ha corroborado una teoría que vengo manteniendo hace tiempo.

—No le entiendo.

—El motivo de mi llamada ha sido para explicártelo. Verás —abrió la carpeta que traía consigo—. Mis fuentes me dijeron que cabía la posibilidad de que no fuese la imagen original. Al principio me sorprendió muchísimo y comencé a trabajar. Se trataba, de ser verdad, de una exclusiva extraordinaria. Un «pelotazo informativo», que solemos decir. Pero, claro, eso es muy arriesgado, sobre todo porque tus jefes, bueno, ex jefes —rectificó algo azorado—nunca lo iban a admitir. Luego me enteré de los problemas que tenías en el seno de Instituto y de que ibas a ir a Córdoba a traerte la Virgen de las Angustias. Desgraciadamente, y me parece que no me equivoco, creo que te han tendido una trampa. Has sido el chivo expiatorio para dejar el campo libre y que así puedan actuar con total impunidad.

Estaba aún más confusa si cabía. Quedaba claro que Lucas conocía a la perfección los pasos que ella daba. Y le sorprendió tanta minuciosidad. Analizó, de forma rápida, a sus compañeros del Instituto intentando buscar quién podía ser el que le facilitase la información a aquel periodista. Descartó de inmediato a Miguel Ángel del Campo, así como al consejero de Cultura. Pero era imposible precisar entre tan amplia plantilla el «topo» o «filtrador» de las noticias. Cayó en la cuenta, después de aquel croquis a mano alzada, que no era ahora lo más importante, sino conocer qué más sabía su interlocutor.

—Cuando me hablas de trampa —respondió—, supongo que te refieres a que soy una persona molesta.

—Para sus intereses, sí.

—¿Sus intereses? ¿Es que son varias las personas que están detrás de todo este embrollo?

Una sonrisa recorrió la comisura de los labios de Lucas. Estaba en su ambiente, esto es, dando a conocer aspectos que la otra persona desconocía y que le suponían un hallazgo a cada palabra que él pronunciaba. No en vano, sus muchos años de periodista le habían curtido en el arte de ir soltando las informaciones de manera esporádica, dosificándola. Lo mismo le ocurría cuando tenía una noticia que dar en el periódico. Solía guardarse algunos datos, importantes siempre, para al día siguiente de la publicación incidir en la misma. Eso desconcertaba a quienes la leían y, sobre todo, a la competencia, es decir, a los otros diarios.

—A la vista salta —dijo con voz algo prepotente—. Si te pones a pensar lo que te ha ocurrido en estas últimas cuarenta y ocho horas, convendrás conmigo que se han producido demasiadas cosas en las que, evidentemente, no puede haber sólo una persona detrás. Y el caso es que mucho me temo que a partir de ahora los pasos que den sean mucho más drásticos y, lo que es peor, peligrosos. Sobre todo para ambos.

—¿Para los dos? ¿Tú qué tienes que ver con todo?

—Por ahora, podemos decir que estoy en la sombra. Pero mi intención es, con tu ayuda, desenmascarar esta trama.

—Y ganar el premio nacional de Periodismo.

—Hombre, no estaría de más. O escribir una novela, quién sabe. Pero, bromas aparte, sí está claro que se trata de una noticia que sobrepasa los límites capilliles y de la ciudad. Una noticia que atañe no sólo a los cofrades, sino que dará la vuelta a España. Eso si conseguimos dar con la tecla y llegar al fondo de la cuestión.

—Me gustaría que me lo explicases de una vez y no te anduvieses más por las ramas. Estoy comenzando a ponerme nerviosa y no soy persona paciente.

—Ya lo sé. Bueno, ahí va la cosa. Espero que no me tomes por loco. Como te decía antes, lo mismo que hice en las notas que te envíe, tengo motivos suficientes para creer, y así lo he ido comprobando, que no sólo el Cristo de la Conversión del Buen Ladrón es falso sino que ahora mismo, ni el Cristo de la Buena Muerte, ni el del Amor, ni el Yacente del Santo Entierro, son los originales. Y mucho me temo que a la Virgen de las Angustias que se encuentra en el Instituto Andaluz de Patrimonio Histórico le van a dar el «cambiazo» estos días.

Laura no podía creer lo que estaba oyendo. Falsas las tallas que estaban en los altares de las iglesias sevillanas y a las que rezaban y pedían diariamente miles de sevillanos. Un sudor frío comenzó a recorrerle la frente. Tuvo que tomar una servilleta de papel para secárselo. En aquel momento entró el dueño del bar. Traía consigo una bandeja en la que portaba dos cervezas y un plato de aceitunas.

—Aquí tienen. Obsequio de la casa. Lucas, si quieres algo más, toca el timbre de la esquina y enseguida vengo.

Salió de nuevo. Ambos quedaron en silencio. Él esperaba la reacción de ella. Comprendía que lo que le acababa de revelar era poco menos que una locura y que podía tacharlo de insensato. Pero también sabía que su despido del Instituto y el hecho de que la talla de la Virgen de las Angustias se encontrase en aquellas dependencias daba solidez a sus argumentos.

—Lo que me estás diciendo, aparte de ser una locura, es una temeridad sin precedentes. No se cambia una imagen de la noche a la mañana sin que nadie se dé cuenta. Y, además, para eso tiene que haber alguien que realice una copia, pero hablamos de una copia perfecta, idéntica. Si quieres que te diga la verdad, eso ya se me pasó esta mañana por la cabeza, pero lo descarté enseguida. Sólo conozco a unos cuantos capaces de llevar a cabo un trabajo así y no creo que se presten a ello.

—Pues hay alguien que lo está haciendo. Y debemos dar con esa persona, porque en ello nos va esta historia que no ha hecho más que comenzar.

—Si eso que dices es verdad, debe ser alguien que conozca la obra de Juan de Mesa a la perfección y, sobre todo, una persona ducha en la imaginería. Te repito que no hay muchos así.

Lucas Vega siguió dosificando la información que iba dando a Laura, como si se tratase de un serial por partes que el lector espera de un día para otro impaciente y acude al quiosco a primera hora de la mañana para hacerse con él. Atacó de nuevo.

—¿Te suena el nombre de Francisco de Asís Gamazo?

Tras unos segundos de incertidumbre, contestó.

—Sí, era un aprendiz en el taller de Juan Martínez Montañés y luego, cuando Juan de Mesa concluyó la hechura del Gran Poder, pasó a trabajar a sus órdenes. Era un ferviente admirador del imaginero cordobés y su defensor más abnegado en cuanto al trabajo del maestro.

—Y una persona negada para la imaginería, a pesar de los maestros con los que estuvo.

—Así es. Me sorprende lo que sabes de este personaje, que precisamente no ha pasado a la historia de las Bellas Artes.

—Incluso te puedo decir que realizó un pequeño retablo que se encuentra en la iglesia de San Martín, precisamente donde en teoría están los restos mortales de Juan de Mesa.

—Vaya, veo que estás puesto en Arte. No son muchos los que saben de ese retablo.

Las reticencias iniciales de Laura hacia Lucas fueron tornándose, poco a poco, en cierta afinidad. Sentía curiosidad por aquel hombre que, lejos de querer tenderle una trampa, estaba llevándola por un camino que, por el momento, desconocía pero que a la vista estaba que no era para engañarla. Esa curiosidad le producía un cosquilleo interior. Ya no lo veía como alguien extraño sino como una persona que, en cierta medida, podía ayudarle, o al menos abrirle nuevos campos. Se detuvo por un momento en su fisonomía. Fue algo repentino. Le resultó atractivo y, sobre todo, educado. Comenzó a sentirse a gusto ante su presencia y, de forma imprevista, se preguntó interiormente si iría arreglada adecuadamente. Un sentimiento de desazón la invadió porque pensó que, como siempre, había cogido lo primero que se encontró en el ropero, echándose a la calle. Una circunstancia muy propia de Laura Moreno.

—Pues eso no es todo —siguió diciendo Lucas—. En ese pequeño retablo hay algo que te puede sorprender aún más.

Ahora sí que estaba confundida del todo. La mente se le había ido, por unos instantes, de aquella conversación, derivando en cuestiones que no eran habituales en su forma de actuar, máxime cuando se trataba de algo que de momento le parecía inconcebible. Él estaba intentando decirle algo pero, en cambio, ella comenzaba a fijarse en otros aspectos. Intentó abstraerse y centrarse en el motivo de aquella reunión.

—¿Algo más después de todo lo que me has dicho en tan sólo unos cuantos minutos? No sé qué más puede haber.

Sacó un papel de la carpeta que llevaba consigo y se lo alargó. Laura lo tomó con curiosidad y comenzó a leer.

«Yo, Francisco de Asís Gamazo, nacido en Sevilla y bautizado en la iglesia de Santa María Magdalena, vecino de la collación de la Magdalena, aprendiz en el taller del insigne maestro Juan Martínez Montañés y discípulo del también maestro Juan de Mesa y Velasco, me comprometo y me conjuro, por expreso deseo de Juan de Mesa y Velasco, a preservar y guardar todas y cada una de sus obras en madera, Crucificados y Vírgenes, que de su gubia hayan salido y salieren y que pudieran ser motivo, ahora y en los años venideros, de mofa e improperios, injurias y herejías similares, por aquellos impíos y no temerosos de Dios que quisieran menospreciar y ocultar el buen nombre de tan genial imaginero. Y si no me quedasen fuerzas para tal menester o mi alma fuese llamada por el Sumo Hacedor, mis descendientes y aquellos que ellos designasen de juramento de sangre de por medio, lo llevasen a cabo con igual ímpetu y dedicación, dando la vida si ello fuere preciso e incluso quitándola a quien o quienes se atrevieren a profanar las obras gubiadas por el maestro. En Sevilla, en el año del Señor de 1620».

Laura quedó petrificada. No sabía, en ese momento, de qué se trataba. Estaba delante de un documento del que desconocía su existencia totalmente. No acertaba a comprender cómo en sus años de profundas y múltiples investigaciones no había dado con él o alguien se lo hubiese comentado. Lo leyó un par de veces; la primera muy rápido y la segunda más detenidamente. Repasó algunas de sus frases pero seguía estando desubicada. «¿Cómo es que este hombre, que pasó sin pena ni gloria por la Historia del Arte, pudo haber concebido algo así? ¿Qué significa eso de mis descendientes y aquellos que ellos designasen de juramento de sangre de por medio? ¿Y por qué debía preservar las obras de Juan de Mesa? ¿Acaso el maestro no era lo suficientemente conocido?». Seguía sin comprender nada de lo que aquel papel decía. Fue Lucas quien la sacó de sus pensamientos.

—Sé que estás muy confundida. A mí me ocurrió igual cuando llegó a mis manos el documento. Desconocía su existencia pero está claro que tiene que ver, y mucho, con todo lo que está sucediendo en torno a las imágenes. Por eso escribí aquel artículo. No quería desvelar la existencia de este papel pero sí avisar de manera subliminal. Desgraciadamente, no te diste cuenta. Espero que ellos tampoco.

—¿Dónde lo has encontrado?

—Si te soy sincero, fue por casualidad. Porque el documento como tal, en papel, no existe. Me he limitado a copiarlo.

—¿Y dónde está este texto escrito?

—En el retablo de Francisco de Asís Gamazo de la iglesia de San Martín. Evidentemente no se encuentra a la vista, sino en un doblez de unas de las calles laterales. Una de las columnas tiene una especie de doble fondo y allí, esculpido en la madera, está todo el texto.

—Pero eso es imposible. Alguien se habría dado cuenta.

—Lo saben quienes están llevando a cabo el cambio de las imágenes. Ellos son los continuadores del juramento que se hizo este discípulo de Juan de Mesa. Se trata de algo parecido a una Orden secreta conformada por personas que tienen algo que ver con la descendencia de Gamazo. Y los muy ilusos están siguiendo los pasos dados por él. Lo único que espero que no lo hagan hasta sus últimas consecuencias, esto es, «quitando la vida si fuere preciso».

—No tiene sentido —dijo algo atribulada Laura—. Las obras de Juan de Mesa no corren peligro alguno. Es más, todas gozan de un estado de salud extraordinario. Y por lo que dice el juramento de que pudieran ser sometidas a improperios y mofas, es absurdo. Hoy en día Juan de Mesa, su obra, está considerada como algo excepcional. Tanto en el aspecto artístico como devocional.

—Pues estos señores piensan que no es así. De manera que habrá que hacer algo.

—¿Qué quieres decir?

—Que hay que pararlos. Sé que han sustituido a cuatro de ellas. La próxima será la Virgen de las Angustias. Pero queda una fundamental...

—El Gran Poder.

—Así es. Tú me dirás qué hacemos.

—¿Yo? —Laura quedó nuevamente confusa—. ¿Qué puedo hacer yo?

—No sé, pero con los conocimientos que tienes sobre Juan de Mesa y la posibilidad de entrar en el Instituto, eres la persona que puede desenmascarar esto.

—Te recuerdo que me han despedido.

—No hablaba de entrar por la puerta principal. Lo que está claro es que hay que actuar rápido. Debemos pedir ayuda a alguien.

—¿Quién se te ocurre? Porque de la gente del Instituto no me fío de nadie.

—Tengo un amigo en la Policía que es experto en sectas. Algo debe conocer de estas personas.

—Tú no estás bien de la cabeza. ¿Una secta? ¿La Orden de Juan de Mesa?

—Me gusta ese nombre, Laura.

La respuesta pareció aliviar algo la tensión que estaban soportando en aquellos momentos ambos. Sobre todo porque ella acababa de recibir un mazazo tremendo del que no era capaz de reponerse. Le parecía todo tan inverosímil que llegó a pensar que se trataba de una broma de mal gusto que, dentro de poco, terminaría cuando Lucas le dijese que se lo había creído por completo. Pero desgraciadamente él no lo hizo.

—Estoy muy desorientada. Me gustaría irme a casa y reflexionar sobre todo ello.

—Te comprendo. Es lo mejor que puedes hacer. Me gustaría que mañana me acompañases a la iglesia de San Martín. Así podré enseñarte la inscripción. Y también quiero hacer una visita a mi amigo el policía. Si vienes conmigo todo será más creíble.

—De acuerdo. Llámame mañana a primera hora.

Se levantaron y salieron del bar. Lucas la acompañó hasta el coche y se despidió de ella. Azorada todavía, condujo hasta su casa con la mente totalmente ocupada por aquella revelación que le había supuesto un vuelco por completo a todo lo que conocía sobre la vida y obra de Juan de Mesa. Y de pronto se le vino la imagen del Gran Poder. «Ahora sí que estoy metida en un buen lío. Debería contárselo a Miguel Ángel. Pero no me atrevo. Incluso podría estar en este asunto». Seguía sin poder creer que aquello era verdad, que estaba pasando. Llegó a la conclusión que era mejor actuar con suma cautela y dejarse llevar por Lucas, que parecía tener controlada la situación y saber, al menos, los pasos que debían darse. «Es lo mejor. Mañana podré ver la inscripción e intentar sacar algo en claro de todo». La imagen del Gran Poder se le fue de la mente y se le vino la de Lucas. Pareció relajarse entonces. «Espero que me llame temprano», pensó mientras se dibujaba una tímida sonrisa en sus labios.

Sólo una leve luz iluminaba la estancia. Las demás dependencias, a esas horas, se encontraban en total oscuridad. Justo en el centro de la habitación, la imagen de la Virgen parecía presidirlo todo. Al fondo, un cajón de embalaje cerrado por completo y precintado. De repente, un pequeño chasquido precedió al encendido de dos grandes tubos fluorescentes situados en el techo. Uno de los dos hombres se sobresaltó.

—¿Pero qué haces? ¿Estás loco? Nos vas a delatar.

—Tranquilo. Está todo controlado. Nadie puede sospechar de nosotros aquí.

—¿Y los vigilantes del Instituto? ¿Tú crees que éstas son horas de estar aquí? Lo único que hace falta es que mañana informen a sus superiores.

—Me decepcionas, la verdad. Te creía mucho más inteligente. No sé cómo has podido llegar a ocupar el puesto que tienes en la actualidad. Te he dicho mil veces que aquí no hay nada que temer. Lo sé por experiencia. Bien, basta de tonterías. Vamos a proceder a cambiar la imagen. No quiero que se nos haga demasiado tarde.

Ambos se dirigieron hasta el cajón. Con un taladrador desatornillaron la parte frontal y, con sumo cuidado, la apartaron. Entonces las dos imágenes quedaron frente a frente. Eran, a primera vista, idénticas.

—¿Qué te parece?

—Genial, como todas las demás. No sé cómo has podido llevarlo a cabo.

—Me defraudas pensando de esa manera. Mi trabajo está por encima de cualquier duda. Ahí tienes los resultados una vez más. La única pena es que no pueda proclamarlo a los cuatro vientos. Es mucho más difícil hacer una copia exacta que otra de libre creación. Y desgraciadamente no todos saben calibrar esta circunstancia. Pero no me importa. Algún día se sabrá y entonces se me dará el sitio que me corresponde en la Historia del Arte, el que ocupan esos mindundis que se creen genios y no son más que pintamonas. El verdadero arte está aquí, delante de ti. Lo demás es desprestigio para alguien como yo.

La Virgen de las Angustias se miraba. Eran dos las tallas que allí se encontraban y nadie podría decir cuál era la auténtica. Los dos hombres sacaron la imagen del cajón y la colocaron al lado de la original.

—Si fuera uno de esos trileros que hay por la calle, te cambiaría las dos de sitio por arte de malabarismo y te aseguro que no serías capaz de saber cuál es la buena —dijo con cierta prepotencia quien parecía llevar la voz cantante en aquellos momentos.

—La verdad es que me dejas sorprendido. Un trabajo realmente fino.

Tomaron la Virgen original y la introdujeron en el cajón. La operación era complicada al hacerlo sólo dos personas. Pero tenían conocimientos sobre el embalaje de imágenes. Pasados unos veinte minutos la talla quedó completamente ajustada. Volvieron a poner la tapa del cajón y lo atornillaron.

—Ya está. Fácil, como siempre. Ahora voy a llamar para decir que ya la tenemos en nuestro poder.

—Me gustaría hablar con el Superior —dijo el otro hombre en un tono de ruego.

—¿Para qué? Él sabe el trabajo que estás realizando.

—Pero estoy prácticamente al margen. Y no es eso. Soy, quizá, quien tiene más derecho a estar al frente de esta misión. No olvides que soy yo quien sabe de todo esto y, además, pudiera ser descendiente.

Aquellas palabras parecieron irritar a la otra persona, que consideró una impertinencia lo que acababa de decir.

—Me parece que no entiendes nada. Tú podrías ser el descendiente, claro que sí, pero sin el Superior ni los demás no podrías llevar a cabo tu cometido. Y no querrás ahora mostrarte como alguien díscolo. Él sabe lo que hay que hacer y tú no eres nadie para poner trabas.

Agachó la cabeza y asintió, aunque no pudo callarse del todo.

—No hablo de dinero, sino de un lugar mejor del que ocupo. Sin mí no podríais haber llegado hasta aquí, ni tú hacerte cargo de todo esto. ¿De qué te hubiera servido gubiar estas imágenes si no tienes dónde ponerlas?

—La Orden está por encima de intereses personales. No querrás que le diga que estás empezando a incordiar.

—No es eso, pero creo que tengo derecho a tener más participación.

—Y la tienes, amigo, y la tienes. Tu nombre es el que pasará a la Historia. El que ha hecho posible que se puedan cumplir los deseos de quien inició esta gloriosa cruzada contra los impíos. Nadie, hasta ahora, ha podido llevarlo a cabo. Y has tenido que ser tú. ¿Te parece poco? Ten un poco de paciencia. Él sabe cómo agradecer estas cosas. Dentro de poco, cuando haya concluido todo, serás la persona más famosa de la faz de la Tierra. El hombre que protegió a Juan de Mesa.

Aquellas palabras parecieron calmarle. En verdad era fácil de convencer, si bien le seguían asaltando una serie de dudas que no era capaz de despejar. El otro hombre marcó un número en el móvil. Sonaron varios tonos hasta que, finalmente, alguien al otro lado respondió.

—Cuéntame.

—Ya está realizado el cambio, Señor. Todo ha ido perfecto.

—Muy bien. ¿Cuándo procederéis al traslado?

—Mañana a primera hora.

—Dirigios directamente al almacén. Nadie tiene que veros.

—Por descontado. Permítame una pregunta, ¿cuándo tiene pensado el Superior llevar a cabo la última fase?

—Pronto, muy pronto. Pero para eso tienes que tener concluida la copia.

—Está terminada, Señor.

—Bien, se lo comunicaré y mañana le daré la respuesta.

Colgó sin decir adiós ni despedirse.

—¿Qué te ha dicho? —inquirió el otro hombre.

—Que llevemos el cajón al almacén de siempre. ¿A qué hora tendrás listo el camión?

—A las seis y media de la mañana.

—Bien, mañana nos vemos a esa hora. No me falles. Lo estás haciendo muy bien. Ah, quiero que sigas de cerca a la muchachita. El Superior no quiere ninguna complicación y me temo que ella nos la puede dar.

—No la habrá. Ya está completamente fuera de esto y no tiene ni idea de lo que pasa.

—Mejor así. Anda, vámonos. Mañana hay que madrugar. Ya falta poco para que todo termine.

Apagó la luz de los fluorescentes. La estancia quedó en total oscuridad al cerrarse la puerta. El silencio presidía todo el edificio mientras las dos sombras desaparecían entre los jardines de entrada. En el interior de la habitación, la Virgen de las Angustias seguía reposando, aunque ahora dentro de un cajón. Al día siguiente, cuando la rutina del trabajo volviese a apoderarse de aquel lugar, nadie se daría cuenta de que la imagen que se estaba restaurando no era la original.

≈

Las revelaciones que le acababan de hacer tenían sumida a Laura en un estado de incertidumbre total y absoluto. ¿Cómo podía ser que no tuviese conocimiento de un documento que podría cambiar el devenir de la historia del Arte de la Imaginería? No alcanzaba a comprender el papel desempeñado por Francisco de Asís Gamazo, un sombrío personaje que pululó enredador de Juan Martínez Montañés y Juan de Mesa y Velasco y que, desde luego, no pasó a la historia. Sin embargo, aquella noticia significaba que precisamente ese muchacho, del que no se tenía constancia de su muerte ni conocimiento alguno de obras, salvo el pequeño retablo de la iglesia de San Martín, hubiese desencadenado, en pleno siglo XXI, un cataclismo de impredecibles consecuencias.

La primera de ellas fue su despido del Instituto. Su afán por conocer qué estaba pasando en torno a las imágenes de Juan de Mesa le valieron la reprobación de sus superiores y ahora se encontraba en medio de la nada, sin saber qué hacer y con el compromiso de buscar la verdad de un entramado que se le hacía, por el momento, indescifrable. Estaba a punto de cambiar el curso de la historia y era ella, junto con aquel periodista, quien debía de poner las cosas en su sitio. Al menos, intentar por todos los medios que no se produjese un escarnio.

Aquellas elucubraciones la tenían completamente abstraída de la realidad. Sus pensamientos sólo se dirigían a Francisco de Asís Gamazo. Llegó a casa. Era tarde. Comprobó el contestador automático del teléfono fijo. «Un mensaje. ¿Qué más me puede pasar?». Descolgó el auricular y pulsó el botón. «Laura, soy Miguel Ángel del Campo. Te llamo para comunicarte que mañana debes presentarte en el Instituto a las diez y media de la mañana para comparecer ante el Tribunal, que va a juzgar tu caso y, si lo cree conveniente, tomar una decisión. Perdona que no te haya llamado al móvil. No creo que estés con ganas de hablar. Espero que no faltes. No empeores la situación».

El mensaje le puso de mala leche. «No tienen suficiente con despedirme. Ahora quieren humillarme en público. Pues no les daré el gusto de que se mofen de mí. A las primeras de cambio les suelto cuatro frescas. Total, de perdidos al río».

Subió las escaleras y se fue al baño. Quería tomar una ducha tranquilamente, relajarse y no pensar en nada más hasta el día siguiente. Pero se acordó de que había quedado con Lucas para ir a la iglesia de San Martín y a ver a aquel policía amigo suyo. Bajó de nuevo y se dispuso a llamarlo cuando se acordó que no tenía su número. «Bueno, está claro que él sabrá ponerse en contacto conmigo». Inició de nuevo la subida de las escaleras cuando sonó el móvil. «Bueno, vamos allá. Seguro que es Miguel Ángel. Número oculto. Otra vez con las guasitas». Descolgó.

—¿Dígame?

—Laura, soy Lucas.

—Me dejas de piedra, ahora mismo iba a llamarte cuando me he acordado que no tengo ningún número tuyo.

—Creo que mañana tienes que comparecer ante el Tribunal.

Aquellas palabras la dejaron helada. Estaba absolutamente al tanto de lo que iba ocurriendo en su vida.

—¿Cómo te has enterado?

—Como las demás cosas. Escúchame bien. Esta misma noche creo que se ha producido el cambio de la Virgen de las Angustias. Y te puedo decir que estoy convencido que uno de los que están detrás de todo esto es Enrique Carmona. Él estará mañana en el Tribunal y cuando te expulsen definitivamente, lo nombrarán director del Instituto. Además te puedo adelantar que a tu jefe, Miguel Ángel del Campo, le van a dar una patada en el culo a las primeras de cambio.

—Lo de Enrique no me sorprende. Es más, creo que es quien ha realizado las copias de las imágenes. Será un mal nacido pero es un genio tallando imágenes. En cuanto a lo que me dices de mi jefe, qué quieres que te diga, se lo ha buscado.

—En cuanto termines mañana me llamas al número que te voy a enviar por sms a tu móvil. Intentaremos ver a mi amigo policía y comenzar a trabajar en el asunto.

—Te advierto que yo no soy detective. Lo mejor sería darlo a conocer a todo el mundo. Tú eres periodista y trabajas en un medio importante. Te creerá la opinión pública.

—Te equivocas. Lo más seguro es que me tachen de loco y también acabe en la calle, como tú. Es preferible tener todos los cabos atados y así no fallar.

—Bueno, es una alternativa. Lo que no entiendo es cómo estás al tanto de todo lo que ocurre y en tan corto espacio de tiempo. Prácticamente lo de mañana lo sabías antes que yo. Me atrevería a decir que incluso cuando hemos estado reunidos.

—Tengo mis fuentes, ya te lo he dicho. Y no, no lo sabía esta noche. Me acabo de enterar. Ha sido una casualidad que lo supiéramos casi a la vez.

La conversación con Lucas, aparte de tener las connotaciones propias de la situación que estaba viviendo, le estaba dejando una agradable sensación. Su tono de voz le gustaba y mientras hablaba se lo imaginaba cuando lo conoció horas antes, en aquel bar. Tenía en la mente su rostro e incluso se le venía el olor de agua de colonia fresca que desprendió en aquella conversación. Se sentía relajada y tranquila.

—Espero que lo de mañana no se prolongue —dijo sin mucha convicción.

—Ahí lo tienes todo perdido. Pero no te preocupes, vamos a intentar desvelar lo que está ocurriendo. Te dejo ahora. Espero verte mañana. Buenas noches.

—Buenas noches.

Colgó el teléfono. Seguía teniendo la imagen de Lucas y se sorprendió de que no pudiese apartarlo de sus pensamientos. Subió de nuevo las escaleras y comenzó a tararear una canción. Se paró en seco. «¿Pues no que no se me va de la cabeza?» se dijo mientras continuaba la marcha hacia el cuarto de baño. «Parezco una quinceañera. Como me descuide, acabo poniendo una fotografía suya en la carpeta...». Y se sumergió en un baño caliente mientras el nombre y la imagen de Lucas Vega deambulaban por su mente y no dejaba de canturrear aquella cancioncilla cuyo nombre no podía recordar pero que la asociaba indefectiblemente con ese hombre que acababa de conocer y que, además de poder ayudarle en aquel entramado, comenzaba a formar parte de su vida. Quién sabe si de manera definitiva.

Sepan quantos esta carta vieren como yo Juan de Mesa escultor vecino desta ciudad de Sevilla en la collacion de San Martin otorgo que soy conbenido y consertado con Juan descamilla vezino de la Billa de la Rambla y con el Ildo Alonso esijano presbitero en su nombre en tal manera que yo sea obligado y me obligo de haser u a hechcura de un cristo con la cruz a cuestas para la cofradia de los nazarenos sita en la Iglesia del Espiritu Santo de la dcha billa que a de ser el cuerpo de madera de pino de sigura y la cabeza pies y manos de madera de sedro y los brazos an de ser de gonce...

Extracto del contrato de hechura del
Nazareno de La Rambla (Córdoba)

VIII

—Señorita Laura Moreno, ¿sabe usted que este Tribunal puede tomar la determinación de despedirla definitivamente de su cargo?

Las palabras resonaron en toda la sala. Se encontraba de pie, frente a una mesa situada encima de un estrado tras la cual se hallaban tres hombres y una mujer. Uno de ellos era, tal y como le dijo la noche anterior Lucas, Enrique Carmona. También estaba Miguel Ángel del Campo, su superior inmediato hasta entonces. Las otras dos personas eran inspectores generales de Trabajo de la Junta de Andalucía. La sala, a la izquierda de ella, tenía unos amplios ventanales que daban al patio central del Instituto. Había estado allí en varias ocasiones en los años que llevaba trabajando. Reuniones con sus superiores e incluso alguna que otra rueda de prensa. Ahora era todo completamente distinto. Acababan de sentenciarla prácticamente. Lo supo desde que entró por la gran puerta de madera de caoba finamente tallada con arabescos que le conferían un aspecto de portalón antiguo. No podía evitar hacer siempre ese tipo de comparaciones, sobre todo porque esa clase de elementos le encantaban.

—Soy consciente de ello —respondió con voz firme.

—Y dígame, señorita. ¿Por qué tomó usted la determinación de, valiéndose de su cargo, cargo público por otra parte, instar al hermano mayor de una Cofradía a que le dejase ver la talla de un Crucificado?

Se lo pensó dos veces antes de responder. La posibilidad de que Enrique Carmona estuviese detrás de todas aquellas maniobras la pusieron sobre aviso. No quería, por nada del mundo, que sospechasen que sabía más de la cuenta.

—Me llamó la atención la afirmación de aquel anciano que dijo que el Cristo de la Conversión del Buen Ladrón no era el original de Juan de Mesa.

—¿Y eso que tiene ver con el de la Buena Muerte? —preguntó la mujer.

—Si quiere que le diga la verdad, ni yo misma lo sé. Al haber sido gubiada, perdón, no sé si usted sabe lo que significa gubiar —dijo en tono irónico a la vez que hacía gestos al aire como si estuviese esculpiendo una talla—por Juan de Mesa, sentí un impulso de verla. Nada más.

—¿Nada más? Creo que se ha tomado más atribuciones de las que le corresponden. A nuestro juicio, no está capacitada para desempeñar un cargo de tanta responsabilidad. Hemos leído minuciosamente los informes presentados por su superior para tomar una decisión que, aunque nos duele a todos, no tenemos más remedio que llevarla a cabo: queda usted expulsada del Instituto Andaluz de Patrimonio Histórico. A partir de ahora no podrá ejercer su profesión en la Administración Pública, a la par que se le abrirá un expediente sancionador grave. Lo sentimos mucho pero no nos deja usted otra opción. Ah, y no se preocupe. No soy una experta en Arte pero sé perfectamente lo que es una gubia y conozco la obra de Juan de Mesa y Velasco.

Antes de que la presidenta del Tribunal continuase, interrumpió, tímidamente, Miguel Ángel del Campo.

—Señora presidenta —dijo en un tono de voz bajo—. Me gustaría hacer uso de la palabra.

—Hágalo.

—Quiero decir, simplemente, que en el tiempo en el que la señorita Laura Moreno ha trabajado en el Instituto Andaluz de Patrimonio Histórico, ha sido un modelo a seguir en cuanto a profesionalidad y a la forma de realizar su trabajo. Gracias a su experiencia, su mimo y su excelente capacitación, muchas de las obras de arte que han sido restauradas en estas dependencias han servido para darle un mayor prestigio al Instituto. Creo que era de recibo que constase públicamente, al margen de la actuación concreta por la que se encuentra la señorita Moreno ante este tribunal.

—Quede, pues, constancia de ello —señaló la presidenta—¿Quiere usted decir algo más en su descargo? —preguntó a Laura.

—Sólo que ya sabía lo que iba a pasar. Simplemente han optado por la decisión más fácil, prescindir de mí para volver a traer aquí a este individuo —dijo mirando a Enrique Carmona—para que haga y deshaga a su antojo. Pues que les vaya bien, señores.

Se dio la vuelta y se encaminó hacia la puerta de salida. Antes de atravesarla, se volvió de nuevo hacia el Tribunal.

—Espero, al menos, que me dejen recoger mis efectos personales. No se preocupen, no voy a llevarme nada que no sea mío. Todavía me queda la dignidad suficiente para salir de estas dependencias con la cabeza bien alta, cosa que dudo que muchos de ustedes puedan hacer. Buenos días —dio un portazo que hizo retumbar las paredes.

Su enojo era visible. Recorrió el largo pasillo hasta llegar a su despacho. Se encontraba cerrado. Habían cambiado la cerradura. «Qué prisa se han dado estos hijos de puta». Tendré que llamar al conserje para que me abra». Bajó las escaleras y se detuvo a la altura del laboratorio donde se encontraba la Virgen de las Angustias. La puerta estaba semiabierta. Miró dentro y vio la talla en el centro de la estancia. «No hay nadie. Qué raro. Seguro que están tomando un café». Entró y se acercó a la Dolorosa. «Todavía no han comenzado con los trabajos de restauración». Le dio una vuelta y se fijó en el rostro. La brillantez le sorprendió. «Ayer no tenía este color». Tocó la mejilla derecha y se dio cuenta enseguida. «Tenía razón Lucas. Han dado el cambiazo. Esta no es la Virgen de las Angustias. Se trata de un trabajo fino pero hay detalles que lo delatan. Están sustituyendo todas las imágenes de Juan de Mesa pero, ¿será verdad que con el propósito que me comentó Lucas? No puedo creer que esto esté pasando. Debo desenmascarar a esta gente antes de que sea demasiado tarde. Ahora mismo estoy atada de pies y manos. Pero voy a llegar hasta el final. Y si detrás de todo está el engreído de Enrique Carmona, voy a hacer lo imposible por que dé con sus huesos en la cárcel. Que nadie lo dude».

De repente, la puerta se abrió. Un joven se quedó parado bajo el dintel. Llevaba en sus manos una taza de café.

—Laura —dijo sorprendido—. ¿Qué haces aquí?

—Nada. Iba camino de mi despacho para recoger las cosas pero le han cambiado la cerradura ya. Al ver la puerta abierta, he entrado para despedirme de vosotros.

El muchacho, que no llegaba a los treinta años, se puso nervioso.

—Debes irte cuanto antes. No puedes estar aquí. Son órdenes.

—Pero César, soy Laura, tu compañera. No he hecho nada malo.

—No lo sé. Nos han dicho que bajo ningún concepto debes acceder a las dependencias. Por favor, no me pongas en un apuro. Te aprecio y admiro tu trabajo pero, por favor, márchate antes de que te descubran.

—Está bien, me voy. Pero quiero que sepas que soy inocente de todo lo que dicen de mí. Te pido un favor: no hagas caso de las habladurías. Espero que dentro de poco pueda demostrar que no son verdad esa sarta de mentiras. Estate tranquilo. Y hazme otro favor: cuida a las imágenes que lleguen al Instituto, sobre todo ésta de la Virgen de las Angustias. Sabes que le tengo mucho cariño y por nada del mundo quisiese que le pasara algo.

—¿Qué quieres decir?

—No te preocupes, ya lo entenderás a su debido tiempo. Me alegro de haber trabajado contigo. Tienes mucho porvenir en esta profesión. Pero elige bien con quién lo haces y de quién sigues consejos. Luego puede ser tarde.

Se acercó hasta el joven y le dio dos besos. Luego cruzó el umbral y se marchó de la estancia. En aquel momento supo que una conspiración estaba en marcha y que ella se encontraba en medio de aquel fangal que, en principio, tenía como objetivo la sustitución de imágenes de Juan de Mesa.

Pudo, por fin, recoger sus pertenencias pero no despedirse de sus compañeros. Extrañamente parecía vacío el Instituto. Nadie por los pasillos, nadie en los despachos. Justo cuando depositaba una gran caja de cartón en el maletero del coche le sonó el móvil. Era un mensaje, con identidad oculta. «Llámame a este número en cuanto puedas». Lo memorizó en la pantalla y pulsó. A los tres tonos descolgaron.

—Supongo que has pasado un mal trago.

—¿Eres Lucas? —preguntó indecisa.

—¿Quién si no iba a saberlo? Mi amigo el policía está hoy de descanso, por lo que podemos quedar con él para hablar de este asunto. Pero antes me gustaría que nos pasásemos por la iglesia de San Martín. ¿Te viene bien dentro de una hora?

—Sí, no tengo nada mejor que hacer —respondió en tono irónico.

—Quedamos en la plaza de San Martín, justo en la puerta del templo. Hasta dentro de una hora. Ah, y olvídate de este número de teléfono. Cuando cuelgues ya no servirá.

No le dio tiempo a responder. Pero le llamó la atención tanto secretismo y confidencialidad. Estaba claro que Lucas Vega sabía qué se traía entre manos y que, por lo que había podido comprobar, manejaba la situación de manera extraordinaria. Aunque no era normal que un periodista de la sección local de un periódico estuviese metido en tramas que más bien parecían de películas de espías y de conspiraciones poco menos que masónicas. Sin embargo, todo aquel halo de misterio comenzaba no ya a intrigarle, sino incluso a gustarle. Sobre todo porque cada vez que hablaba con Lucas le producía una sensación agradable. Se sorprendió de reconocer que estaba ansiosa por volver a verlo. Le invadió una especie de repelús y sintió que sus mejillas se sonrojaban. «A estas alturas de la vida... es que no tengo remedio». Condujo hasta el lugar convenido mientras que, de nuevo, comenzó a silbar aquella canción que canturreó la noche anterior cuando también se le vino a la mente la imagen del periodista.

—No me quedo tranquilo. Creo que la chica sabe más de la cuenta.

Los dos hombres se encontraban en un pequeño despacho. El humo de los cigarrillos hacía que el ambiente fuese denso. Las ventanas estaban cerradas y la habitación se antojaba sofocante. El que parecía llevar la voz cantante dejaba percibir en su rostro cierta preocupación.

—No hay por qué preocuparse. Está fuera de juego completamente. Además, si vemos que es un incordio para nuestros planes, la eliminación entra dentro de lo posible y se acaba el problema.

—Es una posibilidad, desde luego, aunque no me gustaría tener que tomarla. La última de las imágenes ya está concluida.

—¿Lo sabe el Superior?

—Ahora está ocupado. Luego se lo comunicaré. Lo que me preocupa es cómo vamos a hacer el cambio. Este templo cuenta con unas medidas de seguridad excepcionales. Los demás no han sido difíciles, pero ahora me parece que no es lo mismo.

Volvió a fumar con tranquilidad, expulsando el humo de manera pausada. Miró hacia el techo de la estancia y levantó las piernas, poniendo los pies encima de la mesa y entrecruzándolos.

—Parece mentira que a estas alturas tengas ese tipo de dudas. Si hubiese complicaciones serían solventadas con eficacia. Espero que tus dudas no sean un obstáculo para nuestro objetivo.

El otro hombre agachó la cabeza y se sonrojó. La forma en que le hablaba su compañero hacía que se turbase siempre. No lo podía evitar. Sin embargo, seguía albergando serias dudas acerca del proyecto en el que se encontraban embarcados ya que, de ser descubiertos, las consecuencias serían nefastas.

—Pero en esta ocasión todo es distinto —alzó la voz tímidamente sin atreverse a mirar de forma directa a los ojos de su interlocutor—. Estamos hablando de la imagen más importante de Juan de Mesa. Las medidas de seguridad en el templo son extraordinarias y el bulo que se ha extendido por buena parte de la ciudad, debido a la desfachatez de aquel viejo y a la obstinación de la muchacha no nos benefician para nada.

De pronto, el hombre que estaba sentado arrojó el cigarrillo al suelo y se levantó de manera súbita.

—¡Ya estoy harto de tus miedos y tus indecisiones! ¡Te he dicho mil veces que así sólo vas a conseguir que nos cojan a todos! ¡Por tu culpa nos pueden descubrir!

Se calmó enseguida y se dirigió hacia una de las ventanas del despacho. El tono de voz cambió completamente y apareció en su rostro una leve sonrisa.

—Cuando hayamos conseguido nuestro objetivo, todos tus miedos desaparecerán. Y entonces te darás cuenta de que los riesgos que estamos corriendo han valido la pena. No sabes bien lo que está en juego en todo esto. Si como parece cierto encontramos lo que buscamos, muchos pueden ir despidiéndose de este mundo.

Aquellas palabras aterrorizaron al otro hombre. Aunque conocía bien los motivos de aquella empresa, no acertaba a comprender cuál era el objetivo final. Él tenía uno muy claro pero, según desprendían las palabras de la otra persona, podía haber algo más.

—Espero que no nos equivoquemos en lo que estamos haciendo —dijo pausadamente para no irritarlo de nuevo.

—Si alguien se equivoca lo pagará muy caro. Incluso con su vida. Y ahora, querido amigo, vamos a terminar de hacer nuestro trabajo. Tranquilízate. No quiero que estés alterado. Dentro de poco contemplarás todo esto como una simple anécdota y, en cambio, tendremos en nuestras manos el secreto mejor guardado de Juan de Mesa. Y sólo unos pocos lo sabremos. Así que, por favor, relájate. Vamos, te invito a una copa y así piensas en otras cosas más agradables.

Ambos salieron de la habitación. Ya en la calle, cruzaron a la otra acera para montarse en un vehículo. La zona estaba muy concurrida. En un quiosco de cupones, varias señoras y hombres de avanzada edad hacían cola para adquirirlos. La plaza a esa hora rebosaba alegría. El bar que hacía esquina daba los últimos desayunos y se preparaba para la hora del aperitivo. La basílica tenía sus puertas abiertas y justo enfrente, el monumento a Juan de Mesa, con los nombres de las imágenes que esculpió durante su vida para Sevilla, parecía decir con la mirada del escultor cordobés que sabía lo que estaba ocurriendo. Desgraciadamente no podía hacer nada, tan sólo esperar acontecimientos y ser testigo mudo de lo que iba a ocurrir en un corto espacio de tiempo.

Le costó trabajo encontrar aparcamiento cerca de la plaza de San Martín. La estrechez de las callejuelas adyacentes y, sobre todo, la gran cantidad de señales de prohibición, amén de la peatonalización de la mayor parte de la zona, convencieron a Laura Moreno para que buscase un parking público. «Pero, ¿dónde ahora? Qué ciudad ésta. El Ayuntamiento se afana por joder al personal y la mejor forma de conseguirlo es haciendo que pierda los nervios dentro de un coche en pleno centro de la ciudad».

Por fin, tras varias vueltas por los alrededores y hasta un arañazo en una de las aletas traseras del vehículo, consiguió su preciado botín: poder aparcar. Faltaban diez minutos, aproximadamente, para llegar al lugar de reunión. Había dejado el coche en una bocacalle que desembocaba en la Alameda de Hércules. «Creo que está bien aparcado. Ya no me fío. Otra vez la grúa y el presupuesto del mes se me hace añicos. En fin, alea jacta est, que diría un remilgado. Vamos allá, esto es lo que hay, que lo digo yo».

Enfiló por una de las calles hasta acceder a la plaza de San Martín. Algún que otro viandante pero nada más. Miró a su alrededor pero no vio a Lucas Vega. Se detuvo en la puerta del templo, que a esa hora estaba abierto. Tiró de la gruesa cortina de la puerta y miró en el interior. Tan sólo había tres personas en los bancos de la iglesia. Fijó la vista en el altar mayor y comprobó la luz roja que indicaba que el Santísimo Sacramento estaba expuesto. No pudo resistir la tentación de buscar, con la mirada, el pequeño retablo de Francisco de Asís Gamazo. No recordaba bien dónde se encontraba. «Estaba en una de las capillas laterales», pensó recorriendo con la vista todo el contorno del templo. Finalmente dio con él. «Bueno, no se puede decir que sea un trabajo demasiado fino. El pobre no fue llamado por estos derroteros».

Acto seguido, volvió a salir de la iglesia y se quedó en el diminuto atrio de la entrada. Miró la hora. «Las once y cinco. Vaya, esta vez he ganado la partida, sin que sirva de precedente». En ese momento, por una de las calles, apareció Lucas Vega. Venía acompañado de un hombre, más o menos de su misma estatura aunque algo más corpulento. Un bigote dividía su rostro y la gomina que embadurnaba su cabello negro peinado hacia atrás hacía que los reflejos del sol se instalasen sobre su cabeza.

Laura alzó la mano derecha en señal de saludo, acto que imitó Lucas. Al llegar a su altura, el periodista se adelantó unos dos pasos y besó en ambas mejillas a ella. Ésta, sorprendida por la iniciativa tomada, quedó algo confusa y no pudo evitar cierto rubor en el rostro.

—Perdona que te hayamos hecho esperar —dijo por fin Lucas—. No veas cómo está el tráfico.

—A mí me lo vas a decir —respondió Laura todavía un poco sonrojada por los besos que le había dado.

—Te presento a Roberto Losa, inspector de Policía. Es amigo mío y está al tanto de lo que ocurre en torno a las imágenes de Juan de Mesa. Ya le he explicado la situación.

—Laura Moreno —dijo ella extendiendo su mano derecha para estrechar, sin apreturas, la del inspector.

—Encantado, Laura.

Los tres quedaron, por unos instantes, en silencio. Fue Lucas quien dio el primer paso habida cuenta de la situación.

—Bueno, espero que te guste todo lo que vas a ver, Laura —dijo el periodista para romper el hielo inicial—. No todos los días se hace un descubrimiento de este tipo.

Avanzó hacia la puerta y descorrió la gruesa cortina que daba acceso al interior del templo.

—Venga, vamos. No vamos a perder toda la mañana aquí.

Laura y Roberto le siguieron. El policía le dejó pasar de manera cortés. Las naves de la iglesia aparecían tenuemente iluminadas. Discurrieron por la central para dirigirse a una de las capillas laterales donde aparecía, en un pequeño retablo con el dorado desgastado y algunas partes perdidas, la imagen de un santo. Como había comprobado minutos antes Laura, la calidad del altar no era excesivamente buena. Un trabajo más de los muchos que se hicieron durante el siglo XVII y que tan sólo, a tenor de sus formas, guardaba el valor del tiempo transcurrido desde su hechura.

Era Lucas Vega quien llevaba la iniciativa. Parecía conocer a la perfección aquella obra. Se plantó delante de ella y colocó los brazos en jarra, contemplando los detalles del retablo.

—Aquí está, Laura. El retablo que realizó el joven Francisco de Asís Gamazo, aprendiz en el taller de Juan Martínez Montañés y discípulo de Juan de Mesa y Velasco. Como habrás comprobado, no se trata de un hito del barroco.

Laura se acercó hasta el altar y tocó la zona baja con la mano derecha. Recorrió el contorno de una de las pequeñas columnas estriadas y miró la profundidad del hueco que albergaba la figura del santo.

—No es que sea, precisamente, uno de los mejores trabajos que he visto. El muchacho salió del paso como pudo. Pero no se le puede negar el intento de emular a sus maestros. Claro que, desgraciadamente, no se acercó ni por asomo.

Roberto Losa contemplaba la escena totalmente callado. En verdad no tenía ni idea de lo que hablaban y prefería, por tanto, permanecer en silencio. Era mejor no meter la pata en cuestiones relacionadas con el arte. Le daba igual que aquello fuese del siglo XVII o de anteayer. Su mente no abarcaba más que cualquier circunstancia que tuviese que ver con su profesión. Estaba allí porque su amigo Lucas Vega le había explicado una historia en la que el tráfico ilegal de obras de arte, en definitiva, estaba de por medio. Lo demás le daba exactamente igual. Hubiese puesto el mismo empeño si se tratase de traficantes de droga o de vendedores ilegales de cualquier objeto. Sin embargo, guardó ese respetuoso silencio que produce la ignorancia, esperando que fuesen sus acompañantes quienes comenzaran a hacerle revelaciones sobre lo que acontecía en aquella iglesia que pisaba por vez primera, a pesar de que había pasado por su puerta en cientos de ocasiones.

—Bien, espero que como experta en obras de este tipo, sepas encontrar la inscripción que realizó Francisco de Asís Gamazo.

El periodista estaba poniendo a prueba a Laura. Ella dudó por unos instantes pero, enseguida, se acercó hacia la parte izquierda del retablo. Introdujo su mano izquierda por el lateral y buscó la zona trasera. Tanteó con los dedos intentando encontrar alguna rugosidad más palpable que las demás. Al cabo de unos momentos, volvió a sacar la mano.

—No está aquí y me temo que tampoco en el lado derecho. No sé, puede que no esté a la vista. A lo mejor lo escondió en una de las piezas desmontables del retablo.

—Acaba usted de ganar el premio gordo —exclamó Lucas—. Como era de esperar, alguien tan avezado en obras de arte como tú adivinaría en cuestión de segundos este enigma. Pero, ¿dónde pudo dejar escrito este testamento?

A Laura comenzaba a incomodarle la situación. No le gustaba nada que anduviesen poniendo a prueba sus conocimientos artísticos. Le daba la sensación de que Lucas jugaba con ella. Sin embargo, decidió seguirle la corriente.

—Bueno, como veo que tú sí lo sabes y que lo que quieres es que juguemos a las adivinanzas, te diré que debe de estar, si no me equivoco, detrás de una de las piezas de las columnas.

Son desmontables, por lo que he podido comprobar antes. Es más, estoy segura de que se encuentra en la que he tocado.

—¿Cómo lo sabes?

—Está un poco suelta, lo que indica que ha sido movida con más frecuencia de la habitual. Generalmente los retablos no se mueven y tan sólo se les pasa un paño o un plumero para quitarles el polvo. A no ser que haya que desmontarlos para su restauración. Y en el caso que nos ocupa, salta a la vista que éste precisamente lleva años sin que se le haya restituido ni una sola pieza. Así que es ahí donde está la inscripción.

—¡Bingo, señorita Moreno! Me acaba de dejar de piedra. No esperaba menos de usted y de su sapiencia para con este tipo de obras. Sin temor a equivocarme, es una de las profesoras más hábiles e inteligentes que conozco.

Aquella respuesta terminó de exasperar a Laura.

—Ya está bien, Lucas. Creo que no debemos tomarnos esto a guasa. ¿O es que lo que quieres es jugar a los detectives?

Las palabras de la chica hicieron que tanto el periodista como el policía cambiasen la expresión de sus rostros. Ahora intervino Roberto Losa.

—Tiene razón. Me parece que debemos ir al grano de una vez. No puedo estar perdiendo el tiempo. Tengo más cosas que hacer.

Lucas se sintió avergonzado. Fue a dirigirse al lugar señalado por ella cuando Laura se le adelantó. Colocó sus manos en la zona de la columna y comenzó a hacer un leve balanceo. Al momento, la pieza se desprendió. Le dio la vuelta.

—Aquí está la inscripción. Lo que no entiendo es por qué nos has traído a verla cuando ya me has enseñado una copia de la carta labrada en la columna.

—Muy fácil. Quiero que me digas si es auténtica o ha sido escrita en años posteriores, o incluso sea contemporánea.

La examinó con detenimiento. Algunas palabras aparecían más desgastadas que otras. Pasó los dedos por encima y comprobó, detenidamente, cada una de ellas. Leyó con parsimonia la leyenda, intentando descubrir algún detalle que delatase que no se trataba de una inscripción del siglo XVII. Volvió a repasar algunas de las palabras:

«...que de su gubia hayan salido y salieren y que pudieran ser motivo, ahora y en los años venideros, de mofa e improperios, injurias y herejías similares, por aquellos impíos y no temerosos de Dios que quisieran menospreciar y ocultar el buen nombre de tal genial imaginero».

Finalmente, entregó el trozo de columna a Lucas.

—Para estar completamente segura de que se trata de una inscripción del siglo XVII, tendría que hacer un estudio pormenorizado y un análisis de las expresiones, a la par que someter a esta parte a una serie de pruebas radiográficas o estratigráficas que, por desgracia, no puedo realizar ya. Pero tras este primer examen puedo decir, casi con toda seguridad, que se trata de una inscripción auténtica. Vamos, que fue realizada en el siglo XVII por el dichoso Francisco de Asís Gamazo.

—Bien, ¿y eso qué quiere decir? —preguntó el inspector, ya metido en su papel de agente de Policía.

—Pues que estamos ante una trama que se lleva urdiendo casi cuatro siglos y que ahora, en el XXI, aflora con toda su virulencia —respondió Lucas.

—Explícamelo en cristiano —le inquirió Roberto.

—Es muy fácil, aunque a la par difícil de creer, sobre todo porque estamos ante una conjura derivada, quizá, de algo mucho más enrevesado de lo que nos podemos imaginar, sobre todo si nos retrotraemos a aquella época. Francisco de Asís Gamazo era un ferviente admirador de Juan de Mesa y Velasco. Tanto, que le pidió a su maestro

Juan Martínez Montañés que le dejase trabajar en el taller del cordobés. Pero esto era sólo una excusa para defender, con la vida si era preciso, la obra de su ídolo. Era perfectamente consciente del carácter débil de Juan de Mesa, del ninguneo al que le sometía Martínez Montañés. De hecho, hasta los albores del siglo XX los expertos en arte creían que las obras realizadas por Juan de Mesa eran de Montañés. Un olvido que alguien, de forma intencionada, promovió después de la muerte de Mesa y que también Montañés se llevó a su tumba. Poco, muy poco, se sabe de la vida de Juan de Mesa y si encima lo que había se sepulta...

—Puede que también el propio Francisco de Asís Gamazo pusiera todo su empeño en ocultar la obra de su maestro.

Las palabras de Laura descolocaron a Lucas.

—¿Qué quieres decir?

—Que fuese su discípulo quien se encargase de borrar cualquier tipo de pruebas sobre la autoría de las imágenes de Juan de Mesa. Sólo de esa forma las preservaba de cualquier ataque por parte de sus detractores y, por ende, de los seguidores de Juan Martínez Montañés.

—Pero, ¿por qué iban a querer destrozar estas obras de arte? —preguntó totalmente sorprendido el policía.

—Primero, por envidia. Sí, envidia pura y dura de quien se vio no sólo alcanzado sino superado en vida por su discípulo. La arrogancia de Martínez Montañés era superior a sus fuerzas. No podía aguantar que alguien fuese mejor que él. Y en cada obra de Juan de Mesa comprobaba que quien había acudido a su taller rogando aprendizaje, en pocos años era un maestro. Y de todo eso se dio cuenta Francisco de Asís Gamazo.

—Has dicho «primero». ¿Qué es lo segundo?

Laura quedó por unos momentos en silencio. Luego continuó.

—Quizá alguna de las imágenes de Juan de Mesa contenga algo, en su interior, que sea de gran valía. Algo que sabía Gamazo y por eso se conjuró para defenderlas con su propia vida. Algo que sirviese para perpetuar el nombre de su maestro por los siglos de los siglos. Algo que incluso introdujese el propio discípulo. Sí, ya sé que lo que estoy diciendo es una tontería, pero esa circunstancia no hay que dejarla de lado. Es más, estoy convencida, después de lo que ha ido aconteciendo en estos días, de que es lo que buscan las personas que andan detrás de todo.

—¿A qué te refieres? —preguntó con los ojos completamente abiertos Lucas.

—No lo sé. Se trata sólo de hipótesis e intuiciones. Me gustaría estudiar con detenimiento la inscripción. Puede que entre líneas esté la clave y demos así con quien está sustituyendo las imágenes. Te pido que me hagas una fotocopia del texto. Puede que cotejándola con la de los contratos que firmó Juan de Mesa para la realización de sus imágenes, dé con algo que nos lleve a buen puerto.

Lucas y Roberto enmudecieron. Lo que había empezado como un juego comenzaba a convertirse en algo muy serio. El propio inspector se dio cuenta de la importancia de las palabras de la muchacha.

—No quiero que esto salga de aquí —dijo en tono grave—. Si se conocen detalles puede cundir el pánico entre muchas personas. Y lo que es peor, alterar a los que están detrás de todo esto. Tenga, señorita Moreno, le dejo una tarjeta mía con mis números de teléfono por si me necesita. Mientras tanto, actúe con discreción.

—¿Corremos peligro? —dijo Lucas.

Fue Laura quien contestó.

—Si han pasado casi cuatro siglos y sigue vigente el juramento que hizo Francisco de Asís Gamazo, está claro que corremos peligro. No creo que duden en matar a quien se interponga en la consecución de sus objetivos. Están muy cerca del final y nosotros somos un gran estorbo para ellos. Creo, además, que saben que seguimos su pista. Si no, no se entiende que me hayan despedido así como así del Instituto. Me niego a creer que sea mi jefe directo, Miguel Ángel del Campo, quien me haya tendido esta trampa. Nos llevan ventaja... por ahora. Porque supongo que piensan que desconocemos la inscripción de Francisco de Asís Gamazo.

Laura se encaminó hacia la puerta de salida. Roberto, de manera impulsiva, la siguió. Lucas hizo que se parase en seco.

—¿Adónde vas?

—A rezar al Gran Poder. Creo que todavía es el auténtico. Al menos, eso espero.

Sepan cuantos esta vieren como yo Juan de Mesa, maestro escultor, vecino de la ciudad de Sevilla en la collación de S. Martín, otorgo y conozco que e rezebido e rezebí de Juan Francisco de Albarado, escribano de su majestad y oficial de la conta de la Casa de Contratación desta ciudad de Sevilla y vecino della que esta presente, mil reales que valen treinta y quatro mille maravedís, que son por otro tanto, que con el susodicho y Pedro de Santamaría y Bernardo de Criales y Pedro Blanco e Juan de la Cruz, vecinos desta ciudad, me concerté me diesen por la hechura en blanco de un Santo Cristo y el ymaxen de Nuestra Señora...

Extracto de la carta de pago
por la imagen del Cristo del Amor.

IX

El olor a sudor abofeteaba sin compasión a todo el que entraba por la puerta de la taberna. La noche era calurosa, propia del mes de julio, y los fragores del día se dejaban sentir cuando caía el sol. Muchos de los que se encontraban en su interior ni siquiera habían acudido a casa después de cerrar los distintos talleres. Tan sólo un poco de agua por la cabeza y la nuca para refrescarse. Luego, como siempre, acudían a las tabernas más cercanas a emborracharse. Al día siguiente era domingo y, por lo tanto, día de descanso, así que la noche sabatina servía para descargar tensiones acumuladas a lo largo de la semana. Las calles en las que se situaban los lugares de esparcimiento se encontraban llenas de gente. Un ir y venir buscando el vino, la compañía de amigos y conocidos y los servicios de las prostitutas. Había dinero en los bolsillos y por lo tanto, caras alegres en unos y otras. Predominaban las gentes de los oficios establecidos por aquellas angostas vías: carpinteros, tallistas, orfebres, herreros, forjadores... era la zona del centro de la ciudad y, por lo tanto, donde se agrupaban dichos gremios. No era frecuente ver por allí a la gente del puerto o a marineros cuyos barcos habían atracado en Sevilla. Pero de vez en cuando sí se adentraban en las entrañas de la ciudad. Por lo general buscaban gresca cuando no encontraban a las mujeres de vida ligera que esperaban. Los proxenetas lo sabían e intentaban por todos los medios que sus mantenidas se apartasen de los cargadores y marineros. Preferían a los hombres cuyos gremios se situaban a escasos metros de los cuartuchos donde, por la noche, acudían con sus trabajadoras.

El establecimiento se encontraba totalmente lleno. Las largas mesas rodeadas de bancos colmatados por gente de diversa calaña se disponían de tal manera que los clientes iban de un lado para otro sin molestar a los demás. Hombres y mujeres reían a mandíbula abierta mientras brindaban o comían. En una de las mesas más apartadas de la amplia estancia, Juan Martínez Montañés departía con varias personas. El vino comenzaba a hacer estragos en su forma de hablar y de actuar. El ruido era ensordecedor; las carcajadas se escuchaban fuera del establecimiento y no pocos depositaban sus cabezas en las mesas, ya ebrios, intentando recuperar fuerzas para proseguir con la parranda hasta altas horas de la madrugada. Mañana sería otro día, bueno para descansar. Pero esa noche era la destinada a la juerga y, a ser posible, al desahogo carnal.

—¡Vive Dios que el hombre ha realizado una gran obra!

Martínez Montañés alzó, por enésima vez, su copa mientras los demás le imitaban. Bebió un largo sorbo del vaso, se limpió los labios con la bocamanga de su camisa y gritó a viva voz una vez más.

—¡A ver! ¿Dónde está el vino, tabernero? ¡Es imposible emborracharse en esta tasca de mala muerte! ¡Tabernero! ¡Que venga tu hija de una puta vez! —bramó mientras se le escapaba una sonrisa cómplice esperando la llegada de la muchacha.

Al cabo de unos segundos se acercó hasta la mesa una joven que no habría cumplido los veinte años. La lozanía de su cuerpo tensó el de Juan Martínez Montañés. La muchacha, en silencio, comenzó a servir vino al maestro y a sus acompañantes. Al situarse a su derecha, el alcalaíno extendió el brazo derecho y asió a la adolescente por la cintura.

—¡Bella mujer eres! ¡La inocencia de tu frágil rostro contrasta con la voluptuosidad de tus formas! ¡Buen negocio hace tu padre teniéndote aquí! ¡Eres un gozo para la vista y si tú quisieses, para el cuerpo!

Ella, siempre en silencio, terminó de llenar la copa del maestro y con la agilidad propia de una gacela aunque sin molestarlo, se desembarazó del firme brazo que rodeaba sus caderas y que tiraba de ella hacia el regazo del corpulento hombre.

Juan Martínez Montañés, dándose cuenta de lo ruborizada que se hallaba la muchacha, soltó una carcajada extraordinaria.

—¡Joven eres, y hermosa! ¡Envidio al afortunado que te posea y al que te entregues! ¡Qué pena que este pobre hombre ya no tenga edad para que se fijen en él mujeres de la belleza tuya! ¡Pero todavía mi ánimo se levanta y se comporta como un potro desbocado! —dijo mientras guiñaba un ojo a sus acompañantes y le daba una palmada en la nalga a la chica—¡Y te advierto que para ti lo mejor que te puede ocurrir es tener a tu lado a alguien con experiencia que te guíe con destreza por los vericuetos del amor!

Las risas de los hombres retumbaron en toda la habitación. Incluso el tabernero, padre de la muchacha, rompió a reír mientras se acercaba a la mesa donde se encontraba el maestro y depositaba una bandeja con diversos manjares.

—Maese Martínez Montañés —terció el hombre—. Es un halago para esta humilde persona que considere bella a mi hija. Ya sabe lo difícil que está conseguir un buen marido. Una pena que vuestra merced ya sea hombre casado y temeroso de Dios. Pero me tranquiliza saber que nos tiene en alta estima.

Aquellas palabras sirvieron para que Juan Martínez Montañés comprendiese que su edad no era la más acorde para seguir flirteando con la joven. Sin embargo, para él quedaba mucha noche antes de llegar a casa. Tiempo había de salir a la calle y buscar los amores tumultuosos de cualquier prostituta con experiencia. Conocía a la mayoría de las que se apostaban por aquella zona. Ahora, en cambio, le apetecía seguir bebiendo y comiendo. Más de lo segundo. Además, dentro de unos días tenía que marchar hacia Madrid y allí, desde luego, iba a seguir dando rienda suelta a sus sensaciones.

—Amigo Alonso —dijo dirigiéndose al tabernero—, eres de las pocas personas que conozco que no forman un escándalo cuando alguien se sobrepasa con tu bella hija. Cualquier día vas a tener un disgusto.

—Maese don Juan —respondió el tabernero mientras colocaba en una bandeja una serie de vasos—, lo que de otras bocas es un insulto para mí y mi familia, de la suya son parabienes y suponen un reconocimiento al trabajo que realizamos cada día aquí. Lo mejor que me puede ocurrir es que esta casa se vea honrada con tan importante presencia. Y si encima vuestra merced tiene palabras de elogio para con mi familia, mucho mejor. ¿Desean vuestras mercedes algo más?

—Tráete una jarra del mejor vino que tengas. Ah, e invita a una ronda a todas estas buenas personas que hay en tu casa. Se lo merecen por elegir un lugar como éste para divertirse y disfrutar.

La invitación de Martínez Montañés hizo que la mayoría de los presentes irrumpiesen en gritos de alabanzas mientras alzaban sus copas y vasos.

—Eres, a qué dudarlo, una persona que goza de admiración por parte de las personas de esta ciudad —dijo uno de los hombres sentados en la mesa del maestro.

—El dinero, amigo mío, todo lo puede. Mira si no al tabernero. En lugar de enfrentarse conmigo y echarme de su casa, ha venido a darme las gracias por desear a su hija. Estas son las cosas que tiene el poder, la fama y el dinero. No entiendo cómo Juan de Mesa, en cambio, se aparta de lo que podía ser para él una vida placentera.

La última frase la dijo en un tono mucho más serio y circunspecto. De repente, en medio de aquel ambiente festivo y desmadrado, se le había venido a la mente la imagen de su discípulo. Hacía pocas horas contemplaba en la habitación de la collación de San Martín, posiblemente, una de las obras cumbres de la imaginería religiosa y procesional. Tuvo que reconocer delante de los miembros de la Cofradía del Traspaso la grandiosidad de la imagen, el poder que irradiaba aquella talla. Ahora, en cambio, le invadía un sentimiento de ofuscación que intentaba paliar con las personas que tenía a su alrededor y que, como perros falderos, asentían a todo lo que decía el maestro. Uno de ellos se atrevió, dado lo distendido del momento, a preguntarle.

—Maestro, ¿y es tan buena la talla que a punto de concluir está Juan de Mesa?

Martínez Montañés se levantó de su taburete y asió la camisola del hombre a la altura del pecho, atrayéndolo casi a la altura de su rostro, quedando ambos separados por escasos centímetros.

—¿Y quién te ha dicho a ti eso? ¿Acaso la has visto? ¿Por ventura sabes de qué estás hablando? —lo soltó de manera despectiva.

—¡Sois todos unos incultos, unos legos en la materia! ¿Cómo podéis opinar sobre lo que no conocéis? Sólo unos pocos privilegiados sabemos de lo que hablamos. ¡Los demás no tenéis derecho a hacerlo! ¡Quien quiera opinar, que tome en sus manos una gubia y se atreva a dar forma a un trozo de madera como hago yo cada día! ¡Sólo así podréis tener la osadía de hablarme de tú a tú, de opinar y de discrepar! ¡Mientras tanto, seguid llevándome la corriente, riendo mis ocurrencias y mostrando lealtad a quien os mantiene estas juergas!

El estado de embriaguez del maestro era más que evidente. Los acompañantes quedaron en silencio y todos agacharon la cabeza evitando cruzar miradas con Martínez Montañés. Igualmente, en la estancia bajaron las voces y las conversaciones discurrieron en un tono suave. Nadie tampoco quería volver la vista para ver qué ocurría. En verdad, la mayoría de los presentes conocían los arrestos del maestro y los cambios de humor tan repentinos que mostraba en el momento más inesperado. «Si un día te encuentras con el maestro por la calle y ves que no tiene su día, evítalo y atraviesa a la otra acera», solían decir los más allegados. «¿Y cómo me daré cuenta?» preguntaba el más novato en estas lides. «No te preocupes, el día que así suceda lo verás enseguida».

Y así era. Porque Juan Martínez Montañés lo mismo estaba de un humor extraordinario que, de repente, se volvía irascible e intratable. Cambios sólo posibles en una persona como él, genio donde los hubiere, capaz del summun en cualquier momento, casi sin despeinarse. Pero también de bajar a los infiernos más abruptos y ardientes en cuestión de segundos. Los que bien le conocían se daban cuenta a la perfección de lo que iba aconteciendo en su mente y cómo se transformaba en otra persona totalmente distinta. Y en aquella ocasión todo parecía indicar que de la juerga se estaba pasando a la ira de aquel hombre.

Siguió de pie y avanzó por entre las mesas ante la mirada atónita de sus acompañantes y la resignación del tabernero, que temía que aquello desembocase en una trifulca y bronca y el mobiliario volase por los aires en una pelea sin fin que, desgraciadamente, surgía de la nada.

—¡Y vosotros! —rugió alzando los brazos hacia el techo—. ¿Quién decís que es el más grande escultor de todos los tiempos? ¿Acaso tenéis juicio sobre esto que os digo? ¿Quién de los aquí presentes sería capaz de gubiar lo que yo he realizado? ¿Quién?

Estaba justo en el centro de la taberna, indicando con su brazo extendido y dirigiendo su dedo índice a unos y otros. Nadie respondía. Pero la ira comenzaba a instalarse en el maestro, desposeído ya de todo pudor y comedimiento a la hora de hablar.

—¡Yo os digo, y lo hago a viva voz, para que nadie pueda tener dudas, que soy el más grande entre los grandes! ¡De mis manos han salido las obras más asombrosas que el ser humano puede contemplar! ¡Y todo para mayor gloria de esta ciudad! ¡No hay quien pueda desafiarme! ¡Ninguno de vosotros!

En un momento dado, de un salto ágil, se subió en una de las mesas. Llevaba en la mano la copa de vino. Bebió un largo trago y después de limpiarse los labios, se giró completamente para quedarse frente a sus acompañantes que, en silencio, seguían con cierta incredulidad la escena que se estaba produciendo. Igualmente, la gente que se encontraba en el interior de la taberna había enmudecido. En la puerta de entrada se habían arremolinado algunos curiosos y putas que esperaban a que, de un momento a otro, se desencadenase una pelea que, sin lugar a dudas, alcanzaría considerables proporciones.

Sin embargo, Juan Martínez Montañés cambió radicalmente de registro y de tono de voz. Lo que parecía sería una arenga sobre su grandiosidad a la hora de esculpir la madera, se tornó en alabanzas a su discípulo y aprendiz.

—¡Sí, yo he visto la última obra de maese Juan de Mesa! ¡La he contemplado con mis propios ojos; la he tocado, acariciado! ¡Y sólo puedo decir que es digna de un discípulo mío! ¿Acaso creéis, por ventura, que iba a acoger en mi taller a cualquiera? ¡No, yo soy el más grande y, por lo tanto, tengo que tener a mi lado gente, imagineros, escultores, tallistas, que no desdoren mi quehacer! ¡Dios es mi testigo cuando afirmo, aquí delante de vosotros, que los que se acogen a mi mecenazgo es porque saben que conmigo aprenderán y tendrán la estima, el beneplácito y la consideración no sólo mía, sino de todos aquellos que encarguen obras de arte! ¡He dicho!

Alzó de nuevo la copa y parte de los clientes le siguieron con un movimiento similar. Lo que parecía el comienzo de una trifulca quedó en agua de borrajas. Muchos se sintieron decepcionados. Otros, los más, respiraron hondo porque conocían la forma de proceder de Juan Martínez Montañés. Pero no era aquella noche la más propicia para la pelea. Al menos por parte del imaginero. La impotencia se había instalado en su ser y el vino, que recorría todo su cuerpo, añadía ese punto de melancolía en sus palabras.

Adelantó el pie derecho y lo bajó hasta uno de los bancos de la mesa en la que se encontraba subido. A modo de escalera, se dispuso a repetir la maniobra con la pierna izquierda pero perdió el equilibrio por unos instantes. Su cuerpo se venció hacia delante y ya iba a darse de bruces con el suelo cuando una mano agarró su brazo derecho y lo sostuvo. La copa cayó al entarimado. Martínez Montañés, una vez recuperó la verticalidad, se volvió hacia la persona que había evitado una caída, además de tonta, humillante.

—¡Muchacho! ¿Qué haces aquí? —preguntó en tono sorprendido.

—Maestro, perdone el atrevimiento. Acabo de entrar a tomarme un vaso de vino y cuando me dirigía al mostrador, he visto que iba a caerse. Perdóneme vuestra merced pero me he sentido en la obligación de ayudarlo, aunque sé a ciencia cierta que no necesita ayuda de nadie, y menos la mía.

Era Francisco de Asís Gamazo. En efecto, el chaval acababa de entrar con unos amigos a la taberna, justo en el momento en el que su maestro estaba subido a la mesa. Escuchó atentamente las palabras que dijo y llegó a preguntarse si en verdad sentía simpatía por Juan de Mesa. Incluso pensó, en un momento dado, hablarle allí mismo de su intención de ponerse a las órdenes del maestro cordobés, pero viendo el estado en el que se encontraba el jiennense, prefirió dejarlo para el lunes.

—Maestro, ¿quiere que le lleve a su casa?

Juan Martínez Montañés se había agachado para recoger su copa. Miró fijamente a Gamazo y acercó el rostro al del muchacho. El olor a vino impregnó al chaval, que se mantuvo impertérrito a pesar de que sintió naúseas.

—No es mala idea, joven, no lo es. Pero antes déjame que te invite a un trago.

—Lo que vuestra merced diga.

Ambos se sentaron en una mesa aparte. Los acompañantes del maestro siguieron departiendo con alegría y los que llegaron con el joven siguieron su juerga particular en la barra de la taberna. Alonso acercó otras dos copas hasta la mesa y una jarra de vino. Martínez Montañés la tomó, sirvió a Francisco de Asís y luego llenó la suya. Quedaron en silencio durante algún tiempo. Fue el maestro quien lo rompió.

—Tú eres joven y todavía te queda mucho por aprender. Como me habrás escuchado —hablaba torpemente—no doy cobijo en mi taller a cualquiera. Y Juan de Mesa no es un cualquiera. Esta tarde has comprobado, como yo, que su última obra es excepcional. Pero maese de Mesa tiene un problema, muchacho. Su personalidad no le acompaña. No llegará nunca a ser como yo. No posee el carácter adecuado. De nada sirve tener el preciado don de dar vida a la madera si luego no eres capaz de hacerla hablar. Sí, hablar. Por boca de uno. Una imagen tiene que andar, hablar, llorar, perdonar... y eso sólo se lo puede otorgar quien la crea. Ahí tienes las mías. Cada vez que alguien las contempla dice que le hablan. Y eso es porque yo les he posibilitado esa facultad a través de mi carácter. Es lo que quiero que comprendas. Porque el día de mañana, cuando yo falte, lo que os quedará serán mis enseñanzas. A Juan de Mesa ya no tengo que guiarle la gubia. Él es capaz de plasmar todo cuanto lleva en su mente. Pero sí mi carácter, la forma de desenvolverse en este mundo de auténticos hijos de perra que quieren siempre robarte, engañarte, matarte si es preciso con tal de lograr sus objetivos. No te equivoques. A mí no me respetan, me temen. Y es así porque ya ves cómo soy. ¿Sería Juan de Mesa capaz de levantar la voz a alguien, de enfrentarse con quien no pagase su trabajo? ¿Se sentiría con ánimos para pelearse por lo que considera suyo, por su familia? Yo lo he hecho, muchacho; yo lo he hecho muchas veces y ya ves cómo me ha ido. Ahí los tienes a todos. Nadie es capaz de venir hasta aquí y rebatirme todo lo que he dicho hace unos momentos.

Paró por unos instantes para beber otro trago de vino. Francisco de Asís Gamazo no podía creer que se encontrase a solas con el maestro, sentado en la mesa de una taberna, como si fuese uno de los muchos amigos que alternaban con él. Y menos que el propio Juan Martínez Montañés le llenase la copa cada vez que se vaciaba. Pero lo que más acongojado le tenía era comprobar que el genio de la madera, el hombre que era capaz plasmar tanta belleza, estuviese poco menos que confesándose con él. A su mente vino la imagen acontecida por la tarde en la habitación de Juan de Mesa. Y la expresión del rostro de Martínez Montañés al ver la nueva obra del cordobés. Él, al igual que todos los presentes, quedó anonadado. Y ahora el maestro de maestros le abría su corazón de par en par. A un simple aprendiz cuya mayor destreza era la limpieza de los utensilios de trabajo. Sintió algo de miedo por saberse inexperto. Pero su papel era meramente figurativo. Quien hablaba, mal que bien, era su maestro.

—Estoy solo, muchacho. Me siento solo. Y esa soledad proviene de mi forma de ser y de actuar. Me he granjeado muchos enemigos, pero éstos me temen y, por lo tanto, les llevo ventaja. Eso es lo que quiero que te metas en la cabeza, zagal. No puede uno ir por la vida de bueno porque más temprano que tarde te machacan los sesos. Hay que defender el honor con uñas y dientes. Lo malo es cuando ya no te queda y uno se empeña en defenderlo. Por eso yo voy por delante de mis enemigos. Siguen pensando que me queda un atisbo, por pequeño que sea, de honor.

De pronto soltó una sonora carcajada Juan Martínez Montañés. Larga y profunda, sobrecogió al chaval.

—¡Bueno, ya está bien de monsergas! —gritó en un tono de voz mucho más alegre—. Vamos a brindar por Juan de Mesa, por mí y por ti, chaval. La noche es larga. ¡Tabernero! ¡Más vino a esta mesa! ¡Y que lo traiga tu hija, que junto a mí está un mocito con proyección en este ilustre gremio que podría ser digno de ella! De nuevo las carcajadas se dejaron oír por toda la estancia.

—Maestro, perdone que le interrumpa —dijo Gamazo algo ruborizado—. ¿No querría vuestra merced que le llevase a casa?

—Nada de eso. Seguiremos aquí. Hoy me has cogido de buenas. Así que después daremos una vuelta por estas angostas calles y ya que al tabernero no lo veo muy dispuesto a entregarte a su bella hija —le dio un pequeño codazo a la par que le guiñaba un ojo—, te voy a llevar a la casa de una amiga mía que, de seguro, tiene otras amigas para que sigamos divirtiéndonos un poco más.

Francisco de Asís Gamazo comprendió en ese momento que lo que embargaba a Juan Martínez Montañés era un sentimiento de envidia profunda hacia su discípulo, su mejor discípulo. En verdad, con aquella imagen del Nazareno acababa de superar a quien era su maestro. Y éste lo sabía. Pero no sólo en la grandiosidad de su arte, de su trabajo. También lo envidiaba por su vida, tan alejada de la de él. Aquellas revelaciones reafirmaron más si cabe su intención de entrar a trabajar a las órdenes de Juan de Mesa y Velasco. Ya lo tenía decidido y sería el lunes, cuando ayudase a Juan Martínez Montañés a preparar el equipaje para su marcha a Madrid, cuando se lo diría. Sería el momento justo y preciso.

Pero de ese monólogo que mantuvo el maestro también le quedó algo muy claro al aprendiz: él sería el encargado de mantener viva la llama de la grandiosidad del trabajo del que iba a ser su maestro. A costa de su propia vida, si era preciso.

†

La mañana se presentaba espléndida. El sol había llamado ya a las ventanas de la casa y, aunque temprano, el domingo refulgía con toda intensidad. Juan de Mesa se hizo el remolón en la cama. Estaba a gusto; las toses y los dolores eran, en aquel momento, un vago recuerdo. Miró a su alrededor. La habitación permanecía en silencio y un olor proveniente de una de las ventanas hizo que esbozase una pequeña sonrisa. Era el perfume de los geranios que, mecidos levemente por una tenue brisa, esparcían todo su aroma por la estancia.

Se incorporó y quedó sentado en la cama. Miró a su izquierda y todavía pudo sentir el hueco dejado por María. Desplazó la mano y tocó el lugar. Estaba en casa y todo le parecía extraordinario. Muchas noches soñó con momentos así en los que poder desembarazarse de todo y quedarse sumido en un placentero duermevela al lado de su amada. La culpabilidad le atormentaba entonces y recordaba los malos momentos de salud. Ahora, en cambio, todo se había disipado y sólo pensaba en disfrutar cada segundo de estancia junto a ella.

Por fin abandonó el lecho. Se dirigió a la puerta y salió del cuarto. Se apoyó en la balaustrada que tenía justo enfrente y miró hacia la planta baja, jalonada también por macetas donde las flores coloreaban el espacio. Trató de buscar a María pero desde allí no la divisó. Pensó en llamarla pero prefirió bajar. Entró en la cocina. Allí estaba, entre los fogones, preparando algo. Olía bien. Olía a ella.

—María —dijo con voz suave—. Te has levantado muy temprano esta mañana.

La mujer, sorprendida por la voz en medio del silencio, se volvió.

—Me has asustado, Juan. No te esperaba ya despierto. Y, la verdad, me había olvidado por completo de que habías pasado la noche en casa. Ya casi ni me acordaba.

—Bueno, todo tiene que terminar alguna vez. ¿Has tomado algo ya? —preguntó mientras la estrechaba entre sus brazos.

—Acabo de hacerlo. Anda, siéntate en un taburete que tienes que reponer fuerzas comiendo.

Aquella frase sonaba a que sabía perfectamente que Juan se iría al taller en cuanto acabase de comer y se asease. El tono de su voz, cálida y suave, había dejado escapar las palabras justas para que la frase, aunque inconclusa, conllevase ese halo de resignación por parte de ella. Como siempre, María no diría nada y sería él quien diese el paso y concluyese lo que su amada sabía de antemano. Ese juego se repetía de manera constante, tanto en la vida diaria como cuando visitaba a su marido en el taller.

Juan de Mesa comió con lentitud, saboreando cada bocado, cada momento.

—Esta noche no he tosido y los dolores, por fortuna, han desaparecido.

—Me he dado cuenta, Juan —respondió ella, que permanecía de espaldas trajinando con los fogones de la cocina—. He pasado mucho tiempo despierta y te he observado mientras dormías plácidamente.

—¿Y por qué tú no has dormido? También te hace falta.

Se hizo un pequeño silencio hasta que María, de nuevo, retomó la conversación.

—Me gusta verte dormir. Me da tranquilidad saber que te encuentras a mi lado, que si tengo miedo puedo aferrarme a tu brazo y que la casa, estando tú en ella, está resguardada de todo y de todos.

La frase desvelaba, sin decirlo, el temor de María a que Juan le dijese, por fin, que tenía que marchar al taller y que no sabía cuándo volvería. Se dio cuenta.

—Pero no tienes por qué preocuparte, amor mío. Estoy a dos pasos de aquí y sabes que en cualquier momento puedo venir o tú acercarte hasta la habitación. Ya me queda muy poco para concluir la talla. Entonces todo será distinto. Gracias a Dios los miembros de la Cofradía del Traspaso han quedado sumamente satisfechos y, a falta de los últimos retoques, el Nazareno estará acabado. Luego quiero tomarme un tiempo de descanso y te aseguro que no voy a dejarte ni a sol ni a sombra.

Esbozó una pequeña sonrisa justo en el momento en que ella se daba la vuelta. María la vio pero no hizo ni un solo gesto que denotase otra cosa que no fuese seguir esperando las palabras de Juan de Mesa. Éste, de nuevo, volvió a quedarse en silencio. La mujer se acercó hasta una pequeña alacena y sacó de ella un gran trozo de salazón. Lo puso en la mesa y, tomando un cuchillo, comenzó a partir la vianda. Entonces él lo dijo por fin.

—Voy a acercarme al taller en cuanto termine. Hoy me siento inspirado y creo que puedo adelantar lo suficiente para dejar terminada la talla. Es, no sé cómo explicártelo, como si Él me guiase. Hay momentos en los que sé a ciencia cierta que no voy a ser capaz de sacar de la madera ni un pequeño detalle y otros, en cambio, en los que parece que mi mano es llevada por alguien y va descubriendo entre las estrías la forma que tengo incrustada en el pensamiento. Y, vive Dios que sólo puede ser el Sumo Hacedor quien conduce mi mano al sitio correcto en el momento preciso. Puede parecerte una tontería o incluso una simpleza propia de alguien como yo, pero te aseguro que esas sensaciones no las he tenido muchas veces y ahora, con el Nazareno, acuden de manera más continua y frecuente. Muchas veces me da miedo; siento temor a que no sea lo que pienso y me invade una angustia pensando que, y Dios nunca lo permita, pueda ser algo o alguien en contra del Padre. Pero cuando veo con detenimiento lo realizado tras horas y horas de trabajo, me doy cuenta de que sólo puede ser Él quien guía mis pasos y los lleva a buen puerto.

Hizo una pausa. María comprendió de que su marido estaba hablando, en verdad, solo. Parecía estar justificándose ante él mismo. Daba igual que ella estuviese presente. Era un monólogo en el que estaba dejando escapar sus preocupaciones, sentimientos, angustias... una forma de liberarse ahora que sabía que estaba llegando al final del camino y que dentro de poco aquella imagen, que le tenía completamente absorbido, ya no sería suya y que tendría que desprenderse de ella. Estaba, en definitiva, expiando sus culpas porque desde que dio el primer golpe de gubia le invadió el temor más absoluto de no sentirse a la altura de las circunstancias, de no ser capaz de realizar un encargo que no era sólo de aquellos hombres de la Cofradía sino del propio Dios.

Fue a hablar de nuevo cuando ella tomó la palabra. Como siempre, de manera sutil para no molestarlo.

—Sé lo que me dices, Juan. Y conozco tus temores. Los sueltas de noche, cuando duermes. El subconsciente suele jugar muy malas pasadas. En tu caso afloran sentimientos que son imposibles de desdeñar y que se aferran a tu mente, estando presentes en todo momento. Te conozco bien, muy bien. Sé cómo respiras, cómo andas; reconozco tus movimientos sólo con vislumbrar tu figura a cientos de metros. No podría equivocarme aunque me pusiesen una venda en los ojos. Y lo que acabas de decir lo veo cada día en tus ojos, en la expresión de tu rostro. Y lo comprobé el otro día cuando estuve frente a frente con el Nazareno. Sentí la presencia de Dios, que se había hecho presente a través de tu gubia. Guarda tranquilidad, Juan, porque el Señor no va a consentir que des vida a un trozo de madera sin más. Él quiere, está convencido, que de ahí saldrá algo grande, muy grande, que hará que todos queden sobrecogidos y cuando procesione por las calles de la ciudad hará que la gente se hinque de rodillas a su paso, bajando la cabeza y no siendo capaz de mantener la mirada con Él. Porque en definitiva estarán viendo a Dios.

Como siempre, María era la que decía lo que Juan pensaba. Intentó seguir con su discurso pero ella, de nuevo, volvió a hablar.

—Vete aseando porque la comida estará lista dentro de poco. Te vas a llevar una cesta con provisiones para que puedas comer en el taller cada vez que tengas hambre. No me gustaría que descuidases tu aseo y tu indumentaria. Sabes que en cualquier momento puede llegar el maestro y la presencia es de suma importancia. Alguien como tú debe ir siempre acorde con su posición y clase. Anda, no tardes más que luego dices que no te viene la inspiración.

No dijo nada más Juan de Mesa. Salió al patio y comenzó a asearse en una de las palanganas allí dispuestas. El sol comenzaba a calentar la ciudad pero él se sentía fresco y despejado. El agua en la cara lo reavivó mucho más. Repitió la maniobra tres o cuatro veces más. Entonces, mientras se secaba el rostro con un paño, se preguntó para sus adentros si aquella fuerza que le guiaba en la consecución de sus obras no sería también la de María. «Los dos son. Sólo así puedo entender cuán grande es el poder de Dios».

✝

—Así que te gustaría entrar a trabajar con Juan de Mesa como aprendiz.

Las palabras de Juan Martínez Montañés resonaron en toda la estancia. Era temprano. Esparcidos por el suelo, varios baúles esperaban ser trasladados a un carro que se encontraba apostado en la calle, frente a la puerta principal de la casa. Martínez Montañés marchaba hacia Madrid. Estaba previsto que comenzara un importante trabajo para el Rey, que había dispuesto todo para que el maestro tuviese todo lo necesario para realizar su obra. Un emisario, la semana anterior, trajo el recado y el alcalaíno se disponía a abandonar Sevilla por espacio, aproximadamente, de un mes. Supervisaba los últimos detalles de su equipaje cuando había entrado en el despacho Francisco de Asís Gamazo, quien de manera directa, como ya decidiese en la taberna la noche del sábado, le planteó la posibilidad de trabajar con Juan de Mesa y Velasco.

—Así es, señor. Creo que al maestro le vendría muy bien una ayuda. Si vuestra merced me lo permite, aquí hay muchos aprendices, todos muy buenos. Y yo sólo soy un simple muchacho que no ha sido llamado por los caminos del arte, muy a mi pesar. Pero en cambio estoy convencido de que puedo ser de gran utilidad a maese Juan de Mesa.

Seguía Martínez Montañés comprobando que todo estaba en orden y que no olvidaba nada de lo que quería llevarse en este viaje. Aquel emisario se llevó consigo una carta en la que aceptaba la propuesta del Rey y en la misma detallaba las cuadrillas de hombres que le harían falta para acometer su trabajo, así como el material necesario. Madera de primera calidad, las más nuevas herramientas y todo el espacio disponible. No quería dejar nada a la improvisación y el Rey era persona que gustaba complacer al maestro. Varios trabajos ya realizados fueron tan de su gusto que obsequió al escultor con espléndidas dádivas.

—Creo que te he tratado como a un hijo —dijo Martínez Montañés al chaval sin dejar de mirar los bultos—. Y he visto en tu comportamiento aspectos muy buenos. Te honra lo que me dices de Juan de Mesa y Velasco. Sin duda alguna, se trata de mi discípulo más aventajado. No soy persona de excesivas alabanzas para con los demás. Mi carácter lo conocen en toda Sevilla y en la capital del reino. Puede que peque de prepotente y que en muchas ocasiones avasalle a las personas. Soy así y nadie me va a cambiar a estas alturas de la vida. Pero reconozco que la obra de Juan de Mesa es excepcional. No estaba tan borracho la otra noche cuando hablé de mi discípulo. Sabía lo que decía perfectamente. Por eso veo que tu propuesta es buena, sincera y, por qué no decirlo, caritativa para con maese de Mesa. Te voy a decir una cosa: te daré mi permiso y mis bendiciones para que vayas con él. Pero antes deberás acompañarme a Madrid en este viaje. Sabes lo perfeccionista que soy; no me gusta que nada quede para última hora ni encontrarme con sorpresas por la falta de algún material o herramienta. Es verdad que no estás llamado por los vericuetos de la imaginería ni otros caminos de la artesanía. Lo has intentado con denuedo y exprimido al máximo todo lo que se te ponía por delante. Pero no. No eres de los elegidos y no lo serás por muchas horas, días, semanas, meses y años que estuvieses con una gubia en tus manos y un trozo de madera para darle forma. Al final, siempre, quedaría algo de lo que tú no te sentirías satisfecho. Y eso es lo principal.

El chaval había dejado en el suelo uno de los petates que iba a llevar al carromato. Atendía, con los ojos completamente abiertos, a lo que decía el maestro de maestros. No daba crédito a que Juan Martínez Montañés, sí, el propio Juan Martínez Montañés, le dedicase ese tiempo. Hasta ahora estuvo siempre en la sombra, haciendo todo lo que le decían él o los discípulos más aventajados. Iba a por vino, a por comida o fruta si se lo pedían. Limpiaba las herramientas y las engrasaba. Pero nada más. Contemplaba ensimismado el trabajo de los demás. Incluso comprendía que algunos de los aprendices que entraron después que él hubiesen escalado posiciones, superándolo y hasta llegando a realizar sus primeras obras. Sin embargo, el maestro nunca le dijo que estuviese descontento con él. Era una especie de muchacho de confianza al que se le podían encargar aquellas tareas que nadie quería hacer.

Francisco de Asís Gamazo se sentía de esa forma importante. Entraba en las tabernas, en las barberías, y siempre decía lo mismo: «Vengo de parte del maestro don Juan Martínez Montañés». Y entonces parecía que se le abrían las puertas, que le dejaban paso porque era quien representaba, en esos momentos, a uno de los más insignes hombres de Sevilla. Todo lo encomendado lo realizaba con rapidez y eficacia. Corría por las callejuelas, si hacía falta, con tal de dejar zanjado el encargo en el menor tiempo posible. Buscaba donde fuese lo que le habían dicho que trajese hasta el taller; preguntaba en cualquier lugar con tal de no fallar y no equivocarse con la mercancía. Y, lo que era mejor, comenzaba a saber administrar los dineros que el maestro le daba para los encargos. Regateaba en cuanto tenía ocasión y no compraba nunca a la ligera. Sabía al lugar exacto al que tenía que acudir y dónde se encontraba el género de mejor calidad. Es por ello que Juan Martínez Montañés se dio cuenta de que el muchacho tenía desparpajo para este tipo de trabajo, que no era precisamente fácil en una ciudad donde la picaresca abundaba en cualquier establecimiento, y mucho más en la calle. Pero ahí se desenvolvía Francisco de Asís Gamazo con total naturalidad. Sin lugar a dudas, un niño de tantos que tuvieron que buscarse y ganarse la vida desde que tuvo uso de razón. Le buscaba las vueltas a todo y a todos y resolvía con prontitud y buenas maneras lo encomendado.

Nunca le dio un problema al maestro en el tiempo que llevaba a su cargo en el taller. Nunca le falló en un encargo o le dio gato por liebre. «Quiero vino del mejor, muchacho». Y Francisco de Asís Gamazo le traía el mejor de los vinos. «Las herramientas tienen que estar siempre en perfecto estado de trabajo por la mañana, cuando entren todos en el taller». Y si hacía falta, se quedaba solo y limpiaba y engrasaba el tiempo que fuese menester. En más de una ocasión casi le dieron las claras del día ejecutando esta misión. Pero en cuanto uno solo de los aprendices y discípulos cogía la escofina, la lima o la gubia, éstas estaban impecables para comenzar a trabajar.

Una misión dura, difícil. Siempre en la sombra. Pero que a Francisco de Asís Gamazo no le importaba. En no pocas ocasiones había sido objeto de mofas y burlas por parte de los componentes del taller. Sobre todo al principio. Pero él supo encajarlas con paciencia y resignación, pensando tal vez en lo mucho que le quedaba por aprender y ascender. En lo primero se equivocó y en lo segundo, la vida le tenía deparadas muchas más sorpresas de las que podía imaginar. El paso que estaba a punto de dar sería crucial para esto último.

—Así será si vuestra merced lo quiere.

Martínez Montañés dejó lo que estaba realizando y, por vez primera, se situó frente al muchacho. Puso su mano derecha sobre el hombro izquierdo y sonrió.

—Dime, Francisco, ¿crees que Juan de Mesa y Velasco me ha superado?

El mundo se le vino encima. La pregunta, directa y sin ningún tipo de rodeos, dejó noqueado al chaval. Era el mismísimo Juan Martínez Montañés quien le hacía esa pregunta. No un aprendiz cualquiera que debatiese, a la hora del almuerzo, sobre cuestiones estilísticas y profesionales de los grandes maestros.

Tragó saliva y se dio cuenta de que el sudor comenzaba a formársele por la frente. Al fin, se decidió a hablar.

—Vuestra merced es el maestro más grande que estos ojos hayan podido contemplar. Y maese Juan de Mesa y Velasco es su mejor discípulo.

—No me has respondido —volvió a insistir Martínez Montañés.

—Sería una osadía por mi parte comparar al maestro con alguien. Ni estoy capacitado ni soy nadie para emitir una opinión del tipo que vuestra merced me plantea. Mi trabajo es servirle lo mejor y más rápido que pueda. Y creo, sin ánimo de vanagloria, que lo vengo realizando con eficacia. Otra cuestión muy distinta es la de la apreciación profesional. No puedo más que estarle eternamente agradecido por haberme acogido y dado trabajo y comida. Y una cama donde dormir cada noche. Y no contento vuestra merced con eso, incluso ha tenido la deferencia de sentarme a su mesa y de dirigirme la palabra tratándome de igual a igual.

—Buena respuesta para alguien de tu edad. El desparpajo es algo innato en ti. Te voy a echar de menos y espero que cumplas con tu cometido, en el taller de Juan de Mesa, como él se merece y como lo has venido desempeñando aquí. Anda, sigue cargando los bártulos en el carromato. No quiero partir demasiado tarde. Nos queda un duro camino y los peligros, ya sabes, acechan por esos lares.

Francisco de Asís Gamazo, sin decir nada más, continuó recogiendo el equipaje del maestro. El nerviosismo se había apoderado de su ser. Había conseguido lo que anhelaba, trabajar para Juan de Mesa y Velasco. Pero, por encima de todo, esa circunstancia le posibilitaría cuidar de él y, lo que era más importante, salvaguardar la obra de su maestro. Estaba convencido de que sólo él podría llevar a cabo esa misión. «A partir de ahora seré la sombra del maestro Juan de Mesa. Y a él me deberé por y para siempre, para que su legado no caiga en el olvido y aquellos que lo menosprecian no se les vaya de la cabeza que ha sido, es y será, el único hombre en la faz de la Tierra capaz de esculpir a Dios. Y yo, Francisco de Asís Gamazo, soy la persona encargada de divulgar esta circunstancia. Aunque en ello me vaya la vida. Madrid será un buen lugar para comenzar mi cometido. Al fin y al cabo, el maestro Juan Martínez Montañés me acaba de ayudar en mi trabajo. Precisamente él, la persona que más oculta la grandiosidad de las obras de Juan de Mesa y Velasco».

Otorgo y conozco que doy carta de pago y finiquito a Juan Ponce de Mantilla y a Melchor de Mantilla, vecinos desta ciudad, de mil y cien reales que yo hube de haber por la hechura y manufactura y demás costas, de una imagen de Xpo Crucificado que hice para la Cofradía de Montserrat, questa en la iglesia de San Ildefonso desta ciudad...

Extracto de la carta de pago por la imagen del Cristo de la Conversión del Buen Ladrón.

X

—¿Qué te parece la situación?

Lucas y Roberto estaban sentados en el velador de un bar de la zona de la Alameda de Hércules. Era ya mediodía y el sol estaba en todo lo alto. Ambos tomaban de forma distendida una cerveza. La Comisaría se encontraba a pocos metros de ellos. Roberto, serio y con la mirada fija en el vaso de cerveza, le daba vueltas para que se formase algo más de espuma. Ambos se conocían hacía años. Fueron primero motivos profesionales, en una época en la que Lucas, casi recién entrado en el periódico, comenzó a frecuentar los juzgados de Sevilla para obtener información. Era algo que le superaba ya que odiaba lo que se denominaba, muchas veces de manera despectiva, información de tribunales. Sin embargo, tenía que apechugar con ello si quería que le hiciesen fijo en su trabajo.

En aquellas estancias frías y desordenadas, mientras esperaba la entrada o salida de algún testigo o imputado de casos que tuviesen algo de relevancia, entabló amistad con Roberto Losa, por entonces subinspector de Policía pero con una carrera más que prometedora. Se puede decir que durante un tiempo fue su «fuente informativa» para

223

destapar noticias de esta índole. No es que Lucas se sintiese satisfecho con ese tipo de trabajo, pero estaba claro que era la única forma de ganarse la confianza de sus jefes y, así, labrarse un futuro en el Periodismo.

Luego vino el cambio de Sección. Comenzó a trabajar en cuestiones culturales de la ciudad y, finalmente, se metió de lleno en el mundo de las Hermandades y Cofradías de Sevilla. «Tiene más peligro, muchas veces, que estar en una zona de guerra como reportero», solía decir a quienes le recriminaban, en cierta forma, que se dedicase única y exclusivamente a ello, algo por otra parte que tampoco quería Lucas. Pero este mundillo requería la atención plena las veinticuatro horas del día. Lo mismo le llamaban para darle una gran noticia, de importante calado y que trascendía el ámbito meramente cofrade, que le atosigaban con actos, cultos, tómbolas benéficas de las hermandades y dorados de poca monta. Esto último era lo más frecuente y él mismo se sorprendía de la capacidad de insistencia de los cofrades. «A ver si me lo pones destacado, que se vea». Por el contrario, si se le pasaba alguna cosa, caso del nombre del predicador de un quinario, triduo, novena o similar, enseguida estaba la llamada de turno de uno de los miembros de la junta de gobierno. «Me gustaría saber qué es lo que tiene su periódico en contra de nuestra Hermandad». Frase manida, repetida hasta la saciedad por los capillitas más recalcitrantes que poblaban las cofradías sevillanas. Y es que parece que éstos se mueven a golpe de dorado, candelabros de cola, bordados, faldones, techos de palio, canastillas y canastos, mantos de salida y de camarín; tocas de sobremanto y túnicas bordadas o lisas. Un submundo en el que había que tener los pies de plomo y, sobre todo, mucho tacto para no dar un resbalón.

En no pocas ocasiones había tenido que capear el temporal con severidad, habida cuenta de las exigencias de cofrades de tres al cuarto que en cuanto se veían inmersos en una junta de gobierno y con un cargo de medio pelo en el seno de la hermandad, se creían poco menos que los dueños de la ciudad y los valedores de todo lo que se moviese y gestase en la Semana Santa.

En todo caso, Lucas Vega se había ganado una credibilidad extraordinaria a base del rigor informativo y su irremediable convicción de contrastar cualquier noticia que cayese en sus manos. Esa circunstancia hacía que en el mundo de las cofradías estuviese bien visto y fuese considerado por los hermanos mayores. Pero él estaba, en cierto modo, harto de todo aquello. Por eso estaba poniendo especial énfasis en las investigaciones que tenían que ver con todo lo relacionado con Juan de Mesa y Velasco.

—Qué quieres que te diga —respondió Roberto—. Esto es algo que me sobrepasa y, si quieres que te sea sincero, creo que exageras tú y también la profesora. Habláis de conjuras, conspiraciones y cosas así, más propias de novelas de misterio y películas de espías. Y yo no veo nada de eso. Además, me cuesta creer que se haya urdido una trama para cambiar imágenes de Semana Santa. Eso es algo que, dicho de esta forma, causa risa y mofa. Por eso dije antes que esto no debía salir de nosotros tres.

—¿Y no lo vas a contar a tus superiores?

—¿Estás loco, Lucas? Lo que me faltaba a mí es llegar al comisario y decirle que hay una especie de secta pegando cambiazos a diestro y siniestro y que el Gran Poder no es el Gran Poder. «¿Y cómo lo ha adivinado usted, señor Losa?». «Verá, comisario, me ha parecido sospechoso que, al estudiar la talla, en la parte de atrás haya aparecido un cartelito que dice made in Taiwán». ¿Es que quieres que me echen del Cuerpo? Menuda historia. Y encima con esa gente de las cofradías en medio. ¿O es que no te acuerdas ya del por saco que dan? No hay más que ver la que se lía cada vez que sacan a la calle a una imagen. Toda la ciudad cortada y la Policía, por si no tuviese poco que hacer, pendiente de todos esos enchaquetados con su vela en la mano. Lo que me hacía falta a mí es enfrentarme con las cofradías.

—Pero al menos, por tu cuenta...

—Lo siento, Lucas. Lo que me pides es imposible. Has convencido a la profesora porque está hecha de la misma madera que tú. Sólo has tenido que decirle cuatro tonterías y los ojos han comenzado a bailarle y a ponérseles como platos. En cambio, la realidad es muy distinta. ¿Sabes lo que te digo? Dedícate a otras cosas de la ciudad. Estás muy quemado con estos cofrades. Y eres un gran profesional del periodismo. Escribas lo que escribas. No malgastes tu tiempo con bobadas que no conducen a ninguna parte y que sólo van a servir para desprestigiarte. ¿Qué pasaría si llegases a la redacción del periódico con una historia como ésta? ¿Crees que tu jefe le daría crédito? ¿Lo pondría en portada o, por el contrario, te daría una patada en el culo? No, amigo Lucas, esto es muy diferente a como tú te lo imaginas. Hay veces que es imposible obtener una prueba de algo que uno considera importante y trascendental para el devenir de la ciudad. No te engañes más. Sevilla es hermética para muchas cosas e intocable en ciertas cuestiones. Y una de ellas son las cofradías. Mejor dicho, las personas que rigen las cofradías. Y si consigues traspasar ese umbral, luego te queda otro que, desde luego, es mucho peor: la Iglesia. ¿O te habías olvidado de ella? Sevilla se mueve, por mucho que nos pese, a golpe de tambor y sonido de cornetas. En el momento en que se oye una banda por la calle, es que delante va un Cristo o una Virgen. Y la gente acude como loca. Mientras eso siga siendo así, poco o nada tienes que hacer. Y mucho menos yo, un pobre policía que lo a lo único que aspira es a no tener que llevarse hasta las tantas de la madrugada detrás de un paso o delante de él cortando el tráfico. Y si no me crees, haz la prueba cualquier día de fiesta y vente conmigo desde que sale una procesión hasta que entra. Mejor, días antes para comprobar la de reuniones entre altos gerifaltes para tratar de dejar expedito el camino por donde discurrirán estos tíos. Así funciona esto y ni tú ni yo vamos a cambiarlo.

Lucas quedó en silencio. Bebió un trago más hasta apurar la cerveza. En ese momento sonó el móvil del inspector.

—¿Diga? Sí, Ramírez, estoy al lado de la Comisaría. Vale, dile al jefe que ahora voy. Hasta luego —dijo cerrando el móvil—. Chico, lo siento pero me vas a tener que disculpar. No hay nada que me moleste más que el papeleo. Pero tengo que hacerlo. Te dejo.

Se levantó a la par que hacía un gesto con la mano al camarero, indicándole que luego pasaría a pagar.

—Ah, Lucas, olvídate de todas esas tramas. Ya estamos muy mayores para andar por ahí intentando descubrir conspiraciones masónicas. Aunque conociéndote... ¿cómo era aquello que decía uno de tus jefes?

—«No dejes que la realidad te estropee una buena noticia».

—Pues eso, aunque dale la vuelta a la frase. Seguimos en contacto.

∽

La basílica estaba, como siempre, abierta. A esa hora la plaza de San Lorenzo no registraba mucho ajetreo. «Son los viernes cuando esto se pone de bote en bote», recordó Laura mientras se encaminaba a la puerta principal del templo. Pasó al atrio y el contraste del sol con la semioscuridad que reinaba en el interior del edificio hizo que tuviese que forzar la vista. Le había franqueado el paso una mujer que, pequeña caja de cartón en una de sus manos, le daba los buenos días mientras le pedía algo para poder comer.

Todavía en la zona del atrio, Laura miró a su alrededor. Le sorprendía la austeridad circular del edificio y los frescos, sencillos y simples, de las imágenes del via crucis que reflejaban las catorce estaciones de la Pasión y Muerte de Jesucristo. Cuando la Hermandad los encargó a Antonio Agudo, un afamado pintor que, entre su larga trayectoria, contaba con una obra en la que destacaban los retratos que había realizado al Rey de España, don Juan Carlos I, muchas fueron las voces que se alzaron en contra y que señalaban que no era el estilo que casaba con la basílica y, mucho menos con el Gran Poder. Tras esa rápida pasada visual, dirigió la vista hasta el altar mayor. Allí se topó con la imagen, impresionante siempre, de Nuestro Padre Jesús del Gran Poder. «El Señor de Sevilla», se dijo para sí misma mientras avanzaba de manera lenta, como queriendo que ninguno de sus pasos sobresaliese más que el otro. Varias personas, una treintena aproximadamente, se encontraban en los bancos, bien sentados bien de rodillas. Las velas del altar mayor iluminaban al Señor que, con su Cruz a cuestas, llenaba por completo el espacio.

Laura Moreno no podía evitar mirar a la talla como una grandísima obra de arte de valor incalculable en lo económico y artístico. Y aunque era consciente de que todos los que se encontraban allí no contemplaban ese aspecto y sí el devocional, ella también era de la opinión de que en lo artístico se trataba de una obra cumbre del barroco no sólo sevillano sino del mundo entero. «Si este tipo de obras las hubiesen realizado los americanos, ahora estaríamos hablando de una de las maravillas del mundo».

Quedó por unos instantes de pie, en mitad de la hilera de bancos. Era católica pero hacía mucho tiempo que no iba a misa. «Para rezarle a Dios no hacen falta intermediarios», solía decir para buscar una excusa que sus padres reprobaban cada vez que acudían a su casa y salía a colación el tema. «Eres un caso perdido, Laurita», decía su madre. «No sé cómo puedes estar tan cerca de todas las imágenes de Jesucristo y la Virgen María y mostrarte tan escéptica. A mí me daría miedo llevar ese comportamiento». «Deja a la niña, Laura», seguía siempre el padre, «¿no ves que su trabajo lo hace muy bien y que, en cierta medida, está en contacto con Cristo diariamente? Yo creo que alguna indulgencia se habrá ganado con tanto restaurarlos».

Por pura deformación profesional, no contemplaba a las imágenes que caían en sus manos como el reflejo de Cristo o de su Madre, sino como obras de arte irrepetibles que ella tenía la misión de salvaguardar para el disfrute de generaciones venideras. Claro que esa circunstancia hacía, también, que muchas hermandades no se sintiesen a gusto con su forma de pensar. «Yo me debo a mi trabajo, y lo hago con todo el rigor y la profesionalidad a la que estoy acostumbrada, y no suelo plegarme a consideraciones que muchas veces, por los cargos que ocupan algunos, son increíbles».

En señal de respeto al lugar donde se encontraba, se persignó. Avanzó por el centro de la basílica y se dirigió a la puerta lateral que se encontraba a la izquierda del altar mayor. Desde allí se accedía a una escalinata que pasaba justo detrás del camarín de la imagen del Señor. No había cola en aquellos momentos. Subió lentamente hasta situarse justo detrás de la imagen, resguardada por un cristal que tan solo dejaba al aire uno de los talones de la talla, el que besan todos los devotos y fieles, así como la parte trasera de la Cruz. Se detuvo frente a la imagen. Contempló por unos instantes la cabeza del Nazareno y su jorobada espalda. Le impresionaba aquella postura de sufrimiento. Se imaginó muchas veces a Juan de Mesa y Velasco gubiando al Señor del Gran Poder. Lo que daría por poder estudiarlo a fondo, por conocer cada rincón por donde discurrieron las herramientas del cordobés más insigne que había conocido. Estudió a fondo la restauración a la que fue sometida la imagen por los hermanos Joaquín y Raimundo Cruz Solís, afamados profesores que seguían siendo uno de los referentes profesionales para ella. Incluso en alguna ocasión tuvo la suerte de departir con ellos si bien, dado su carácter reservado e introvertido, no pudo sacar muchas cosas en claro y tan sólo los informes elaborados por compañeros del Instituto Andaluz de Patrimonio Histórico sobre el estado del Gran Poder, sirvieron para hacerse una idea de la situación por la que atravesaba la talla.

Adelantó la mano derecha y, suavemente, acarició el talón que se le ofrecía por el hueco de la cristalera. Estaba desgastado de tantos besos y pasadas de manos. «Cuántas súplicas, rezos y rogativas se habrán dicho desde aquí. Y cuántas miradas perdidas en su Corona de Espinas imploraron salud, trabajo, amor... comprendo el dolor de las personas y su esperanza en las imágenes de sus devociones, aunque muchas veces no los comparta. Qué falsos somos la mayoría de las veces. No creemos, no vamos a misa pero cuando tenemos un problema, a estas imágenes recurrimos para que obren el milagro. La hipocresía también está instalada en nuestros corazones y sólo la queremos desterrar cuando nos vemos con el agua al cuello».

Siguió pasando su mano por el talón. De pronto la paró en seco. En medio de aquel desgaste notó una rugosidad fuera de lo normal. Apretó los dedos y la recorrió. Justo en la zona alta. No era excesivamente grande pero sí perfectamente perceptible al tacto. «Qué raro. No es normal que, con el trasiego que tiene este talón y la erosión que se produce de tantas y tantas pasadas, quede aquí una especie de bultito. Además, es una de las partes centrales del talón, con lo cual el desgaste debería ser incluso mayor que en otras». Siguió examinando con detenimiento. «Parece una estría de la madera pero es rara. No sé, no acierto a comprender por qué no ha sufrido el mismo desgaste. ¿Puede que...?», un señor la sacó de sus pensamientos.

—Perdone, señorita, pero los demás también queremos rezar al Señor.

—¿Qué? —dijo cuando se dio cuenta de que detrás de ella se había formado ya una pequeña cola que esperaba pacientemente a que Laura terminase de pasar sus dedos por el talón del Gran Poder—. Perdonen... es que se me ha ido el santo al cielo rezando —acertó a decir.

—No se preocupe. Él todo lo puede. Ya verá cómo se arreglan los problemas que usted tenga.

—Sí, claro, claro. Perdonen, ya sigo hacia delante.

Pasó de largo y bajó por la otra escalera. Recorrió un largo pasillo, en el que se mostraban, en distintas vitrinas y expositores, parte de los enseres de la Hermandad del Gran Poder, y salió de nuevo a la plaza de San Lorenzo. Estaba confundida en aquellos momentos. No acertaba a comprender por qué el talón de la imagen presentaba aquella diminuta protuberancia, algo anormal a todas luces debido a esa erosión a la que era sometido día tras día. «Me parece que eso es deformación profesional», pensó a la par que enfilaba la calle Conde de Barajas para adentrase en las inmediaciones de la Alameda de Hércules buscando el coche.

De pronto se acordó de Lucas. La sonrisa se instaló de nuevo en su rostro y se olvidó del detalle de la rugosidad. Y otra vez acudió a su mente aquella canción que le rondaba cada vez pensaba en él. «Ya está, ya sé cuál es. Confusion, de la Electric Light Orchestra, la ELO, como decíamos en mi época. A ver si ahora me va a salir la vena sentimental. Pies de plomo, Laura, pies de plomo. Que no eres una niña de dieciséis años. Pero, si soy sincera, yo le he visto a él sonreír cuando nos encontramos. Y los dos besos en las mejillas que me ha dado no parecían de puro trámite. Bueno, ya está bien de ñoñerías, vamos a casa que hay que revisar algunos documentos para ver qué esta ocurriendo con las imágenes de Juan de Mesa». Laura se perdió por las callejuelas de la Alameda mientras seguía canturreando aquella canción de finales de los años 70.

El tubo fluorescente parpadeó dos o tres veces hasta quedar completamente encendido. La luz iluminó toda la estancia, circular. Las paredes de mármol le conferían al lugar un aspecto de sala de tanatorio u hospital. Si se hubiese colocado en mitad una camilla con un cadáver se podría decir que se iba a realizar una autopsia. El mármol se encontraba jalonado por lápidas en las que podían leerse nombres. La mayoría con cruces y fechas de nacimiento y muerte. Al fondo de la puerta por la que se llegaba a aquel sitio, justo enfrente, una serie de cajones de madera de gran tamaño se disponían en fila.

Los dos hombres accedieron al lugar por una pequeña escalera que se abría hacia abajo desde la puerta. Uno de ellos la cerró tras de sí. Quedaron en mitad de la habitación. El que había cerrado la puerta encendió un cigarrillo. El otro se volvió y, con rostro compungido, habló.

—¿Aquí se puede fumar? —preguntó indeciso.

—Te lo tengo dicho mil veces. El que mando soy yo y hago lo que me da la gana.

—Lo digo por la temperatura. No me gustaría que la mercancía se deteriorase.

—Joder con el remilgado. Me tienes hasta los cojones. A ver si dejas ya de lamentarte. Parece mentira que estés pendiente de cosas banales y no te concentres en tu trabajo. Te voy a decir una cosa: como se produzca el más mínimo fallo te vas a tener que ir de España y más vale que encuentres el agujero más hondo que exista en la faz de la tierra para que no te halle, porque como lo haga te mato sin contemplación alguna.

Quien había preguntado bajó la cabeza y asintió. Quedó en silencio esperando que el que llevaba la voz cantante y dirigía la situación actuase.

—Bueno, ya está bien de cháchara. ¿Aquí están todas?

—Sí, todas.

—¿Incluso la que falta por sustituir?

—Sí, también. Si no me equivoco, es aquella.

Ambos se acercaron hasta el cajón que había señalado el hombre. Éste, con suavidad, comenzó a quitar la tapa frontal. Le costó trabajo al tener una serie de clavos en cada uno de los extremos, si bien no estaban del todo introducidos en la madera, por lo que no hacía falta ninguna herramienta para abrir el cajón.

—Aquí la tienes. Se ha terminado esta misma mañana. Como verás, no encontrarás diferencia alguna con la original, como ha ocurrido con las otras.

Tiró el cigarrillo al suelo y lo aplastó hasta apagarlo con la suela del zapato derecho. Avanzó unos centímetros hasta casi introducirse en el cajón y tocar el objeto que se encontraba en su interior. Mientras, el otro hombre se agachó y recogió la colilla, guardándosela en uno de los bolsillos de la chaqueta.

—¿Qué haces? —preguntó el otro.

—No querrás que por un cigarrillo nos descubra la policía.

—Qué gilipollas eres, de verdad. ¿Cuántas veces tengo que decirte que aquí no va a entrar nadie? Me parece que te voy a dejar por imposible. En fin, qué le vamos a hacer.

Siguió estudiando el objeto. Lo miró de arriba abajo por espacio de un minuto, aproximadamente.

—Tengo que reconocer que es un trabajo excepcional. Quizá el mejor de todos. Ahora sólo falta ponerle la ropa. ¿Dónde está?

—Allí, en aquella bolsa. De eso me encargo yo. ¿Para cuándo quieres que esté lista?

—Para hoy mismo.

—¿Cuándo se llevará a cabo el cambio?

—Mañana si no surge ningún inconveniente. Entonces habrá acabado todo y ya no habrá nadie que nos pueda parar. Con todas en nuestro poder cumpliremos con la misión encomendada y habremos hecho un gran, inmenso favor al mundo.

—¿Y la chica?

Frunció el ceño a la par que volvía a sacar de uno de los bolsillos una cajetilla de tabaco y encendía un cigarrillo.

—Te he dicho mil veces que no hay ningún problema con ella. Está todo controlado. Y ahora más. Está atada de pies y manos y no puede hacer nada. Ya tiene suficiente información como para no pasar desapercibida.

—Pero eso no nos conviene.

—Vuelves a equivocarte. Es una pena que no tengas las necesarias luces para ahondar algo más allá de lo meramente superficial. Ella es precisamente la que va a hacer que la atención se desvíe y que pasemos inadvertidos. Gracias a esa muchacha vamos a poder culminar con nuestro cometido. Y si no, tiempo al tiempo.

Balbuceó algo el hombre pero quedó callado.

—Y si me apuras, puede que encima salgamos beneficiados de cara a la opinión pública.

—¿Qué es lo que has pensado hacer?

—Paciencia, amigo, paciencia. Todo llega en su momento. Por ahora sólo tenemos que tener paciencia. Dentro de poco la noticia será de dominio público y la ciudad, incrédula, sólo tendrá ojos para una dirección que, precisamente, no es la nuestra. Así que relájate y disfruta del momento. No todos los días tienes ante ti una visión como ésta. Anda, vamos a echar un vistazo a los demás cajones. No quiero que haya ningún tipo de desperfecto que pueda echar por la borda un trabajo tan genialmente estudiado.

—¿Crees que descubriremos algo en ellas?

—Por supuesto que sí. Alguna debe contener lo que buscamos. No pueden haber pasado casi cuatro siglos así como así. Está dentro de una de ellas y sólo es cuestión de buscar con ahínco. Tú estás más que capacitado para encontrarlo sin desvirtuar ninguna de ellas. Ya los has hecho con las réplicas. Y entonces será cuando hayamos cumplido nuestra misión y el nombre de él quede perfectamente restablecido y, lo que es mejor, limpio de toda mancha que, a lo largo de todos estos cientos de años, ha permanecido sobre él. Un estigma que vamos a erradicar. Con nuestro hallazgo le pondremos en el sitio que realmente le corresponde.

—Pero ya lo tiene...

—¡No! ¡No lo suficiente! ¿O es que crees que el juramento es baladí? Ni mucho menos. No hemos llegado hasta aquí para conformarnos con la mitad. Quiero concluir hasta sus últimas consecuencias con la misión que se nos ha encomendado. Y quien se interponga en nuestro camino lo pagará caro. Incluso con la muerte.

Procedieron entonces los dos hombres a desembalar el resto de los cajones. Allí fueron mostrándose a sus ojos todas y cada una de las imágenes originales de Juan de Mesa y Velasco. Un museo inimaginable pero que se hacía realidad merced a un plan milimétricamente montado y que estaba a punto de culminar. Faltaba una. Una sola de esas tallas que el escultor cordobés gubió, por ser cambiada. A partir de ahí todo podría ser distinto. Algo que incluso haría tambalearse la fe de muchos católicos. Y estaba en manos de unos cuantos desalmados que parecían actuar con total impunidad y sin ningún atisbo de sentimientos hacia el resto de las personas. Y lo peor de todo es que todavía quedaban algunas vueltas de tuerca más en una historia que comenzaba en la segunda década del siglo XVII y que se extendía hasta el siglo XXI, en una sociedad plenamente consumista y donde, salvo en lugares muy concretos, caso de Sevilla, la religión había pasado a un segundo plano y parecía ser cosa de rancios y conservadores. Sin embargo, en la tierra de María Santísima aquello era más que un sacrilegio o herejía. Suponía un torpedo en plena línea de flotación de las creencias de los sevillanos.

La bandeja de entrada del correo electrónico anunció en la pantalla que había cinco mensajes nuevos no abiertos. Laura Moreno comenzó a abrirlos, buscando uno en concreto. Era el tercero de ellos. «Aquí está», se dijo para sí. Era el que esperaba. Un documento en PDF mostraba el juramento realizado por Francisco de Asís Gamazo. Se lo había enviado Lucas Vega, tal como le prometió. Era desde el correo de su periódico. «Se ha dado prisa. Al menos, parece que está convencido de que aquí se está fraguando algo importante. Pero lo peor de todo es que estamos solos. No puedo contar ni con mis antiguos compañeros ni, por supuesto, con esa pandilla de golfos que son ya mis ex jefes. Peor para ellos. Además, estoy convencido que el capullo de Enrique Carmona está detrás de todo esto. ¿Y Miguel Ángel del Campo? Lo veo demasiado pusilánime. Pero no lo puedo descartar».

Comenzó a leer detenidamente aquel documento que se le acababa de revelar como algo insólito. Tenía, a efectos artísticos, un altísimo valor. Pero también como hallazgo que podría hacer cambiar la historia de una serie de personas. Sin duda alguna, aquellas palabras debían haber sido escritas en la época de Juan de Mesa. Y salieron de Francisco de Asís Gamazo. Estaba convencida de ello. Ya lo percibió cuando estuvieron en la iglesia de San Martín aunque, como buena y experta investigadora, Laura Moreno mostró sus reservas a Lucas y al policía. «La suficiencia en este tipo de cuestiones no es buena y puede volverse en contra de una».

Siguió leyendo de forma exhaustiva. Cada palabra, cada línea de aquel manuscrito excepcional. «¿Qué pretendía Gamazo con esta especie de testamento? ¿Acaso Juan de

Mesa no era lo suficientemente conocido y respetado? ¿Por qué proteger sus obras con tal ahínco? ¿Qué peligros había y quién o quiénes pretendían enterrar en el olvido su obra y, lo que era peor, profanarla y destruirla? Es verdad que la envidia es algo innato en el ser humano pero llegar hasta ese punto me parece algo inconcebible. ¿Acaso Martínez Montañés estaba dispuesto a soterrar algo tan valioso sólo por el mero hecho de verse superado? Me niego a creerlo». Se detuvo en seco. «Un momento. ¿Y si no hubiese sido escrito este documento por Francisco de Asís Gamazo? ¿Y si quizá fuese otro quien...?

Aquellos pensamientos quedaron súbitamente interrumpidos cuando sonó el timbre de la puerta de su casa. Laura Moreno pareció desconectarse de otra época y volvió a la realidad del momento. Miró el reloj. Habían pasado más de cuatro horas desde que comenzó a estudiar el documento. Ni siquiera se acordó de almorzar. Algo muy típico de ella.

De nuevo el timbre se dejó oír en toda la casa. Apagó el ordenador y bajó las escaleras que daban al coqueto hall de entrada del chalecito. La puerta de entrada estaba flanqueada por sendas cristaleras biseladas que dejaban ver en parte el exterior del jardín. Pudo distinguir, al menos, dos figuras. Se extrañó de que a esa hora alguien pudiese llamar a la puerta. Hizo ademán de ver quiénes eran a través de la mirilla pero desistió. Era demasiado impulsiva como para detenerse en esas cuestiones. Sin embargo, en un acto reflejo, colocó el cerrojo que impedía que la puerta pudiese abrirse completamente. Al fin dio la vuelta al pomo.

—¿Quiénes son?

—¿Laura Moreno?

—Sí, soy yo. ¿Qué desean?

Se trataba de dos hombres de mediana edad. El rostro circunspecto de ambos le sorprendió. El mayor de ellos, de pronto, se echó la mano derecha al bolsillo de la cazadora y sacó una especie de cartera que desplegó ante los ojos de la mujer.

—Subinspector Antonio Lucena, de la Comisaría Centro de Sevilla. Mi compañero es Emilio Rivas, también subinspector.

—¿Qué desean?

—Le rogaría que nos acompañase a Comisaría. Tenemos que hacerle una serie de preguntas.

—Pero, ¿qué pasa?

—No puedo decírselo. Sólo que debe venir con nosotros.

No alcanzaba a comprender qué estaba ocurriendo en aquellos momentos.

—¿Estoy detenida?

—Por el momento no. Ahora está citada para responder a una serie de preguntas —dijo el hombre a la par que le enseñaba una orden.

—Está bien. Esperen un momento. Recojo el bolso y nos marchamos. Una pregunta: ¿se me acusa de algo?

—Creo que sí. Sólo puedo decirle eso. Pero me temo que va a permanecer en Comisaría un buen tiempo.

Que soy convenido e concertado con Francisco de Quintanilla mercader vecino en la collación de san bisente en tal manera que tengo de ser obligado y me obligo de hazer un san antonio de padua de cinco palmos con un niño Jesús encima de un libro todo ello en madera de cedro y una peana para el santo dorado y estofado y acabado en ferfesion...

Extracto del contrato de hechura de una imagen de San Antonio de Padua.

XI

La diligencia se paró justo delante de la puerta del taller. Allí ya esperaban, desde hacía varias horas, tres de los aprendices de Juan Martínez Montañés que, en cuanto los caballos se detuvieron, corrieron a buscar el aparatoso equipaje, mientras un mozo se hacía cargo de los équidos, desenganchándolos y llevándoselos a la cuadra anexa a la casa.

Martínez Montañés descendió tranquilamente, recreándose en cada movimiento. Ya había bajado Francisco de Asís Gamazo, que se puso enseguida a ayudar a sus compañeros de taller. Un grupo de chiquillos correteaba alrededor del carruaje, incluso metiéndose por debajo y provocando la sonrisa de algunas de las personas que pasaban por la calle, que también intentaban descubrir qué era lo que venía en aquellos bultos que traía el escultor.

Los allí congregados sabían de su marcha a la Corte y, por las noticias que se habían ido sucediendo en los días posteriores a su viaje, que fue recibido en audiencia por el Rey Felipe III, quien quería que el jiennense tallase un gran retablo para una iglesia madrileña.

Estos hechos hacían que el barrio entero estuviese pendiente de lo que acontecía en el taller. Sabían que un

encargo de este tipo y envergadura conllevaba, indefectiblemente, trabajo subsidiario para muchos de los hombres
que por allí vivían. En estas cuestiones Martínez Montañés solía ser magnánimo y el beneficio no sólo era para
él, sino que reportaba unas cuantas monedas a gente que
iba a buscar la madera, la acarreaba e incluso, en el transcurso de los trabajos, acompañaba al maestro a la capital.
Él quería gente de total confianza y allí los tenía. Sabía con
quién podía contar y la destreza de cada uno de ellos. Fue
una de las condiciones que le impuso al Monarca. Siempre
lo hacía, convirtiéndose en uno de los pocos que era capaz
de rebatir algo al Rey. Pero éste se encontraba indefenso en
aspectos relacionados con el trabajo del arte, y mucho más
tratándose de un retablo de extraordinarias dimensiones,
por lo que se dejaba asesorar por el propio imaginero.

El rostro de Martínez Montañés, no obstante, no reflejaba demasiada alegría al llegar de nuevo a Sevilla. El
viaje resultó pesado y largo. Hubieron de parar más de la
cuenta e incluso una de las ruedas de la diligencia, de su
propiedad, se partió en dos. «Recuérdame cuando llegue-
mos a Sevilla que busque un nuevo carruaje. Este ya es
demasiado viejo y cualquier día, en cualquier viaje a la
Corte, nos despedimos de este mundo», le dijo en una de
aquellas paradas a Francisco de Asís Gamazo. Éste, como
solía ser habitual, apuntaba todo lo que le decía el maestro,
puesto que a menudo se olvidaba con facilidad de las cosas
y cuando se acordaba de ellas, pasado el tiempo, dirigía sus
iras hacia los aprendices del taller.

Los bártulos comenzaron a ser descargados en el interior
del taller. El propio escultor supervisaba las tareas cuando,
justo en la puerta de entrada, casi sin querer traspasar el
umbral, distinguió a un hombre.

Fijó la vista y al momento lo reconoció.

—¡Juan de Mesa! ¡Qué alegría verte por aquí! ¿Cómo te has enterado de mi llegada?

—Vive Dios, maestro, que en esta ciudad se está pendiente de todo cuanto realiza vuestra merced y, como no podía ser de otra forma, su llegada a Sevilla se sabía al menos desde ayer por la tarde, por lo que ya incluso esta mañana pasé por aquí por si hubiese recalado por fin.

—Aquí estoy, pues, recién llegado de la capital del Reino y con un encargo de los que pasan a la posteridad. Pero no nos quedemos aquí fuera. La gente gusta de husmear todo cuanto viene de Madrid, por lo que es mejor que vayamos a mi despacho y así comentamos las últimas noticias que traigo de nuestro Rey Felipe III. Seguro que quedas complacido cuando las escuches, amigo Juan.

—Nada mejor me apetecería, maestro. Yo también tengo noticias para vuestra merced. Y muy buenas.

Ambos accedieron al interior del edificio mientras los aprendices seguían descargando el equipaje y el grupo de curiosos aumentaba en los aledaños a la casa—taller. Francisco de Asís Gamazo ayudaba a sus compañeros a la par que supervisaba los bultos para que nada faltase y, sobre todo, pudiese estropearse en ese trasiego de idas y venidas a la diligencia.

Juan Martínez Montañés y Juan de Mesa llegaron al despacho del primero. Éste se acercó hasta el aparador que había en la estancia y sacó una jarra de vino que le tenían preparada. Buscó dos vasos y ofreció uno a Juan de Mesa. Lo aceptó mientras el maestro le servía. Bebieron en silencio hasta que Martínez Montañés habló.

—¡Que delicia poder estar aquí y saborear un vino como éste! Es verdad que en la Corte hay muy buenos caldos, pero si soy sincero, el que tenemos aquí es mucho mejor. Y luego esos remilgados de pompa y fuste que se las dan de nobles y son todos una partida de hambrientos que sólo saben babear cuando el Rey les dirige, de pasada, una pequeña mirada. Por desgracia, amigo Juan, tendré que pasar gran parte de tiempo en Madrid. El Rey ha dispuesto la realización de un grandioso retablo que me ha encargado. No he podido negarme pero, si te digo la verdad, no me apetece para nada.

—No diga eso vuestra merced —terció Juan de Mesa—. Nuestro Monarca sabe perfectamente que es el mejor para llevar a cabo tan importante tarea. No hay en todo el Reino nadie mejor que vuestra merced. Me siento honrado de ser discípulo suyo.

—Pero a cambio debo permanecer lejos de mi taller, de mi gente y de mis aprendices. Por cierto, ahora que hablamos de ellos... quiero que me des tu opinión, sabia como siempre. Francisco de Asís Gamazo quiere entrar a trabajar en tu taller. Está claro que el muchacho no ha sido llamado por la senda de la imaginería, pero pone empeño, mucho empeño. Y al menos, como ayudante para los menesteres de limpieza, transporte y encargos se desenvuelve con suma facilidad. Le he dado mi bendición. Pero quiero saber si tú estás dispuesto a tenerlo a tus órdenes.

—Será lo que vuestra merced disponga. No seré yo quien ose negarme a sus deseos, maestro.

—Tú eres escultor que ya camina solo. Tu fama ha traspasado las murallas de la ciudad e incluso en Madrid me han preguntado por tus obras. La habitación que tienes alquilada se te quedará pequeña dentro de poco. Sí, ya sé que me vas a decir que tu intención es seguir trabajando en mi taller. Pero alguien como tú debe ya establecerse por cuenta propia, desarrollar su labor y su personalidad. A mi lado siempre vas a tener una influencia que, a lo peor, no te beneficia.

—No diga esas cosas. A su lado es como voy a seguir aprendiendo. Todo lo que sé se lo debo y no puedo por menos que estarle eternamente agradecido.

—Te honra, Juan, te honra lo que dices, pero quiero que vueles solo, que explotes y desarrolles todo lo que llevas dentro. Si no hay inconveniente alguno, desde mañana mismo Francisco de Asís Gamazo estará a tus órdenes. Apriétale con el jornal, que estos chavalillos se las saben todas. Pero no le ahogues, que entonces será peor. Tira de la cuerda y cuando veas que se asfixia, sueltas un poco. Así no tendrás problemas.

—No soy persona que guste discutir en cuestión de dineros. Creo que todo el que trabaja tiene derecho a percibir lo que le corresponde en consonancia con lo que realiza. Mantendré el mismo sueldo al muchacho que vuestra merced le paga hasta ahora. Creo que así soy justo.

—Claro que sí. Tomemos un poco más de vino, que vengo seco del largo viaje. Y háblame de tu última obra. Ya debe estar concluida.

—Así es, maestro. Sólo queda la aprobación final de los señores de la Cofradía del Traspaso. Cuando lo den, podrán llevársela.

—¿Y por qué no lo han hecho ya?

—He esperado a que regresase vuestra merced del viaje a la capital de Reino. Antes quiero su aprobación.

—Está bien. Así se hará. Mañana iré a tu taller. La veré y, como espero, daré ese visto bueno. Vendrá conmigo Francisco de Asís Gamazo, que a partir de ese momento quedará a tus órdenes.

Las últimas palabras ponían el punto y final a aquella conversación. El tono de voz de Juan Martínez Montañés era siempre el mismo cuando quería que concluyese un diálogo. Juan de Mesa depositó en la mesa la copa de vino.

—Si el maestro da su permiso, me retiro a mi taller. Quiero dejar todo preparado para mañana.

—Está bien. Marcha y disponlo todo. Ah, no te he preguntado por María.

—Gracias a Dios se encuentra muy bien. Ahora ya puedo dedicarle más tiempo.

—Eso está bien. ¿Y tu salud cómo se desenvuelve?

—Llevo varios días en los que la tos ha desaparecido. María me dice que deben observarme, pero quiero esperar a entregar la talla del Nazareno para dedicarme a ello.

—Sea como dices entonces. Ve con Dios, amigo Juan. Mañana estaré en tu taller.

—Muchas gracias, maestro.

Bajó las escaleras y se dirigió a la puerta de la casa. La diligencia ya había sido retirada y los aprendices continuaban con su labor en el taller. Buscó con la vista a Francisco de Asís Gamazo pero no lo encontró. «Mucho ahínco ha puesto el muchacho para entrar a mis órdenes. Debo comunicárselo a María. Seguro que le da mucha alegría. Cuántas veces me habrá dicho que necesito ayuda, sobre todo para tener decente la habitación de trabajo. Otro taller, un espacio más grande quiere el maestro que tenga para poder trabajar mejor. No sé, debería estudiarlo. Quizá tenga razón. Y ahora andamos mejor de dinero. Bueno, será lo que el Sumo Hacedor quiera».

✝

«Sepan cuantos esta carta vieren, cómo yo, Juan de Mesa, escultor, vecino de esta ciudad de Sevilla en la collación de San Martín, otorgo y conozco que he recibido y recibí de la Cofradía de Nuestra Señora del Traspaso, que está sita en el monasterio y convento de Nuestra Señora del Valle, y de

Pedro Salcedo, mayordomo de dicha Cofradías, por mano de Alonso de Castro, alcalde de esta Corporación, dos mil reales de a treinta y cuatro maravedíes, cada uno, que yo hube de haber por la hechura de un Cristo con la Cruz a cuestas y de un San Juan Evangelista, que hice de madera de cedro y pino de Segura, de estatura el dicho Cristo de diez cuartas y media, poco más de alto, y el San Juan, dos varas y sesma para la dicha Cofradía del Traspaso, este presente año de 1620, los cuales dichos dos mil reales, he recibido del susodicho Alonso de Castro que de la dicha Cofradía y de su mayordomo en diferentes veces y partidas de que me doy por contexto y pagado a toda voluntad, sobre que renuncie la pecunia y prueba de la paga y de ella le doy esta carta de pago».

Juan de Mesa leía una y otra vez el documento que servía, a la par, de contrato de la obra del Nazareno y del San Juan Evangelista. Era mediada la tarde y el sol ya casi se había puesto. El cordobés, sentado en uno de los bancos de su improvisado taller, parecía estar tranquilo. En uno de los laterales de la estancia permanecía la talla del San Juan al descubierto. Estaba completamente terminada. En cambio, la del Señor aparecía cubierta por la andrajosa sábana que tantas veces había puesto encima para que no fuese observada por nadie. La tenía justo enfrente. Una vez concluyó la lectura, por enésima vez, del documento, alzó la vista y se topó con el bulto. Lo miró fijamente por espacio de un par de minutos, como si su mente estuviese en otro lugar. La estancia aparecía ordenada. Las labores de su amada María fueron fundamentales para que su taller luciera, cuando menos, presentable. Quería agradar al maestro y como sabía que no despreciaría su invitación para que contemplase la imagen del Nazareno una vez terminada, pidió ayuda a su esposa.

Ambos estuvieron toda la mañana adecentando la habitación. Ella abrió de par en par las ventanas y dejó que entrase el aire fresco de esas horas del día. «Luego no es lo mismo, Juan. A primera hora de la mañana es cuando el aire resulta mucho más beneficioso. Tanto para los objetos como para los humanos. Te convendría respirarlo profundamente cada día. Sólo así mejorarías de tus males».

Las virutas del serrín parecían bailar una extraordinaria danza por todo el espacio de la habitación cuando la escoba era arrastrada una y otra vez. María apiló trapos y sábanas y los lavó. «Mañana a primera hora estarán secos y, lo que es mejor, limpios». Mientras, él ordenaba los instrumentos de su trabajo. No solía ser demasiado meticuloso con ello, pero la presencia de su esposa hizo que se esmerase para que quedase a su gusto. Comprendía que quisiera que todo estuviese acorde con la visita del maestro. Ella no estaría allí pero se iría mucho más tranquila sabiendo que se había dejado todo dispuesto de una manera adecuada. Por eso se sintió mucho más aliviado cuando ella comenzó, con mucho cuidado, a baldear el suelo. Se asentó el polvo y en los ventanales pareció instalarse una colonia de insectos. Luego, con parsimonia y paciencia, volvió a barrer todo el perímetro. El taller comenzaba a mostrarse mucho más diáfano, despejado, limpio.

Se sentía reconfortado Juan de Mesa. María sólo hablaba lo justo. Siempre eran consejos. Él los acataba sin decir nada, afanándose por contentarla en los quehaceres de limpieza. Al cabo de un rato de silencio, fue el imaginero quien se dirigió a su esposa.

—María, creo que ya está todo decente, más o menos. Voy a pasar por casa para refrescarme, quitarme la suciedad acumulada y así recibir al maestro como se merece.

Está al llegar, por las noticias que me dieron ayer, y no me gustaría que no me encontrase a su vuelta.

—Sea como dices, Juan. Iremos los dos a casa y ya me quedo allí. ¿Vendrás a almorzar?

—No lo sé. Quiero hablar con el maestro y luego, de nuevo, pasarme por aquí. Sabes que me gusta contemplar en soledad mis obras. Incluso, en un último momento, profundizar en alguna parte de su anatomía que me deje satisfecho con lo realizado. Sí te prometo que esta noche dormiré en casa.

Como siempre, María no levantaba la vista de lo que estaba haciendo, aunque él sabía que le escuchaba con suma atención.

—Debes hacerlo, sobre todo porque mañana, cuando vuelvas aquí a primera hora, habrás de traerte trapos y sábanas ya secos y limpios. Y venir vestido acorde con la visita que tendrás.

Recordaba aquella faena cuando, de repente, volvió a la realidad. Allí estaba, delante del documento de pago y enfrente de la imagen del Señor. Se levantó del taburete, rodeó la pequeña mesa y se colocó a la altura de la talla. «Me llevaré esta noche la sábana. Mañana tendré aquí las demás completamente limpias y perfumadas».

Desvió la vista hacia la ventana y pudo vislumbrar algunas luces a lo lejos. Ya había anochecido por completo pero todavía el ajetreo de la calle se dejaba sentir. El frío entraba y un pequeño escalofrío le recorrió el cuerpo. Fue hacia la que se encontraba abierta y la cerró. Un golpe de tos, de repente, rompió el silencio que se apoderó de la estancia. Cerró con fuerza los ojos a la par que se agarraba con ambas manos las entrañas del estómago. Un segundo golpe pareció ser el definitivo. Se apoyó en el quicio de la ventana, arqueado, y respiró hondo. «Dios mío, ahora no.

Déjame un poco más. Ya estoy terminando. Ya estoy a punto de concluirte. Ella no se merece esto».

Tras unos minutos de desazón, la normalidad volvió a su ser. Se sintió mucho mejor, más aliviado. Buscó agua en la jarra que le había dejado María. Bebió con tranquilidad. Ya repuesto, desanduvo sobre sus pasos y se colocó, de nuevo, frente a la imagen del Nazareno. De manera parsimoniosa tiró de la sábana. Y de pronto apareció Dios hecho hombre. Jesucristo en toda su plenitud, camino del Calvario, pidiendo al Padre perdón para todos los que le vejaban.

Lo observó detenidamente. Recorrió toda su faz, cada recoveco. Se sabía de memoria cada muesca; recordaba a la perfección cómo la gubia había entrado en la madera y, hundiéndola con ternura, suavemente, fue creando a aquella imagen que ahora se le presentaba rotunda. «Tengo miedo, Señor. Miedo de no estar a tu altura, de no ser digno de tu Misericordia. Y también tengo miedo de que María se quede sola. ¿Por qué no me das una muestra de tu magnanimidad? Aquí me tienes, ante Ti, desnuda el alma, presto a cumplir tus deseos, tus órdenes. Dispuesto a lo que Tú quieras. Sólo soy un pobre pecador que, con sus manos, intenta alabarte, servirte. No soy digno de que entres en mi casa, pero una palabra Tuya bastará para sanarme. A tus plantas quedo postrado, rendido. ¿Eres el Rey de los Judíos en verdad? ¿Eres el Redentor, el que se encuentra a la derecha del Padre? ¿Eres el Poder de Dios, su Hijo, el que vino a este mundo para morir por todos nosotros y redimirnos? Si es así, muéstrame el camino. Yo tomaré la Cruz y te seguiré. Quiero ser parte Tuya, estar contigo cuando llegue la Hora final, el día del Juicio. Pero para eso debes guiarme, alentarme para no desviarme. Mírame bien. ¿Qué es lo que soy ante tus ojos? Un siervo del Señor, un pecador que sólo aspira a ser digno de tu Misericordia.

No me abandones ahora, Señor. No abandones a María, Señor Todopoderoso».

Tomó la gubia y la acercó a la Corona de Espinas. Empujó con lentitud hasta que una pequeña lasca saltó. Perfiló una de las espinas, la que atravesaba la ceja izquierda. «¡Cuánto padeciste por todos nosotros, Señor! ¡Cuánto mal te hizo el hombre! Tú, en cambio, nos perdonaste. Y yo no sé si seré capaz de estar a Tu altura. En verdad, por mucho que me esfuerce, nunca estarás acabado. Porque nadie en el mundo podrá gubiar toda tu grandeza, esplendor y plasmar en la madera tu Poder, el Poder del Señor, el Poder de Dios».

La noche ya se había instalado sobre la collación de San Martín. Juan de Mesa y Velasco volvió a hundir la gubia en la Corona de Espinas mientras por su mejilla resbalaba una lágrima.

✝

Sobre el pequeño camastro se disponía un hatillo en el que iba depositando, cuidadosamente, la ropa de que disponía. No era mucha y casi toda de trabajo. La que llevaba en esos momentos puesta y otra muda más completaban su vestuario. Poca cosa pero suficiente para desenvolverse en el día a día. Un jubón, bastante usado pero en buenas condiciones todavía, se extendía en la silla de la habitación. Ésta era una diminuta buhardilla que se encontraba en un caserón cercano a la casa–taller de Juan Martínez Montañés. El maestro se la procuró cuando prácticamente le hizo su muchacho de confianza. Pocos metros cuadrados pero los justos para poder dormir, asearse y, cuando descansaba, tumbarse en aquella especie de cama.

Francisco de Asís Gamazo vivía en aquel cuartucho hacía al menos cuatro meses. Le había tomado cariño porque no era corriente que un chaval de su edad tuviese una habitación para él solo. Por regla general los aprendices y, sobre todo, aquellos que empezaban y se encontraban en un escalafón muy inferior, compartían lugar de descanso. Él, por lo tanto, se podía sentir un afortunado. Y a partir de esos momentos mucho más. Porque su nuevo maestro, Juan de Mesa y Velasco, le iba a proporcionar una habitación en su propia casa, algo impensable pero que decía mucho del escultor cordobés. Tampoco era normal tanta generosidad para con un insignificante aprendiz. Pero no podía disponer de un cuarto alquilado ni tampoco quedarse en el taller, santuario del maestro y en el que sí permanecía, en épocas de inspiración, él. Así que convivir en la casa de Juan de Mesa, sentarse incluso a su mesa o compartir veladas delante del fuego, cuando fuera hacía frío o llovía, suponía todo un honor y, lo que era mejor, escalar posiciones dentro del gremio.

No había cumplido todavía los diecisiete años pero ya sabía que no estaba llamado por el camino de la imaginería. Huérfano desde muy pequeño, de padre desconocido y madre de dudosa reputación que se la llevó la tuberculosis, quedó a recaudo de un tío materno que vivía en un corralón extramuros, pasado el puente de barcas, en la zona conocida como el arrabal trianero. Allí se las ingenió Francisco de Asís para salir adelante, para forjarse en el arte de la picaresca. Los niños de su edad tenían que saber desenvolverse en la calle para luego poder sobrevivir. Y así lo hizo el pequeño Francisco de Asís Gamazo, que se llevó no pocos disgustos con la mujer de su tío, una gallega oronda y propensa a hurtar en los puestos de frutas y verduras y que no dudaba en echar la culpa al chavalín en cuanto se veía sorprendida.

El matrimonio tenía cuatro hijos, todos mayores que él: tres varones y una hembra, que era la que ayudaba a la madre. Si bien su tío lo trataba como a sus hijos, no así ocurría con ella, que lo consideró desde un principio como a un intruso al que incluso tenía que alimentar, vestir y dar cobijo. Por eso, a la más mínima oportunidad y siempre que estaba el marido fuera, trabajando, lo maltrataba tanto física como psicológicamente

El muchacho, despierto como el que más, comprendió enseguida que la situación no le era favorable y que llevaba todas las de perder. Por eso se esforzó sobremanera por asimilar todo cuanto podía reportarle seguridad y confianza para subsistir. Aprendió leer, algo que no estaba al alcance de muchos de los niños de aquella época, y cuando su tío se lo permitía acudía a la fragua en la que trabajaba. Consiguió saber hacer herraduras con tan sólo diez años y demostró destreza en el manejo de las forjas, si bien su corta estatura en aquellos momentos y su poca fuerza le impedían sacar mayor partido de su entusiasmo.

Tres años después, cuando ya sobrepasaba los trece, acompañó una tarde a su tío a una casa–taller. Estaba situada en la collación de la Magdalena, donde él había nacido. Tenían que entregar unas herramientas a un famoso escultor instalado en aquel edificio. Cuando cruzó el zaguán, siempre detrás de su tío, quedó petrificado al escuchar el sonido que salía de las distintas estancias de la casa. Era muy distinto al de la fragua. Tenía mucha más melodía, cadencia, ritmo, belleza. Empero, el de la fragua era metálico, tosco, brusco. Aquí había musicalidad.

Esperaron en el patio central. A duras penas el niño dejó el enorme zurrón en el suelo, mientras su tío hablaba con uno de los aprendices. Parecían conocerse por el trato que ambos se dispensaban. Francisco de Asís Gamazo, con sumo cuidado, se dirigió hacia una de las habitaciones. Asomó la cabeza y quedó impactado por lo que vio. Allí se encontraban varios hombres con una serie de herramientas desconocidas para él que hundían una y otra vez en un gran trozo de madera rectangular. Estaban dándole forma, haciendo arabescos, conformando hojarascas y ornamentos de tipo vegetal. Se maravilló de aquello y comprendió que era un arte mucho más elegante que el que se hacía en el infernal calor de la fragua. Y de pronto se vio haciendo lo mismo, confiriendo a esa madera su creación, dotándola de vida propia, de alma. De vida.

La voz de su tío, seca, lo sacó de su ensimismamiento.

—¡Francisco de Asís Gamazo! ¿Dónde estás, por ventura?

Corrió a su lado. No dijo nada, tan sólo agachó la cabeza y esperó la reprimenda. Pero no le dio tiempo porque en ese mismo momento apareció un hombre corpulento por las escaleras que daban al patio.

—Vamos a ver que nos traes esta vez —dijo mientras se dirigía al zurrón que abría el aprendiz—. Bien, no está mal. Pero te advierto que le he dicho a tu maestro que no pienso pagar más que lo estipulado. Ni una sola moneda de más.

Tomó entre sus manos una gubia y se la colocó a la altura del ojo derecho, comprobando su rectitud, mientras la sostenía con las dos manos como si de un catalejo se tratara. Estuvo así un buen rato, sin decir palabra alguna. Tanto su tío como el aprendiz permanecieron impertérritos, si mover un solo músculo ni hacer una sola muesca que pudiese desviar la atención de aquel hombre. Francisco de Asís Gamazo contuvo la respiración y aguantó lo que pudo sin provocar cualquier sonido que hiciera que la escena quedase rota.

Pasado un tiempo, el hombre bajó la herramienta con lentitud.

—¡Está bien! —exclamó con voz poderosa—. Es buen trabajo. Dile a tu maestro que quedo convencido y que mañana puede mandar a cobrar lo convenido.

El tío del muchacho pareció relajarse entonces y, haciendo un leve gesto en señal de reverencia y sin decir palabra alguna, comenzó a retroceder por donde había venido, buscando la puerta de salida. Entonces el hombre habló de nuevo.

—¿Quién es este zagal? —preguntó con cierto interés.

—Es mi sobrino, maestro. Francisco de Asís Gamazo. Hijo de mi hermana, la cual falleció siendo muy joven. Mi mujer y yo nos hicimos cargo de él para que no quedase desamparado.

—¿Trabaja contigo?

—Viene de vez en cuando a la fragua, pero todavía es muy pequeño para poder hacerse con las herramientas.

—Estoy seguro que, por lo famélico que está, le vendría mejor un trabajo más liviano, quizá en un taller como el mío —dijo mirándole directamente a las manos—. Tiene dedos delicados más propios para acariciar la madera que para golpear contra un yunque. Si hay algo para lo que sirvo es para adivinar las cualidades de las personas.

Dicho esto soltó una gran carcajada que asustó al muchacho, a la par que su tío asentía con la cabeza mientras seguía retrocediendo y, con gestos, dando las gracias por las palabras que había dirigido a su sobrino.

Palabras que, dos años más tarde, argumentó el chaval cuando se presentó a la puerta de la casa–taller. Hacía tres meses que había fallecido su tío y la vida en el corralón de vecinos, al cargo de su tía, se volvió insostenible. Ya sin el amparo de aquel hombre, la mujer se dedicó a hacerle la vida insoportable, de tal forma que, en cuanto pudo, huyó de allí dispuesto a labrarse una nueva vida. Vagó varios días por la ciudad, mendigando e intentando llegar hasta la casa–taller del maestro escultor. Por fortuna, la mujer de su tío no sólo no mandó buscarle sino que sintió un alivio tremendo al desembarazarse de aquel muchacho que su difunto esposo le había metido en casa.

Al quinto día dio con la casa. Francisco de Asís Gamazo se apostó en la acera de enfrente y esperó hasta que lo vio aparecer. Entonces, haciendo de tripas corazón, cruzó la calle y se plantó delante de él. El hombre, que llegaba con varias personas más, se quedó mirándolo. Alargó la mano hasta uno de sus aprendices, que le dio una moneda. La tomó y se la ofreció al chaval.

—No quiero limosna, señor.

—¿Cómo? —respondió sorprendido—. Entonces, ¿qué haces ahí delante? ¿Por qué no te vas a jugar?

—¿No se acuerda de mí?

Vaciló entonces el hombretón.

—Soy el sobrino del herrero del arrabal, el que le traía a vuestra merced las herramientas. Llegó a decir que tenía manos delicadas para acariciar la madera —dijo mostrándoselas—. A eso vengo, maestro, a que me acoja en su casa y me enseñe el oficio.

Quedó perplejo por lo que acababa de escuchar de la boca de aquel pequeño que tenía pinta de hombrecito.

—Valentía sí que demuestras, muchacho. Vive Dios que con tu edad pocos, por no decir ninguno, se atreverían a cortarme el paso y plantarse delante para soltar lo que tú has dicho. Me acuerdo de ti. ¿Te manda tu tío?

—Mi tío murió hace unos meses. Estoy solo y quiero aprender.

Aquellas palabras convencieron al hombre.

—¿Sabes quién soy yo?

—No, señor. Pero por lo que vi la vez que estuve en esta casa, vuestra merced es un genio de la madera.

La risa de Juan Martínez Montañés se dejó oír en toda la calle. Incluso las personas que le acompañaban también le imitaron y comenzaron a reír. Fueron unos momentos que se le hicieron eternos al chaval, que temió lo peor.

—¿Cómo te llamas?

—Francisco de Asís Gamazo. Para servirle en lo que demande vuestra merced.

—Muy bien —se volvió hacia uno de los hombres—. Que le den algo de comer y de beber, y que esta noche duerma en las cuadras. Mañana, a primera hora, le dais una bata y que Alonso le enseñe a engrasar las herramientas. Será tu primer trabajo, muchacho.

Asintió con la cabeza mientras se daba la vuelta para seguir al aprendiz. Entonces la voz fuerte y rotunda del hombre hizo que se parase en seco.

—¡Espera! Toma, cógela —le dijo alargando la moneda que instantes antes le había ofrecido—. Será tu primer jornal. Te lo has ganado.

Desde aquel día su vida cambió por completo. Y ahora, después de poco más de tres años, iniciaba una nueva andadura de la mano de otro maestro, Juan de Mesa y Velasco, quien le acogía en su casa sin reparo alguno.

Terminó de hacer el petate. Colocó, en último lugar, la bata gris que recibió a la mañana siguiente de ingresar en el taller de Martínez Montañés. La dobló cuidadosamente. Todavía le quedaba algo grande pero le había servido para trabajar. Era uno de sus más preciados tesoros, junto a aquella moneda que le dio el maestro. No la gastó sino que la guardó con esmero. Era su primer jornal y a ella le debía mucho. La sacó de un pequeño trapo donde estaba a buen recaudo. Siempre la llevaba encima. La miró con complacencia. La manoseó y volvió a guardarla.

Acto seguido, dobló con sumo cuidado el hatillo y le hizo un nudo. Luego, lo depositó en el suelo, al lado de la puerta de la estancia, para dirigirse hacia la mesa. Acercó la lámpara que iluminaba el lugar, tomó papel y una pluma, que mojó en un tintero casi vacío. Y comenzó a escribir con una caligrafía digna de un licenciado, de una pulcritud impropia de un muchacho de su edad y condición.

«Yo, Francisco de Asís Gamazo, nacido en Sevilla y bautizado en la iglesia de Santa María Magdalena, vecino de la collación de la Magdalena, aprendiz en el taller del insigne maestro Juan Martínez Montañés y discípulo del también maestro escultor Juan de Mesa y Velasco, me comprometo y conjuro...»

Finalizada la redacción del documento, dejó secar el papel mientras lo leía una y otra vez. Cuando estuvo seco, lo dobló con extremada suavidad. Luego tomó otro papel y comenzó a escribir una serie de nombres, advocaciones de imágenes talladas por Juan de Mesa. Las enumeró por orden cronológico y a su lado puso la fecha de entrega a las Cofradías y el lugar donde recibían culto. Se sabía de memoria los trabajos del maestro cordobés. Tras la última, incluyó otro nombre más. No era obra de su nuevo maestro. Además, se trataba de una imagen anterior a otras de las que había escrito en el papel. Leyó la lista minuciosamente, repasando cada nombre para que no se le quedase ninguno fuera. «Es de recibo. Y cuando pasen los siglos, la justicia prevalecerá y mi señor no quedará en el olvido. Ya me encargaré yo de que no sea así mientras tenga fuerzas para ello».

Tomó, por último, otro papel y, con sumo cuidado, fue copiando en él los nombres que había plasmado en la segunda lista. Misma caligrafía de tal manera que era prácticamente una réplica exacta de la anterior. Repitió la misma operación que antes: dejó secar los papeles y, luego, los dobló. Guardó los tres en el hatillo. Posteriormente, apagó la vela de un soplido. «Hay que descansar. Mañana me espera una nueva vida y no quiero que el maestro me note desfondado. La primera impresión es la que cuenta. Antes de que haya amanecido estaré en el taller de maese Martínez Montañés. Haré mi trabajo, como siempre, y luego lo acompañaré hasta el taller de maese De Mesa y Velasco. No quiero que ni uno ni otro puedan reprocharme nada. Ahora debo pensar la manera de introducir los papeles. Pero es tarde y no estoy despejado. Mañana, con el alba, las ideas me vendrán solas a la mente, sin que tenga que estrujarme los sesos. Más o menos sé lo que puedo hacer pero, estoy tan cansado. No quiero fallar ni defraudar a nadie. Al maestro Martínez Montañés le debo todo lo que soy —el sueño se iba apoderando poco a poco del muchacho— pero no puedo consentir tamaña injusticia con maese De Mesa. Dios, que es misericordioso, sabrá perdonarme el Día del Juicio Final. Al fin y al cabo, todo lo hago a mayor gloria del Sumo Hacedor».

Se echó en el camastro y, a los cinco minutos, se quedó dormido.

Eme obligo de hazer e que hare un Xpo de resure-
sion de madera de zedro de seis quartas de alto
con su peana de pino de un codo de altura en que
hare y comenzare a hazer desde luego y le acabare
y dare acabado en toda perfecion tocante a mi arte
con sus potencias...

Extracto del contrato de hechura de un Cristo Resucitado
para la parroquia de Tocina (Sevilla).

XII

La frialdad de la habitación hacía que se sintiese incómoda. Esa sensación, unida a la austeridad de todo el entorno, tan sólo dos sillas separadas por una mesa alargada de metal, se le clavaba en lo más hondo de sus entrañas. Laura Moreno fijó la vista en el gran espejo que tenía delante, en la pared. «Está claro que esto es como en las películas. Detrás estarán dos o tres policías vigilando mis movimientos. Pues no les voy a dar el gustazo. Quieta, Laura. No hagas nada que pueda delatar que estás nerviosa. La verdad es que lo estoy. No entiendo todavía cómo me han traído hasta aquí. Y aquellos dos agentes no me han querido decir nada en todo el camino. Qué tíos más serios. Aunque vayan vestidos de paisano no pueden disimular que son policías. Vamos, como para ir de incógnito por ahí. Pero, ¿por qué me han detenido? Ellos dicen que no, que sólo se trata de un interrogatorio, pero no me creo nada. No he hecho nada malo y, lo que está más claro, esta mañana ese tal Losa ha estado con nosotros. Seguro que tiene que ver con la inscripción de la iglesia de San Martín. El hombre parecía sorprendido. No creo que esté muy enterado de los hallazgos que Lucas ha hecho y que me ha mostrado. Sin embargo, hay algo que no me cuadra. Lucas sabe todo de mí y en esta ocasión no me ha llamado. El policía es su amigo y sabrá que estoy aquí. Ahora no se ha adelantado a los acontecimientos. ¿Por qué no viene nadie y me explica qué es lo que está pasando? Llevo aquí un buen rato y nadie me ha dicho nada. Ahí estarán, detrás del espejo, vigilándome. Seguro que hay algún capullo que estará pensando cosas obscenas. Todos los hombres son iguales. Y más gente como ésta, que se creen que porque tienen una placa hay que decirles a todo que sí. Pero me da igual. De mí no van a sacar nada en claro porque yo no tengo ni la más remota idea de lo que está pasando. Suficiente tengo ya con haber perdido mi trabajo y que esos imbéciles de jefes que tenía me hayan desprestigiado ante mis compañeros de profesión. Ahora, que se van a enterar cuando todo esto termine. A mí no me achantan esos gilipollas de tres al cuarto que no han visto en su vida una obra de arte y que disfrutan con cualquier tontería de tíos que se llaman a sí mismos artistas y no saben hacer la o con un canuto. Pero bueno, ¿viene alguien o no? Esto ya se pasa de castaño oscuro. Que me digan algo, por favor, que se me va a notar que estoy muy nerviosa».

No había acabado de la última reflexión cuando la puerta lateral se abrió. Entró un hombre de bastante estatura y dejó en la mesa, sin decir ni una sola palabra, dos vasos de plástico y una botella de agua mineral. Cruzó la mirada con la de Laura y tan sólo esbozó una pequeña sonrisa. Ella desvió la vista y la fijó en el vaso que le puso por delante. El hombre sirvió agua, primero en el vaso de ella y luego en el que depositó enfrente, donde se encontraba la otra silla. Colocó el tapón de nuevo y se marchó por donde había venido.

«Qué tío. No ha descompuesto la figura ni un solo momento. Vamos, como para irse de juerga con él. Han escogido al más serio de toda la Comisaría».

De nuevo se abrió la puerta. Entonces reconoció a la persona que entraba. Era el inspector Roberto Losa. Seguía con el mismo pelo engominado que horas antes. Pasó por el lado de Laura y se sentó en la otra silla. Parsimoniosamente, tomó el vaso de agua y bebió. Lo dejó de nuevo en la mesa. Colocó ambas manos al lado del vaso y las entrecruzó entrelazando los dedos. Al fin habló.

—Buenas tardes, señorita Moreno. Perdone la espera pero tenía que resolver antes unos asuntos que no podían esperar.

—No se preocupe. Lo malo de todo es que el sitio no es muy acogedor y no sé por qué estoy aquí.

—Ahora se lo explico. Mis compañeros la han traído porque se han presentado dos denuncias contra usted.

—¿Dos denuncias? ¿De qué se trata? ¿Quiénes son los que me acusan y de qué?

—No se ponga nerviosa que así no facilita las cosas. Ahora mismo mi compañero me traerá los documentos, pero le iré adelantando cosas. Una de ellas ha sido interpuesta por la Hermandad de Los Estudiantes, concretamente por su hermano mayor. Le acusa de allanamiento de propiedad.

—¿Cómo? ¿Está tomándome el pelo? ¡Es la tontería más grande que he escuchado en mucho tiempo!

—Le repito que se tranquilice. Así no vamos a llegar a ninguna parte. Efectivamente, se trata de una denuncia, si me permite la expresión, ridícula. Al menos para mí. Pero me preocupa la segunda.

Laura abrió los ojos y esperó a que el inspector continuase.

—La Consejería de Cultura de la Junta de Andalucía la ha acusado de haber sustraído una imagen procesional y sustituirla por otra.

Quedó petrificada. No podía dar crédito a lo que estaba oyendo en aquellos momentos. ¿Cómo podían acusarla de tamaña fechoría? ¿Acaso no estaba más que contrastada su profesionalidad y buen hacer en todo el tiempo que estuvo trabajando en el Instituto Andaluz de Patrimonio Histórico? Era ella quien había dado la voz de alarma acerca de la falsedad del Cristo de la Conversión del Buen Ladrón que se veneraba en la capilla de Montserrat. Pero nadie le hizo caso. Y para colmo, aquella cuestión hacía que los acontecimientos tomasen un giro inesperado con su despido. Y ahora, ella era la presunta culpable de un cambio. ¿Pero es que nadie se daba cuenta de que no tenía nada que ver con ello?

Tomó aire y, por fin, acertó a decir algo.

—Creo que me está tomando el pelo, inspector. Nadie en su sano juicio se creería lo que me está diciendo. ¿Sustituir una imagen por otra? ¿Pero usted se cree que eso se hace de la noche a la mañana? Es mucho más difícil para un imaginero hacer una copia de una talla que gubiar una de nueva creación. Sólo hay unos pocos profesionales capaces de hacer eso y, créame, siempre se encuentran diferencias con las originales.

—Si quiere que le diga la verdad, no entiendo mucho de arte ni de imágenes. Lo único que sé es que la denuncia existe y que mi deber es intentar esclarecer todo este embrollo. Así que lo único que le pido es que colabore.

—¡Pero si fueron ellos los que me llamaron para que estudiase la talla del Cristo de Montserrat! ¿Cómo pueden acusarme ahora de que lo he sustituido? Es algo demencial.

—La denuncia no pone nada de ese Cristo del que me habla.

—¿Cómo?

Laura se quedó completamente en blanco. En ese momento volvió a abrirse la puerta y entró el agente que anteriormente había dejado los vasos y el agua. Entregó al inspector Losa una carpeta. Éste la abrió parsimoniosamente y comenzó a leer. Sacó del bolsillo superior de la chaqueta unas pequeñas gafas y se las colocó algo caídas. Forzó la vista para leer con mayor nitidez.

—Vera usted, señorita Moreno —dijo sin levantar la vista de los folios que tenía delante—. La denuncia de la Consejería hace referencia a la imagen de la Virgen de las Angustias, obra de Juan de Mesa y que usted, según se especifica aquí, trasladó desde Córdoba hasta las instalaciones del Instituto Andaluz de Patrimonio Histórico.

—Claro que sí. Fue el último encargo que tenía entre manos hasta que me despidieron. Tenía que restaurarla pero, desgraciadamente, no me ha dado tiempo. No creerá que yo he sido capaz de dar el cambiazo.

—Yo no sé nada. Pero la denuncia está interpuesta y debo hacerle una serie de preguntas.

—¡Esto es ridículo! ¡Me niego a formar parte de esta farsa!

—Tiene derecho a que esté presente un abogado en esta sala. Si no puede contratar sus servicios, el Estado le asignará uno de oficio.

—Esto debe ser una broma. Y le advierto que es de muy mal gusto.

—Es lo que puedo decirle, señorita Moreno.

Laura se sintió acorralada. Se le vino a la mente la imagen de la Virgen de las Angustias. Y también la de su jefe Miguel Ángel del Campo. Y la de Enrique Carmona. «Ellos son los que han urdido esta trampa contra mí. Seguro. Y lo peor de todo es que estoy perdida. No puedo hacer nada. ¿Dónde busco yo ahora a un abogado? ¿Y si llamo a Lucas? A lo mejor él me puede sacar de todo este lío. Pero tampoco puedo fiarme de alguien al que acabo de conocer. Estoy perdida y no sé qué hacer».

El inspector Losa se dio cuenta de que la mujer se derrumbaba por momentos. Cambió el tono de voz y la expresión de su rostro.

—Vamos a hacer una cosa. Lo mejor es que venga un abogado de oficio. Les dejaré tiempo para que puedan hablar. Usted le cuenta la situación y luego comenzamos el interro... perdón, quería decir la conversación. Interrogatorio suena muy fuerte. Eso sí, le voy a llevar a otra sala. Allí esperará al abogado. Lo siento pero no puedo hacer otra cosa. Créame que es algo muy incómodo para mí pero tengo que seguir con el procedimiento. Le ruego me acompañe.

Ambos se levantaron de sus asientos. Roberto Losa abrió la puerta y dejó paso a Laura. Cuando se encontraba a su altura, se volvió hacia él.

—¿Su amigo Lucas Vega sabe lo que está ocurriendo?

—No, pero no se preocupe. Seguro que se entera dentro de un momento. Tiene muchos confidentes en esta Comisaría.

—Va a tener carnaza para hincharse a escribir en su periódico.

—Eso es algo que no puedo evitar.

—A lo mejor él sabe más de todo esto...

—Lo siento. Es a usted a quien han puesto la denuncia. Háblelo con el abogado y verá cómo todo se soluciona.

—Sí, estará todo solucionado cuando esté entre rejas.

ॐ

El sonido del teléfono le cogió desprevenido, por lo que dio un pequeño respingo de sorpresa. En la pantalla aparecía la frase «número oculto». Lo descolgó con rapidez para que no siguiese sonando al tiempo que respondía con voz seca.

—Dígame.

—Vamos por buen camino. La chica se encuentra en estos momentos en Comisaría, detenida. De momento nos la hemos quitado de encima.

—¿Cuántas veces te he dicho que no me llames a este número? No podemos arriesgarnos a que tirar todo por la borda. Los teléfonos públicos son un peligro.

—Tienes el móvil desconectado —se oyó al otro lado del auricular.

Cogió el móvil y comprobó que, efectivamente, estaba apagado.

—Bueno, pero que sea la última vez. Si ocurre algo similar, esperas y ya está. ¿Crees que se quedará retenida por mucho tiempo?

—No lo sé, pero espero que el suficiente para que demos el último paso en nuestra misión. Ahora es cuando hay que hacerlo. Con ella fuera de servicio nos será mucho más fácil y no despertaremos sospechas.

—¿Habrá surtido, entonces, efecto la denuncia?

—Por supuesto. Además, el inspector que se ha hecho cargo del asunto es de los que no cejan en su empeño. Va a exprimir al máximo la situación hasta que llegue al fondo del asunto. Y para cuando lo averigüe, si es que lo consigue, ya será tarde para todos y tendremos en nuestro poder lo que tanto ansiamos.

—¿No será peligroso?

—No seas más incrédulo. Ayer pudiste ver con tus propios ojos que la réplica es exacta. Es imposible que alguien se dé cuenta. Ella sí, pero para cuando esté en la calle ya será demasiado tarde.

—Me queda la duda de la otra imagen.

—¿A cuál te refieres?

—A la del Nazareno de La Rambla de Córdoba.

—No hay problema. Es la única que está fuera de todo este entramado. Lo he comprobado y es posible que Juan de Mesa ya hubiese consumado su legado. Además, no habría tiempo de hacer una copia. Ahora es cuando estamos a punto de tener en nuestras manos lo que ha sido buscado desde hace cuatro siglos y que sólo nosotros vamos a poder realizar. Así que, cálmate y mantente firme. No quiero que por un descuido fallemos en el momento culmen.

—¿Cuándo será?

—Mañana por la noche. Ya está todo preparado. Nos veremos en el sitio a medianoche. La operación no nos llevará demasiado tiempo si la hacemos como las anteriores.

—Me preocupa también el lugar donde están guardadas las originales.

—Esa preocupación no tiene ningún fundamento. Ya has visto que no hay problema alguno. Mañana mismo, cuando hagamos el cambio, trasladaremos a las imágenes en un camión y ya entonces será imposible dar con ellas.

Se hizo un momento de silencio en la conversación que ambos hombres mantenían. Quien había recibido la llamada insistió en sus temores.

—Hay que algo que no me cuadra.

—¿Qué?

—La chica es muy inteligente y aunque ahora mismo esté retenida luego seguirá indagando.

—¿Qué quieres decir?

—Que va a ser un problema a pesar de que hayamos terminado nuestra misión...

Ahora parecía que el hombre había tomado las riendas de la situación y pasaba a ser quien daba las órdenes. El otro vaciló por unos instantes y se mostró indeciso, a la espera de algo que no entraba en sus planes.

—¿Y qué propones?

—Nos tenemos que deshacer de ella. Es la única manera de estar seguros de que todo acaba bien. Sabe demasiado y aunque no está al tanto de nuestras operaciones, en cualquier momento las puede descubrir. Así que si la eliminamos antes nos ahorramos dolores de cabeza posteriores.

—¿Y crees que así se zanja la cuestión?

—Es la única forma. Podemos echarle una mano, sin que lo sepa, para que salga de la Comisaría y entonces tendremos el campo expedito para deshacernos de ella. Llama al inspector e indaga sobre la situación de Laura Moreno. Utiliza tus contactos.

—De acuerdo, pero no sé cómo vamos a cargárnosla.

—No te preocupes. En cuanto esté libre, no te despegues de ella. Es más, podría estar mañana por la noche con nosotros.

—¿Estás loco?

—Para nada, amigo, para nada. Quién mejor que ella para que ratifique el excelente trabajo que hemos realizado. Y, si quieres que te sea sincero, creo que es de recibo que una profesional como ella pueda conocer de primera mano este trabajo. No seríamos justos si al condenado no le concedemos un último deseo. Y ella lo agradecerá.

Las carcajadas se dejaron oír al otro lado del receptor hasta que el hombre colgó. Luego, pausadamente, tomó un cigarrillo y lo encendió. Cogió de nuevo el auricular del teléfono y marcó una extensión. Esperó unos segundos mientras daba otra calada al cigarro.

—¿Diga?

—Soy yo. Será mañana a medianoche. Prepárate. No quiero que te retrases.

—De acuerdo. ¿Todo bien?

—Perfecto, todo perfecto. A partir de ese momento no tendrás competencia alguna en tu profesión y ostentarás el título del hombre que esculpió a Dios, con permiso de Juan de Mesa.

La risa que soltó, fuerte y grave, asustó al hombre que había recibido la llamada. Colgó mientras fumaba y seguía riéndose a mandíbula abierta.

No era una celda pero no distaba mucho de ella. Se sentía vejada en su dignidad y, sobre todo, la impotencia había arraigado de manera extraordinaria dentro de su ser. Seguía sin comprender cómo podía encontrarse allí, retenida, sin más información que dos denuncias. Le dieron ganas de golpear las paredes, de gritar con fuerza para proclamar a los cuatro vientos que era inocente, que estaba en medio de una trama que ella misma había descubierto pero de la que parecía ser ahora la principal culpable. «Me han tendido una trampa. Muy burda, pero he picado. Sé lo suficiente, me han informado de lo que han querido y encima delante de la Policía. Sí, eso ha sido. Pero no creo que esté metido en esto Lucas». El gesto volvió a cambiar. «No, él lo que ha hecho es intentar ponerme sobre aviso. Ha sido utilizado para que, a su vez, me utilicen a mí. Hemos sido tontos. Unos pardillos que nos hemos dejado liar sin más y ahora debemos pagar estas consecuencias. Bueno, yo, porque él no está detenido. ¿Qué habrá pasado? ¿Por qué no acude en mi ayuda? ¿Cómo voy a poder explicar esto sin que me consideren culpable? El inspector no parece mala persona pero se guía sólo por las pruebas, por las denuncias. Es serio el tipo y no se va a dejar enternecer ni ablandar. Dios mío, no sé qué es lo que voy a hacer. Me encuentro perdida, fuera de lugar. Pero, ¿quién o quiénes pueden hacer esto? ¿Y con qué fines? Cambiar imágenes de Juan de Mesa por burdas copias. ¿Para qué? ¿Acaso piensan que pueden ser vendidas en el mercado negro, que una persona va a tener en su casa, así como así, al Cristo de la Buena Muerte? ¿O al Señor del Gran Poder? Esto es de locos, de auténticos locos. Y lo peor de todo es que no sé a quién acudir. Estoy realmente sola».

Las cavilaciones de Laura Moreno en aquella estancia con pinta de celda preventiva fueron interrumpidas por una voz suave.

—¿Laura Moreno?

Se levantó del banco en el que se encontraba sentada. Miró hacia la puerta y descubrió a un hombre de unos 50 años, pelo gris y peinado a la raya. Impecablemente vestido, el traje marengo, la camisa blanca y la corbata azul noche le conferían aspecto de abogado que se acentuaba más por el maletín que portaba en su mano derecha. Precisamente lo que era.

—Mi nombre es Fernando Ruiz. Soy su abogado de oficio.

—Tanto gusto —respondió ella—. ¿Vamos a tener que hablar separados por estos barrotes?

—No se preocupe —sonrió en tono amable—. No está cerrada la puerta. Esto no es como en las películas. Permítame —dijo mientras accedía al interior de la estancia—. Por favor, siéntese un momento. Es sólo cuestión de unos segundos.

Depositó sobre sus rodillas el maletín en posición horizontal y lo abrió, sacando de su interior una serie de documentos.

—He leído con detenimiento las dos denuncias presentadas contra usted y, la verdad, me quedo perplejo. Es la primera vez que me encuentro con algo así.

—Pues no empezamos de la mejor de las maneras, ¿no le parece?

—Tranquila, Laura, tranquila. Al ser algo totalmente nuevo, he evacuado una serie de consultas antes de venir a hablar con usted. El caso lo lleva un juez que es amigo mío. No parece difícil que le deje en libertad provisional, aunque me temo que será con cargos y bajo fianza. ¿Tiene usted a alguien a quien pueda recurrir?

Dudó por unos instantes antes de responder.

—Bueno... están mis padres, pero no me gustaría que se enterasen de todo este lío. Puedo llamar a un par de amigos aunque no sé... y también a un periodista que me puede echar una mano en este caso. Por cierto, ¿de qué fianza estamos hablando?

—No lo sé ahora mismo, pero no creo que sea baja sino todo lo contrario.

—¿Tan graves son las denuncias?

—Más que graves, atípicas. Por eso pienso que la cantidad será elevada. ¿Quiere usted hacer la llamada ya?

—Cuanto antes. Pero, ¿cómo sabe que me dejarán en libertad?

—No se preocupe. Como le he dicho, antes de venir me he informado. Espérese aquí. Voy a hablar con el inspector Losa para que le dejen telefonear.

—¿No lleva usted un móvil a mano?

—Lo siento, pero tiene que ser desde un teléfono fijo de la Comisaría. Es el procedimiento. En cuanto me confirmen la fianza y quede depositada, estará usted en la calle.

—Eso espero, señor Ruiz, eso espero.

∽

El sonido en la puerta del despacho evidenció que alguien estaba pidiendo permiso para entrar. Roberto Losa, que estudiaba detenidamente unos documentos situados en la mesa, frunció el ceño al ser interrumpido. La estancia no era muy grande. Tampoco la mesa, que contenía un ordenador antiguo y varias bandejas para depositar papeles. Justo a su espalda, un pequeño tragaluz estaba flanqueado por una bandera de España y otra de Andalucía. En una de las esquinas, junto a varias metopas de reconocimientos y galardones, una fotografía institucional del Rey de España. Justo en la pared de enfrente, otra del presidente de la Junta de Andalucía. El frontal del despacho era de cristaleras, que en aquellos momentos tenían las cortinillas bajadas, por lo que no pudo ver a la persona que llamaba. Puso un poco de orden en la mesa y contestó.

—Adelante.

La puerta se abrió justo hasta la mitad, asomando la cara del abogado.

—¿Me permite, inspector Losa?

—Ah, sí, pase, pase —dijo mientras se levantaba del sillón—. ¿Hay algo nuevo?

—Mi cliente desea hacer una llamada. He hablado con el juez y en breves momentos le comunicará su decisión de dejar a la retenida en libertad bajo fianza.

—Bien, me parece razonable. ¿De cuánto se trata el importe? Usted sabe perfectamente que hasta que no esté depositada la cuantía no podemos poner en libertad a su defendida.

—No se preocupe. Una vez haga la llamada quedará depositada la fianza.

Roberto Losa se volvió hacia la mesa y descolgó el teléfono.

—¿Fernández? Sí, soy el inspector Losa. Traigan a la detenida Laura Moreno a la sala de teléfonos. Va a realizar una llamada permitida. Allí le espero.

—Bien, señor Ruiz, vayamos pues hasta el lugar.

La sala de teléfonos estaba al final de un largo pasillo jalonado por despachos. Las luces de los tubos fluorescentes le daban a la zona aspecto de sala de hospital, con las habitaciones a cada lado. Los dos hombres lo recorrieron en silencio. Roberto Losa había visto a Fernando Ruiz algunas veces tanto en la Comisaría como en los juzgados. «Un abogado raro», pensaba mientras intentaba no descomponer el paso. Llegaron hasta una puerta que estaba cerrada. Fue el inspector quien giró el pomo y con un gesto de pleitesía, dejó que pasase primero el letrado.

Ya en el interior de la sala se encontraba Laura Moreno con un agente de Policía uniformado. A lo largo de una pared se extendían varios teléfonos fijos, separados por unas mamparas para dar mayor intimidad. En medio y hacia atrás, dos filas de sillas de plástico unidas entre sí conformando una especie de bancos.

Se adelantó el abogado hasta quedarse al lado de Laura Moreno.

—Bueno, señorita Moreno, haga la llamada y enseguida estará en la calle.

—Verá, señor Ruiz. Es que no tengo ningún número de la persona a la que quiero llamar.

—Yo se lo doy.

—¿Cómo? ¿Acaso sabe a quién voy a llamar?

—¿No me ha dicho antes que a Lucas Vega, el periodista?

—Sí, claro, pero...

—Está esperando su llamada. No haga más preguntas. Luego se lo explicaré todo.

Le tendió un pequeño papel con un número de teléfono. Lo tomó y marcó. Al cabo de unos instantes descolgaron.

—¿Laura? ¿Eres tú?

—Sí... ¿cómo sabías que te iba a llamar?

—Lo intuí en cuanto me enteré que te habían detenido. Ya está todo solucionado. Fernando Ruiz es amigo mío. Lo he enviado yo a que te saque de ahí.

—¿Pero cómo pueden haberme denunciado?

No acertaba a comprender qué estaba pasando en aquellos momentos y, lo que era peor, no sabía cómo todos aquellos señores sabían más de su situación que ella misma.

—Tranquila, Laura, tranquila. Todo está controlado. En cuanto cuelgues vas a información. La fianza ya está depositada y tan sólo tendrás que firmar, recoger tus pertenencias y salir por la puerta con el abogado.

—¿Así de fácil?

—Así es. Hasta luego.

Colgaron ambos a la vez. Laura se volvió hacia el abogado. Éste asintió con la cabeza y se dirigió a Roberto Losa.

—Inspector, cuando usted quiera, podemos ir a recepción para que mi cliente firme su salida. Si no le importa, tenemos prisa y nos gustaría irnos de aquí cuanto antes.

—No se preocupen —respondió el inspector—. Tampoco a mí me gusta esto demasiado. Si quieren que les diga la verdad, me parece todo un poco absurdo y sin sentido. Pero el procedimiento es el procedimiento y yo me limito a cumplir órdenes.

—Pero usted, como le dije antes, ha estado conmigo hace unas horas en la iglesia de San Martín. Usted ha visto la inscripción en el retablo. No se trata de algo que ha surgido de la nada. ¿Cómo voy yo a estar metida en un embrollo de tal magnitud? Es algo que no me cuadra y cualquiera que esté en su sano juicio se da cuenta de que esto es una auténtica locura. ¿Es que está ciego? Antes me dijo que no sabía nada del Cristo de la Conversión del Buen Ladrón. ¿Acaso no lee usted los periódicos ni ve la televisión? En esa talla ha empezado todo este galimatías que ahora se vuelve contra mí. Usted es Policía y la persona que tiene que investigar. Y está claro que me están utilizando. No sé quién o quiénes ni qué quieren de mí. Lo único que puedo decirle es que se está fraguando algo gordo y que si no se descubre a tiempo puede traer consecuencias nefastas para el patrimonio de esta ciudad. Y no le hablo ya del devocional, sino del artístico.

—Vuelvo a repetirle que sólo cumplo con mi trabajo. Pero no se preocupe. No voy a dejarlo aquí. Todavía queda mucho. No le puedo decir más que tengo a un equipo trabajando en ello. Y, perdone mi ignorancia, pero no tengo mucha idea de obras de arte. Sólo me remito a los hechos. Y éstos son que han interpuesto dos denuncias contra su persona, señorita Moreno, y por lo tanto, mi deber es hacer cumplir la Ley. No tengo nada ni a favor ni en demérito de usted, así que espero que no se tome a mal el hecho de que haya sido conducida hasta la Comisaría. Es sólo una parte de este trabajo. Muchas veces ingrato, pero siempre haciendo cumplir los preceptos de la Ley, que es la que nos rige a todos por igual.

—Le ruego que nos disculpe, inspector —cortó por lo sano el abogado—. Mi cliente ya no tiene por qué responder a ninguna de sus preguntas ni hablar más de la cuenta, ya que han pagado su fianza y, por lo tanto, es una persona libre que responderá cuando sea citada formalmente, y siempre en presencia de su abogado, servidor de usted para más señas y por si lo había olvidado. ¿Nos acompaña a la salida, por favor?

Y si dentro del dicho termino yo no entregare la dicha hechura consiento y tengo por bien que se pueda concertar con otro maestro descoltura que en mi lugar lo cumpla y por todo ello que mas le costare del precio deste concierto y por los doscientos reales que e recibido adelantados se me pueda excutar con solamente el juramento de dicho padre...

Contrato de la hechura del Crucificado de la Misericordias del convento de Santa Isabel de Sevilla.

de...nvenidos! Sobre Rusería... ...una en...
...se comenzaba a trabajar a la hora que él tenía fijada.

XIII

La vida en la casa–taller de Juan Martínez Montañés comenzaba bien temprano, aún sin haber despuntado el sol. Todavía con las escasas luces que alumbraban, mal que bien, las calles y que intentaban servir de disuasión a pícaros, maleantes y gentes de igual calaña, los aprendices se encaminaban a su trabajo. Todo quedaba preparado y dispuesto antes de abandonar el lugar el día anterior: herramientas limpias y engrasadas; la plata y el oro a buen resguardo; la madera ordenada y las figuras, imágenes y retablos que se estuviesen labrando listos para seguir siendo gubiados. El suelo se barría y se esparcía agua para baldear todo y que el ambiente no resultase sofocante. Al día siguiente se seguía trabajando como si no se hubiese parado.

La constancia del maestro era fundamental para que el trabajo saliese adelante en tiempo y forma y nada quedaba al azar. Era algo en lo que ponía más que esmero Martínez Montañés, y eso lo sabían los que allí acudían diariamente. No era persona que madrugase en exceso pero sí lo suficiente como para que, en un momento dado, los cogiese desprevenidos. Solía hacerlo a menudo para comprobar si se comenzaba a trabajar a la hora que él tenía fijada.

Muchas veces, cuando se abrían las puertas, ya estaba en el patio central esperando. Incluso con las herramientas en las manos dando forma a un trozo de madera o dibujando sobre un papel. Era imprevisible en ese aspecto y lo sabían de sobra los que le conocían.

Juan Martínez Montañés no daba muchos detalles de su vida a sus subordinados, aunque éstos conocían las andanzas del maestro pues a menudo frecuentaba tabernas y establecimientos de mala reputación, a pesar de tener mujer e hijos. Pero a la hora del trabajo era implacable y no soportaba que ninguno de sus discípulos no cumpliese con lo establecido. Era la única forma de poder dar cuenta de los muchos encargos que tenía y de que las obras tuviesen la máxima calidad. Ponía todo su empeño en cada una de ellas y todas, absolutamente todas, llevaban su firma y pasaban por sus manos. No quedaba ni una sola que no fuese estudiada con sumo detalle ni que no tuviese modificaciones de última hora, cuando ya parecía concluida.

Es por ello que el trabajo se prolongaba durante todo el día. El ruido que salía de aquel edificio inundaba las calles aledañas. Además, no era el único taller de la collación. Y al estar prácticamente todos muy cercanos, los vecinos habían aprendido a convivir con aquel tintineo constante, machacón, que comenzaba a primeras horas de la mañana y que concluía cuando el sol declinaba.

Aquella mañana no era distinta a las demás. Cuando se abrieron las puertas ya estaba esperando el maestro. «A lo peor no se ha acostado. Dios nos acoja en su seno. Puede ser un día horroroso», pensaron los aprendices cuando, después de dar los buenos días a Martínez Montañés, se dirigieron a sus puestos y comenzaron con la faena.

Empero, el alcalaíno no rezumaba mal genio en esos momentos. Se dio una vuelta por las distintas estancias comprobando que todo estaba en orden y que se procedía a trabajar sobre lo dejado el día anterior. Al cabo de un rato, subió las escaleras y entró en su despacho. Echó un vistazo a los numerosos papeles y documentos que se esparcían por la mesa y luego volvió a salir, apoyando sus manos en la balaustrada y contemplando la zona baja de la casa-taller.

Fue entonces cuando por la puerta principal apareció Francisco de Asís Gamazo. Puntual, tenía la venia de llegar un poco después que los demás aprendices. Él no trabajaba la madera y, por lo tanto, su cometido se limitaba a realizar los encargos del maestro. La mañana se presentaba atareada, puesto que debía de acudir a distintos sitios y luego acompañar a Juan Martínez Montañés al taller de Juan de Mesa. Y allí ya se quedaría.

Francisco de Asís Gamazo cargaba con el pequeño petate que había hecho la noche anterior. Lo depositó en un rincón del patio central. Vestía su bata gris regalada por el maestro. Llevaba el cabello más ordenado que de costumbre y el rostro aparecía despejado, incluso limpio en contraste con otras ocasiones. No era algo que le importase mucho a Martínez Montañés, pero esa mañana el joven aprendiz se había esmerado en aparentar un aspecto más cuidado.

Casi de manera rutinaria subió las escaleras y se paró a unos dos metros de Juan Martínez Montañés.

—Muy buenos días tenga vuestra merced. Me alegra verlo tan pronto por aquí —dijo en tono cordial y a la par servicial.

—Lo mismo te deseo, Francisco —respondió el maestro mientras se volvía y se encaminaba a su despacho—. La mañana se presenta dura, muchacho, así que quiero que cuanto antes te pongas manos a la obra.

El chaval esperó a que entrase y luego él lo siguió. Quedó prácticamente en el umbral de la puerta, como era costumbre.

—Toma estos documentos —le alargó la mano con unos papeles—y llévalos a la Casa de Contratación. Los están esperando desde ayer. Luego quiero que acudas al taller de don Fernando de Zulueta y compruebes si el pedido de madera de cedro que está encargado ha llegado ya. No podemos perder más tiempo. Hay dos retablos que tienen que comenzar a tomar forma y los llevamos retrasados en cuanto a tiempo. Luego soy yo quien no cumple con lo contratado.

Francisco de Asís Gamazo quedó a la espera. Tenía trabajo para buena parte de la mañana, ya que en la Casa de Contratación habría de aguardar tiempo. Y la casa de don Fernando de Zulueta estaba casi a las afueras, con lo que debería echar un buen rato hasta llegar. Pero él esperaba que el maestro continuase hablando y le comentase el momento en que habrían de partir para el taller de Juan de Mesa y Velasco.

—Ah, antes de ir —prosiguió—acércate a la taberna y tráeme vino. Del bueno, ¿me oyes?

—Así lo haré, maestro.

Se dio la vuelta después de ejecutar una pequeña reverencia cuando, de nuevo, habló Martínez Montañés.

—Y date prisa en realizar todos los encargos. No quiero demorar mucho la visita a casa de Juan de Mesa. Ya he visto que traes tu petate y que estás preparado para el cambio que te espera. Creo que vas a ser de gran utilidad al mejor de mis discípulos. Anda, muchacho, corre y no pierdas más el tiempo que se nos hará tarde. Estoy de buen humor y es mejor que continúe así. Queda mucho día por delante y ya aparecerá algún hijo de mala madre para aguármelo.

El aprendiz bajó de tres en tres los escalones que conducían al patio central, cruzándolo con celeridad para alcanzar la puerta de salida de la casa–taller. Giró a la derecha y buscó una calle estrecha. Al final de la misma se encontraba la taberna en la que solía comprar el vino que le gustaba al maestro. En mitad del recorrido se paró en seco. Se echó mano al bolsillo derecho de la bata y sacó los papeles que había escrito la noche anterior. Los leyó con detenimiento. Entonces uno de los dos que contenían los mismos nombres, lo guardó en el izquierdo y los otros dos de nuevo en el derecho. Esbozó una pequeña sonrisa y continuó su camino hacia la taberna. La mañana era fría pero ya la luz del día se había instalado en Sevilla. Miró a su alrededor y se dio cuenta del trasiego que se respiraba por la zona. «A partir de hoy sólo tengo una misión. Y la voy a cumplir, aún después de que el Sumo Hacedor me llame».

✝

La noche no había sido mala para Juan de Mesa. Durmió en casa, con María. Pero se levantó casi de madrugada, sin que ella se diese cuenta. Bajó a la cocina y guardó, en un trozo de trapo, un poco de pan y algo de salazón. «A media mañana me entrará hambre. Estoy ahora mismo bien de salud y cuando lleve unas horas trabajando el estómago empezará a sonarme pidiendo comida. Mejor así».

Salió por la puerta de la casa siendo todavía de noche y se cruzó con varios aprendices de los distintos gremios. La collación de San Martín también albergaba algunos talleres que a esas horas comenzaban a destilar actividad. El cordobés fue con paso rápido. No quería demorar por más tiempo su presencia en el taller. Seguía teniendo en su mente la imagen del Nazareno pero todavía no la veía plasmada, como él quería, en aquel trozo de madera que estaba a punto de concluir, aunque por nada del mundo quería hacerlo. «En cuanto estés terminado, Señor Todopoderoso, te irás de mi lado y ya tan sólo podré rezarte cuando vaya a verte. Pero no serás mío sino de toda Sevilla. Ahora quiero gozar de tu presencia en plenitud. Llámame egoísta si quieres, Señor, pero es lo que siento. En cuanto salgas por la puerta del taller ya serás de todos y yo tan sólo un siervo como otros. Mas si con ello te hago feliz y a tus fieles, me daré por bien pagado». Sus pensamientos sólo estaban puestos en la imagen de aquel Jesucristo camino del Calvario. La tenía incrustada en lo más profundo de su mente y no podía quitársela en ningún momento.

Subió las escaleras de la casa que daban a su cuarto. Abrió la puerta con cierta inquietud. Encendió una vela y dejó el pequeño paquete en el que traía la comida encima de la mesa. Buscó el formón y la gubia. Los tomó con avidez y se dispuso, una vez más, frente a la imagen del Señor. Como siempre, aparecía cubierta por la sábana. Era algo que no podía evitar hacer cada vez que tenía que abandonar aquella estancia que más se le parecía a fortaleza inexpugnable en la que tan sólo él y Jesucristo estaban. Allí dialogaba con Él, le imploraba, rezaba y rogaba. Allí se encontraba con el alma completamente desnuda y vertía en el Nazareno todos sus sentimientos. Pero cada vez que lo volvía a contemplar comprobaba que no estaba del todo concluido. «Siempre te faltará algo, Señor. Será que a ello me aferro para que no salgas por esa puerta en compañía de otros y te pierda».

Descubrió el bulto. La tenue luz iluminó parcialmente a la talla. La contempló desde cierta distancia. Todavía era de noche en la ciudad y Juan de Mesa y Velasco sabía que cuando ese día el sol ya estuviese en lo alto, su compromiso, su misión, habría terminado. Se resistía a moldear algo más de aquel rostro que irradiaba perdón y misericordia a pesar del camino que le esperaba por la calle de la Amargura. Entonces, cerrando los ojos, se trasladó mentalmente a las faldas de aquel monte Calvario y se vio él mismo en medio de una muchedumbre que gritaba y vociferaba insultos. «¿No eres Tú el Rey de los Judíos? ¿Por qué no te libras de este castigo?». Sí, estaba allí, con ellos, junto a ellos, mezclado con todos los que martirizaron hasta la muerte al Hijo de Dios.

Se encontró corriendo por uno de los laterales y vio al Nazareno doblar las piernas y caer. Lo vio tambalearse intentando levantarse, y comprobó que a pesar del peso del madero seguía su camino sin mostrar ni un solo signo de debilidad. Callado, manando sangre por todos sus poros, con la túnica deshilachada, hecha jirones. «¡Cuán grande es tu Poder, Señor! ¡Tu Misericordia es eterna!». Volvió a caer. Se sintió angustiado Juan de Mesa. Quiso llegar hasta Él pero la gente continuaba gritando, agitando las manos e incluso alguien intentó tirarlo por completo al suelo. Y de nuevo lo vio levantarse, agarrar con fe la madera y proseguir. «Una espina le atraviesa la ceja. Y otra la oreja. ¡Dios mío, así te imaginé yo! ¿Por qué estoy aquí contigo, por qué? ¿Acaso me tienes reservado algo que yo desconozco? ¿Es que, por ventura, formo parte de Ti en estos momentos? ¿Y si no soy digno de seguirte? Toma tu cruz y sígueme, dijiste a los tuyos. ¿Es eso lo que quieres de mí?».

Los gritos se elevaban por toda la ciudad mientras Juan de Mesa seguía de cerca los torpes pasos de aquel hombre que había sido juzgado y condenado sólo por el hecho de hablar de paz, de amor al prójimo. ¿Cómo era posible aquello? ¿Poncio Pilato podía estar tan ciego y no darse cuenta de que aquel hombre era en verdad el Hijo de Dios Padre? ¿Es que quizá Roma quería a toda costa desembarazarse de un hombre que molestaba para sus intereses en aquellas tierras conquistadas, que ponía en duda la grandeza del Imperio romano? ¿Pero cómo solo un hombre, con la Palabra, suponía un estorbo para las armas y la grandilocuencia de todas las legiones romanas?».

Volvió a caer una tercera vez. Entonces, Juan de Mesa no pudo resistirlo más y se abrió paso entre una multitud exacerbada en la que la ira se había instalado en sus ojos. Incluso alguien le puso la mano en el pecho, impidiéndole seguir. Se zafó de la opresión de un manotazo y, de pronto, se encontró con Jesús Nazareno arrodillado, caído en el empedrado. Éste se volvió y vio en sus ojos la expresión del perdón y la misericordia. Le sonrió levemente y el cuerpo del cordobés se contrajo por completo. El Nazareno rodeó de nuevo con sus manos el madero e hizo ademán de levantarse. No podía. La extenuación se había apoderado de todo su ser. Lo intentó pero le temblaron las piernas. Vaciló por unos segundos y pareció que volvía a caer, esta vez de manera definitiva. Entonces Juan de Mesa asió con fuerza el madero por el otro extremo y lo levantó con suavidad, aliviando la carga de aquel hombre que, sin decir nada, continuaba camino de su muerte. «¿Por qué me haces esto, Señor? Yo no soy digno de ayudarte. ¿Me estás poniendo, quizá, a prueba? Dime algo que me pueda servir para consolarte. ¿Yo, un pobre hombre, tu cireneo? ¿Es que todos te han abandonado y no tienes a nadie que sea capaz de cargar con el peso de tu Cruz?».

Avanzaron entre el gentío, cada vez mayor cuanto más se acercaban a las faldas de aquel monte. La oscuridad estaba instalada en el cielo y las negras nubes amenazaban con descargar toda su ira. «¿Por qué gritáis? ¿No veis que este hombre está a punto de morir por todos vosotros? ¿Es que no os dais cuenta de que lo que está haciendo es por y para vuestra salvación? Dios Padre lo está poniendo a prueba y Él no ha renegado en ningún momento. En cambio, vosotros estáis ávidos de sangre, de muerte. ¿Qué os ha hecho el Nazareno? ¿Os ha robado, vilipendiado, ultrajado? No, tan sólo ha hablado de amor, de igualdad, de paz, de amor al prójimo y de Dios, de su Padre, del Altísimo. ¿Y por eso lo queréis crucificar? Pasarán los siglos y los hijos de vuestros hijos, y los hijos de los hijos de éstos, comprenderán la grandeza del perdón de un Hombre, el Hijo de Dios, que sólo quiso redimirnos. Y así se lo pagáis, enviándolo a la muerte. Pero no sois vosotros quienes lo matáis. Es la Historia, llena de envidia, rencores, venganzas. Es su Historia, la de Dios hecho Hombre como nosotros. Ésa es la verdadera culpable. Llegará el Día del Juicio Final y entonces nos daremos cuenta de lo que un día hicimos con el Salvador».

Pero nadie escuchaba las palabras de Juan de Mesa. Nadie quería saber el porqué de aquella sinrazón. Todo tenía que quedar consumado a la hora nona. Por mucho que lo intentase nada podría ser cambiado. Entonces, ensimismado en sus pensamientos, Juan de Mesa y Velasco lo comprendió todo. «Así es, Señor, como Tú quieres ser en la Tierra. Tal y como estás aquí, delante mía. Te muestras es todo tu Poder, perdonando a los que te enjuiciaron y mataron, perdonando a todos los hombres, a la Humanidad».

Abrió los ojos y, de nuevo, se encontró en su taller. Había amanecido. Sudaba profusamente y estaba frente a Él, frente a Jesús de Nazaret. «Ya lo he comprendido todo, Señor. He concluido la misión que me encomendaste. Ahora sé que ya eres Tú, que por muchas vueltas que le dé no vas a cambiar, que no te puedo mejorar. Todo lo que intente será en vano porque, en verdad, siempre has sido así, como Tú querías que te mostrase. Ya estoy preparado para tu marcha. Ahora he comprendido que así eres y que no puedo hacer nada más. Es el momento de la partida, de Tu partida. Te agradezco, Dios Todopoderoso, lo que has hecho por mí. Y te doy las gracias por haberme dejado compartir contigo ese camino hacia el Calvario. Si te he podido aliviar en algo, me daré por satisfecho. Y en tu rostro lo veo en estos momentos. Gracias, Señor, por todo lo que me has dado durante este tiempo. Gracias por dejarme compartir tus desvelos, tus angustias y tus penas. Ahora estoy preparado para todo. Sea lo que Tú has dispuesto. Cuando quieras, Jesús del Gran Poder, puedes darte a los demás. Yo ya he cumplido con mi misión».

Bajó los brazos. En su mano derecha seguía el formón. Lo dejó caer al suelo, provocando un sonido metálico que pareció reverberar por la toda la estancia. Miró fijamente la imagen. La recorrió palmo a palmo, tranquilo, sereno. Buscó alguna laguna que pudiese delatarle que aquella obra estaba todavía, a pesar del tiempo dedicado, inconclusa. No la encontró. Después de largo rato, asintió con la cabeza, quizá buscando la complicidad del Nazareno, y ambos convinieron, aún sin decirse palabra alguna, que todo estaba consumado, que ya no debía, no podía hacer nada más. Después de muchas dudas e indecisiones, de no saber cuándo podría decir que había terminado, se dio cuenta en aquel instante de que ése era el momento que tanto había anhelado desde que, por vez primera, hundió la gubia en aquel trozo de madera que aparecía virgen, para que poco a poco fuese tomando la forma de Dios, tal y como la tenía concebida en su mente mucho antes de que pudiese plasmar lo que buscaba. Incluso en las imágenes anteriores al Nazareno. Siempre en su mente aquel rostro, aquellas facciones de sufrimiento y a la par ternura. Una cara que se acercaba al Todopoderoso y que él había buscado denodadamente desde que, de chiquillo, se agazapaba en cualquier rincón de los Hospitales de Sangre en los que entraba. No lo encontró nunca. Pero en ese momento, empero, lo tenía delante. Tanto tiempo detrás de Él y había llegado el momento. «Ahora sí que todo está acabado. Gracias Señor, gracias. Sé que así lo has decidido y no seré yo quien ponga cortapisa alguna. Así es como lo has querido y así será. Por los siglos de los siglos y para las generaciones venideras».

Entonces, Juan de Mesa buscó el catre. Se tendió, desvaneciéndose y quedando desvencijado, abandonado. Y en la comisura de sus labios se dibujó la misma leve sonrisa que le vio al Nazareno cuando, en sueños, estuvo con Él en la calle de la Amargura, camino del Monte Calvario, ayudándole a que el peso del madero no le hiciese caer por una cuarta vez. Y en ese duermevela que no distingue la realidad de lo imaginado, apenas con las claras del día llamando a la ventana de la estancia y sabiéndose realizado por completo, Juan de Mesa y Velasco se sintió feliz y pleno.

✝

No estaba el sol en todo lo alto y Francisco de Asís Gamazo ya había dejado la Casa de Contratación y visitado a don Fernando de Zulueta. Todo lo cumplió como dispuso el maestro Juan Martínez Montañés. Ahora debía volver a la casa–taller y esperar a que el maestro le diese la orden de que lo acompañase al taller de Juan de Mesa y Velasco.

No se le iban de la mente las notas que la noche anterior escribió. Su cabeza sólo pensaba en el momento en el que estuviese a solas con Juan de Mesa. ¿Qué haría entonces?

¿Le revelaría sus planes? ¿Los compartiría con el maestro para que éste diese su visto bueno? ¿Y si, por el contrario, se enfadaba por lo que le proponía? ¿Acaso no era un hombre de fe y siempre confiaba en la buena voluntad de las personas? ¿Por qué preocuparse entonces de lo que ocurriese años después, siglos más tarde? El reconocimiento ya era pleno. Es verdad que siempre a la sombra de Juan Martínez Montañés pero también verdad que su gubia había traspasado las fronteras de la ciudad sevillana, instalándose en la capital del Reino, haciendo sucumbir a los más expertos conocedores del arte de la madera. Y eso era el mejor aval para que, en los años posteriores, se reconociese el talento y la valía profesional y artística de Juan de Mesa y Velasco.

Pero no. Francisco de Asís Gamazo no quedaba convencido con aquellas elucubraciones que iba haciendo mientras se encaminaba a la casa—taller de Martínez Montañés. «Tengo que estar seguro de que su legado permanecerá indeleble al paso de los años; que su fama siga en aumento a tenor de lo realizado en un trozo de madera. Él no puede quedar en el ostracismo más absoluto. Estoy preparado para ayudarlo y, a la par, servirle. Pero es más factible que no le diga nada. Que actúe por mi cuenta a riesgo de ser descubierto. Sólo el Sumo Hacedor sabe que lo que hago es por el bien de todos los hombres y por el del maestro. También por maese Juan Martínez Montañés. No lo juzgues, Señor, por su temperamento y carácter, sino por el bien que te hace en cada una de sus obras. ¿Acaso el Señor de Pasión no es digno reflejo de Omnipresencia? ¿No ves en Él tu rostro reflejado?».

Entonces se paró en seco. En aquel momento supo dónde debía quedar guardada una de las dos notas idénticas. Pero no en esos instantes. «No. Dentro de unos años, cuando se complete el círculo y la misión de Juan de Mesa y Velasco haya concluido en este mundo. Y si acaso, Señor, me llamas antes que a Él, ten por seguro que al menos una de las notas quedará ubicada para que pueda ser descubierta cuando menos se lo esperen los hombres. Y mi juramento también será escrito de tal forma que perdure al paso de los años. Quién sabe si, por ventura, sirve para su cometido. Los que lleven mi sangre, si Tú lo haces posible, serán los que continúen con esta labor para que no se pierda en la memoria de los tiempos el nombre de Juan de Mesa y Velasco. Ahora debo actuar con rapidez para que no se esfume esa posibilidad. El maestro, estoy seguro, me dejará muchos momentos solo en el taller. Ahí es cuando podré dejar constancia escrita de su labor. Sí, ya está decidido. No tiene por qué enterarse. Si lo supiese se opondría radicalmente. No comprendería que se trata de un favor, de un servicio hacia su persona. Por eso no le diré nada. Es mejor así. Que sea lo que Tú dispongas, Señor mío. Tu siervo soy y sabes que lo hago por él, por el maestro».

Dobló una de las esquinas que conducía a la calle donde se encontraba la casa—taller de Juan Martínez Montañés. Seguía abstraído en aquellos pensamientos cuando fue sobrepasado por varios hombres que corrían en su misma dirección. Volvió a la realidad del momento. Se detuvo y fijó la vista en el final de la calle. Pudo distinguir un tumulto en la puerta principal del taller del maestro alcalaíno. Dudó por unos instantes y, enseguida, también corrió hacia allí. «¿Qué pasa? ¿Por qué este revuelo a las puertas del taller? ¿Por qué se agolpa la gente? ¿Una desgracia, tal vez?».

Llegó hasta el lugar jadeando y, sin mediar palabra alguna, intentó abrirse paso entre la muralla humana que tapaba la puerta. Le era prácticamente imposible avanzar. Metió codos intentando apartar a gente y conseguir hacer una especie de pasillo por el que pasar.

—¡Vive Dios que esto es insólito! ¡Déjenme pasar! ¡Soy Francisco de Asís Gamazo, aprendiz en este taller y estoy al servicio de maese Juan Martínez Montañés! ¿Qué ocurre? —gritó de manera desaforada el chaval.

Se volvió uno de los hombres que, casi empinándose en los dedos de sus pies, intentaba con la vista abarcar todo lo posible el interior de la casa—taller.

—¿Pero de dónde vienes, muchacho? —respondió sin apartar la vista del fondo—. ¿No sabes qué es lo que ha pasado?

—¡No! ¡Pero yo trabajo aquí y mi señor me está esperando!

—Pues lo vas a tener que esperar tú a él.

No entendía nada de lo que decía aquel hombre. Hizo un esfuerzo más y, por fin y tras ciertos forcejeos, consiguió plantarse en el zaguán de la casa. Entonces se topó con dos guardias que, alabarda en mano, impedían el paso a la muchedumbre. Se sorprendió de verlos allí. Hizo de tripas corazón y se acercó a uno de ellos.

—Perdone vuestra merced. Trabajo aquí y soy aprendiz del maestro Juan Martínez Montañés. ¿Puedo pasar y saber qué es lo que está ocurriendo?

El guardia lo miró por unos instantes sin dejar la posición en la que se encontraba.

—Lo siento, no puedes pasar, muchacho. Son órdenes —fueron sus únicas palabras para, enseguida, desviar de nuevo la vista y seguir con su cometido.

Francisco de Asís Gamazo se escoró hacia la parte izquierda de la puerta. Se agachó en medio de cuatro hombres que allí se encontraban y con un movimiento ágil más propio de un gato que huye, consiguió acceder al interior de la casa–taller por entre las piernas.

El desconcierto que reinaba era grande. Los empleados iban de un lado a otro presurosos. Algunos llevaban en sus manos las herramientas; otros permanecían quietos en sus puestos de trabajo esperandodo algo o a alguien. Atisbó, en la parte superior de la casa, a otros dos guardias que parecían estar custodiando la puerta de entrada del despacho de Juan Martínez Montañés. Francisco de Asís Gamazo cruzó por el patio central en medio del pequeño caos que se vivía en aquellos momentos. Volvió la vista hacia la puerta principal, percatándose que los dos soldados que antes le había impedido la entrada no se dieron cuenta de su presencia en el interior de la casa. Subió las escaleras con rapidez y agilidad, plantándose delante de los otros dos hombres. Uno de ellos, al verlo venir, se adelantó de manera brusca.

—¿Qué haces aquí, muchacho? ¿No te han dicho que esperes abajo?

—Acabo de llegar —respondió jadeante por el esfuerzo realizado mientras se daba cuenta de que su corazón latía a un ritmo vertiginoso como si se le fuese a salir del pecho—. Me han dicho sus compañeros que podía pasar. Soy el secretario del maestro Martínez Montañés.

—Pues no se puede pasar. Ahora mismo está con el alguacil.

—Pero, ¿qué es lo que está pasando?

El guardia miró a su compañero y sonrió, guiñándole un ojo. Parecieron relajarse un poco.

—¿Y tú dices que eres el secretario de ese hombre? Si así fuese te habrías enterado ya de lo que ocurre —una risa contenida escapó de la garganta del hombre—. Tu maestro ha sido acusado de matar a un hombre anoche en el transcurso de una disputa en una taberna. Veo que más que secretario lo que eres es un picaruelo que se ha colado aquí y quiere conocer los pormenores. Anda, vete de aquí antes de que te pegue una patada en el trasero.

—¿Cómo que ha matado a un hombre? —Francisco de Asís Gamazo no daba crédito a lo que acababa de escuchar de labios de aquel soldado—. ¡Eso es imposible! ¡El maestro es inocente de los cargos de los que le acusáis! ¡Debe tratarse de un error!

—¡Te he dicho que te vayas de aquí, mocoso impertinente!

Alzó la alabarda que portaba en sus manos en señal de amenaza. Francisco de Asís Gamazo retrocedió, cubriéndose el rostro con los brazos. Bajó las escaleras y se dirigió a uno de los grupos de aprendices, que en aquellos momentos formaban un corrillo y parecían comentar la situación.

—¿Es cierto lo que me acaban de decir esos guardias de arriba? ¿El maestro acusado de matar a un hombre? —preguntó a uno de los aprendices, el más joven.

—Eso nos han dicho a nosotros. El alguacil lleva con el maestro un buen rato. No sabemos nada más. Nos tememos la peor de las desgracias.

—¡No puede ser! —exclamó Gamazo—. ¡Se han confundido de persona!

—Creo que hubo varios testigos que vieron al maestro cómo discutía con un hombre en una taberna. Luego salieron a la calle y desenvainaron sus espadas. El resto te lo puedes imaginar.

En esos momentos se hizo el silencio en la casa y todas las miradas, de manera instintiva, se clavaron en la planta superior. Por la puerta del despacho apareció Juan Martínez Montañés seguido de un alguacil con rostro circunspecto. Era un hombre corpulento, que vestía de negro con la capa del mismo color y un sombrero ladeado que le tapaba el ojo derecho. El ruido de los tacones de sus altas botas resonó en toda la estancia.

Nadie se atrevió a decir palabra alguna. Martínez Montañés, con la cabeza alta y la mirada desafiante, comenzó a bajar las escaleras. Al cortejo se habían unido los dos soldados que custodiaban la puerta de su despacho. Pisó cada escalón con paso firme y lento, como recreándose en cada uno de sus movimientos. El tumulto de la puerta de entrada cesó y comenzó a abrirse un pasillo. Nadie quería perderse aquel momento. Los guardias de la entrada principal se volvieron, esperando a la comitiva.

Francisco de Asís Gamazo, que se encontraba en uno de los laterales del patio, fue el único que se atrevió a moverse. Avanzó con cautela y se colocó al lado del maestro. Uno de los guardias fue a interponerse entre ambos pero Martínez Montañés, con un gesto con su mano izquierda, lo paró en seco.

—No se preocupe, alguacil —dijo mirando al muchacho—. Es uno de mis aprendices. Francisco, no te preocupes. Todo se va a aclarar y mi honor quedará restablecido. Tranquilízate. Dentro de poco estaré de nuevo al frente del taller. Ve a ver a Juan de Mesa y dile que quiero que se haga cargo de la situación aquí. Tiene mi bendición para lo que disponga. Sé que lo hará como si fuese yo.

—Lo siento, maese Martínez Montañés —interrumpió el alguacil. No podemos esperar más. Debo conducirle ante las autoridades.

—Así sea. Vamos, pues.

Siguieron andando hacia la puerta principal. Justo enfrente se había apostado un carruaje totalmente cubierto, a excepción de la parte trasera, cuya puerta tenía dos ventanas enrejadas. Era el carromato para el traslado de detenidos y presos que solían ser llevados a los calabozos y a la cárcel. El cochero, también un soldado, mantenía las puertas abiertas. Juan Martínez Montañés subió con parsimonia. Justo antes de entrar completamente, volvió la mirada hacia la puerta del taller y contempló la escena en la que todas aquellas personas, al reclamo de la presencia del alguacil y los soldados, se habían ido congregando. Reconoció en medio de la multitud a Francisco de Asís Gamazo, totalmente compungido. Sonrió a la par que elevaba aún más la cabeza en señal desafiante y se introdujo finalmente. Le siguieron los soldados y el alguacil, a la par que el cochero cerraba ambas puertas, se montaba en el pescante del carruaje y, de forma rutinaria pero experta, tomaba las bridas y espoleaba a los dos caballos, que al momento iniciaron su marcha.

Seguía en silencio la muchedumbre mientras contemplaba cómo se alejaba el carromato hacia la Plaza de San Francisco. No estaba muy lejos de allí. «Voy a seguirlo», pensó en un primer momento Francisco de Asís Gamazo que, al momento y cuando ya había iniciado la marcha, recordó las palabras del imaginero y escultor. «No, debo avisar a maese Juan de Mesa. Sí, es lo que me ha encomendado el maestro. No puedo defraudarlo».

Se dio la vuelta y corrió en dirección a la collación de San Martín, mientras la gente comenzaba a dispersarse y a volver a sus quehaceres. Al mismo tiempo, las puertas del taller se cerraban. En pocos minutos la normalidad había vuelto a la collación de la Magdalena.

Lo primero que el dicho retablo a de ser de la altura y anchura del dicho altar conforme a la dicha trasa y a de ser de madera de borne y de pino de sigura...y a nuestra costa lo pondremos en el dicho altar y tendremos fecho y acabado y puesto para el dia de nuestra señora ques a ocho de septiembre del año que viene de mill y seiscientos y veinte y quatro en toda perfecion conforme a buena obra a vista de buenos oficiales...

Contrato del retablo de San Juan Bautista.
Iglesia de Santas Justa y Rufina, Sevilla.

XIV

Laura Moreno respiró profundamente cuando cruzó el umbral de la puerta de la Comisaría y se vio en la calle, en plena Alameda de Hércules. No pronunció palabra alguna mientras un agente repasaba sus objetos personales, guardados en una bolsa de plástico transparente y procedía a depositarlos en una bandeja metálica.

—Un móvil, un monedero de pequeño tamaño, un reloj de pulsera, un juego de llaves y un mando de puerta de garaje. Es todo lo que trajo usted cuando llegó a la Comisaría —dijo sin levantar la vista de los objetos el policía, mientras le extendía un recibo para que lo firmase—. Si es correcto y está de acuerdo, le ruego que firme aquí.

Tampoco ella miró al agente cuando estampó su firma en el papel. Detrás, a menos de un metro de distancia, estaba el abogado de oficio. No dijo nada desde que salieron por la puerta de la sala de teléfonos. Más al fondo de esa especie de hall, contemplaba la escena el inspector Roberto Losa. Cuando comprobó que tanto el abogado como Laura se encaminaban a la puerta de salida, pulsó el botón del ascensor, para luego introducirse en el habitáculo. Las puertas se cerraron a la par que Laura Moreno y el letrado salían al exterior del edificio.

Volvió a respirar. Anochecía y la plaza comenzaba a despejarse de gente. Le pareció que había estado una eternidad dentro de aquella Comisaría. No alcanzaba a comprender cómo se podía aguantar a la presión que supone ser centro de las miradas de unos hombres, policías, que parecen saber lo que piensas en cada momento y no pierden de vista ninguno de tus movimientos. Estaba en medio de aquellas elucubraciones cuando se volvió hacia el abogado.

—Dígame, señor Ruiz: ¿no cree que se han pasado con las denuncias?

—Lo único que sé es que han sido interpuestas y por lo tanto, la Policía tiene que actuar. Pero no se preocupe, ya está todo arreglado y tan sólo deberá esperar a ser citada por el Juzgado. Está claro que va a tener que pasar por ese trago.

—¿Es usted amigo de Lucas Vega?

—Él ha sido quien me ha enviado para defenderla.

—¿Por qué tanto empeño?

—Eso debería preguntárselo a él. Por cierto, que se pondrá en contacto con usted.

Miró de nuevo a su alrededor. El aire le pareció más limpio que de costumbre y se sintió libre. ¿Qué se le pasaría por la cabeza a un condenado a veinte años cuando saliese por la puerta de la cárcel? ¿Cómo podían aguantar aquellas personas encerradas en un cuarto de pequeñas dimensiones? Ella había estado sólo unas horas y la estancia se le vino encima, ahogándola de manera constante. Le pareció todo surrealista pero, sobre todo, esa sensación de angustia la tenía incrustada en su interior.

Respiró otra vez. Cerró los ojos y echó la cabeza hacia atrás de forma leve, abriendo sobremanera las fosas nasales para que el aire entrase con mayor fuerza.

—No sabe usted lo que se siente al estar una libre.

—Me lo imagino, aunque usted no ha estado detenida, ha sido retenida habida cuenta de las dos denuncias.

—Bueno, si lo ve de esa manera... ahora me va a disculpar pero quiero irme a casa.

—Por supuesto. Le dejo mi tarjeta para que se ponga en contacto conmigo, si lo desea, una vez esté fijada la fecha del juicio.

—¿También se lo ha dicho Lucas Vega?

—Es mi trabajo. Usted es muy libre de solicitar los servicios del abogado que desee. Lo único que le digo es que ya conozco el caso.

—¿Cobra muy caro? —preguntó con cierta ironía.

—Mis honorarios son los establecidos por el Colegio de Abogados de Sevilla —respondió el letrado poniéndose serio al darse cuenta del sarcasmo que contenía la pregunta de Laura Moreno.

—No se lo tome a mal, hombre. Me viene bien un poco de relajación después de la tensión que he tenido ahí dentro. No se preocupe, cuando sepa cuándo es el juicio, le llamaré. Me ha caído usted bien. En fin, le ruego que me disculpe.

—¿Quiere que la lleve a algún sitio?

—Me apetece caminar un poco. Ya luego tomaré un taxi. Encantada de conocerle y muchas gracias por su ayuda —dijo a modo de conclusión de la conversación extendiéndole la mano derecha para estrechar la del abogado—. Hasta luego.

Atravesó la explanada central del bulevar, sorteando algunos veladores del quiosco–bar que se encontraba en medio de la plaza. Volvió de manera disimulada la cabeza para ver qué es lo que hacía el abogado, que se encaminó hacia la calle Trajano, vía que desembocaba en la Plaza del Duque de la Victoria. «Es un tipo extraño, pero al menos me ha salvado los muebles y puedo decir que estoy libre, aunque no sé por cuánto tiempo».

Comenzó a callejear, buscando la plaza de San Martín. Quería, de nuevo, ver de cerca el retablo de Francisco de Asís Gamazo, origen de todo el misterio que se estaba creando en torno a las imágenes de Juan de Mesa. En casa repasó con extremada minuciosidad cada una de las palabras que se reproducían en aquel altar de la iglesia. Seguía sin comprender qué era lo que había llevado a aquel aprendiz de Martínez Montañés y Juan de Mesa a realizar aquella especie de juramento en el que incluso podía terminar con la muerte de personas.

La iglesia de San Martín se encontraba abierta. Apartó la loneta de la puerta y accedió al interior del templo. Se estaba celebrando misa en aquellos momentos y habría unas veinte personas distribuidas en los distintos bancos de la nave central. De manera lenta y con sumo cuidado, se encaminó hacia el retablo de Francisco de Asís Gamazo. Quedó frente a él y se sintió tentada a volver a ver la inscripción. Pero esa maniobra desataría las suspicacias de los feligreses. Recorrió visualmente las calles del retablo y estudió su composición. «Es normalito tirando a vulgar. Desde luego no estaba llamado este hombre a discurrir por los caminos del arte», pensó mientras seguía observando la decoración del altar. «Además, le hace falta una buena restauración. El pan de oro está muy desgastado y hay muchas lagunas y pérdidas de piezas. Vaya tela».

De pronto, sonó su móvil. Lo hizo con fuerza, retumbando en todo el templo. Busco con rapidez en el bolso mientras las personas que se encontraban en la iglesia volvían la cabeza. El sacerdote interrumpió la misa. A duras penas pudo encontrar el teléfono.

—Señorita —dijo el cura—. Estamos celebrando la Eucaristía. Le ruego, si no está usted aquí para escuchar la santa misa, que abandone la iglesia. No es momento para visitas culturales.

Visiblemente avergonzada, sonrojada por la situación, Laura Moreno desanduvo sus pasos y se encaminó de manera acelerada hasta la puerta de salida. Sonreía levemente intentando disimular en medio de aquella situación embarazosa. «Mira que sonarme el teléfono en este momento. Qué vergüenza estoy pasando».

Había descolgado el aparato. Quien llamaba era Miguel Ángel del Campo.

—Pero, ¿qué pasa? ¿Por qué has descolgado y no hablas? —se podía escuchar al otro lado del teléfono.

—Perdona, Miguel Ángel —respondió Laura—. Es que me has cogido en medio de una iglesia. No sabes el apuro que he pasado.

Se repuso. Ya más calmada, fuera, en plena plaza de San Martín, Laura ordenó las ideas. Del momento de turbación pasó al enfado cuando recordó por todo lo que había pasado y su situación de despido en el IAPH. Tenía al otro lado del móvil a su ya ex jefe, que aunque le defendió delante de aquel tribunal, era una de las personas que contribuyó, al menos eso creía ella, a su defenestración profesional.

—No sé cómo tienes cara de llamarme. ¿No sabes que ya no trabajo para ti ni para esa panda de ineptos? Te rogaría que borrases de tu agenda mi número de teléfono. No quiero saber nada del Instituto y mucho menos de las personas que en él trabajáis.

—Perdona, Laura, pero es muy importante lo que tengo que decirte.

—¿Más importante que me hayan echado por culpa de todos vosotros? Anda, no me hagas reír y vete a freír...

No pudo concluir la frase. Miguel Ángel del Campo la interrumpió.

—Corres peligro. Es más, tu vida está pendiente de un hilo.

Quedó petrificada. El tono de voz de su ex jefe había cambiado por completo. Ahora era serio, grave. Estaba diciendo la verdad. No sabía qué responder. Quedó en silencio por unos segundos, esperando quizá que aquello no fuese más que una pesada broma. Las palabras habían paralizado sus pensamientos. «Corres peligro. Es más, tu vida está pendiente de un hilo». Estaba claro que aquel peligro debía provenir de todo lo que acontecía en torno a las imágenes de Juan de Mesa. Pero, ¿por qué su vida estaba en peligro? Era solo una profesora de Bellas Artes que se veía envuelta en una historia que tenía muchos flecos sueltos y donde parecía que se estuviese produciendo un tráfico de obras de arte robadas que además estaban siendo suplantadas para que nadie se diese cuenta. Pero de ahí a que pudiera pasarle algo... por fin, balbuceante, respondió a su interlocutor.

—¿Qué...? qué quieres decir, Miguel Ángel?

—No puedo explicártelo por teléfono. Por favor, confía en mí. Vete a casa y escóndete. Quédate allí. No, mejor ve a casa de tus padres. Estarás más segura. No hables con nadie. No cojas el teléfono si no soy yo. Sólo así conseguirás mantenerte a salvo.

—Me estás asustando. Déjate de bromas. Ya está bien. Después de todo lo que he pasado, sólo me falta que me vengas con esas historias.

—Te ruego me hagas caso, Laura. Todavía estamos a tiempo de desenmascarar todo este embrollo. Hay mucho en juego y tú estás en medio. Así que ándate con cuidado.

—Me dejas de piedra. ¿De qué se trata? ¿Tiene algo que ver con las imágenes de Juan de Mesa? ¿Quién está detrás de todo esto?

—No puedo decirte nada más por ahora. Ya me pondré en contacto contigo. Yo también corro peligro. Recuerda, quítate de aquí en cuanto puedas y mantente alerta. Te lo digo por tu bien. Sabes que te aprecio y por nada del mundo quisiera que te ocurriese algo malo. Adiós.

Colgó el teléfono. Laura se quedó con la palabra en la boca. Era ya de noche. Miró a su alrededor. La plaza estaba completamente vacía. No había nadie. Las luces de las farolas alumbraban de manera tenue aquel espacio. Volvió la vista hacia la puerta de la iglesia de San Martín. Seguía en su interior la celebración de la misa. De pronto sintió frío. Y miedo. Estaba sola en un lugar que le era familiar pero que se le acababa de aparecer como peligroso. «Corro peligro. Eso está claro. Aunque esté enfadada con Miguel Ángel, lo conozco bien hace años y no creo que me haya llamado para tomarme el pelo. Me voy para casa cuanto antes». Se paró en seco. «No, me ha dicho que vaya a la de mis padres». Sí, eso haré».

Volvió a coger el móvil. Marcó un número de teléfono. Esperó el tono de llamada. Uno, dos, tres, cuatro, cinco. Una voz con tono metálico se pudo escuchar al cabo de unos segundos. «En estos momentos no estamos en casa. Si quiere usted algo, deje su mensaje y en cuanto podamos nos podremos en contacto. Muchas gracias». Era la voz de su padre en el contestador automático. «No están. Es extraño. A estas horas mis padres no suelen estar en la calle. A lo mejor han ido a comprar algo que les hacía falta. Bueno, no importa. En casa tengo las llaves de su piso. Sí, eso es; pasaré por casa, recogeré algunas cosas y me iré con mis padres. Voy a hacerle caso a Miguel Ángel».

Buscó salir a la zona de la plaza de San Andrés, cerca de donde se encontraba, para buscar algún taxi que pasara por las calles Orfila y Javier Lasso de la Vega. Aquel lugar sí se encontraba transitado. Se puso en la esquina de la plaza esperando que pasase un taxi. Miraba de un lado para otro, temiendo que alguien pudiese acercarse para hacerle algo. De repente se acordó de Lucas Vega. «Ahora que me hace falta que me llame no lo hace. El abogado dijo que se pondría en contacto conmigo. ¿Por qué no me llamas, Lucas? ¿Tú, que pareces saber todo de mí, no comprendes que estoy en peligro?».

El gálibo verde de un taxi libre hizo que respirase mucho mejor. Alzó el brazo derecho. El vehículo se detuvo justo a su lado. Abrió la puerta trasera y se introdujo con rapidez en el habitáculo.

—Buenas noches, señorita —dijo el taxista en un tono desganado—. Usted dirá.

—A Heliópolis. Al final de la calle Padre García Tejero. Y dese prisa, por favor.

—Se hará lo que se pueda —respondió el hombre mientras pulsaba el botón del taxímetro para ponerlo en marcha—. Pero le advierto que hay un atasco de Padre y muy Señor mío. Así que es mejor que se arme de paciencia. ¿Por dónde quiere que vayamos?

—Por el sitio más rápido. Por favor, tengo prisa.

—Intentaremos tardar lo menos posible.

El coche avanzó por la calle Javier Lasso de la Vega para perderse por las callejuelas céntricas. La noche se había instalado de manera total en la ciudad.

∾

La vuelta a casa en el taxi se le hizo interminable. Como había predicho el taxista, el atasco a esa hora era monumental. «Voy a intentar buscar la circunvalación para coger la desviación hacia la carretera de Cádiz y desde ahí acceder a Heliópolis», le dijo en mitad de la Ronda de Torneo, justo a la altura de la estación de autobuses.

Laura había asentido de una forma mecánica, algo de lo que se dio cuenta el hombre al mirar por el espejo retrovisor. Pero ella andaba enfrascada en otras cuestiones. En el taxi parecía haber desparecido el miedo que sintió cuando se vio sola en la plaza de San Martín. No hacía más que darle vueltas a las palabras de Miguel Ángel del Campo. Estaba en peligro y su vida, en aquellos momentos, parecía no valer nada. No alcanzaba a comprender qué era lo que estaba ocurriendo. Sin embargo, se dio cuenta de que su ex jefe, desde luego, no estaba inmiscuido en aquella trama sin sentido que la tenía totalmente subyugada. «No sé qué es lo que está pasando pero, en todo caso, se trata de algo muy grave. Si hay personas dispuestas a matar es mejor que me ande con mucho cuidado. Pero, ¿quién sería capaz de matar por una obra de Juan de Mesa? ¿Es que nos hemos vuelto todos locos? No sé qué va a ser de mí. Creo que lo más sensato es que haga las maletas y me marche de Sevilla por un tiempo. Me importa un bledo que estén haciendo tamañas fechorías con imágenes de un altísimo valor artístico. Para eso está la Policía. El inspector Losa ya sabe de qué va la cosa. Lo que me faltaba es que siga creyendo que yo estoy metida en todo este lío. Así que, en cuanto llegue a casa, hago una maleta con lo imprescindible, me voy a casa de mis padres y de allí a Madrid, por ejemplo. No, mejor salgo de la península. Ya está, cojo un avión y me planto en Tenerife. Me apetece ver el Teide y las pirámides de Güiza. Sí, eso es lo que haré. Creo que es lo mejor».

El sonido del móvil la sacó de sus pensamientos. El número aparecía oculto. Recordó en esos momentos la advertencia de Miguel Ángel del Campo de que no cogiese el teléfono bajo ningún concepto. «¿Y si es Lucas? Tengo que saberlo. Hasta ahora siempre me ha llamado desde un número oculto». Fue a descolgar pero de nuevo se le vino a la mente lo que le había dicho su ex jefe.

—No hay ganas de hablar, ¿no? —preguntó el taxista al ver que Laura no descolgaba el teléfono.

No contestó. Quedó callada hasta que el móvil dejó de sonar. Fue a guardarlo en el bolso cuando, de nuevo, el timbre sonó. Otra vez el número oculto. Se desesperó. Un mar de dudas le asaltaban en aquellos momentos. ¿Y si Miguel Ángel del Campo no decía la verdad y estaba jugando con ella? A lo peor era la persona que podía acabar con su vida. Se decidió finalmente y descolgó. Quedó callada, esperando que alguien hablase.

—¿Laura? ¿Laura? ¿Estás ahí? Contesta. Soy Lucas Vega.

Se sintió más aliviada.

—Sí, Lucas, soy yo.

—¿Por qué no has cogido antes el teléfono? ¿No te dijo el abogado que te iba a llamar?

—Sí, es verdad. Pero ando un poco confusa. Y asustada.

—¿Qué es lo que ocurre? Por lo que tengo entendido, en Comisaría ha ido todo bien. ¿Te pasa algo más?

Miró hacia el espejo retrovisor y sus ojos chocaron con los del taxista, que contemplaba la escena.

—Como no mire hacia la carretera vamos a tener un accidente —le dijo en tono irónico y seco.

El taxista desvió la mirada y siguió conduciendo.

—Perdona, Lucas, es que voy en un taxi. Luego te contaré.

—¿Vas a tu casa?

—Sí.

—Bien, no te preocupes. Te llamo en media hora y hablamos con más tranquilidad. ¿Quieres que quedemos, tomamos algo y así te calmas? Te noto algo nerviosa.

—Voy a pasar por casa para recoger algunas cosas y me marcho a la de mis padres. Luego te comento.

—Muy bien. Hasta dentro de un rato. Ah, y cálmate. Tranquilízate.

—Está bien. Muchas gracias. Hasta luego.

Tras hablar con Lucas se sintió más reconfortada. Aunque no sabía explicar el porqué, las sensaciones que le transmitía aquel hombre hacían que desapareciese el temor que había tenido minutos antes. Estaba convencida de que Lucas tenía controlada la situación y que a su lado nada malo le podría ocurrir. «Una persona tan bien informada no puede caer en errores de bulto. Estoy segura de que sabe cómo actuar si llegamos hasta el final de toda esta historia», pensaba Laura mientras el taxi comenzaba a callejear por el barrio de Heliópolis. «Lo que no sé es si cuando todo acabe habrá valido la pena. Profesionalmente creo que estoy defenestrada de por vida. Pero en lo personal he salido ganando», reflexionó a la par que se le dibujaba una sonrisa en los labios y a la mente se le venía la imagen de Lucas Vega.

El olor profundo a azahar se introducía por las fosas nasales de forma arrebatadora. Los naranjos del barrio habían estallado y el contraste entre el verde de las hojas, el naranja de los frutos y el blanco de sus flores conducía al relajamiento. Laura llevaba la ventanilla del coche bajada y el aroma penetraba de manera que la sensación era ahora de tranquilidad y sosiego, sobre todo después de haber hablado con Lucas.

El taxista detuvo el coche en mitad de una de las calles, que en aquellos momentos aparecía desierta. Las luces de las ventanas de los chalés indicaban que los vecinos habían optado ya por buscar el refugio de sus casas esperando el nuevo día.

—Bueno, pues aquí estamos ya —dijo el taxista mientras pulsaba el botón del taxímetro para que parase de marcar—. No hemos tardado mucho a pesar del tráfico que había por toda la ciudad.

—¿Cuánto le debo, amigo? —respondió ella mirando su reloj de pulsera, que marcaba las diez menos veinte de la noche.

—Son 13,75 euros.

—Buena carrera ha echado usted —masculló mientras le extendía un billete de diez euros y otro de cinco—. Tome. Quédese con la vuelta.

—Muchas gracias, señorita. Que descanse usted.

—Igualmente.

Bajó del taxi cerrando tras de sí la puerta. Vio cómo se alejaba el vehículo por la misma calle para doblar a la izquierda y perderse. La frondosidad de los naranjos era tremenda. Las aceras estaban completamente llenas de azahar. Ahora el olor se mezclaba con el de los jazmines de los jardines y las damas de noche.

Cerró los ojos y, al igual que hiciera cuando abandonó la Comisaría, respiró profundamente dejando entrar aquel perfume exquisito que sólo unos cuantos privilegiados tienen el honor de poder percibir prácticamente todos los días del año.

Tras un rato así, de pronto se acordó de las palabras de Miguel Ángel del Campo. Cambió el gesto, miró para ambos lados de la calle y entonces, de nuevo, sintió miedo. Buscó las llaves de casa en el bolso. Tras rebuscar por espacio de unos segundos, introdujo una de ellas en la cancelita de la entrada. El chirrido de la puerta metálica retumbó en toda la calle. «Tengo que echarle tres en uno en cuanto vuelva del viaje», pensó Laura Moreno, que abrió el buzón de la correspondencia por si había alguna carta. «Lo de siempre: publicidad y más publicidad. Menos mal que en esta ocasión no me he encontrado con otra cartita misteriosa».

Subió las escaleras que daban a la puerta de entrada y, de manera rutinaria, alzó la vista hacia la segunda planta de la vivienda. En una de las ventanas, la contigua a su dormitorio y en la que tenía instalada su despacho, había luz. «Vaya, con las prisas me dejé la lámpara encendida. Cualquier día es la vitrocerámica o la plancha y tenemos un disgusto. ¿Cuándo asentarás definitivamente la cabeza, Laura Moreno?», se preguntó mientras, por enésima vez, se le venía a la mente la imagen de Lucas y a la boca la melodía de aquella canción de la Electric Light Orchestra. «Everywhere the sun is shinning, all around the world it's shinning... así comenzaba la letra de la canción. A ver si encuentro el CD y mientras hago la maleta lo pongo. Tengo ganas de escucharlo».

Miguel Ángel del Campo estaba nervioso. Esperaba a las puertas de un almacén situado a las afueras de la ciudad. La noche era fresca. Había aparcado su coche a unos veinte metros del edificio, que estaba completamente a oscuras. La llamada hizo que se sintiese angustiado. Se frotaba las manos y miraba de un lado a otro, esperando que viniese alguien. No comprendía cómo se había llegado a unos límites que traspasaban lo imaginable. Una cosa era llevar a cabo un plan que, en principio, parecía perfectamente trazado y sin ningún resquicio, y otra muy distinta tener que prescindir de una persona. O lo que era lo mismo, matarla.

En todo este tiempo quiso que Laura Moreno participase de la empresa. La consideraba capacitada para estar también con ellos. «Una profesional de su talla nos hubiese sido de mucha utilidad. Sus conocimientos habrían hecho que las imágenes fuesen aún mejores. Copias perfectas imposibles de ser descubiertas. Es ella, precisamente, la más avezada en imaginería y escultura, por lo que sus consejos eran necesarios. Pero, claro, no contábamos con su inmaculada deontología profesional. Una persona así no suele verse inmiscuida en estos vericuetos que, al fin y al cabo, forman parte de la corrupción del ser humano. Ella es diferente, distinta. Una profesional como la copa de un pino que nunca hubiese aceptado un tipo de proposición así. En cambio, yo sólo soy un pobre desgraciado. De acuerdo que formo parte de algo muy grande. Pero a fin de cuentas me han utilizado. Me siento engañado y, lo que es peor, vilipendiado. Ya es hora de que ponga las cosas en su sitio. Les diré que me niego rotundamente a que Laura sea eliminada. Nadie en su sano juicio puede pensar que lo mejor para todos es que ella esté muerta. ¿Cómo no me he dado cuenta antes? Menos mal que he reaccionado a tiempo. No tendrán más remedio que escucharme. El Superior no puede permitir que se cometa un asesinato así como así. ¿De qué nos sirve todo esto si hay sangre de por medio? ¿Es que nos hemos vuelto locos todos aquí?».

Sintió frío. El almacén desprendía un olor a podrido. Un cartel en su fachada principal, justo encima de la puerta central, anunciaba una marca de pescados congelados. Pero todo hacía indicar que allí hacía tiempo que no tenía lugar ninguna actividad empresarial. Fue el lugar elegido, en un primer momento, para realizar las distintas copias de las imágenes de Juan de Mesa y Velasco. Él había acudido con asiduidad, comprobando cómo se iban desarrollando los trabajos. Fue viendo crecer, a golpe de gubia, garlopa y formón, las tallas. Primero la del Cristo de la Conversión del Buen Ladrón. Luego, la del Cristo de la Buena Muerte, la del Yacente, la Virgen de las Angustias, El Amor... todas y cada una de ellas. Hasta que se hizo la última. En sus paredes colgaban multitud de fotografías desde distintos ángulos de las imágenes. Su creador utilizaba sofisticados aparatos para medir y comprobar la volumetría de las tallas, para que nada resultase improvisado. Aquel material lo trajo él mismo procedente del Instituto Andaluz de Patrimonio Histórico, poniendo en riesgo no sólo su trabajo, sino todo el proyecto que se estaba llevando a cabo.

Pero no pudo resistir la enorme tentación de pasar a la historia de Juan de Mesa. Él, precisamente, también era un gran conocedor de la vida y obra del maestro cordobés. Lo estudió en su juventud y quedó fascinado no sólo por sus obras, sino por la forma en la que vivió, siempre a la sombra de Juan Martínez Montañés. Nunca llegó a comprender por qué no quiso destacar, por qué se conformó prácticamente con las migajas que desperdiciaba su maestro. Aquella vida le parecía inconcebible por lo que siguió sus pasos y rebuscó en la escasa documentación que había entonces algo que arrojase algo de más luz sobre tan grande genio de la gubia.

Fue por aquella época cuando Laura Moreno entró a trabajar en el Instituto. Enseguida se dio cuenta de que era la persona adecuada para que cada obra que se restaurase en aquellas dependencias tuviese la calidad no sólo necesaria, sino que además fuese un ejemplo de cómo debían hacerse este tipo de trabajos.

Por eso comprendió que chocase frontalmente con Enrique Carmona. Y que éste abandonase el IAPH. Aquello supuso un cisma en el seno de la institución y a punto estuvo de costarle a él el puesto de trabajo. Luego las aguas volvieron a su cauce y pareció calmarse todo... hasta que entró en contacto con aquellas personas. La proposición no podía creerla. «Estás loco. Lo que me estás diciendo no sólo no está documentado sino que me suena a leyenda urbana imposible de ser realidad». «Te equivocas, Miguel Ángel. Es todo absolutamente verdad y te lo podemos demostrar. Pero para ello hace falta que confíes ciegamente en nuestro proyecto. No puede haber ningún tipo de fisuras. Tendríamos en nuestro poder todas las imágenes de Juan de Mesa y Velasco y, lo que es mejor, podríamos cumplir con el juramento que hizo hace cuatro siglos el hombre que fue capaz de preservar hasta hoy el nombre del maestro de la imaginería».

Quedó totalmente desconcertado cuando contempló en la iglesia de San Martín aquella inscripción en el retablo realizado por Francisco de Asís Gamazo. Y cuando conoció a su descendiente, se dio cuenta de que aquellas personas no bromeaban sino que estaban dispuestas a seguir al aprendiz de Martínez Montañés y de Juan de Mesa hasta sus últimas consecuencias.

Pero cuando realmente se dio cuenta de la envergadura de todo lo que se estaba llevando a cabo fue al ver la primera de las copias. «Es... perfecta. No tengo palabras para definir el trabajo que has realizado. Desde luego, sólo puedo decir que eres uno de los imagineros más geniales que he conocido. Es más difícil hacer una copia que crear una nueva imagen».

Impresiones que se fueron acrecentando cuando se sustituyó la talla del Cristo de la Conversión del Buen Ladrón. Un trabajo perfecto, y además realizado con total sigilo. Aquellas personas sabían realmente lo que hacían y cómo hacerlo. Estaba claro que en unos meses todo quedaría consumado. Pero, ¿dónde esconder las imágenes originales? ¿Cómo no despertar sospechas en una ciudad que vive con enorme devoción y fe, que le reza diariamente a unas advocaciones que representan en madera al Hijo de Dios? «Eres un incrédulo, Miguel Ángel. Disfrutas de un status profesional envidiable. El reconocimiento a tu trabajo es extraordinario. ¿Y te vas a preocupar por algo que es imposible que se sepa? ¿Quién lo va a airear? ¿Acaso tú? ¿O yo? ¿O quizá el Superior? Es del todo punto imposible, Miguel Ángel. Confía en nosotros, sigue adelante. Todo está saliendo bien. Todo va a salir perfecto. Y cuando tengamos la última de las tallas te darás cuenta de que esta misión era necesaria. Seremos los guardianes de Juan de Mesa, de su obra, de su legado para la posteridad. Y sólo nosotros y nada más que nosotros podremos contemplar sus tallas. Los demás, el mundo entero, tendrá que contentarse con rezar y rogar a las copias. ¿Te imaginas al Gran Poder en la Madrugada de la Semana Santa? ¿Qué dirían los cientos de miles de fieles que acuden a contemplarlo mientras recorre la ciudad en la estación de penitencia a la Catedral? Imagínate viéndolo pasar y sabiendo que no es el auténtico, que es una copia tan perfecta que nadie, nadie puede descubrirlo. ¡La gloria, Miguel Ángel, la gloria!».

«Pero tuvo que ser aquel viejo decrépito quien diese la voz de alarma. Fue él quien desencadenó un auténtico terremoto de consecuencias funestas que han desembocado en todo esto. Y en su desconocimiento, las autoridades entraron al trapo y hubo que llamar a Laura Moreno. Ahí comenzó el principio del fin. Laura, corres un peligro tremendo. Incluso te puede costar la vida. Por favor, escóndete, vete de aquí, desaparece. ¿No te das cuenta de que vas a morir? No puedo decirte más. Siento haberte defraudado. Cuando hayan pasado los años y sepas la verdad, entonces a lo mejor me perdonas. No he actuado con ánimo de lucrarme. No quiero dinero, ni poder. Pero la misión, el proyecto, era tan atrayente... espero que sepas comprender la decisión que tomé en aquel momento y que nunca quise inmiscuirte. La vida, en cambio, nos depara sorpresas desagradables y aquel aviso del anciano hizo que, finalmente, y aunque de manera indirecta, te vieses inmersa en esta vorágine de la que debías estar apartada, ajena. Hubieses llegado a ser la mejor. Ahora, en cambio, puedes perder la vida. Ojalá no sea demasiado tarde. Al menos, voy a poner todo mi empeño para que esto se corte por lo sano. No puedo permitir más desatinos y delirios de grandeza que van a terminar en algo mucho peor que lo que estamos haciendo ahora mismo».

El ruido del motor de un coche le sacó de sus pensamientos. Miguel Ángel del Campo miró el reloj. «Cómo ha pasado el tiempo».

El vehículo se detuvo justo enfrente de él. Las luces se apagaron a la par que se abrían las dos puertas delanteras, por las que salieron dos hombres. Avanzaron hasta la altura de Miguel Ángel. El más corpulento se le acercó mientras que el otro se dirigía a la puerta del almacén, que comenzó a abrir.

—Miguel Ángel —dijo con voz fuerte el más grande estrechándole la mano—. Nos tenías asustados. Pensábamos que te había ocurrido algo.

—¿A qué te refieres? —respondió con voz entrecortada.

—Pues que te hemos llamado varias veces y hasta esta noche no hemos dado contigo. Menos mal, porque ya entramos en la fase final de nuestra misión.

—¿Ya se ha producido el cambio de la última imagen?

—Tranquilo, todo a su tiempo. Anda, vamos dentro. Debemos dejar limpio el almacén para que no quede ninguna prueba. Sólo faltaría que alguien llegase hasta aquí y descubriese el taller que hemos tenido a pleno rendimiento durante meses.

Miguel Ángel siguió al hombre hasta la puerta del edificio. Entraron. Una tenue luz iluminaba su interior. El abandono estaba instalado en aquel espacio, lleno de suciedad y donde las virutas del serrín esparcido por el suelo revoloteaban como pequeñas mariposas al ser pisadas por aquellas tres personas.

Al fondo se encontraba toda la maquinaria que él había traído del Instituto Andaluz de Patrimonio Histórico. También una mesa muy grande donde se disponían, de manera desordenada, utensilios para trabajar la madera. Olía a pescado descompuesto, un olor que era imposible de erradicar y que se entremezclaba con el de la madera. El otro hombre estaba manipulando algo entre sus manos que Miguel Ángel no alcanzaba a vislumbrar debido a la escasa luz en el interior del almacén.

—Bueno, Miguel Ángel —le dijo el otro—. Vamos a hacer desaparecer cualquier tipo de prueba que pueda poner en peligro nuestra misión.

—¿Qué haremos con la maquinaria? —preguntó algo asustado.

—Arderá y se consumirá, como todo este edificio. No quedarán ni las cenizas y, por lo tanto, cualquier atisbo de este trabajo perecerá pasto de las llamas, sepultado en un montón de escombros.

Se dio cuenta de que era el momento de hablarle de Laura Moreno.

—Hay algo que no comparto con vosotros ni con el Superior. Me refiero a...

—Laura Moreno —le cortó—. Sabía que saldría el tema. El Superior me lo dijo. Miguel Ángel, Miguel Ángel. Veo que el Superior tenía razón. Te has ablandado. O mejor dicho, asustado. ¿No te hemos dicho mil veces que no hay por qué preocuparse de nada?

—Pero es que... es una insensatez eliminarla.

—¿Por qué? ¿Acaso te has enamorado de ella?

—¡No digas tonterías! —respondió de manera airada y en un tono alto que incluso sorprendió al otro hombre—. Lo que ocurre es que no tiene por qué producirse ningún asesinato, porque esto es, al fin y al cabo, un asesinato. ¿No os dais cuenta de que si matamos a esa chica todo lo que hemos hecho no tendrá sentido alguno?

—Te equivocas, Miguel Ángel. Para que todo tenga sentido, como bien dices, no puede quedar ningún fleco suelto. Y ella, Laura Moreno, es un fleco suelto. ¿Entiendes que no podemos correr ese tipo de riesgos?

—Estoy absolutamente en desacuerdo. Exijo hablar con el Superior y pedirle explicaciones. Seguro que él es más condescendiente. En cambio, vosotros...

—¿Nosotros, qué?

—Vosotros no reparáis en nada. Sólo estáis al servicio de una persona que es la verdadera descendiente de Francisco de Asís Gamazo. A ti te da igual todo. Has hecho tu trabajo, muy bien por cierto, pero ahora te vas a manchar las manos de sangre. ¿De que te habrá valido copiar las imágenes de Juan de Mesa, ser un genio de la gubia, si por encima de todo eres un asesino?

—El hombre sonrió mientras desviaba la vista hacia la otra persona que había venido con él y que seguía al fondo de la nave llevando a cabo una serie de labores.

—Mira que me lo advirtió el Superior —respondió—. Por lo que me estás diciendo, creo que te has bajado del tren.

—No sé lo que insinúas.

—No insinúo nada. Te estoy diciendo que te viene grande todo esto. Te has visto desbordado porque, al fin y al cabo, eres un perdedor. Y los perdedores no tienen cabida en una misión como la nuestra.

—¡No te consiento que me trates así, Enrique! ¡Sin mí no habríais podido hacer realidad todo esto! ¡Tú sí que eres un perdedor! ¡Un acomplejado que se ha visto superado por una muchacha que, desde luego, posee unas cualidades mucho mejor que las tuyas! ¡Eres un desgraciado que sólo sirve para hacer copias de imágenes, que no es capaz de crear y que, como Francisco de Asís Gamazo, lo que esconde es la impotencia de ser un segundón, un imaginero de tres al cuarto que nunca pasará a la posteridad porque no tiene el don que otras personas atesoran y saben administrar...

El fuerte golpe en la nuca con una llave inglesa hizo que Miguel Ángel del Campo se desplomase en el suelo del almacén. Las virutas de madera se levantaron de manera súbita ante el impacto del cuerpo. El otro hombre se había plantado detrás de Miguel Ángel y le asestaba un golpe seco, que hizo que la cabeza se abriese. La sangre comenzó a brotarle de la zona, secándose al contacto con el serrín y creando una pasta rojiza.

—Bueno, esto se ha acabado. Anda, ayúdame a llevarlo junto a la maquinaria. Si no está muerto todavía, lo estará dentro de unos minutos.

Cogieron el cuerpo inerte de Miguel Ángel del Campo por las muñecas y los pies, trasladándolo al final del almacén. Lo dejaron en el suelo. La sangre seguía manando de su cabeza. Quien le había propinado el golpe rebuscó entre los bolsillos y le quitó un manojo de llaves.

—¡Joder! ¡Qué asco! ¡Tendré que cambiarme luego! ¡Me ha puesto perdido —dijo mientras el otro hombre tomaba una especie de barril y comenzaba a rociar la maquinaria y el cuerpo de Miguel Ángel.

El fuerte olor a gasolina hizo que desapareciese el del pescado podrido. Siguió derramando el líquido a la par que los dos hombres se encaminaban a la puerta de salida. Cuando llegaron a ella, el más corpulento se paró en seco.

—Bien. Tú te irás en el coche del desgraciado éste. Ya sabes lo que tienes que hacer.

—¿Nos vemos en el lugar convenido?

—Por supuesto, no tardes. Anda, no perdamos más tiempo.

Sacó un mechero y acercó la llama hasta el suelo, donde comenzaba el hilo de gasolina que llegaba hasta el final del almacén. En cuestión de segundos el fuego comenzó a propagarse por todo el edificio, alcanzando tanto a la maquinaria como al cuerpo, extendiéndose por las paredes laterales.

—Vámonos cuanto antes. No quiero que nadie pueda vernos por este lugar. En hora y media nos reunimos allí.

—De acuerdo, Enrique.

Los dos coches desaparecieron en la oscuridad de la noche mientras las llamas devoraban el almacén y dentro se borraban todas las pruebas que pudieran incriminar a aquellos hombres, entre ellas, la más clara: Miguel Ángel del Campo.

En tal manera que yo e de hazer e que hacere de esculura y encarnado un Xpo Cruxificado con su cruz que la cruz a de ser de cipres y la hechura del Xpo de sedro hare y acabare en toda perfecion del dicho arte el qual e de entregar en las casas de mi morada...

Contrato de la hechura del Cristo de las Misericordias. Osuna (Sevilla).

XV

Francisco de Asís Gamazo llegó extenuado a la puerta de la casa donde se ubicaba el taller de Juan de Mesa. Durante todo el camino, que realizó corriendo, fue sorteando cuantos puestos, carros y personas se cruzaban. En más de una ocasión estuvo a punto de caer al suelo. La agilidad del chaval era grande y ello le valió alcanzar la collación de San Martín en menos tiempo del que se solía hacer.

Se paró por unos instantes en la puerta. Apoyando una mano en la pared, tomó aire e intentó reponerse de la carrera. Las gentes pasaban por su lado y se le quedaban mirando. La bata de aprendiz le delataba y algún viandante pensó que acababa de hacer una mala jugada a sus jefes. El muchacho, una vez recobradas las fuerzas, entró en el zaguán y con pasos firmes y rápidos, llegó hasta la entrada de la habitación.

Golpeó con fuerza la puerta. Al otro lado se encontraba el maestro, que continuaba perfilando su última obra. Juan de Mesa se sorprendió de la fuerza con la que llamaban a la puerta. Repitió, de forma mecánica, la tarea de cubrir la imagen. No acertaba a comprender quién podría ser a aquellas horas, sobre todo porque no esperaba visita hasta más tarde. Se sacudió las virutas que se esparcían por la bata y se acercó hasta la puerta. —¿Quién es el que llama? —preguntó con fuerte voz.

Escuchó al otro lado una serie de jadeos que le inquietaron. Por fin respondieron.

—¡Maese de Mesa! ¡Soy Francisco de Asís Gamazo! ¡Abra la puerta, se lo ruego!

—En un primer momento, por el tono del chaval, se asustó el escultor cordobés. Pero lo había reconocido, por lo que se apresuró a franquearle el paso. Una vez hubo abierto la puerta, vio que el muchacho estaba sudando. Respiraba de manera agitada y todo parecía indicar que venía corriendo.

—Pasa muchacho; pasa y siéntate. Vive Dios que me has asustado al aporrear la puerta de esa manera.

—Maestro... —dijo de forma entrecortada mientras Juan de Mesa lo conducía hasta un taburete y le ayudaba a sentarse.

—Cálmate, chaval, cálmate. Te va a dar algo. Anda, respira con tranquilidad. ¿Quieres un poco de agua?

Francisco de Asís Gamazo asintió con la cabeza. El maestro le acercó un cuenco que llenó previamente con agua de una jarra. El joven aprendiz bebió con ansiedad, tomándose todo el contenido del recipiente de una sola vez.

—¿Qué es lo que pasa, Francisco? ¿Acaso te ha ocurrido algo? Sácame de esta incertidumbre, te lo ruego.

Por fin pudo comenzar a hablar, con cierto atropellamiento.

—El maestro Juan Martínez Montañés ha sido detenido por los alguaciles...

Juan de Mesa retrocedió dos pasos de manera impulsiva. No alcanzaba a comprender las palabras del aprendiz. Había escuchado perfectamente lo que le acababa de decir, pero su mente no lo asimilaba. Volvió hacia delante y asió al chaval por las solapas de la bata, acercando la cara a la del muchacho.

—¿Qué estás diciendo? ¿Te encuentras bien? ¿Cómo que el maestro ha sido detenido? —preguntó zarandeándolo dos o tres veces.

—Se le acusa de haber matado anoche a un hombre tras una discusión en una de las tabernas que suele frecuentar. Hubo testigos que los vieron discutir y cómo salían a la calle y se batían en pelea con espadines. Al parecer, la otra persona pereció a manos del maestro.

—¡Eso es imposible!

—Es lo que cuenta el alguacil. Ha estado hace menos de una hora en el taller del maestro y tras hablar con él en sus estancias privadas, se lo ha llevado para que responda ante las autoridades.

—¿Sabes adónde lo han trasladado?

—No, maestro, aunque imagino que será a la Plaza Mayor, ante el Tribunal.

—¡Pero no lo pueden juzgar así como así! Habrá que probar que él fue quien mató a ese hombre y, en todo caso, si lo hizo en defensa propia o por alguna cuestión de honor.

—No sé nada más, maese de Mesa. Pero el maestro, antes de ser conducido al carruaje, me dijo que viniese hasta aquí para hacerle saber que quiere, mientras este embrollo se resuelve, que se haga cargo de su taller.

—No comprendo.

—Sólo me dijo eso. Ahora mismo los discípulos y aprendices están continuando con el trabajo. Pero el maestro quiere que vuestra merced acuda al taller.

Juan de Mesa soltó al chaval. Comenzó a dar vueltas por la habitación intentando encontrar una solución para aquel problema que se le acababa de presentar. Conocía muy bien a Martínez Montañés y era consciente de que podía haber sido el autor de aquella muerte. Su fuerte y vehemente temperamento le habían llevado a provocar más de una pelea. Empezaba por una conversación, que iba subiendo de tono hasta que, sin mediar palabra alguna más, soltaba un puñetazo en la cara a la otra persona. Él mismo lo había visto en más de una ocasión. Pero de ahí a utilizar el espadín y dar muerte a un hombre... intentó ordenar las ideas, que daban vueltas y más vueltas por su cabeza. Francisco de Asís Gamazo permanecía sentado en el taburete. Miraba con fijación a Juan de Mesa y esperaba que reaccionase de alguna manera. Se dio cuenta que estaba justo al lado de la imagen del Nazareno. «¿Cómo estará? ¿La habrá concluido finalmente?». La mente del aprendiz dejó de pensar en la situación que estaba viviendo en aquel instante y se llenó por completo del rostro de Jesucristo que, en aquellos momentos, estaba de nuevo tapado con una sábana. Lo había contemplado cuando fue mostrado a sus compradores, y lo tenía incrustado desde entonces. No se lo podía quitar de encima. Las obras del maestro Montañés le fascinaban, pero era consciente de que se encontraba frente a la más grande imagen que sus ojos habían contemplado hasta el momento. Fue entonces cuando se acordó de los dos documentos que redactó la noche anterior. Un escalofrío le recorrió todo el cuerpo. Pensó en Juan de Mesa. Se olvidó de Martínez Montañés. Y de nuevo volvió a desviar la mirada hacia el cordobés. Seguía pensando, intentando buscar una solución para el problema que se le estaba viniendo encima. De pronto, Juan de Mesa se paró en seco, giró sobre sus talones y se colocó a medio metro del muchacho.

—Francisco —le dijo con un tono grave—. No voy a ir al taller del maestro. Juan Martínez Montañés está detenido y ahora mismo me necesita. Voy a marchar a la Plaza de

San Francisco a intentar verlo, hablar con él y, si me es posible, mediar en esta situación.

—Pero el maestro me ha dicho...

—Ya lo sé. Pero comprenderás que en una situación como ésta no voy a abandonarle. Igual que tu persona me muestra una dedicación que veo es de corazón, yo también siento por mi maestro esa sensación. Y es ahora cuando tengo que estar a su lado, intentar consolarlo y, si pudiese ser, ayudarle para que de nuevo esté en el taller y no en un calabozo maloliente rodeado de gente de mal vivir que no son temerosos de Dios.

—Lo que vuestra merced disponga, maese de Mesa.

Juan de Mesa se despojó de la bata. Se acercó hasta la palangana, se enjuagó la cara y luego se secó con un trapo. Se mesó los cabellos durante unos diez segundos y se dirigió hacia la puerta de salida de la habitación.

—Francisco de Asís Gamazo —dijo en un tono mucho más cordial aunque denotaba orden—. Puesto que ya estás a mi cargo, quiero que ordenes la habitación, dejes todo colocado en su sitio y dispuesto para el trabajo. Luego vas a marchar a mi casa para que le digas a mi esposa que estoy en la Cárcel Real. No le comentes que el maestro está acusado de matar a una persona, pero hazle saber que está retenido en los calabozos. Dile que te dé cien reales de vellón, que me van a hacer falta. Luego acudes al taller y les dices a los discípulos y aprendices que yo, Juan de Mesa, he dispuesto que continúen con su trabajo, que sigan con lo que tienen encargado y que actúen como si el maestro estuviese en sus estancias supervisando todo. También le dices a Pedro de Ybarra que sea él quien esté al cuidado del taller. Ya ha dado muestras de ser una persona en la que se puede confiar. Por último, acudes a casa de don Alonso de Ribas, el hermano mayor de mi cofradía. Cuéntale el incidente de maese Martínez Montañés y que necesito de su ayuda e influencia para con él.

Abrió la puerta. Antes de salir y cerrarla tras de sí, se volvió de nuevo hacia el aprendiz.

—Y cuando hayas comunicado mis órdenes, quiero que te encamines hacia la Cárcel Real para encontrarte conmigo. Me vas a hacer falta en todo este entramado y no quiero que, por manos del demonio, el maestro pueda ser acusado de algo que no ha cometido. Bastantes enemigos, por mor de la envidia, tiene ya como para que ahora le salgan cual hongos muchos más sólo por el hecho de estar retenido.

—Se hará como habéis dispuesto —respondió Francisco de Asís Gamazo.

—Así sea, muchacho. Queda con Dios y no te demores. No sé cuánto tiempo tenemos para que deshacer este entuerto.

Cerró la puerta. Francisco de Asís Gamazo quedó solo en la habitación. Oyó a la perfección los pasos del maestro bajando las escaleras. Iba rápido, sin duda alguna preocupado. Él continuaba sentado en el taburete. Había escuchado atentamente todas las indicaciones hechas por Juan de Mesa.

Se levantó. Tomó los utensilios y comenzó a ordenarlos. «A algunos debería aplicarles algo de grasa», pensó mientras los disponía en la mesa de trabajo. «Será luego. Primero debo obedecer al maestro». Continuó con su labor cuando, de pronto, se acordó de los documentos y de que se encontraba solo en la habitación. La única compañía era la imagen del Nazareno, tapada por la sábana. Sintió frío en las manos, que comenzaron a sudar. «Dios ha querido que sea así», dijo mientras cogía una de las gubias, cerraba los ojos y con la mano derecha tiraba de la sábana que cubría la talla de Juan de Mesa.

✝

La Plaza de San Francisco se encontraba a aquella hora muy concurrida. Decenas de puestos se disponían en los aledaños de la Audiencia y del Ayuntamiento. El trasiego era grande, multitud las mercancías que se ofrecían a los viandantes. Gentes de todo tipo y condición pululaban de un lado a otro. El vocerío también era grande. Los más pícaros esperaban engañar a los ciudadanos honrados intentándolos convencer de las mil maravillas que tenían en sus tenderetes. Carruajes iban de un lado a otro de la Plaza, entrecruzándose. Los animales, la mayoría escuálidos, se ofertaban para lucirlos en las mesas de comensales sin reparo alguno a la hora de engullir.

Se había corrido la voz por la ciudad de que estaba detenido el maestro escultor Juan Martínez Montañés. De hecho, cuando el carro que lo condujo hasta la Cárcel Real, situada en la confluencia de la calle de la Sierpe con la Plaza de San Francisco, llegó hasta la puerta principal, una muchedumbre curiosa, conocedora de la fama del detenido, estaba apostada con la esperanza de poder reconocerlo, aunque fuera de pasada, entrando en el recinto.

Muchos no daban crédito a este episodio. Tenían a Juan Martínez Montañés como uno de los ciudadanos más reputados de Sevilla. De todos era conocida su influencia con las altas instancias. Por eso no comprendían cómo, a pesar de estar acusado de haber matado a un hombre, podía ser conducido, así como así, hasta la presencia del Alcaide de la Cárcel Real.

—Pero si se tutea con el mismo Rey. No puede ser que este hombre sea tratado como cualquier malhechor y gente de mal vivir —señalaba un hombre situado en primera fila, cuando aún no había llegado el carruaje con el escultor.

—Lo que dice vuestra merced es cierto —le respondió otro—. Pero maese Martínez Montañés se ha labrado fama de pendenciero. Frecuenta en demasía tabernas de mala muerte y sus amistades habituales no son precisamente de alta alcurnia. Dicen que discutió con un hombre y que le asestó con su espadín el golpe mortal sin que la víctima pudiese reaccionar.

Las versiones que comenzaban a circular por la Plaza de San Francisco iban agrandando el suceso, de modo que había quien pensaba que incluso Martínez Montañés fue sorprendido por aquel pobre hombre en la alcoba de su casa con su mujer. Otros aseguraban que el escultor entró en una taberna y, sin mediar palabra alguna, le asestó la puñalada mortal.

—Se trata de asuntos de mujeres de mala vida, y en eso el maestro escultor es todo un experto —se apresuraba a decir otra de las personas que esperaban la llegada del detenido.

Juan de Mesa y Velasco accedió a la Plaza de San Francisco en medio de la multitud. Para entonces Juan Martínez Montañés ya se encontraba en el interior de la Cárcel Real. Durante el trayecto, el imaginero cordobés fue pensando qué habría de hacer para intentar ayudar al maestro. Estaba convencido de que su detención estaba motivada por alguna pelea que pasó a mayores. Pero no se imaginaba a Martínez Montañés acuchillando a un hombre. «A pesar de todo lo que dicen de él, es hombre temeroso de Dios, como lo ha demostrado en tantas ocasiones. No puede, por tanto, desenvainar de manera tan normal y matar como quien compra una pieza de fruta».

El anuncio de Francisco de Asís Gamazo sobre la detención del maestro dejó a Juan de Mesa totalmente abatido. Pero sacó fuerzas de flaqueza, se armó de valor y su reacción fue rápida: «Hay que ayudarlo como sea. No puede permanecer junto a tantos malhechores, asesinos, pícaros y mujeres de mal vivir. No es lugar la Cárcel Real para él. El Alcaide me escuchará. El dinero todo lo puede y no tendrá más remedio que avenirse a razones. Por lo menos, hasta que don Alonso de Ribas, que conoce la obra del maestro, pueda zafarlo de las garras de la Audiencia y de la Inquisición. Si no es así, estará perdido».

Se abrió paso entre la gente. En la entrada principal, varios soldados hacían las veces de porteros. Las puertas permanecían abiertas la práctica totalidad del día y de la noche. Porque la Cárcel Real se había convertido en un nido de gente de mal vivir, que entraba y salía con total impunidad. Incluso los presos la abandonaban durante el día y acudían por la noche a dormir. En el patio central se extendían tiendas que se alquilaban y en las que se realizaban todo tipo de negocios. Un lugar infrahumano en el que dependía, sobre todo, del dinero de que dispusieses para así estar mejor o peor acomodado. Eso lo sabía bien Juan de Mesa. Es por ello que le pidió a su discípulo que le trajese aquellos cien reales. «El maestro estará perfectamente atendido».

Antes de cruzar el umbral se echó mano a la pequeña bolsa que llevaba guardada. Vació su contenido. Tenía algunas monedas en su poder. «Suficiente, ahora, para que no tenga ningún tipo de problemas con los soldados ni con los alguaciles. Otra cosa será el Alcaide o el Sotoalcaide. Pero para entonces ya estará aquí Francisco de Asís Gamazo».

Entró por la puerta. Ninguno de los soldados le hizo caso. Se encontraban trapicheando con personas que portaban canastos. Estaban cobrándose esa libertad de entrada y salida de la prisión. Muchos familiares y amigos de los presos acudían hasta el edificio para intentar paliar las desgracias de los suyos. Había presos que tenían mucha más movilidad, pero otros, encadenados a grilletes y cadenas, no podían ni siquiera beber un sorbo de agua.

Accedió al patio principal. La actividad era grande. El griterío se hacía, en algunos momentos, insoportable. Miró a su alrededor y se encontró en medio de una serie de personas que iban de un lado para otro: en algunos corrillos se discutía; en otros se reía. Gente que jugaba a las cartas, o que enseñaba armas. Puestos de frutas, verduras, hortalizas, salazones; hombres vendiendo mercancía a todas luces robada; puestos con telas traídas de otros países. Aquello parecía un mercado de proporciones extraordinarias, al que acudían diariamente cientos y cientos de ciudadanos. Todo parecía desarrollarse con normalidad, como si fuese una plaza cualquiera de la ciudad en un día cualquiera, con la excepción de que aquel lugar era la Cárcel Real y que allí se hacinaban entre ochocientos y mil presos, además de mujeres de mala vida y gente que iba para hacer negocios y que se mezclaba con rufianes, pícaros, mendigos, familiares y, por supuesto, funcionarios, soldados y personas que trabajaban directa o indirectamente.

Por un momento le entró la duda. No sabía adónde dirigirse ni con quién hablar. «Está claro que tengo de hacerlo con el Alcaide. Es la persona con más autoridad. Él sabrá decirme dónde tienen retenido al maestro. Si hace falta, las monedas servirán para acomodarlo mejor».

Una mano se posó sobre su hombro derecho. Juan de Mesa se dio la vuelta y se encontró, frente a frente, con uno de los alguaciles. Era casi de su misma altura. Llevaba barba de varios días y los ojos casi aparecían cubiertos por un sombrero sucio y raído. Las altas botas, totalmente empolvadas, se escondían en su parte trasera por la capa deshilachada. Portaba una espada larga que colgaba de la parte izquierda de su cadera.

—¿Qué es lo que busca vuestra merced aquí? —preguntó el alguacil.

—Desearía poder hablar con el Alcaide.

—¿Y para qué tan importante persona, por lo que veo, quiere ver al Alcaide?

—Debo tratar con su persona cuestiones que escapan a la rutina de esta cárcel.

—¿Cuestiones que escapan a la rutina? ¿No será, por ventura, que anda buscando algún tipo de favor?

—Pudiera ser.

Juan de Mesa tragó saliva, abrió la bolsa en la que tenía guardado el dinero, sacó unas monedas y, de manera disimulada, las depositó en aquella mano que momentos antes había tocado su hombro. El alguacil echó un rápido vistazo al dinero y, acto seguido, lo introdujo en un pequeño bolsillo. La sonrisa que trazó en sus labios hizo que dejase al descubierto, por unos segundos, una dentadura amari-llenta y sucia, donde faltaban al menos dos piezas dentales.

—Por lo que compruebo —prosiguió el alguacil—, es vuestra merced gente influyente y con poder.

Juan de Mesa, de nuevo, se sintió indeciso. No sabía si aquel hombre esperaba más dinero o si, por el contrario, estaba satisfecho con lo recibido. Al cabo de unos segundos de interminable espera, el hombre se dio la media vuelta.

—Sígame por aquí.

Comenzó a andar y el escultor le imitó. Se dio cuenta de que las piernas le temblaban y llegó a perder la estabi-lidad en un momento dado. Pero se recompuso enseguida. El alguacil se encaminó a los soportales, recorriendo el de la parte derecha, donde aparecían distintas puertas que conducían a otras tantas dependencias. Cerca de una de ellas un mendigo estaba tirado en el suelo, hablando solo. Era un anciano que parecía ser ciego. Cuando se percató de la presencia del alguacil, extendió la mano y comenzó a gritar.

—¡Por caridad, alguacil! ¡Socorre a este pobre ciego!

El hombre echó para atrás la pierna derecha para impulsarla de nuevo hacia delante y propinar una patada al anciano.

—¡Aparta de ahí, miserable! Estos mal nacidos te huelen a distancia —le dijo a Juan de Mesa volviéndose levemente pero sin dejar de andar.

El cordobés contempló al ciego revolviéndose de dolor y los gritos que profería parecían que sólo él los escuchaba. Había gente cerca y nadie, absolutamente nadie, se sentía atraído por la escena que acababa de producirse.

Unos diez metros más adelante, el alguacil se paró en seco.

—¿A quién debo anunciar?

—A Juan de Mesa y Velasco, escultor y discípulo de maese Juan Martínez Montañés.

—¿Se refiere al también escultor de la collación de la Magdalena, que ha sido detenido esta mañana acusado de haber dado muerte a un hombre en una disputa?

—Así es, alguacil.

El hombre no dijo nada más. Abrió la puerta y la cerró tras pasar al interior de la habitación. Juan de Mesa quedó esperando. Volvió su mirada hacia el mendigo y se sorprendió de que hubiese vuelto a la posición en que se encontraba antes de la patada que le dio el alguacil. De nuevo intentaba pedir algo a los que pasaban a su lado, que ni siquiera se inmutaban. Denotaba que estaba acostumbrado a recibir palizas y que los improperios e insultos no hacían mella en su autoestima. En verdad demasiado tenía con sobrevivir a cada amanecer y dormir por la noche sin que le pasase nada.

Al cabo de un tiempo que a Juan de Mesa le pareció excesivamente largo, salió el alguacil que lo había conducido hasta aquella puerta. El hombre la dejó entreabierta y se situó en el quicio derecho. Cruzó la pierna derecha por delante de la izquierda y apoyó su hombro en el dintel. Llevaba en la mano derecha una pequeña daga y hundía su punta entre las comisuras de las uñas, quitándose la porquería que se le almacenaba. Sin mirar a Juan de Mesa, al fin habló.

—No es tan fácil poder hablar, así como así, con el Alcaide. Supongo, maese De Mesa, que tiene poderosas razones para querer hacerlo de forma tan presurosa. ¿Conoce vuestra merced los pasos que hay que seguir para conseguir una audiencia con el Alcaide? Incluso la gente poderosa y con dinero tiene dificultades.

El imaginero comprendió lo que le estaba diciendo el alguacil. Estaba claro que el Alcaide había dado su consentimiento para que entrase, pero era ahora el otro hombre quien manejaba la situación y le requería más monedas. Juan de Mesa sopesó si tendría bastante para complacerlo. Recordaba que le dio varias monedas. Pero ahora el montante tendría que ser superior para dejarlo satisfecho del todo. Era la persona que, además, podría conducirle luego hasta Martínez Montañés y, como se temía, la que haría que la estancia del maestro fuese menos humillante. Además, se acordó que dentro de poco estaría allí Francisco de Asís Gamazo. El chaval, avispado donde los hubiese, se sabría mover por aquella cárcel a la perfección. Traería dinero suficiente para acallar unas cuantas de bocas y sobornar a quienes realmente eran necesarios.

Tomó la bolsa que contenía las monedas y la alargó hasta el alguacil.

—Sé que vuestra merced es hombre magnánimo y también agradecido. Por eso no he dudado ni un solo instante en confiarle mis peticiones.

El alguacil cogió la bolsa por las cuerdas que la amarraban. Envainó la daga y tanteó el peso, intentando adivinar el contenido. Sonrió de nuevo, sin lugar a dudas satisfecho por la cantidad que le acaban de ofrecer. Se guardó el pequeño botín y deslizó el brazo derecho hacia el otro extremo de la puerta, abriéndola para franquearle el paso.

—El Alcaide le recibirá ahora mismo. Entre y aguarde unos segundos.

Juan de Mesa hizo una pequeña reverencia al hombre. Pasó por su lado y se detuvo a su altura.

—Dentro de poco vendrá mi aprendiz. Es un chaval despierto y muy espabilado. Lo estoy esperando. ¿Me hará el favor, si es que lo reconoce, de decirle dónde me encuentro?

—No tenga temor, maese de Mesa. Nos entendemos a la perfección.

Juan de Mesa accedió al interior de la estancia. Era amplia. La suciedad estaba instalada. Se volvió de manera súbita cuando escuchó el golpe seco de la puerta al cerrarse. Al fondo había otra puerta, semicerrada. Sintió de nuevo la angustia que le invadió momentos antes. Pero no le dio tiempo a pensar más. Una voz se oyó, fuerte y clara, al otro lado de la puerta.

—Pase.

Entró y se encontró en mitad de una habitación que en nada se parecía a la sala anterior. A diferencia de aquélla, ésta era lujosa y profusamente decorada. De sus paredes colgaban doseles de ricas telas en diversos colores. Los muebles, de talla abigarrada, jalonaban todo aquel espacio. Al fondo, una gran mesa de caoba con varios documentos. Y detrás de ella, en un sillón labrado, un hombre parecía estudiar con detenimiento aquellos papeles. Era orondo y por su frente corría el sudor. Olía mal. Vestía con ropajes ampulosos pero que evidenciaban que llevaba puestos por espacio de varios días. Sintió náuseas en un momento dado, pero se contuvo. El gordinflón tomó un trozo de carne de una bandeja que tenía a su derecha y dio un bocado. El sonido de la vianda en la boca y la forma de masticar volvieron a producirle a Juan de Mesa la misma sensación. Luego, de forma pausada, tomó una copa metálica con la mano izquierda y bebió. Sorbió fuerte, dejó la copa en la mesa y se pasó la bocamanga del brazo izquierdo por la boca, limpiándose los labios. Juan de Mesa contemplaba la escena en total silencio, sin decir absolutamente nada. No reconoció a aquel personaje, pero supuso que se trataba, por el despacho que ocupaba, sus ropajes y el aire de superioridad que mostraba, del Alcaide de la Cárcel Real de Sevilla.

—Así que vuestra merced es Juan de Mesa y Velasco.

—Así es, maese...

—Gaspar Arellano y Fernández de Córdova. Alcaide de la Real Cárcel de Sevilla. ¿En qué puedo servirle?

—He venido hasta aquí, maese Arellano, a sabiendas de que es vuestra merced un hombre ecuánime y que salvaguarda la justicia por encima de todas las cosas. Por eso imploro su comprensión.

—Déjese de divagaciones y dígame qué se le ofrece. Tengo mucho trabajo esta mañana y no me encuentro demasiado bien.

—Hace un rato han traído hasta aquí, detenido, a don Juan Martínez Montañés, reputado e insigne imaginero y escultor, vecino de la collación de la Magdalena, y sin duda persona de reconocidísimo prestigio en toda la ciudad. Me han dicho que se le acusa de haber matado a un hombre.

—Vive Dios que así es —respondió el Alcaide mientras daba otra dentellada asquerosa a aquel trozo de carne grasiento—. Se trata de un caso difícil. No todos los días traen hasta esta cárcel a gente de afamada reputación. Pero la Ley es igual para todos y hay que hacerla cumplir. Y quien se la salta acaba en los calabozos.

—¿Pero se ha demostrado que fuese el maestro quien acabó con la vida de ese pobre desgraciado?

—Me temo, maese de Mesa, que así es. De todas formas, será el Cabildo y el Tribunal quienes lo determinen. Por ahora don Juan Martínez Montañés queda bajo arresto en esta Cárcel Real. Y mucho lo siento puesto que soy admirador de su obra. No dudo que sea un hombre de fe, una persona temerosa de Dios. Pero este trágico hecho ha empañado no sólo su reputación, sino que ha puesto en entredicho su honor.

—¿Quedará, pues, aquí?

—Así es. Sólo nos queda confiar en que la Divina Providencia guíe el Tribunal.

Juan de Mesa respiró hondo. Tenía que dar ahora el siguiente paso, que no era otro que rogarle a aquel hombre que, al menos, le dejase visitar al maestro. «¿Querrá también dinero? ¿Qué haré si así es? No tengo nada hasta que llegue el muchacho. Si me lo insinúa y le digo que tiene que esperar puede montar en cólera, prohibirme verle y mandarme con cajas destempladas a la calle. Debo actuar con sutileza hasta que venga Francisco de Asís Gamazo».

—Conociendo como conozco la forma de actuar de persona tan ejemplar —dijo Juan de Mesa—, estoy convencido de que su generosidad, al igual que su sentido de la justicia, es grande, muy grande. Por eso tengo a bien rogarle que me conceda el privilegio de poder ver a mi maestro para así interesarme por él y, siempre bajo su protección, aconsejarle para que recapacite por lo realizado y que vuelva al camino recto. Creo que es de justicia mi petición, Alcaide.

Y antes de que pudiese responder el hombre, añadió algo más Juan de Mesa.

—Como comprenderá, esta generosidad para conmigo tendrá el agradecimiento que una persona de vuestra grandeza bien se merece. Precisamente estoy esperando la llegada de mi aprendiz...

Los ojos del Alcaide se agrandaron. Dejó el trozo de carne y volvió a beber de la copa. Repitió la maniobra de limpiarse con la bocamanga y, sin levantarse de su sillón, gritó.

—¡Alguacil! ¡Acuda ante mi presencia inmediatamente!

Se temió lo peor Juan de Mesa. Sin lugar a dudas, aquella especie de velado soborno había indignado a aquel gordo sudoroso que, sintiéndose ofendido por haberle sido ofrecido dinero u otro tipo de prebendas, quería dar una imagen de persona honrada.

Al momento entró el alguacil en la estancia.

—Alguacil —dijo en un tono mucho más suave el Alcaide—. Conduzca a don Juan de Mesa y Velasco hasta el calabozo en el que se encuentra don Juan Martínez Montañés. Y cuando lo haya hecho, deje a ambos solos para que puedan hablar con tranquilidad. Y quiero que le lleve al detenido una vasija grande de agua, y un cuenco con algo de carne y pan.

—Lo que vuestra merced disponga —respondió el alguacil mientras iniciaba una leve reverencia.

—Ah, y en cuanto llegue el muchacho aprendiz de maese de Mesa, llévelo ante la presencia de su maestro.

Don Juan de Mesa, si no le inoportuno, me gustaría que cuando terminase de hablar con su maestro, acudiese de nuevo hasta mis dependencias.

—Así lo haré, Alcaide. Y descuide: su generosidad y sentido de la justicia serán convenientemente recompensadas.

✝

—Pero, ¿estáis seguro de lo que me decís? ¿No os habréis equivocado de persona?

María no daba crédito a lo que le acababa de contar Francisco de Asís Gamazo. Se encontraba en la parte superior de la casa. Había recogido la ropa de uno de los tendederos. El olor a limpio se esparcía por toda la estancia. Se sorprendió al ver entrar al chaval, que lo hizo de forma presurosa y mirando de un lado a otro de aquel patio, intentando dar con alguien. Se topó con una mujer, a la que preguntó algo. Ésta se volvió y alzó el brazo derecho, señalando con su dedo índice el lugar donde ella estaba. No sabía de qué se trataba pero la cara de aquel chavalín despierto no le era desconocida. Lo vio subir por la escalera interior y recorrer el largo pasillo. Ella se apostó en la puerta, con la ropa recién recogida entre sus brazos. Él llegó hasta su altura, se detuvo y, de manera respetuosa, se le dirigió.

—Mi nombre es Francisco de Asís Gamazo. Soy aprendiz del maestro don Juan Martínez Montañés y ahora estoy al servicio de su esposo, el también maestro don Juan de Mesa y Velasco. Le traigo un recado de su marido.

—¿De qué se trata muchacho? —preguntó sin dejar la ropa.

—El maestro me ha dicho que le diga que se encuentra en la Cárcel Real. Hasta allí han llevado detenido a maese Martínez Montañés. Ignoró por qué, pero don Juan de Mesa le pide que me entregue cien reales de vellón para intentar paliar esta difícil situación en la que se encuentra su maestro. Yo debo acudir a la cárcel para hacerle entrega del dinero.

Francisco de Asís Gamazo había ido, en primer lugar, al taller de Juan Martínez Montañés. Allí dejó dispuesto todo tal y como le ordenó Juan de Mesa. Luego fue en busca del hermano mayor de la Cofradía del Silencio, pero al no encontrarse en casa, y viendo la imposibilidad de dar con él, optó por dirigirse a la vivienda del maestro para así poder llegar cuanto antes a la cárcel.

La esposa de Juan de Mesa le hizo entrar en la casa. Dejó la ropa en un gran cesto, se desprendió de un delantal que llevaba e invitó al muchacho a sentarse. Algo más repuesta tras lo acababa de comunicarle, comenzó a preguntarle por todo lo que estaba aconteciendo.

—Desgraciadamente no me he equivocado, señora. Yo estuve presente cuando el alguacil, acompañado de varios soldados, hizo acto de presencia en el taller. Fue el propio maestro quien me dio el encargo de que avisase a su esposo para que tomase el mando. Pero maese de Mesa ha optado por ir hasta la cárcel. Y me encargó que le solicitase ese dinero. Por eso estoy aquí.

María quedó en silencio. Conocía perfectamente la forma de actuar de su marido y estaba convencida de que no dejaría solo a Juan Martínez Montañés. La lealtad que le mostraba desde que entró como discípulo en su taller era tan constante que se esperaba lo peor, esto es, que se quedase allí, en la cárcel, junto al detenido.

Se levantó de la silla e hizo un gesto con la mano a Francisco de Asís Gamazo para que esperase sentado. Entró una de las habitaciones y cerró la puerta. Al cabo del rato, apareció de nuevo con una bolsa de dinero que abultaba.

—Aquí está el dinero que ha pedido mi esposo. Pero al igual que él te ha solicitado que hagas todos esos encargos, yo también voy a abusar de tu servicialidad.

—Sea lo que quiera, señora.

—Voy a acompañarte a la cárcel. Quiero ver a mi marido, estar con él y no dejarlo solo en este trance.

—Pero debe saber vuestra merced que la cárcel no es lugar para una señora. Por allí pululan con total impunidad maleantes, pícaros, rufianes, mujeres de mala vida y toda clase de locos, gente de una calaña con la que no debe inmiscuirse. No tenga preocupación por maese de Mesa. Conozco bien el ambiente, sabré desenvolverme y cuidar de él. Le juro por mi honor que traeré al maestro a casa en cuanto haya hablado con don Juan Martínez Montañés.

Vaciló por unos instantes María.

—El deber de una esposa es estar al lado de su marido.

—Así es, pero le ruego tenga a bien considerar las palabras que le acabo de decir. No es lugar para una señora de su clase. Hágame caso. Espere en casa, que es donde le corresponde y déjeme a mí obrar en consecuencia. Lo haré de la mejor forma y su esposo estará de regreso, sano y salvo, en el menor tiempo posible.

María pareció convencerse. En realidad Francisco de Asís Gamazo tenía razón en todo lo que le acababa de decir. Comprendió que yendo hasta la Cárcel Real sólo podía empeorar la situación. En verdad no era un lugar para ella, pero sintió miedo de que su esposo no supiese cómo actuar; se asustó pensando que le relacionasen con lo que hubiera cometido su maestro. Pero, ¿de qué se trataba para que fuese conducido hasta la Cárcel Real? Ella conocía también la fama de pendenciero de Juan Martínez Montañés. Su marido se la había referido en varias ocasiones aunque casi siempre le quitaba importancia a los hechos que llevaba a cabo. «No te preocupes, mujer. En el fondo es un buen hombre, que está al servicio de la Iglesia. Cada uno tenemos nuestra propia personalidad. Y Juan Martínez Montañés es un genio, una persona fuera de lo común. Dios es justo y sabe poner a cada uno en su sitio».

Por fin, desistió de su intención inicial de ir hasta la cárcel.

—Sea como dices, muchacho. Aquí tienes el dinero que te ha pedido mi esposo. Pero quiero que le digas algo.

—Lo que la señora disponga.

—Dile de mi parte que espero que esté en casa antes de que anochezca. Si no es así, estaré apostada a las puertas de la Cárcel Real hasta que salga por ellas.

—Así lo haré. Y descuide: estará aquí antes de que el sol se ponga.

Hizo una reverencia Francisco de Asís Gamazo y se dio la vuelta para marcharse hacia la Plaza de San Francisco. Entonces ella volvió a hablarle.

—¿Has visto la talla del Nazareno?

El muchacho sintió que la piel se le erizaba. Un escalofrío tremendo recorrió todo su cuerpo de arriba abajo. Quedó paralizado ante la pregunta. Se vio descubierto por lo que acababa de hacer pero cayó enseguida en la cuenta de que había estado solo en el taller del maestro Juan de Mesa. Miró a María y contestó.

—Sí, señora. Y créame lo que le voy a decir: es la talla más grandiosa de cuantas he visto. En verdad, en ella he visto a Dios en la Tierra. Nunca pensé que fuese encontrarme con Jesucristo en una habitación de Sevilla.

Y me obligo de hazer e labrar de escultura y madera de sedro una hechura e ymagen de san benito monge de alto de una bara con su peana e insignias vaculo y libro dorado y estofado acabado en toda perfecion...»

Contrato de hechura de un San Benito. Arahal (Sevilla).

XVI

La llave se introdujo en la cerradura de la puerta de entrada de su casa. Laura Moreno había tomado, como siempre, la correspondencia depositada en el buzón exterior. Seguía canturreando aquella canción mientras echaba un vistazo a las cartas. «Nada especial, como siempre». Dejó el bolso en la mesita de la entrada y se quitó la cazadora que llevaba puesta. Hizo lo mismo con los zapatos, que dejó a un lado del hall de entrada. «Total, dentro de un rato me los pongo de nuevo para marcharme», pensó. Iba a subir a la habitación que tenía la luz encendida cuando, al pasar por la puerta de cristal biselado de la salita donde tenía la biblioteca, decidió entrar. «Ahora apago la luz. No creo que vaya a ahorrar mucho más».

Miró la estantería. En ella se amontonaban cientos de libros. Había una zona en la que el orden era claro, pero otras, las más, en las que los volúmenes se apilaban, bien apoyados de forma vertical, bien en horizontal. «Cuando todo esto termine debo ponerme a ordenar esta biblioteca. Lo malo es que me gusta como está ahora mismo. Pero luego viene alguien y siempre doy el cante. En fin, ya veré. Ahora lo que quiero es saber algo más de ese Francisco de Asís Gamazo».

Comenzó a buscar entre las estanterías. Uno de los libros cayó al suelo. El polvo revoloteaba mientras Laura iba cogiendo y desechando obras. «¿Dónde estará? Estoy segura de que andaba por esta parte. A lo mejor está arriba». Siguió buscando. Las obras de gran tamaño se encontraban mezcladas con otras más pequeñas. Pasaba los dedos por las cantoneras pero no daba con la que quería. «Qué desorden, Dios mío. Como para una urgencia».

Por fin se detuvo en uno. Era un libro de grandes dimensiones. Leyó el lomo. «El arte del retablo en el siglo XVII». «Aquí está», se dijo para sí misma. Acudió al índice de la obra. «El retablo sevillano en la primera mitad del siglo XVII. No puede fallar. Seguro que aquí lo encuentro». Pasó las páginas con celeridad hasta que llegó al citado capítulo. Comenzó a leer con detenimiento. «Tiene que estar, tiene que estar. Por muy malo que fuese el muchacho ese retablo tiene que constar en alguna parte. Y la vida de Francisco de Asís Gamazo». Continuó pasando párrafos. Al cabo de un par de minutos, se detuvo en una de las páginas. Leyó con excesiva atención para que no se le escapase nada. «En la iglesia de San Martín, en el centro histórico de Sevilla, se encuentra el retablo que realizó Francisco de Asís Gamazo, aprendiz en el taller de Juan Martínez Montañés y posteriormente discípulo de Juan de Mesa y Velasco. No fue Gamazo un hombre que destacase en el arte retablístico. Sin embargo, en los trazos de dicho retablo, situado en una de las capillas laterales del templo, pueden contemplarse influencias del maestro de Alcalá la Real, aunque evidentemente sin acercarse a su altura. Conformado por dos calles laterales que delimitan la parte central, la ornamentación sigue las pautas del retablo barroco de aquella época. Le fue encargado en 1628, un año después de la muerte de Juan de Mesa. Se supone que los sacerdotes que guardaban la iglesia, influenciados por la obra del maestro cordobés, supusieron que Francisco de Asís Gamazo seguiría sus pasos».

«Pero el hecho de haber pertenecido a estos dos importantes talleres –continuaba leyendo Laura Moreno– no significó que el discípulo hubiese adquirido la prestancia de sus maestros a la hora de tallar la madera, ya que evidencia en muchas de las partes de la obra falta de concreción. El dorado de dicho retablo lo llevó a cabo el mismo autor, con lo que el resultado final no fue el deseado por las personas que lo encargaron, si bien, con el paso de los siglos, la obra tiene el valor de haber sido realizada en época en la que surgieron grandísimos maestros en el noble y difícil arte de la madera. Quede constancia, pues, de este retablo que se encuentra ubicado, precisamente, donde se dice está enterrado uno de sus maestros, Juan de Mesa y Velasco».

«Bueno, eso prácticamente lo sé», pensó. Siguió avanzando en la lectura hasta que se detuvo en la biografía de Francisco de Asís Gamazo. Leyó de nuevo con tranquilidad. «Francisco de Asís Gamazo y...». Se paró en seco. Volvió a leer mucho más lentamente el nombre y los apellidos completos de aquel muchacho que murió a la edad de 52 años. No lo podía creer. Ahí estaba. En realidad había estado siempre, pero hasta ese momento no supo realmente quién estaba detrás de toda aquella trama que podía costarle la vida. «¿Cómo no me he dado cuenta antes? Tenía que haber acudido a este libro en cuanto supe el juramento hecho por Francisco de Asís Gamazo. ¿Qué hago ahora? ¿Cómo puedo escapar de todo esto? He sido vilmente engañada. Me han utilizado y ahora quieren matarme. Si descubren que sé quién es el que lleva todo esto, mi vida no vale un pimiento».

Sintió miedo. No sabía cómo actuar. En aquellas páginas estaba el desenlace de todo lo que había ocurrido días atrás.

Era completamente verdad todo lo que estaba pasando. Estaban sustituyéndose imágenes de Juan de Mesa y Velasco. Y todo por seguir al pie de la letra un juramento que hizo un aprendiz y discípulo tanto del cordobés como de Martínez Montañés. «Lo ha llevado hasta sus últimas consecuencias. Una cosa es preservar la obra y el legado de uno de los más insignes imagineros que dio el barroco, y otra muy distinta estar dispuesto a matar. Pero, ¿no está suficientemente reconocida la valía de Juan de Mesa? ¿A qué viene ahora eso de querer sustituir sus tallas?».

Estaba confusa. Sobre todo porque sabía que el peligro era real y que en cualquier momento podía ocurrir lo peor. Caminó de un lado a otro de la estancia. No sabía qué hacer. Dejó el libro en su sitio. De pronto, se acordó del inspector Roberto Losa. «Seguro que él puede ayudarme. Sí, me tiene que ayudar. Es policía. No le va a hacer gracia todo esto pero al fin y al cabo es un profesional. Me dejó una tarjeta con su número. Sí, voy a llamarlo».

Salió de la biblioteca y buscó en el bolso el móvil. Luego, en el monedero, la tarjeta del inspector. «Aquí está. Tengo que hablar con él antes de que sea demasiado tarde». Marcó los dígitos. Pero cuando llevaba cuatro de ellos, paró. «No. Seguro que mi teléfono está intervenido. Esta gente no es novata y actúa de manera extremadamente profesional. Pero, ¿quiénes estarán compinchados con él? A lo peor... no, no puede ser».

Entonces comenzó a escribir un mensaje de texto en el móvil. Lo hizo de forma apresurada pero comprobando que todas las palabras estaban insertadas de forma correcta. «En el momento en que les pones una abreviatura, se hacen un lío. Todo clarito está mejor y así no hay problemas». Siguió escribiendo. «Espero que lo lean en cuanto lo haya mandado. De ello van a depender muchas cosas. Tengo que adelantarme a la situación. Si actúan como creo que lo harán, no tengo la menor duda del próximo paso. En eso les llevo ventaja porque piensan que estoy ajena a todo. Al menos, eso creo».

Concluyó el mensaje. Buscó en la lista de la agenda. «Aquí está». Pulsó la opción de «enviar». Lo mandó. Al cabo de unos segundos apareció en pantalla la frase «Mensaje enviado». Luego, se fue a la ventana de «Mensajes enviados». Pulsó opciones. «Borrar buzón de salida». Le dio de nuevo. Finalmente, otra frase en la pantalla del móvil: «Borrados todos los mensajes del buzón de salida». «Bueno, ya está. Lo único que espero es que tengan el móvil encendido. Son capaces de haberlo apagado».

Pareció sentirse mucho más aliviada, aunque la sensación de impotencia se había instalado en su interior y, sobre todo, comenzaba a aparecer otra que solía ser habitual en Laura Moreno: la sensación de rabia. «He sido una estúpida con todas las letras. Pero lo peor de todo es que mucho me temo que esto sólo ha hecho empezar. Aunque juego con ventaja. No saben que yo ya sé quién es el que está detrás de todo esto. Es una conspiración tremenda. Me han utilizado como chivo expiatorio y ahora, si desaparezco, todo el mundo creerá que yo estaba metida en este entramado. Hijos de puta...». Guardó el móvil en el bolso. De pronto, se acordó que seguía la luz de la habitación de arriba encendida. «Bueno, hago la maleta enseguida y me marcho. No quiero permanecer por más tiempo aquí».

Subió las escaleras. Cuando ya estaba en la planta superior, sonó el móvil. Su cuerpo se paralizó por completo. El miedo le invadió. «Es Lucas, seguro. Pero ahora no puedo coger el teléfono. Tengo que marcharme cuanto antes. No puedo perder ni un segundo más». Cesó la llamada. Pareció sentirse más aliviada. Agarró el pomo de la puerta y lo giró en sentido de las agujas del reloj. Cuando la puerta se abrió, Laura emitió un sonido de angustia. La habitación que tenía la luz encendida, una salita de estar donde ella solía guardar documentos y papeles de trabajo, se encontraba con el mobiliario totalmente destrozado. Todo revuelto, por el suelo: papeles, libros, revistas, cojines, dos lámparas. Uno de los butacones estaba boca arriba, con la parte inferior del asiento destrozada. «Es como si lo hubiesen rajado con un cuchillo». No acertaba a asimilar aquella visión que se le mostraba. No comprendía en aquellos momentos qué estaba ocurriendo. Entró mirando de un lado para otro. Varios portafotos yacían en el suelo de la estancia con los cristales rotos. La mampara de una de las lámparas también aparecía rajada por un cuchillo o similar. En las estanterías, los libros aparecían revueltos, muchos de ellos abiertos y con páginas arrancadas que se distribuían por toda la habitación.

Se agachó y comenzó a recoger aquel maremagnum que se había conformado en la salita. Mientras lo hacía, su mente no dejaba de pensar qué era todo aquello. Las imágenes del interrogatorio en la Comisaría, las tallas de Juan de Mesa, el retablo de Francisco de Asís Gamazo, aquel encuentro en el bar con Lucas Vega, la canción de la ELO... todo iba pasando en cuestión de segundos delante de ella. No acertaba a discernir si estaba soñando o realmente aquello pasaba en aquel instante. «No tengo ahora mismo capacidad para analizarlo todo. Debo ordenar las ideas, recapitular y luego sacar una conclusión. Pero antes de marcharme voy a dejar esta habitación como estaba. Corro peligro, corro peligro». Las palabras de Miguel Ángel del Campo se repetían una y otra vez, martilleando el cerebro, martirizándolo mientras se entremezclaban, sin orden cronológico alguno, con las imágenes, los momentos vividos en aquellos últimos días.

Un ruido, a modo de chasquido, hizo que parase en seco. De pronto la mente se quedó en blanco. Seguía agachada intentando abarcar con las dos manos todo lo que se esparcía por el suelo. Volvió a sentir miedo, mucho miedo. Estaba convencida de que su vida acababa de ponerse justo en el punto de mira de unas personas que sabía quiénes eran pero que igualmente ellas podían conocer completamente sus pasos. «En realidad los han controlado en todo momento. He sido seguida por ellos y además me han utilizado para aparecer como inocentes y ajenos a todo y ser yo la persona que está detrás de un complot tan desquiciado como increíble. Nadie, absolutamente nadie puede creerme a mí. Me han desacreditado de tal manera que ahora es imposible que mi palabra tenga validez alguna. Ni siquiera ante aquellos que dicen ser mis amigos. ¿Habrán leído el sms? ¿Lo tendrán ya en su poder?».

Continuó con la labor de recoger aquel estropicio. Iba dejando papeles, cristales rotos y todo cuanto encontraba en el suelo en una pequeña mesita que había puesto de pie. Allí comenzaba a amontonarse todo. Lo hacía con prisas, alargando los brazos de un lugar a otro sin orden ni concierto para que sus manos recogiesen el mayor número posible de objetos. Uno de detrás de otro; a veces dos a la vez, tres y el cuarto se caía. Volvía a recogerlo y lo juntaba con otros tres o cuatro. De nuevo se caía alguno cuando lo depositaba en la mesa. Respiraba de manera agitada y el corazón latía a un ritmo vertiginoso. El sudor corría por su frente y sentía calor, mucho calor.

Estaba de rodillas, de espaldas a la puerta de entrada de la habitación cuando oyó otro chasquido. Éste acababa de producirse justo al lado de ella. Sólo transcurrieron milésimas de segundo desde que soltó lo que tenía en aquellos momentos en las manos para darse la vuelta cuando sintió la opresión tremenda de algo en la boca y en la nariz. Percibió a la perfección aquel objeto húmedo que le impedía respirar a la par que le echaban para atrás la cabeza. El olor que desprendía penetró en cuestión de segundos por las fosas nasales. No tuvo ninguna duda de que eran dos manos. Una sujetaba una especie de pañuelo mojado mientras la otra apretaba con fuerza y abarcaba la parte inferior del cuello, rodeando y aprisionando ambos hombros.

No le dio tiempo a pensar en nada más mientras la vista comenzaba a nublársele y la cabeza le daba vueltas y vueltas. Cayó desmadejada al suelo, sin conocimiento. La habitación quedaba impregnada de un fuerte olor a cloroformo.

El hombre cogió el pañuelo y se lo guardó en uno de los bolsillos. Llevaba una mascarilla de quirófano para evitar respirar el producto que le acababa de aplicar a Laura Moreno. De pie, justo encima de ella, contempló a la muchacha, que ya tenía perdido completamente el conocimiento. Apartó la mesita de madera. Luego asió de los tobillos a su víctima y empezó a arrastrarla hasta la puerta de la salita. Cuando se encontraba justo debajo del dintel, soltó los pies, recuperó la verticalidad y se volvió hacia el pasillo.

—A ver si colaboramos un poco —gritó en dirección a la parte baja de la casa.

Al momento avanzó por las escaleras otro hombre. A diferencia del que se encontraba en la parte superior de la vivienda, no llevaba la mascarilla.

—¿Quieres caerte redondo, imbécil? Ponte la mascarilla, el olor es insoportable.

—Es que te has pasado de dosis —respondió con una irónica sonrisa sacando la mascarilla y colocándosela a la altura de la boca y la nariz.

—Bueno, esto ya está concluido. Ayúdame a bajarla. ¿Dónde tienes el coche?

—Justo en la puerta.

El que parecía llevar la voz cantante masculló algo entre dientes.

—Puede vernos algún vecino si la sacamos por la puerta. Anda, busca las llaves del garaje, mete el coche y cierra el portalón. Así trabajaremos mejor.

Obedeció al instante. El hombre que se había quedado en la casa volvió a entrar en la habitación. Contempló la escena y fue pasando la vista por las estanterías. «Joder la que hemos formado aquí», pensó viendo aquel espectáculo de desorden. «En fin, el jefe manda y nosotros obedecemos. Que para eso nos pagan bien».

Se acercó hasta una de las baldas y cogió un libro. «La pintura de Velázquez. Claves para comprender su obra y su entorno». «Vaya con el librito», se dijo para sí mientras pasaba las páginas y se detenía en las ilustraciones. Fue entonces cuando escuchó pasos en el pasillo.

—Ya está metido el coche en el garaje.

Era su compañero, que llegaba jadeante por la rapidez en que había realizado todo.

—Está bien. Venga, ayúdame a cargar la mercancía y nos vamos echando leches. El jefe quiere que estemos allí cuanto antes.

—¿Cómo la descargaremos?

—Todo está previsto, amigo. Nadie nos verá ni sacarla de aquí ni introducirla en el lugar a la que la tenemos que llevar.

—¿Qué crees que le ocurrirá a esta mujer?

—No seas más imbécil de lo que ya lo eres y no hagas ese tipo de preguntas. Limítate a hacer tu trabajo. Lo que le depare el futuro no es cosa nuestra. Aunque te advierto que me huele, y no es el cloroformo, a que no es halagüeño.

Comenzó a reírse mientras ambos llevaban escaleras abajo a Laura Moreno.

∿

Los bomberos acudieron al lugar del incendio en cuanto recibieron la llamada. La nave industrial ardía con saña y el ambiente estaba impregnado de un nauseabundo olor a pescado quemado. Se afanaban los efectivos desplazados hasta el lugar por salvar cualquier tipo de mobiliario. Todo estaba siendo pasto de las llamas. El fuego se extendió de manera inmediata, propagado por la gasolina rociada por gran parte de la superficie.

El vehículo de la Policía quedó aparcado a unos cien metros de la nave siniestrada. Cuando se bajó de él el inspector Roberto Losa, tuvo que ponerse un pañuelo en la nariz y en la boca para poder avanzar, habida cuenta de desagradable olor que despedía la zona. En el coche quedó un policía de uniforme que se aprestó a cerrar las ventanillas para intentar que aquel olor no penetrase en el habitáculo.

Llegó el inspector hasta el jefe de bomberos, que en aquellos momentos daba las instrucciones necesarias para controlar de forma definitiva el incendio.

—Buenas noches. Espero que hacerme venir hasta aquí no haya sido sólo para decirme que ha ardido esta nave —dijo Losa mientras estrechaba la mano del jefe de bomberos y mantenía todavía el pañuelo en su cara.

—Por supuesto que no —respondió el superior del Servicio de Extinción de Incendios—. Se trata de un incendio cuyas causas parecen, por lo que han podido comprobar mis hombres, intencionadas.

—Bueno, eso es algo que habrá que determinar en el informe que realicen cuando el fuego esté completamente sofocado.

—Así es. Pero uno de mis hombres ha encontrado varios barriles de gasolina entre los restos. Creemos que alguien ha derramado este líquido para provocar el incendio.

—Pudieran encontrarse aquí ya y arder por casualidad. Quizá un cortocircuito lo haya provocado.

—Efectivamente. Lo que ocurre es que esta nave estaba destinada a almacenar pescado congelado, por lo que no creo que tuviese mucha lógica tener gasolina. Además, estaba abandonada desde hacía algún tiempo.

En esos momentos llegó hasta ambos uno de los bomberos. Venía corriendo de la parte donde estaba casi controlado el incendio.

—¡Jefe, jefe! —gritó cuando estuvo a su altura—. ¡Hemos encontrado algo!

—¿De qué se trata, Fernández?

Tosió el bombero mientras se quitaba el casco y limpiaba su rostro, ennegrecido por el humo.

—Ha aparecido un cuerpo.

—¿Cómo? ¿Es que había alguien dentro?

—Todo parece indicar que sí. Ahora mismo están los compañeros intentando rescatarlo. Se encuentra en muy mal estado. Vamos a ver si podemos encontrar alguna documentación que no se haya chamuscado.

Roberto Losa sacó una pequeña libretita de uno de los bolsillos de su chaqueta y comenzó a apuntar.

—¿A qué hora cree que se ha podido producir el incendio, jefe?

—No lo sabemos con exactitud, pero por el estado en el que estaba la nave, la rapidez con la que ha ardido y el momento en el que hemos recibido llamada, puede que haga una hora u hora y media.

—¿Y en ese tiempo puede quedar un cuerpo totalmente calcinado?

—La gasolina es elemento propagador del fuego. Por fortuna hemos llegado muy pronto y no ha ardido toda la nave a pesar de lo rápido en prender todo.

—¿Cree que se salvará algo?

—Es difícil predecir eso. No había mucho mobiliario y eso ha contribuido a que el fuego se quedase estancado durante un tiempo en un mismo sitio. En ese sentido le hemos cogido las vueltas a las llamas. ¿Quiere usted acercarse hasta dónde se encuentra el cuerpo?

—Por supuesto. Me han llamado para algo ¿no?

Ambos siguieron los pasos del bombero. La fachada principal de la nave se encontraba semiderruida. Una de las paredes había cedido por el calor y los ladrillos, totalmente calcinados, se esparcían por espacio de decenas de metros. Fueron sorteando hierros y hormigón. El olor seguía siendo fuerte y amargo. Roberto Losa avanzaba con el pañuelo puesto en la boca y la nariz. En el interior del edificio al menos una veintena de bomberos continuaban con los trabajos de extinción: unos seguían dirigiendo los potentes chorros de agua a la base de donde antes nacía el fuego; otros, más alejados del foco principal, comenzaban las labores de saneamiento de paredes. Aquello era un caos invadido por un espeso humo negro que dificultaba la visión.

—Debería ponerse un casco, inspector —aconsejó el jefe de bomberos—. La cubierta de la nave no es segura y al haber cedido parte de una de las paredes puede producirse un derrumbe de un momento a otro.

Roberto Losa le hizo caso. Tomó uno de los cascos que le ofrecía el bombero que les guiaba hasta el cuerpo calcinado y se lo puso. Continuaron avanzando hasta que llegaron al lugar.

—Ahí lo tiene, jefe —dijo el bombero—. Se encuentra en mal estado pero no se ha calcinado del todo.

—¿Se puede intentar buscar algo para saber su identidad?

—En estos casos hay que esperar al juez de guardia para proceder al levantamiento del cadáver.

—Jefe —respondió con cierto malestar Losa—, no me diga cómo tengo que hacer mi trabajo. Eso ya lo sé. Pero si tenemos una pequeña posibilidad de saber algo de esta persona, no creo que nos vayamos a cargar toda una investigación. ¿Tiene unos guantes?

Al momento el bombero le entregó unos. El inspector se los puso y se agachó para ponerse a la altura del cuerpo.

—Ha quedado fatal el pobre —dijo con cierto tono de ironía—. Bueno, vamos a ver. Se supone que en esta parte estarían los bolsillos. La suerte está echada, que dijo el clásico.

Comenzó a hurgar con mucho tacto para no descomponer nada. Primero lo hizo en uno de sus bolsillos. Nada. Luego en otro más. Tampoco obtuvo lo que quería. Frunció el ceño Losa y dirigió sus manos hasta la zona que parecía ser el pecho de la víctima.

—Esto es la parte superior de la chaqueta. Quizá aquí, en uno de los bolsillos, haya algo.

Repitió la misma operación que anteriormente. Finalmente, sus manos se toparon con un objeto. Con sumo cuidado lo extrajo del interior de la chaqueta. Se trataba, aunque muy deteriorada, de una cartera.

—Aquí está lo que buscábamos —exclamó enseñando el objeto a los allí presentes—. La suerte nos sigue acompañando y espero que en el interior de esta cartera esté lo que busco: algún documento que nos arroje luz sobre este pobre infeliz.

La abrió con extremada prudencia. Echó una visual primero y luego, comprobó que también estaba afectada por el fuego.

—Se ha quedado pegado lo que hay en su interior. Debe ser como consecuencia del plástico de los documentos.

Por fin encontró lo que parecía ser una especie de carné. «Será el de identidad», pensó el inspector, que lo extrajo con una pequeña pinza que había sacado de su bolsillo. Efectivamente, era el DNI, aunque las llamas lo destrozaron en parte. Lo tomó con su mano derecha y lo alzó para observarlo mejor.

—Está quemada una parte, pero aquí se lee algo: «el Ángel del Campo Sanabria». Es suficiente. Agente —dijo mientras se volvía al bombero—. Haga el favor de llamar al policía que se encuentra en el vehículo. Dígale que venga enseguida.

—¿Sabe usted quién es? —preguntó intrigado el jefe de bomberos.

—Por supuesto que no. Sería un fenómeno si con solo estos datos ya supiese quién es esta persona. Pero tenemos un nombre y los dos apellidos. ¿Le parece poco? En un momento, en cuanto se procesen en la central de datos de la Comisaría, tendremos la respuesta.

Al momento llegó el policía. Roberto Losa había introducido el carné en una pequeña bolsa de plástico.

—Agente, avise por la emisora que hemos encontrado el cuerpo sin vida de una persona en la nave siniestrada. Pase los datos de este carné a la central para que nos digan de quién se trata. Quiero máxima prioridad. Puede que no esté lejos quien ha prendido fuego o que sea él mismo.

Los bomberos seguían con las labores de extinción y saneamiento del edificio. Roberto Losa volvió a echar un vistazo a todo el entorno. Luego, miró hacia el fondo de la nave.

—¿Qué es aquello?

—Parece ser mobiliario.

—¿Qué clase de mobiliario?

—Todavía no lo sabemos.

Ambos, sin decir nada más, avanzaron hacia los objetos. Uno de ellos se asemejaba a una mesa de trabajo. El inspector la rodeó. En la otra cara, en la zona inferior, parecía tener una especie de batea en la que estaban depositados algunos enseres. Tomó uno de ellos y se lo mostró al jefe de bomberos.

—¿Qué diría usted que es esto?

—La verdad es que no lo sé. Puede tratarse de una herramienta para manipular el pescado congelado.

—Frío, frío, jefe. Estoy seguro que con este objeto no se despieza, precisamente, pescado.

En ese momento volvió el policía hasta donde los dos hombres se encontraban.

—¡Inspector! —gritó mientras avanzaba con paso ligero—. ¡Ya está identificado el hombre!

Tanto Roberto Losa como el jefe de bomberos quedaron en silencio, esperando la respuesta.

—Se trata de Miguel Ángel del Campo Sanabria. Es uno de los responsables del Instituto Andaluz de Patrimonio Histórico de la Junta de Andalucía.

El inspector quedó perplejo. En aquel preciso instante se acordó de su amigo el periodista Lucas Vega y de la profesora Laura Moreno.

—Tiene que ser el jefe de ella o algo parecido —musitó entre dientes para luego dirigirse a las personas que estaban con él—. Caballeros, ¿saben qué instrumento es éste que tengo entre mis manos?

Todos callaron.

—Se trata de una especie de punzón. Desconozco su nombre técnico pero o mucho me equivoco o sirve para tallar la madera.

—¿Y que hace en una nave de pescado congelado un punzón de ese tipo? —preguntó el jefe de bomberos.

—Lo mismo que hacía este pobre hombre. El objeto tiene que ver con su muerte. Y ambos no estaban aquí precisamente por casualidad.

En ese momento sonó el móvil del inspector. Miró la pantalla. No tenía identificado el número que aparecía. Descolgó mientras se apartaba unos dos metros de las demás personas.

—¿Dígame? —esperó a que respondiesen.

—Sí, soy yo. ¿Quién es usted?

Escuchó con atención mientras el rostro comenzaba a denotar sorpresa por lo que su interlocutor le hablaba. No dijo nada más. Siguió escuchando con suma atención.

—Bien, no se muevan de donde están. Yo voy hacia allá ahora mismo.

Colgó. Se dirigió de nuevo al lugar donde estaban los demás.

—Agente, vamos. Tenemos que ir a otro sitio. Jefe —dijo—, le ruego me tenga informado de todo lo que vayan descubriendo. Supongo que el juez de guardia llegará en unos momentos. Quiero saber la hora exacta de la muerte de este señor.

—¿Ha pasado algo? —preguntó intrigado el jefe de bomberos.

—Creo que ya sé quién está detrás de este asesinato.

∿

Cuando abrieron el maletero, el bulto no se movía. Uno de los hombres comprobó que respiraba. Sonrió de forma leve y agarró uno de los extremos. Giró la cabeza y se dirigió a su acompañante.

—¿A qué esperas para echarme una mano? No vamos a estar aquí todo el día.

El otro lo imitó y cogió el extremo opuesto. Sacaron el bulto del coche con cuidado.

—Pesa un poco —dijo haciendo el esfuerzo al sostenerlo en el aire.

—¿Qué querías, que fuese como una pluma? Y da gracias a que no se trata de un tiparraco de esos que sobrepasan los cien kilos. En esta ocasión hemos tenido más suerte. Venga, tira para la escalera. Cuanto antes terminemos, mejor para todos.

Avanzaron de manera torpe hasta llegar al comienzo de la escalera, por la que subieron con dificultad. Finalmente se toparon con una puerta. El que iba por delante giró el picaporte y empujó la hoja. Accedieron por ella. Daba a un largo pasillo tenuemente iluminado. Al final, aparecía otra puerta, aunque ésta era de un ascensor.

—Bueno, ya casi estamos.

Pulsó para llamarlo. Esperaron unos cuantos segundos hasta que se escuchó un timbre. Acto seguido se abrió la puerta y la luz del habitáculo hizo que viesen mejor.

Entraron en su interior. De nuevo el hombre pulsó uno de los botones. El ascensor comenzó a moverse hacia abajo.

—Estamos descendiendo —dijo el otro hombre.

Su compañero no respondió. No era la primera vez que realizaba una operación de este tipo. En cambio, su compañero no lo había hecho nunca. Era su bautismo. Se le notaba nervioso y evidenciaba que no conocía el terreno en que se movía.

Después de otros pocos segundos el ascensor se paró. La puerta se abrió y aparecieron en una estancia con las paredes sin obrar, desnudos los ladrillos. Depositaron el bulto en el suelo. El que llevaba la voz cantante se pasó la mano derecha por la frente, quitándose el sudor que había comenzado a brotar.

—Ahora tenemos que esperar a que llegue él. Lo hará por esa puerta —aseveró mientras la señalaba.

—¿Tardará mucho?

—No creo. Sabe que veníamos de camino, así que dentro de un momento me llamará al móvil para confirmar que estamos en el sitio acordado.

—Y luego ¿qué?

—Luego, nada. Lo que haga con esta mujer no es asunto nuestro. Cobramos el resto estipulado y nos vamos. No quiero tener problemas con este hombre. Es un tío muy escrupuloso con todo lo que hace y en cuanto surge el más mínimo inconveniente, la forma.

Tal y como acababa de decir, sonó el móvil.

—¿Sí? Sí, aquí estamos. Todo correcto. No, ningún problema, ha salido a la perfección.

Colgó. Al cabo de diez segundos la puerta del fondo se abrió. La persona que salió por ella no dijo nada. Con un gesto les indicó que trajesen el bulto hasta allí. Lo hicieron. Pasaron por el umbral. La siguiente estancia estaba completamente a oscuras y tan sólo se vislumbraba algo de ella por la luz de la anterior.

Volvió a hacer otro gesto señalando que dejaran el objeto en el suelo. Una vez fue depositado, por fin habló.

—Bien, ya sabes lo que tienes que hacer ahora. Te llevas el coche y lo haces desaparecer. No me importa cómo, pero que no quede ni rastro de él.

Sacó un sobre de uno de sus bolsillos.

—Aquí tienes. Está todo. Tú arreglas cuentas con tu amigo. Ya me pondré en contacto contigo. Pero mañana quiero que estéis fuera de la ciudad.

—Así lo haremos. Ya sabe dónde encontrarme.

No respondió. Los dos hombres comprendieron que la conversación y su trabajo habían concluido. Volvieron sobre sus pasos y cerraron la puerta. El otro hombre esperó a que tomasen de nuevo el ascensor. Escuchó el timbre y cómo se abría la puerta, para luego cerrarse. El ruido del motor indicaba que se había puesto en marcha. Entonces, buscó en la pared un interruptor de la luz. La estancia se iluminó. Se agachó hasta el bulto y tiró con suavidad de una cremallera, dejando al descubierto el cuerpo que contenía aquella bolsa.

Contempló a la mujer con tranquilidad y se dirigió hacia ella, a sabiendas de que estaba drogaba y, por lo tanto, inconsciente.

—Laura, Laura. ¿Por qué habrás sido tan indiscreta? La curiosidad va a acabar matándote. Yo no tengo la culpa de que te hayas querido inmiscuir de esta manera. Si te hubieses mantenido al margen, lo más seguro es que ahora estuvieses tranquilamente en tu casa, ajena a todo esto. Pero no, decidiste tomar partido. Tan sólo tenías que haber ayudado un poquito, pero sin cruzar la línea. Ahora, en cambio, estás metida hasta el fondo y como comprenderás, no podemos dejar que te marches y, mucho peor, que cuentes nuestra misión. Lo siento por ti, creí que podríamos hacer un buen negocio. Yo sí lo he hecho pero, desgraciadamente, tú no. Mucho me temo que no voy a tener otro remedio, y vas a seguir los pasos de tu jefe, y sin embargo amigo, Miguel Ángel del Campo. Una pena, él era un pobre diablo. En cambio, tú tenías por delante toda una carrera llena de éxitos. Pero la vida es así de dura.

De hazer una ystoria de escultura de la asuncion de nuestra señora de largo de dos baras poco mas o menos y de ancho que requiere la caxa donde a de ir la dicha escoltura llebando en ella quatro Ángeles que la ban subiendo a los cielos con un trono de serfines a sus pies...

Extracto del contrato de hechura de una imagen de Nuestra Señora de la Asunción.

XVII

La celda estaba situada en la planta principal, lo que indicaba que Juan Martínez Montañés no se encontraba mezclado con toda la amalgama de delincuentes de la más baja condición. Lo sabía Juan de Mesa, que había escuchado mil historias acerca de lo que les solía ocurrir a los que penaban en los calabozos de los sótanos de la Cárcel Real. Esta circunstancia aliviaba en algo su angustia, ya también más calmada tras haber obtenido el beneplácito del Alcaide, un hombre que, como casi todos los que ocupaban un cargo con poder de decisión, se plegaban en aquellos momentos al dinero.

No se había equivocado al ofertarle suculentos estipendios que, aunque no los llevaba en aquellos momentos, sabía que los tendría en sus manos en muy poco tiempo. También se congratuló de que el alguacil, ahora más amable y servicial que antes de conocer al Alcaide, le guiaba con suma cordialidad por el pórtico de aquel edificio que en aquellos momentos bullía de manera extraordinaria.

Al cabo de unos minutos desembocaron en un pequeño patio a espaldas del principal. Parecía más calmado. También estaban apostados algunos tenderetes si bien el trasiego no era tan constante como el anterior. A diferencia del primero, éste no estaba porticado y alrededor de la zona central se distribuían una serie de puertas metálicas que tenían en su parte superior, a la altura de la cabeza, una especie de portezuela que se abría desde el exterior. Los picaportes eran cerrojos de gran tamaño. Algunos aparecían descorridos; otros, en cambio, estaban cerrados a cal y canto. Por el patio se esparcían algunos guardias que evidenciaban no mostrar excesivo celo a la hora de custodiar aquellas estancias. Dos de ellos, en uno de los rincones donde la sombra apaciguaba el calor que reinaba en aquellos momentos, dormitaban echados prácticamente en el suelo.

El alguacil se detuvo en una de las puertas. No dijo nada en todo el trayecto que recorrieron desde el despacho del Alcaide hasta aquel patio. De manera serena, con tranquilidad, tiró hacia atrás del cerrojo, que chirrió sobremanera, haciendo que los dos guardias saliesen de su duermevela. Empero, cuando se percataron de que era uno de los alguaciles, volvieron a retomar la postura primera.

Se trajo hacia él la puerta, que también emitió un sórdido lamento, dejándola entreabierta. Se echó a un lado para que su acompañante pudiese atravesarla.

—Maese de Mesa —dijo en tono servicial—, puede visitar al preso.

—Por ahora, caballero, es tan solo un detenido —respondió sorprendiéndose él mismo de la valentía de sus palabras y temiendo desatar el malestar en el funcionario.

En cambio, éste no pareció sentirse ofendido por la respuesta. Sonrió de nuevo y se apoyó en la pared contigua a la puerta.

—Lo que vuestra merced prefiera. No tiene mucho tiempo, así que le aconsejo que lo aproveche.

Juan de Mesa entró en el calabozo. La oscuridad estaba instalada en el habitáculo. Tan sólo una pequeña ventana superior, enrejada, posibilitaba algo de luz a la estancia. Miró hacia su derecha y vio una pequeña mesa con un taburete. A continuación dirigió la vista hacia su izquierda y se topó con la figura del maestro, recostado en un camastro. A sus pies tenía una bacinilla. El suelo, polvoriento, albergaba paja maloliente y húmeda. El escultor cordobés fue a acercarse cuando la voz del hombre, potente y clara, como era costumbre en él, hizo que se detuviese en seco.

—¡Juan de Mesa y Velasco! ¡Vive Dios que cada día que pasa me sorprendes más! —dijo mientras se incorporaba y se dirigía hacia su discípulo—¡Qué alegría de verte! Veo que Francisco de Asís Gamazo es muchacho cumplidor pero desobediente en algunos momentos. Le dije que te quedases a cargo del taller. ¿Qué haces, pues, aquí?

Ambos se abrazaron. Llevó la iniciativa Martínez Montañés. Juan de Mesa se encontraba algo azorado. Los temores que había sentido desde que cruzó la puerta principal de la Cárcel Real no parecían haber hecho mella en su maestro que, a diferencia de él, estaba tranquilo.

—Le ruego me perdone, maese Martínez Montañés, pero en cuanto supe de su desgraciado destino no tuve por menos que no atender a sus deseos y, en cambio, acercarme hasta aquí. No podía evitar la angustia y creí que lo mejor era estar a su lado, intentar ayudarle en la medida de mis pobres posibilidades.

Una sonora carcajada, habitual en Martínez Montañés, escapó de su garganta en el momento en que dejaba de abrazarlo.

—¡No puedes remediarlo, Juan! ¡Tú siempre tan servicial y sumiso! ¿Cuándo expulsarás de tu interior esa condición de hombre inseguro? Eres un gran escultor pero tu valía no está acorde con tanta modestia.

Juan de Mesa agachó algo la cabeza para evitar mirar de frente al maestro. Éste se dio cuenta que el discípulo se sentía avergonzado, quizá por no haber hecho lo que le había demandado. Cambió el tono de su voz entonces.

—Te agradezco que hayas venido hasta aquí. No es lugar demasiado cómodo para pasarse un tiempo. De todas formas, he tenido suerte porque no me han llevado hasta los sótanos. Eso sí que es el infierno.

—¿Qué es lo que ha ocurrido, maestro? —preguntó el cordobés—. Me ha dicho Francisco de Asís Gamazo que está detenido por dar muerte a un hombre.

Juan Martínez Montañés volvió hacia el camastro y se sentó en una de sus esquinas. Abrió algo más piernas, apoyando los antebrazos a la altura de las rodillas para, luego, entrecruzar sus manos.

—Es correcto lo que te ha dicho el chaval. Anoche acabé con la vida de un pobre hombre. Era un desgraciado y tras una conversación en una taberna de las que suelo frecuentar, el diálogo fue tornándose en discusión, terminamos en la calle, desenvainando ambos y llevándose él la peor parte.

—Pero es de suponer que vuestra merced actuó en defensa propia.

—Yo diría que lo hice para defender mi honor.

—¿Acaso le insultó, blasfemó de su familia o algo parecido?

—Peor aún. Puso en duda mi valía como imaginero. Y también me acusó de haber yacido con su mujer días antes.

—¿Y estaba en lo cierto?

Se hizo el silencio. Ahora fue Martínez Montañés quien agachó la cabeza. Pareció sentirse abatido. Tras unos segundos de espera, respondió.

—Lo importante de todo es que el Tribunal que me juzgue comprenda y acepte que defendí mi honor. Si toman partido por el adulterio, la Inquisición será implacable conmigo.

—Pero goza de la amistad de personas de suma importancia no sólo en Sevilla, sino en la capital del Reino. Habría que hacer llegar la noticia al mismísimo Rey.

—No seas iluso, Juan. En estos menesteres estoy solo y desamparado. Soy yo, y no otra persona, quien tiene que hacer valer su inocencia o, cuando menos, defender mi honra y reputación que, por cierto y como habrás podido comprobar, no están en el mejor de los momentos.

—No puedo permitir que se quede aquí, en este lugar. No es sitio para una persona de la condición social que ostenta, ganada a pulso. Esta ciudad le debe mucho y es por ello que voy a remover cielos y tierra para que cuanto antes abandone la Cárcel Real.

—Juan, Juan... sigues sin cambiar. Saldré de este pozo cuando haya sido juzgado, no antes. ¿No comprendes que se me acusa de haber matado a un hombre y que encima hay testigos para ratificarlo? No puedes hacer nada por mí ahora mismo. Tan sólo esperar acontecimientos. Mi destino está ahora labrándose aquí, entre cuatro paredes de una celda que apesta. Debería estar trabajando, creando, pero en cambio me encuentro preso. Y no podemos hacer nada. Ni tú, ni yo. Por cierto, ¿cómo llevas la talla del Nazareno?

—¿Qué importa ahora eso, maestro?

—¡Mucho! —gritó a la par que se levantaba—. ¡No puedes dejar de hacer tu trabajo! ¿O es que quieres verte como yo? Tú no eres así, estás hecho de otra madera muy distinta a la mía. Lo supe desde el momento en que entraste por la puerta del taller. Cuando te vi coger la gubia, acariciarla, mimarla, me di cuenta de que eras distinto a los demás imagineros. Distinto a mí. No puedes echar por la borda tu genialidad. ¿No ves cómo he acabado yo? ¿Acaso no te das cuenta de que si estoy metido en este lío es sólo y exclusivamente culpa mía? ¿Y tú quieres seguir mis pasos? No es normal que sigas tan ciego. Eres el mejor, el mejor. Y para eso tienes que creértelo pero, además, continuar con tu labor, con tu obra.

Juan de Mesa quedó callado. No sabía qué responder a aquellas palabras que acababan de salir directamente del corazón de su maestro. Comprendió entonces por qué le había formulado aquella pregunta acerca de la talla del Nazareno.

—Si vuestra merced así lo dispone, concluiré la imagen en el menor tiempo posible. Mas yo estoy convencido de que no puedo ahondar más, que está bien como está y no hay que tocarlo ni un ápice.

—Así me gusta, Juan. Quiero que la entregues cuanto antes, que la finalices para que todos puedan admirar una vez más lo que esconden esas manos privilegiadas capaces de convertir la madera en algo divino. Es importante que la Cofradía del Traspaso tenga cuanto antes la talla. Así podrás dedicarte a otras. Encargos no te van a faltar. No sé cuánto tiempo permaneceré aquí, pero es fundamental que mientras siga estando preso tú puedas hacerte cargo de mi taller. En ninguna otra persona confío más que en vos. Y para ello debes terminar la imagen.

Unas voces que provenían del exterior de la celda hicieron que ambos volviesen la cabeza en dirección a la puerta. Al momento apareció el alguacil, que sujetaba por la parte trasera del cuello a Francisco de Asís Gamazo.

—Caballeros —dijo el soldado con voz firme—, este zagal dice ser Francisco de Asís Gamazo, discípulo de Juan Martínez Montañés y Juan de Mesa y Velasco.

—Así es. No miente el muchacho —respondió Juan Martínez Montañés.

La respuesta hizo que el alguacil lo soltase por donde lo tenía agarrado. El aprendiz, entonces, fue hasta el alcalaíno y, tomando su mano derecha, hizo una reverencia.

—¡Maestro! ¡Me alegro tanto de verlo bien!

—Calma, chaval, calma. Claro que estoy bien. ¿Por ventura creéis que yo, Juan Martínez Montañés, voy a desfallecer por estar encerrado en esta pocilga? Alguacil —dijo dirigiéndose al soldado—, le rogaría que nos dejase un momento a solas. Enseguida estos caballeros abandonarán la celda y la Cárcel Real. Espero que se hayan portado con vuestra merced como se merece su posición.

El alguacil no dijo nada. Volvió a sonreír, se dio media vuelta y desapareció por la puerta.

—Bueno, ya está bien de monsergas —exclamó Martínez Montañés—. Van a pensar que soy hombre pudiente con tanta gente acudiendo en mi auxilio. Y eso conllevará que tenga que estar sobornando a media cárcel para que me dejen tranquilo. Así que espero os marchéis cuanto antes para que no surjan más problemas de los que ya tengo encima.

—Maestro —se adelantó Juan de Mesa—. El muchacho me ha traído una bolsa con monedas para que, al menos, no pase penurias entre tanto pícaro y malhechor, tanto los encerrados como los que custodian a los presos.

—Me dejas impresionado una vez más. No soy merecedor de tantos halagos y atenciones por parte vuestra. Lo acepto de buen agrado porque, efectivamente, no hay nada mejor que tener una bolsa con la que poder desenvolverse con otro aire por estas estancias. Pero a cambio de aceptar vuestra generosidad, que será recompensada más adelante como se merece, quiero que, en nombre de Jesucristo, me hagáis caso y abandonéis cuanto antes estas dependencias. Ya os tendré informados de lo que vaya aconteciendo.

—¿Cómo lo sabremos, maestro?

—Con esta bolsa todo es posible, Juan; todo es posible —dijo mientras la balanceaba—. Te pido, por tanto, que asumas el mando del taller y que concluyas la talla del Nazareno cuanto antes. Sólo así estaré realmente tranquilo. Aunque el Santo Oficio será otra cosa muy distinta. Ya veremos qué ocurre. Espero que se apiaden de un pobre pecador que admite su error y que, como humano que es, tiene derecho a la redención.

La sonrisa del maestro dejaba, como casi siempre, dubitativo a Juan de Mesa. No sabía exactamente si sus palabras estaban pronunciadas con seriedad o si, por el contrario, él mismo se reía de su situación y no le importaba para nada el futuro incierto que tenía delante de sí en aquella Cárcel Real de Sevilla.

—Se hará como vuestra merced dice.

Ambos se fundieron en un abrazo que se prolongó por espacio de varios segundos. Francisco de Asís Gamazo contemplaba la escena apartado de los dos hombres. No quería interferir para nada en aquel momento. Las palabras de Martínez Montañés sobre la imagen del Nazareno hicieron que se acordase de lo vivido esa misma mañana, cuando quedó a solas en la habitación—taller de Juan de Mesa y se encontró, frente a frente, con la talla de Jesucristo. No había podido evitar apartar la sábana, dejarla al descubierto y cumplir con lo que se había juramentado la noche anterior. Lo hizo todo con sumo cuidado para no despertar las sospechas de su nuevo maestro, para que cuando regresase no notara nada raro. Todo debía de estar igual que al marcharse a buscar a Juan Martínez Montañés. Así esperaba que aconteciese cuando, de nuevo, entrasen por la puerta del taller.

Respiró hondo al rememorar aquel momento. De nuevo se vio frente a la imagen, acercando su rostro al suyo, oliendo todavía la madera sin policromar; empapándose del aroma que desprendían sus poros, maravillándose de la mirada de misericordia que irradiaba aquella divina y santa faz.

Era Jesucristo, el Hijo de Dios hecho carne allí, en una habitación de una collación de Sevilla. Y él, Francisco de Asís Gamazo, estaba delante. A solas con Él, a solas con su destino.

Otra vez las palabras de Martínez Montañés hicieron que la mente del muchacho regresase a aquel lugar.

—Ya está bien de cursilerías más propias de damas de la alta alcurnia que de hombres que, cada día, tienen que enfrentarse con el destino que les ha tocado vivir. Marchad hacia el taller, seguid con vuestra vida. Tendréis noticias mías pronto. Os lo prometo.

Juan de Mesa no dijo nada. Retrocedió varios pasos hasta situarse casi a la altura de la puerta. Francisco de Asís Gamazo repitió la misma reverencia, esta vez sin cogerle la mano, que hizo cuando entró en la celda. Ambos se encaminaron hasta la puerta. Antes de desaparecer de la vista de Juan Martínez Montañés, el cordobés se dirigió a él por última vez.

—Maestro, Dios le guarde muchos años. En cuanto llegue al taller, dispondré todo para que nada cambie. Y con respecto a la talla del Nazareno, descuide: quedará acabada en el menor tiempo posible para que así pueda contemplarla por las calles de Sevilla y siga sintiéndose orgulloso de este humilde servidor que a lo único que aspira es a honrar a Dios Todopoderoso y a que mi maestro pueda ir con la cabeza bien alta.

Acto seguido, el sonido contundente del cerrojo cerrando la puerta volvió a sumir a la celda en la oscuridad, sólo rota por el débil haz de luz que se colaba por la pequeña ventana de la estancia.

✝

Tomó la gubia con extremada delicadeza. Era la misma que había utilizado desde el principio. No quiso cambiar en ningún momento. Debía de ser siempre esa, no otra. Porque aquella herramienta fue la primera que tomó entre sus manos cuando la hundió en aquel trozo de madera en bruto. Ahora, en cambio, tenía delante la poderosa imagen del Nazareno. La contempló con parsimonia. No quería precipitarse. Sabía cuál era su misión, su objetivo. Así se lo había prometido, el día anterior, a su maestro.

Aquella noche casi no durmió. Tras abandonar la Cárcel Real, luego de pasar de nuevo por las estancias del Alcaide, que quedó plenamente complacido por cómo se portó en cuanto a estipendios, acudió a la collación de la Magdalena acompañado por Francisco de Asís Gamazo. El taller de Juan Martínez Montañés se encontraba en aquellos momentos a pleno rendimiento. Sin embargo, en cuanto Juan de Mesa se hizo presente en el patio central, el trabajo cesó de pleno. Un silencio extremo inundó todo el ambiente. Los aprendices y discípulos del maestro miraron de forma directa a Juan de Mesa, que fue avanzando lentamente por la parte central de la planta baja. Justo a su lado, aunque algo más retrasado, le acompañaba Francisco de Asís Gamazo.

Subió con parsimonia la escalera. No miró hacia atrás en ningún momento, aunque sabía perfectamente que todos aquellos hombres estaban pendientes de él, de sus movimientos. Por eso se esforzó por desprender firmeza y ni un solo atisbo de duda.

Una vez hubo llegado a la parte superior, se asomó a la balconada situada justo frente a la puerta de las estancias de Martínez Montañés. Se asomó y vio a todos pendientes de él. Estaba claro que esperaban alguna noticia, por pequeña que fuese, del maestro. Los más contemplaron cómo abandonaba el lugar por la mañana escoltado por los soldados. Muchos temían lo peor; otros, en cambio, confiaban en las buenas relaciones que el alcalaíno mantenía con gente de peso específico en la ciudad. Pero todo eran, desgraciadamente, conjeturas. Ahora, en cambio, estaba frente a ellos la persona que lo había visitado en la Cárcel Real. Él era quien debía decirles qué ocurría y, por supuesto, cuál iba a ser el futuro de sus trabajos y del taller.

Respiró hondo Juan de Mesa. Apoyó las manos en la balaustrada y miró hacia abajo. Los vio a todos, con las miradas pendientes de su figura, de sus labios. Al fin se decidió.

—He estado visitando al maestro Juan Martínez Montañés en la Cárcel Real. No tenéis por qué preocuparos por su situación. Se encuentra bien y ha sido tratado como merece un caballero de su posición social. Sólo os puedo decir que, por ahora, hay que esperar a que sea juzgado. Ya sé que los cargos de que se le acusan son graves, pero hemos de confiar en la Divina Providencia y en las autoridades. No son ajenas éstas a la persona de maese Martínez Montañés. Él me ha dicho que os exprese que su intención es que el taller siga funcionando como siempre. Son muchos los trabajos pendientes y ahora más que nunca es cuando hay que demostrar al maestro nuestra lealtad y agradecimiento por cómo se ha portado con todos nosotros. La mejor manera de hacerlo es seguir con el cometido que cada uno de los que estamos aquí tenemos encomendado. Sé que no va a ser fácil, pero también sé que vosotros sois personas en las que se puede confiar. Yo también confío en todos. El maestro quiere que en su ausencia me haga cargo del taller. Así ha de ser y cumplir su deseo. Pero tengo que seguir con una obra en la collación de San Martín. Esta misma mañana Pedro de Ybarra continuó con la labor que llevaba el maestro hasta su detención. Será él quien esté al frente mientras concluyo mi trabajo. Si Dios es justo, no tardará en volver maese Martínez Montañés. Así que espero de vosotros lo mejor.

El silencio seguía instalado en el ambiente. Nadie dijo absolutamente nada cuando Juan de Mesa acabó de hablar. Poco a poco, empero, aprendices y discípulos comenzaron a moverse, situándose en los puestos que acometían antes de la llegada del escultor cordobés. Luego, primero de manera tímida, más tarde con mayor fuerza, volvió el sonido propio de un taller de imaginería. La madera, otra vez, volvía a ser tratada. A los pocos minutos el ajetreo era el de cada día, como si nada hubiese pasado. Se oyeron las primeras voces, los primeros vaivenes de unos y otros yendo por el patio central, acarreando maderas; el sonido metálico de las gubias, formones y demás utensilios... la normalidad instalada de nuevo en el taller de Juan Martínez Montañés.

A pesar de eso, Juan de Mesa no pudo aquella noche conciliar el sueño. Se sentía en cierto modo culpable de que el maestro estuviese preso, detenido. «Podía haberlo evitado apartándolo de la mala vida que ha llevado hasta ahora. Para eso él me ha enseñado todo lo que sé. No he sabido estar a la altura. Quizá el Sumo Hacedor me está poniendo a prueba ahora. Y tengo que demostrar que estoy preparado para servirle como Él se merece».

—¿Por qué no intentas dormir? —le aconsejó María mientras contemplaba cómo daba vueltas en la cama—. Mañana no vas a poder rendir.

Le vio la cara de preocupación no más entró por la puerta de la casa. No cenó y todo el tiempo estuvo abstraído, con sus pensamientos. Apenas cruzaron un par de frases. Ella siempre le dejaba hacer. Quería ayudarle, consolarle, pero tenía que salir de su esposo.

—No puedo dormir, María. Mañana me queda, es verdad, un día muy duro. A lo mejor acudo de nuevo a la Cárcel Real.

—No debes insistir tanto. No creo que sea bueno para el maestro que vayas a cada momento. La soldadesca, los alguaciles y hasta el propio Alcaide se lo pueden tomar a mal.

—Pero es que está solo. Alguien debe socorrerle.

—Le has proporcionado el mejor de los auxilios en un lugar como ése: dinero para que pueda desenvolverse. Si él te ha dicho que esperes noticias suyas, hazlo así. Sabe lo que hace y lo que dice.

Las primeras luces del día sacaron del duermevela a Juan de Mesa. Un estado de semiinconsciencia estuvo toda la noche presente. Se volvió hacia su esposa y la vio dormida, casi enroscada, en posición fetal, a su lado. Un halo de ternura le invadió y se sintió mucho mejor. No dijo nada. Se levantó con mucha cautela para no despertarla y tras asearse, abandonó la casa para dirigirse a su taller.

Le sorprendió que las calles estuviesen todavía dormidas. Poca gente transitando por ellas, cuando lo normal era que a esas horas el bullicio comenzase a instalarse en establecimientos cuyos dueños se afanaban por distribuir estratégicamente el género para que se hiciese vistoso a los ojos de los posibles compradores.

Entonces, mientras se encaminaba al taller, recordó que era día de fiesta. «Sólo una persona como yo puede caer en tanta distracción. Y ayer, los aprendices del taller del maestro no dijeron nada. Quizá turbados por las noticias que les traje de la Cárcel Real. Aunque intenté suavizarlas, estoy convencido de que ellos no me creyeron del todo. Somos, en definitiva, como Santo Tomás. Hasta que no introdujo sus dedos en la llaga de Nuestro Señor Jesucristo no se convenció de que había resucitado. El ser humano es pobre de espíritu».

Fue al dar el primer gubiazo aquella mañana cuando de nuevo la tos se hizo presente. Llevaba días sin sentirse mal, pero en ese momento no lo pudo evitar y tuvo que apartarse rápidamente de la imagen para no esputar encima de ella. «Dios mío», dijo mientras, de una forma mecánica, se echaba las manos a la boca del estómago, como otras tantas veces hizo cada vez que la tos acudía a su encuentro. «Dios mío, sólo te pido que me concedas un poco más de tiempo. Tú estás viendo que la obra está prácticamente concluida, que sólo me quedan unos pequeños flecos. Tu Divina Misericordia es grande. Déjame que termine esta talla que intenta reflejar tu Poder en la Tierra. Déjame que enseñe a la Humanidad tu grandeza. Te imploro para que apartes de mí este calvario que me impide mostrarte como realmente eres a los ojos de tus siervos».

Se acercó hasta un jarro y bebió. Lo hizo de forma pausada, para no atragantarse si volvía la tos. Se sintió más aliviado. Respiró de manera relajada, dejando que el aire entrase en los pulmones. Estaba ahora justo al lado de la ventana. La mañana era fresca. No había cuajado todavía el calor. Cerró los ojos y pareció encontrarse mejor. Entonces se le vino a la mente la imagen de Juan Martínez Montañés en aquella maloliente y lúgubre celda de la Cárcel Real. Lo vio sentado en el camastro, esperando a que alguien dictase sentencia. «¿Qué pasará si es declarado culpable? ¿Qué ocurrirá si, finalmente, el maestro queda encerrado? No puede ser. Tuvo que hacerlo en defensa propia, para limpiar su honor. Tienen que comprenderlo. ¿Adulterio? Puede, pero no es algo que escape a esta ciudad, a los hombres. Desgraciadamente las leyes están para ser acatadas, pero también tienen que ver que se trata de un genio, que el arrepentimiento es posible y que en él se ha dado ya de manera explícita. Te ruego, Señor, que le ayudes, que no sólo lo guíes por el buen camino, sino que la Justicia se apiade de él, que lo dejen en libertad y que pueda seguir engrandeciendo su obra. ¿Acaso no has visto que sus manos son capaces de crear, recrear, tu Divinidad? ¿Cómo puedes permanecer impasible ante este desatino? ¿No ha pagado ya lo suficiente ante tus ojos? ¿No ves que es, en el fondo, un hombre desgraciado que hasta ahora ha ido sin rumbo? Todos podemos, debemos cambiar a mejor. Y él también está ya en ese camino. Posa tu Misericordia sobre el maestro y haz que la Justicia sea magnánima con él. Sé que te pido diariamente muchos favores, que doy poco para lo que espero de Ti. Pero también sé que tu generosidad no tiene parangón. Tú no puedes quedar impasible y dejar a tus siervos a la deriva. Si no, no serías el Todopoderoso; no te vería reflejado en este trozo de madera que parece haber cobrado vida, tu vida, y se nos hace presente para ayudarnos, para guiarnos, para querernos. Ya sé que no somos dignos de Ti, pero Tú nunca nos dejarías solos, desamparados. Te pido ese favor».

Volvió a abrir los ojos, que se clavaron en la espadaña de la iglesia de San Martín. Ahora sí la luz del día se presentaba plena. Se dio la vuelta y, de nuevo, se encontró frente a frente con Jesús. Situándose justo delante, tomó otra vez la gubia y la hundió a la altura del cuello. Comenzó a pulir su obra. Sabía que ahora se acercaba el final de aquella historia que habría de llevar a Juan de Mesa y Velasco a crear la mayor imagen de Jesús. Y no podía fallar. No podía fallarle a Dios.

✝

La luz que dejó entrar la puerta al abrirse hizo que Juan Martínez Montañés se cubriese los ojos con su mano derecha. Llevaba demasiado tiempo allí encerrado y la celda estaba casi a oscuras incluso en las horas en las que el sol apretaba con mayor intensidad. Pero la pequeña ventana que poseía la estancia tan sólo dejaba pasar una mínima porción de aquellos rayos, insuficiente para ver con claridad. Él mismo, ante esa situación, había optado por quedarse casi todo el tiempo en el camastro, bien sentado, bien echado. Era duro y estaba sucio, algo que no le importaba al imaginero.

Durante las horas muertas no dejaba de pensar en su taller, en su obra; en sus viajes a la capital del Reino para realizar trabajos que el propio monarca le encargaba. Un hombre respetado, de una posición social alta y al que muchos envidiaban, algo que se hacía más patente por su fuerte personalidad y carácter irascible en la mayoría de las ocasiones.

Ahora, en cambio, se encontraba en una celda de la Cárcel Real de Sevilla, acusado de haber matado a un hombre y de haberse acostado con su mujer. Hasta cierto punto, Martínez Montañés asumía aquellas circunstancias, sobre todo porque el duelo que tuvo lugar en plena calle fue contemplado por varias personas. Lo que realmente le preocupaba era si este episodio sería la excusa perfecta para que sus detractores, muchos en la ciudad y fuera de ella, la utilizasen para fines mucho peores. La posibilidad de que entrase en liza la Inquisición era algo que le sobrepasaba y desbordaba, toda vez que podría suponer, en un momento dado, su final.

Pasados unos segundos apartó la mano de sus ojos. Entonces pudo distinguir la figura de un hombre, situado en la puerta de la celda. La luminosidad que entraba desde fuera hacía que sólo viese una silueta oscura. Pero pronto se dio cuenta de que se trataba del alguacil que, el día anterior, había conducido hasta allí a Juan de Mesa y Velasco.

Martínez Montañés se levantó de la cama, quedando frente al otro hombre. Fue éste quien, sin traspasar el umbral de la puerta, habló.

—Maese Martínez Montañés —dijo en un tono aparentemente cordial—, el Alcaide quiere verle. Le ruego me acompañe a sus dependencias.

Acto seguido, se dio la vuelta y comenzó a caminar. Dudó por unos instantes Martínez Montañés, pero al momento echó a andar tras los pasos del alguacil. Lo hizo de forma pausada, fijándose en todo lo que había a su alrededor. La Cárcel Real le parecía mucho más pequeña por dentro de lo que aparentaba cuando se pasaba por delante de su fachada principal. Cuando fue conducido a la celda no tuvo tiempo de hacerlo, quizá por encontrarse ofuscado por la detención. Llevaba retenidas en su mente las imágenes que captó cuando bajó por las escaleras de su casa—taller escoltado por aquellos dos soldados, mientras sus aprendices y trabajadores no querían creer lo que estaba sucediendo. Ahora, en cambio, comenzaba a darse cuenta de cómo era aquella prisión que albergaba una cantidad ingente de malhechores, asesinos, herejes y todo tipo de especímenes de los más bajos fondos de Sevilla, lugares por otra parte que no le eran desconocidos y que solía Martínez Montañés frecuentar por las noches. Pensó que incluso muchos de aquellos que allí se encontraban encerrados habrían compartido con él alguna que otra jarra de vino, ya que el alcalaíno, cuando alternaba en aquellas noches de tabernas y mujeres, no solía hacer distinciones, si bien sí se esmeraba en hacer claras ostentaciones de quién era y a quién trataban aquellas personas.

Cruzó el patio porticado detrás del alguacil, que al rato se paró en una puerta que abrió justo cuando llegó a su altura.

—Si vuestra merced tiene la bondad de pasar, el Alcaide le recibirá enseguida.

Denotó cierto tono irónico en sus palabras, aunque no le dio importancia. Era normal que en una situación así, aquel hombre dejase ver que en ese sitio era él quien estaba al mando y, al fin y al cabo, Juan Martínez Montañés no era más que un preso, acusado además de haber matado a un hombre e incluso de adulterio.

Oyó cómo se cerraba la puerta cuando la cruzó. Quedó en la estancia y puso sus ojos en la puerta que se encontraba justo en frente suya. Se trataba del despacho del Alcaide. Esperó. Sabía que de un momento a otro estaría en su presencia. Le llamó la atención que el alguacil no se hubiese quedado. No es que fuese a escaparse, ya que estaría al otro lado de la puerta, esperando. Pero en casos así la propia soldadesca quiere saber ciertos aspectos de los detenidos, sobre todo si éstos gozan de fama y prestigio.

Como había previsto, la llamada no se hizo esperar.

—Maese Juan Martínez Montañés, pase, por favor.

Empujó hacia abajo el picaporte de la puerta, encontrándose la misma escena vivida, el día anterior, por su discípulo Juan de Mesa. Allí estaba el orondo Alcaide, sudoroso y, como no podía ser de otra forma, comiendo y bebiendo. Éste le hizo un gesto con su mano derecha de que se acercarse hasta donde él se encontraba. Se dirigió Martínez Montañés y cuando ya estaba al lado de la gran mesa, el hombre volvió a hacer otro gesto, bajando y subiendo la mano, indicándole que se sentase en una silla.

Bebió un largo trago de la jarra y tras limpiarse los labios con la bocamanga de su brazo derecho y eructar, habló.

—Vaya, vaya, vaya... Si es el mismísimo don Juan Martínez Montañés. Cuánto honor para mí que vuestra merced esté en mis aposentos y pueda hablar con uno de los escultores de mayor fama del Reino. No todos los días se tienen huéspedes así.

Juan Martínez Montañés escuchaba sin decir palabra.

—Además de afamado imaginero, tiene la gran suerte de poseer amigos de igual guisa y poder. Ya lo pude comprobar ayer con maese Juan de Mesa y Velasco, por otra parte reputado escultor aunque, si quiere que le diga la verdad, sin llegar a sus excelencias con la gubia. En todo caso, un artista como vos. Me siento honrado con su presencia aquí, aunque no esté precisamente, por desgracia, en visita de cortesía.

El imaginero no sabía si aquel hombre estaba hablando en serio o si, por el contrario, sus palabras eran pura mofa hacia su persona. En cualquier caso, no estaba dispuesto a estropear aún más la situación en la que se encontraba, por lo que optó por esperar a ver qué pasos daba el Alcaide que, de nuevo, volvía a llevar a su boca la jarra.

—Me halagan sus palabras...

—Gaspar Arellano y Fernández de Córdova. Por lo visto, ni su discípulo ni vuestra merced conocen al Alcaide de la Real Cárcel de Sevilla. En fin, tendré que codearme más con la alta sociedad de esta ciudad —respondió en un tono, ahora sí irónico—. ¿Le apetece un vaso de vino?

Asintió con la cabeza Martínez Montañés mientras que el Alcaide ya había comenzado a echar vino en otra jarra, ésta de menores dimensiones que la suya. Tras ofrecérsela, bebió un sorbo largo aunque de manera pausada. No era de mucha calidad el líquido elemento, pero a él le supo a gloria después de haber estado bebiendo agua sucia en la celda.

—Como le decía —prosiguió el Alcaide—, tiene amigos muy poderosos e influyentes. Esta misma mañana ha llegado un soldado procedente de la capital. Estuvo cabalgando toda la noche para entregarme lo más rápido posible una misiva que procedía, firmada de puño y letra, del secretario personal de Su Majestad el Rey.

Juan Martínez Montañés se sorprendió de aquella revelación que le acababa de hacer. Era consciente que la noticia de su detención había corrido como la pólvora por toda Sevilla, pero que en tiempo tan reducido hubiese llegado hasta Madrid y, sobre todo, a los oídos del monarca, era algo que le dejaba descolocado.

—En la misma se me hace saber que vuestra merced está inmerso en un proyecto importante para nuestro Rey, y que por encima de todo, ahora mismo, debe prevalecer el trabajo. No es normal que se hayan dado tanta prisa, máxime cuando está a la espera de juicio. Así que he comenzado a hacer mis averiguaciones sobre el suceso acontecido el otro día que desembocó en la muerte de un hombre, presumiblemente por vos.

Fue a responder pero el Alcaide, con un gesto con su mano derecha, le paró. Continuó él hablando.

—Todos los indicios me dicen que este desdichado suceso fue motivado por una cuestión de honor y que tuvo que hacer frente al desaire y el agravio al que, antes de ello, le provocó aquel hombre. Casos como el suyo son normales, pero no lo es que en uno de ellos se vea involucrado persona de tanta importancia como vuestra merced. Así que, efectuadas las consultas pertinentes, voy a resolver a su favor, dejándolo libre de cargos y, por lo tanto, en disposición de abandonar esta Real Cárcel de Sevilla. Es más, el Tribunal no va a actuar y quiere dejar zanjado esto cuanto antes. Cuando de por medio está alguien relacionado con el monarca, y más siendo quien sois y sin pruebas fehacientes, es mejor hacer borrón y cuenta nueva. ¿Me entiende, maese Martínez Montañés?

—¿Y que hay de la acusación de adulterio?

—Amigo mío, eso sí que no está probado, por suerte para vos. Así que desde ahora mismo podéis dejar este lugar en cuanto lo estiméis oportuno. Por lo que me dijo el alguacil, no traía nada consigo que deba ir a buscar a su celda.

—Así es.

El Alcaide hizo sonar una campanilla. Al cabo de unos segundos apareció por la puerta el alguacil.

—Alguacil —dijo el Alcaide—, acompañe a maese Martínez Montañés a la cancela principal de la cárcel. Desde este momento es un ciudadano libre.

Martínez Montañés se levantó de la silla, inclinó levemente la cabeza en señal de saludo y abandonó la estancia sin decir nada. No podía creer que la pesadilla hubiese acabado y de esa forma. De la noche a la mañana, nunca mejor dicho, había pasado de preso a hombre libre. Y estando por medio dos acusaciones tan graves. Pero ahora mismo no quería pensar en otra cosa que no fuese en volver a su casa–taller y continuar con sus quehaceres. Quería agradecer a todos los desvelos, y en especial a Juan de Mesa, que había mediado de forma tan extraordinaria. ¿Cómo había llegado hasta la capital del Reino la noticia de su detención? Pregunta que, en aquellos momentos, no tenía respuesta.

Cuando quiso darse cuenta, se encontraba bajo el dintel de la enorme puerta que daba a la Plaza de San Francisco. El alguacil, sin decir palabra alguna, extendió el brazo derecho indicándole la dirección que debía seguir. Tampoco dijo nada el escultor, que avanzó con paso firme, dándose de frente con el gentío habitual a esa hora del día, cercana a la del almuerzo. Respiró profundamente, como aspirando un aire distinto al que había tras los muros de la cárcel. Pareció sentirse mejor, aliviado... libre en definitiva. Era el momento de replantearse algunas cuestiones. Pero lo primero era lo primero. «Vamos hacia la collación de la Magdalena», y encaminó sus pasos hacia la calle de la Sierpe mientras se recreaba en cada detalle de la ciudad que le volvía a acoger como hombre libre.

Un san rramon que tenga siete quartas y media de alto de cedro y la peana con sus agallones y el dicho santo a de tener en la mano yzquierda un libro y en la derecha que pueda tener un sol o una custodia...

Extracto del contrato de hechura de un San Ramón Nonato para la Orden de la Merced.

XVIII

El dolor de cabeza le obligó a abrir los ojos. Se sentía completamente aturdida, sin acertar a comprender qué estaba ocurriendo. La cabeza le daba vueltas de manera vertiginosa y las punzadas se cebaban en las sienes, produciendo un malestar generalizado. La boca reseca y el mareo constante hicieron el resto. No tuvo más remedio que incorporarse algo y vomitar. Primero hizo el amago pero a la segunda arcada no pudo reprimirse más y expulsó. El amargor motivó una tercera arcada, mucho más fuerte que las dos anteriores. En esta ocasión, sólo fueron las convulsiones del estómago, ya que se encontraba vacío, y ese fino hilo con sabor a bilis que hizo que se le revolviese todo su ser por unos instantes.

Más aliviada, aunque con el pertinaz dolor no ya sólo de cabeza sino en buena parte del cuerpo, intentó recobrar la verticalidad y ponerse de pie. Se dio cuenta, a duras penas, que se encontraba embutida en algo, una especie de saco de campaña para dormir. Estaba metida de cintura para abajo. Las manos las tenía libres, pero en cambio notó los pies atados. No sabía qué estaba ocurriendo ni qué hacía de esa guisa. Le era imposible pensar. La sequedad de la boca le producía cierta angustia.

Con bastante dificultad introdujo los brazos en el saco y tanteó hasta llegar a los pies. Habían sido atados con una cuerda. Buscó alguno de los extremos. Cuando encontró uno de ellos tiró, pero la acción produjo el efecto contrario y sintió que la soga, situada a la altura de los tobillos, se aferraba más a su cuerpo. Un nuevo intento hizo que se diese cuenta de que era imposible zafarse de aquellas ataduras.

Aún con la vista nublada, sin tener conocimiento de la situación y sin saber qué estaba ocurriendo, miró a su alrededor intentando comprender algo. Pero en aquellos primeros momentos su estado no dejaba que pudiese pensar con normalidad. El lugar en el que se encontraba le era totalmente desconocido y, lo peor de todo, no sabía por qué estaba allí. Una tenue luz que salía del techo de aquella habitación sirvió para que fuese haciéndose una composición del lugar, en el que se esparcían una serie de bultos o cajas que aparecían distribuidas a su alrededor. Eran grandes, altas, y le dio la impresión, a vuelapluma, que fuesen ataúdes de madera.

Poco a poco comenzó a recordar cosas, escenas, que habían acontecido con anterioridad. A la mente se le vino el desorden que encontró en su casa cuando regresó. De pronto le venía la estancia en Comisaría, y la imagen del abogado. Pero todo se producía a ritmo vertiginoso sin que diese tiempo a ordenar ideas y situaciones.

Continuaba con el malestar generalizado, con una sensación molesta por el amargor que tenía en la boca. Volvió a intentar poder liberarse de aquella cuerda que tenía unidos sus pies, pero las fuerzas no eran grandes. Se echó la mano derecha a la sien de ese lado y masajeó con los dedos la zona. Notó algo de alivio por lo que repitió la maniobra en las dos sienes. Cerró los ojos a la par que comenzaba a sentirse mucho mejor. Pasados unos segundos, ya más repuesta, inspeccionó con más tranquilidad el lugar donde se encontraba. «Tienen que ser ataúdes», pensó. «Pero, ¿qué hago yo entre féretros? ¡Dios mío, qué dolor de cabeza!».

Entonces recordó el descubrimiento que hizo en aquel libro que tenía en casa y las palabras de Miguel Ángel del Campo sobre el peligro que corría su vida. El miedo se fue apoderando de Laura Moreno, que seguía sin comprender qué hacía en aquella estancia fría entre cajas de madera. Pero, sobre todo, a la mente fueron viniéndosele los momentos previos a no recordar nada más. «Han podido drogarme. Se han adelantado a mis acciones y está claro que estoy secuestrada. Pero, ¿dónde me han traído? ¿Estará él? ¿Será capaz de matarme? Esto es una locura, una auténtica locura».

Volvió a intentar zafarse de las ataduras. Comenzó a mover los pies, de arriba hacia abajo. Notó, al cabo de unos segundos, como cada vez lo podía hacer con mayor holgura. «Sigue así, Laura, sigue así». Insistió en aquella maniobra una y otra vez. La fricción, al estar los pies casi unidos, le producía un cierto calor en la zona que estaba más junta. Comenzó a desesperarse. «Tengo que conseguirlo. No puedo darme por vencida. No sé cuánto tiempo llevo aquí ni qué es lo que me espera más adelante».

De nuevo asió la cuerda con las manos. Tanteó y encontró un nudo. Parecía bien hecho. Con el dedo pulgar y el índice de su mano derecha hizo una especie de pinza. Comenzó a tirar suavemente. Paró. Reanudó esos movimientos con parsimonia. No quería precipitarse y que de nuevo la cuerda, se cerrase más en torno a sus tobillos.

Después de un tiempo decidió darse un respiro. En esta ocasión, ya mucho más repuesta del dolor de cabeza y de los mareos, optó por desembarazarse del saco. Lo hizo cierta dificultad pero, al final, aparecieron los pies a sus ojos. Estudió con detenimiento el nudo para, acto seguido, volver a la carga. En esta ocasión movió otra vez los pies de arriba abajo, primero lentamente, luego con mayor celeridad. Podía hacerlo con mayor holgura. Tomó el nudo y tiró hacia arriba levemente. Vio cómo la cuerda comenzaba a deslizarse. Otro tirón más. «Ya casi está, ya casi está». De pronto, el nudo saltó. Estaba libre.

Llevó sus manos a la zona donde segundos antes había estado la cuerda y la masajeó, lo mismo que hizo antes en las sienes. Sintió también alivio. Fue entonces cuando, apoyándose en la pared, se levantó. Quedó de pie, frente a aquellas cajas que se asemejaban a féretros preparados para ser enterrados en las antiguas fosas comunes. Dudó por unos instantes pero, finalmente, se decidió.

Avanzó de manera lenta. Eran seis las cajas que tenía delante. Se acercó a una de ellas. La tapa estaba agarrada con clavos pero no martilleados. Puso sus dedos sobre la parte superior y tiró de la madera. Notó cierta resistencia pero al cabo de unos momentos comenzó a ceder. Siguió tirando, esta vez desde el centro de la tapa hasta que, en un momento dado, saltaron los clavos, que produjeron el típico ruido metálico al chocar contra el suelo.

Quedó totalmente inmóvil, pensando que al otro lado de la puerta podría haber alguien que hubiese escuchado aquello. Nada. El silencio seguía presente en toda la estancia. Un nuevo tirón hizo que se quedase con la tapa entre sus manos, ya completamente despegada de la caja. La trajo hacia ella y, en aquel preciso instante, un escalofrío recorrió todo su cuerpo de manera súbita. No podía creer lo que estaba viendo. Apartó la tablazón y la apoyó sobre una de las paredes. Luego volvió hacia la caja y quedó, frente a frente, ante lo que había en el interior. Seguía consternada, convulsa, acongojada. Era la imagen del Santísimo Cristo de la Conversión del Buen Ladrón, de la cofradía de Montserrat. Tenía los brazos desensamblados y dispuestos a ambos lados del torso para que así cupiese en el cajón. Estudió detenidamente la talla, recorriendo con la vista toda la fisonomía. «No estoy soñando. Es, sin duda, la imagen que talló Juan de Mesa. Ésta sí es la original. Tenía razón aquel viejo antes de morir. Dios mío, si en los demás cajones hay lo que creo, estamos ante algo muy grave; algo por lo que estas personas están dispuestas a matar».

El miedo seguía instalado en su cuerpo. Haciendo de tripas corazón, repitió la misma operación de retirar las tapas de las otras cajas. Ya no le importaba el ruido de los clavos pudiese atraer a los que la tenían retenida en aquel lugar.

En la segunda de las cajas se le apareció el Cristo de la Buena Muerte, de la Hermandad de Los Estudiantes. Tenía los brazos de igual guisa que el anterior. En la tercera, el del Amor. La cuarta contenía la Virgen de las Angustias de Córdoba y la quinta el Cristo Yacente de la Hermandad del Santo Entierro. Eran todas las imágenes originales. «Ahora mismo, en Sevilla, los fieles están venerando a copias, algunas burdas, como la que hay en la capilla de Montserrat, pero que pasan inadvertidas a los ojos de los legos en materia de arte. Esto es obra de unos locos, de gente que no sabe lo que se trae en la mano y que se ha dejado guiar por un documento que redactó otro loco en el siglo XVII y que, en un momento dado, podría ser falso. Es algo increíble. Si no fuese porque estoy ya repuesta, juraría que estoy soñando. Tengo que avisar a la Policía, a alguien».

Se acercó hasta la puerta. Giró el pomo pero enseguida se dio cuenta de que estaba cerrada con llave por fuera. Insistió con fuerza pero se rindió ante la evidencia de que estaba secuestrada y que de allí no saldría hasta que alguien abriese la puerta desde el otro lado. Estuvo tentada de gritar para pedir auxilio pero recapacitó. «Puedo poner sobre aviso a mis captores y tener consecuencias funestas».

Resignada a aquella situación, se dirigió hacia la caja que le quedaba por abrir. «A ver qué me encuentro, aunque me imagino qué imagen es la que hay». Destapó el cajón. «¡Bingo!» pensó. Era el Señor del Gran Poder. «Bueno, al menos no estoy en mala compañía. Nada menos que con el Señor de Sevilla».

De pronto, se acordó de la visita que había hecho al camarín de la basílica, y la rugosidad que notó en el talón de la imagen, algo que le llamó la atención. «Era la copia y no la original, que es la que tengo ante mis ojos. No puedo creer que todo esto que estoy viviendo sea cierto. ¿Es que nadie en esta ciudad se está dando cuenta de lo que ocurre? ¿Cómo explico que todo esto es uno de los crímenes más incongruentes que el Arte está viviendo? Una obra de una mente desquiciada que ha aprovechado la situación de indefensión que tienen las iglesias. Cualquiera podría llegar de repente a una de ellas y destrozar las imágenes. No hay seguridad ninguna y estos desalmados lo han visto claro, pero en lugar de destruir las tallas, las han cambiado. Una pesadilla, Dios mío, una pesadilla».

La incertidumbre, la zozobra y el miedo se apoderaban por momentos de Laura cuando, de repente, un ruido hizo que la piel se le erizase completamente. Lo distinguió al momento: era una llave dando vueltas en la cerradura de la puerta. «Ahora sí que estoy en un buen lío». Hizo el ademán de ponerse a colocar las tapas de las cajas pero comprendió que no sólo no tendría tiempo sino que era algo que no tenía sentido. También se acordó que se había desanudado los pies. «Poca importancia tiene ya».

El pomo comenzó a girar lentamente y la hoja se abrió, dejando entrar la luz exterior. Laura Moreno se echó las manos a la cara y se preparó para lo peor. «Dios mío, ayúdame, te lo suplico».

La puerta se abrió completamente. Cerró los ojos, como no queriendo ver su destino. Comenzó, de manera incomprensible, a llorar y las piernas temblaron y cedieron, cayendo de rodillas sobre el suelo. Sin abrir los ojos notó que tras la puerta había alguien. Entonces, una voz grave, potente, se apoderó de toda la estancia.

—¿Quién es usted? ¿Qué hace aquí?

Laura sintió que la vida se le iba a golpe de latidos incontrolados de su corazón, a punto de escapársele por la boca.

∞

Roberto Losa consiguió aparcar el coche tras haber dado varias vueltas y no encontrar un hueco. El agente que le llevó hasta la nave industrial calcinada le dejó donde tenía su vehículo. Quería ir solo. En estas situaciones, se manejaba mucho mejor, principalmente porque no quería que fuesen muchos los que estuviesen al tanto de lo que ocurría en aquellos momentos.

La calle estaba muy transitada pero, sobre todo, el estacionamiento en una avenida como la de Reina Mercedes, con multitud de edificios de viviendas, se antojaba poco menos que imposible. A ello había que añadir los cientos de estudiantes de las facultades de la zona que acudían a los bares para festejar cualquier cosa: lo mismo los aprobados que los suspensos. Una excusa perfecta para beber y beber y olvidarse de las tensiones de los exámenes, que en aquella época proliferaban.

No quiso hacer uso de su condición de inspector de Policía. Hubiese sido mucho más fácil sacar la sirena, ponerla en el techo exterior del vehículo y conectar la luz. No habría habido problemas para dejar el coche en cualquier sitio. Pero no quería llamar la atención. Acababa de dejar a un hombre calcinado en una nave industrial destinada al pescado congelado pero «reconvertida» en improvisado taller de obras de madera para la Semana Santa. Al menos eso le parecía. Una combinación complicada de digerir aunque ya tuviese, tras marcharse del sitio, una prueba fehaciente de que algo se estaba cociendo, y grave, en torno a ese imaginero del que no recordaba el nombre y sí el apellido: Mesa.

Pero la visita a la iglesia de San Martín con su amigo el periodista Lucas Vega le produjo una inesperada desazón. Más que nada por no dominar el tema, por no saber qué es lo que se tramaba y no poder echar mano de su agudeza a la hora de descubrir las claves de algo que se le presentaba ante sus ojos sin saber qué respuesta darle.

Por eso, cuando recibió la llamada mientras conocía la identidad de aquel hombre, se quedó perplejo. No comprendía que un señor, por la voz en apariencia mayor, le llamase con tanta angustia diciéndole que necesitaba hablar con él, contarle que su hija estaba en peligro y que debía de hacer algo para remediarlo porque sólo en él, en Roberto Losa, confiaba.

Conocía a la chica de la visita a la iglesia y, por supuesto, de las horas que pasó en Comisaría declarando. «Dos demandas puestas contra ella, que aseguraba que era inocente. Y una de ellas precisamente del Instituto Andaluz de Patrimonio Histórico ese, donde trabajaba y al que pertenecía el hombre encontrado en la nave. Aquí hay muchos flecos que no alcanzo a comprender y que más vale pueda unirlos ahora».

Llamó al timbre del portero electrónico. La misma voz que escuchó en la llamada apareció por el altavoz.

—¿Quién es?

—Soy el inspector Roberto Losa.

—Ah, sí. Le abro.

Accedió al portal, amplio y con suelo y paredes de mármol rosa. Un espejo en la pared del fondo hacía que fuese mucho más grande. Entró en el ascensor y pulsó el botón del tercero. Al cabo de unos segundos ya estaba en el descansillo de la planta, un largo pasillo bien iluminado jalonado por distintas puertas de pisos. Fue buscando la letra C. Cuando se disponía, nuevamente, a llamar al timbre, la puerta se abrió. Se encontró entonces con un señor de unos setenta años, bien vestido aunque dejaba entrever que no era para salir sino para estar por casa. Las zapatillas lo delataban.

—Inspector Losa, buenas noches —le dijo el hombre tendiéndole la mano para estrechar la suya—. Por favor, pase.

Roberto Losa no dijo nada. Entró en el pequeño y coqueto recibidor de la casa. En una cómoda de caoba se distribuían varias fotografías en marcos de plata. Se fijó instintivamente en una en la que aparecía Laura Moreno recibiendo un premio. Quien se lo entregaba era el presidente de la Junta de Andalucía. En otra posaba con sus padres en lo que parecía un viaje de vacaciones. Las paredes tenían varios cuadros clásicos con motivos muy socorridos y típicos: bodegones, campos... «una casa de lo más normal y corriente. Gente de bien», pensó mientras el señor le franqueaba el paso por una puerta acristalada y accedían a un recogido salón muy bien decorado. «Con gusto, mucho gusto», se dijo para sí el inspector.

En uno de los sillones estaba sentada una mujer que al momento hizo el ademán de levantarse para saludar al visitante.

—Señora, por favor, quédese sentada. Buenas noches y perdonen las horas.

—No tiene por qué disculparse —terció el hombre—. Hemos sido nosotros los que le hemos llamado y hecho venir hasta aquí. Siéntese, se lo ruego.

Le hizo caso Roberto Losa. Los tres quedaron prácticamente frente a frente. En el rostro de la mujer vislumbró ansiedad y preocupación. Empero, el del hombre aparecía mucho más sereno, quizá intentando transmitir tranquilidad a su esposa.

—Bien, ustedes dirán.

—Verá, señor inspector. Nuestra llamada se debe a que hemos recibido un mensaje de nuestra hija. No sabemos cuánto tiempo ha pasado, porque habíamos salido a pasear y no solemos llevar el teléfono encima. Cosas de la edad —dijo azoradamente—. Ha sido mi esposa quien lo ha visto.

—¿Podrían enseñármelo?

—Claro que sí —respondió el hombre mientras se levantaba y se dirigía a una pequeña mesa de cristal para coger el aparato—. Tome usted.

El inspector buscó la carpeta de entrada de mensajes.

—Con permiso.

Leyó con detenimiento el contenido del último. «Estoy en peligro. Ya explicaré. Llamar al inspector Losa. Es amigo, 667988767. Enseguida voy a casa».

—Bien, pero no entiendo. Si ha puesto que venía a casa, supongo que a la de ustedes, ¿por qué no está aquí?

—No lo sabemos. Hemos intentado llamarla pero no coge el teléfono. Estamos muy preocupados. Dice el mensaje que está en peligro. ¿Qué es lo que pasa inspector?

—¿Conocen a un tal Miguel Ángel del Campo?

—Claro, es su jefe en el Instituto Andaluz de Patrimonio Histórico. ¿Por qué lo pregunta?

—¿Tendrían una fotografía de él?

—Por supuesto. Laura y él son buenos amigos. Espere un momento. Creo que aquí, en el aparador, hay una.

Volvió a levantarse el hombre y al momento trajo una fotografía, esta vez sin marco.

—Mire, mire, es este hombre.

Roberto Losa miró con detenimiento la imagen.

—Y este señor que hay también, ¿quién es?

—Enrique Carmona, un reputado profesor de Arte que no se lleva muy bien con nuestra hija. Pero es que Laurita es muy temperamental. Se lo tenemos dicho, que hay que andar con mil ojos y actuar con prudencia. Pero ella no, erre que erre; que si utiliza métodos para restaurar que dañan las imágenes, que si las trastoca y desfigura... eso le ha costado muchos disgustos con este señor.

—¿Y Miguel Ángel del Campo?

—Es una buena persona. Aunque tiene que capear el temporal con Laurita porque son muy opuestos en cuanto a carácter se refiere, pero le tenemos en mucha estima. ¿Por qué lo pregunta?

El inspector le devolvió la fotografía mientras se levantaba del sofá. Anduvo unos pasos por el salón, sin mirar a ningún sitio en concreto y, luego, se volvió hacia el matrimonio, que seguía con expectación sus movimientos.

—El señor Del Campo ha aparecido muerto esta noche. Perdonen la crudeza a la hora de hablar, pero es mejor así que andarse con rodeos que no llevan a ninguna parte.

—¿Muerto dice usted? —preguntó horrorizada la mujer, que se echó las manos a la cara, tapándose la boca—. ¡Pero qué dice usted! ¿Cómo qué muerto?

—Su cuerpo ha aparecido en un incendio que se ha producido en una nave industrial a las afueras. Se ha podido identificar el cadáver y, a falta de la confirmación por parte del forense, se trata de este hombre. Por eso es importante que pueda saber dónde está su hija. ¿No les ha comentado nada acerca de los últimos días?

—No, nada que no sea lo normal de su trabajo. ¿Qué quiere decir?

—Verán, es largo de explicar, así que voy a pedirles, de momento, que entiendan que no puedo decirles nada. Confíen en mí. No sé qué es lo que está ocurriendo con una serie de figuras de un conocido imaginero, pero su hija está en medio y debo encontrarla. ¿Sabrían decirme cómo localizar al otro señor de la foto, Enrique Carmona?

—La verdad es que no, inspector.

Quedó pensativo Roberto Losa. Al cabo de unos instantes, se dirigió hacia la puerta de salida.

—Bien. Quiero que no se muevan de aquí por si viene su hija. Les ruego que me digan dónde vive. Voy a contactar con una persona que me puede ayudar en todo esto. Y, por favor, si llega, avísenme enseguida. Y, sobre todo, tranquilícense. Todo va a salir bien.

Tras apuntar la dirección, Roberto Losa se despidió del matrimonio y bajó a la calle. Mientras se dirigía al coche, cogió el móvil y marcó un número. Esperó. Tras unos segundos descolgaron.

—¿Diga?

—¿Lucas? Soy Roberto Losa.

—¡Roberto! ¿Cómo estás?

—Bien. Necesito verte.

—Claro. ¿Qué es lo que pasa?

—Tiene que ver con lo que me contasteis tú y Laura Moreno sobre lo de los cambios de las imágenes y esas cosas. La chica no aparece por ningún lado. En cambio, uno de sus jefes ha sido encontrado muerto.

—¿Cómo dices?

—No puedo perder más tiempo. ¿Sabes dónde vive Laura?

—Sí.

—Te espero al lado de su casa, en un restaurante que se llama «Cambados». Supongo que lo conoces.

—Por supuesto.

—No tardes. Y no digas nada a nadie.

—De acuerdo. Pero me estás poniendo nervioso. ¿Quién es el muerto?

—Miguel Ángel del Campo. Y me temo que ha sido asesinado. Esto se complica y no sé por dónde tirar. Tienes que echarme una mano porque creo que la chica también corre peligro. ¿Sabes dónde podría estar?

—Lo ignoro.

—Bueno, te espero en el restaurante. Hasta luego.

—Hasta luego, Roberto.

Varios jóvenes estaban apoyados en el coche del inspector, que en su techo lucía algunos vasos de cristal. Roberto Losa no dijo nada. Abrió la puerta y miró con desdén. Los chavales notaron que no era un viandante normal o un vecino. Quitaron los vasos con rapidez, la misma con la que arrancó el coche del inspector, que dio marcha atrás propiciando que los muchachos tuviesen que apartarse de forma brusca.

—¿Qué hace aquí? ¿Cómo ha entrado?

Laura Moreno notó cómo las piernas le flaqueaban y cedían. Sin darse cuenta, se encontró arrodillada delante de un hombre corpulento, con la cabeza rapada que le brillaba como consecuencia de la luz que había en el techo. Sintió que se desvanecía, que había llegado el momento que le advirtieron y que, de un momento a otro, moriría. Por su rostro, compungido por el miedo que le atenazaba y le impedía que se moviese, comenzaban a discurrir lágrimas que recorrían las mejillas. Intentó hablar, decirle algo a aquel hombre; implorar clemencia o caridad con tal de seguir en este mundo. Pero no pudo. De su garganta era imposible que saliese palabra alguna. El nudo que notaba se le había formado impedía que ni un halo de voz escapase por su boca. Sin embargo, las lágrimas sí eran perceptibles. No sabía qué podía hacer ni cómo reaccionar. En verdad no podía. Ni con todo el esfuerzo del mundo. Notó cómo la zona donde la soga ató sus pies le producía punzadas que se asemejaban al dolor. Pero en aquellos momentos le daba igual. Se dio cuenta de que no estaba preparada para morir y todo indicaba que iba a ser en aquel momento.

De pronto, la estancia se iluminó con mayor intensidad. El hombre había apretado un interruptor. Por unos momentos Laura se tapó los ojos. Era una luz blanca, fluorescente, cuyos tubos parpadearon unos instantes hasta quedarse fijos. Se puso a la defensiva aunque se sabía en inferioridad de condiciones, sobre todo físicas.

—¿Quién es usted? ¿Cómo ha entrado aquí? —volvió a preguntar el hombre en actitud amenazante.

Laura no sabía qué responder. De su boca salió un pequeño hilo de voz.

—Por favor, déjeme ir... yo no he hecho nada.

—¿Cómo que no ha hecho nada? ¿Acaso se ha quedado encerrada cuando se cerró la basílica?

—¿Qué...?

—Que si no se dio cuenta de que era la hora del cierre del templo. Podía haber avisado. Me ha dado un susto tremendo.

—¿Quién es usted?

—Soy el capiller de la basílica. Y no entiendo cómo ha llegado hasta aquí.

—¿Dónde estoy? —Laura se sintió algo más tranquila aunque estaba completamente desorientada.

—En la basílica del Gran Poder. Este es el columbario de los hermanos. ¿Cómo ha conseguido llegar aquí?

En ese momento, el hombre se dio cuenta de las cajas, que aparecían abiertas, y contempló las imágenes.

—Pero... ¿qué es esto, Dios mío? ¿Qué hacen estas imágenes aquí? Y ... ¡ése es el Señor! ¡El Señor del Gran Poder!

No daba crédito a lo que estaba viendo. Con el rostro desencajado, retrocedió dos pasos y se colocó a la altura de la puerta.

—No sé qué es lo que está ocurriendo aquí —dijo balbuceando—, pero ahora mismo voy a llamar a la Policía.

—¡Sí, por favor! —gritó sacando fuerzas de flaqueza Laura—¡Avise a la Policía! ¡Alguien me ha traído hasta aquí! ¡Le juro que yo no tengo nada ver con todo esto!

La cara de asombro del capiller hizo comprender a Laura que no era la persona que la había secuestrado. Se encontraba en el columbario de la basílica del Gran Poder y, si no estaba equivocada, aquella era la imagen original del Señor que talló Juan de Mesa. Lo vio en los ojos del hombre, que no sabía realmente lo que estaba pasando.

—Yo no sé qué es todo esto —interrumpió el capiller—, pero no quiero problemas.

Se dio la vuelta y salió de manera apresurada por la puerta, que cerró violentamente. Cuando Laura quiso reaccionar, era tarde. Había echado la cerradura de nuevo. Se levantó lo más rápido que pudo y se acercó hasta la puerta. Comenzó a dar puñetazos.

—¡No, por favor! ¡No me deje aquí! ¡Yo no he hecho nada! ¡Se lo juro por lo que más quiera! ¡Me han secuestrado! ¡Mi vida corre peligro! ¡Llame a la Policía, se lo suplico!

Un golpe seco se escuchó al otro lado. Paró de dar manotazos e, instintivamente, pegó la oreja derecha a la puerta. No se oía nada. Silencio absoluto. Pero en cuestión de segundos, volvió a escucharse el sonido de la llave girando dentro de la cerradura. Retrocedió hasta dar con su espalda en la pared contraria. La hoja comenzó a abrirse lentamente. Puso las palmas de las manos en la fría pared y fijó sus ojos en el hueco. Entonces quedó horrorizada por completo.

—Vaya, vaya. Veo que el efecto del cloroformo ya ha pasado, amiga Laura.

—¡Enrique! ¡Sabía que eras tú quien estaba detrás de todo esto! ¡Lo supe en casa!

Era, efectivamente, Enrique Carmona, la persona que sin lugar a dudas había realizado todas las copias de las imágenes y, por lo que parecía, quien estaba detrás de su secuestro y de todo aquel entramado.

—Ah, ¿sí? ¿Cómo es que lo sabías? —respondió en un tono irónico mientras cerraba la puerta tras de sí, quedando ambos en el columbario. Laura pensó en aquellos instantes en el capiller.

—¿Y el hombre que estaba hace unos momentos aquí?

—¿Te refieres al capiller? Bueno, digamos que está descansando. Por lo que le oí antes quería avisar a la Policía y... eso no está bien, nada bien. Menos mal que estoy aquí para cuidar de todo.

—¡Eres un asesino!

—Los asesinos son los que matan. Yo sólo hago justicia y defiendo un juramento. Soy, en definitiva, un celador de una promesa que, gracias a Dios, y nunca mejor dicho, se está cumpliendo.

El nerviosismo de Laura era patente. Estaba frente a la persona que había urdido un escabroso plan para sustituir las imágenes de Juan de Mesa por copias, y todo por un documento que realizó un pobre aprendiz del maestro cordobés, quizá llevado por la locura y por una obstinación más propia de quien no está en sus cabales.

—¡Tú eres el descendiente de Francisco de Asís Gamazo!

—¿Cómo lo sabes? —preguntó dando sensación de estar tranquilo.

—Lo comprobé en uno de mis libros. Al ver la biografía de tu antepasado y su nombre y apellidos completos, no tuve la más mínima duda: Francisco de Asís Gamazo y Ponce de León. ¿Acaso no te apellidas tú Ponce de León Carmona? Sí, lo que ocurre es que todo el mundo te conoce artística y profesionalmente como Enrique Carmona.

—Veo que eres muy perspicaz. Una buena investigadora. Lástima que no te vayan a servir de mucho tus averiguaciones. Ya está todo consumado.

—¡Estás loco! ¡Loco de remate! ¿Crees que se pueden sustituir imágenes de Cristos y Vírgenes así como así? ¿Y con qué fin? ¿Nadie se va a dar cuenta? Estás mal de la cabeza, como tu antepasado. Y lo peor de todo es que quieres arrastrar contigo a gente inocente.

—Laura, Laura. Ahora me decepcionas. ¿Cómo que con qué fin? ¿Es que no has leído el documento de mi antepasado, el juramento que hizo para preservar de todo mal las tallas del genial Juan de Mesa y Velasco? Han pasado cuatro siglos desde que el maestro de maestros gubió imágenes que parecen salidas de las manos de un ángel. No, de las manos del mismo Dios. Siglos en los que los que me precedieron han intentado por todos los medios preservar y no dejar caer en el olvido a tan insigne escultor. Francisco de Asís Gamazo comprendió, en el siglo XVII, que Juan de Mesa sería siempre una sombra al lado de Juan Martínez Montañés; un hombre con un carácter tan pusilánime que no sería capaz de destacar para no enfadar a su maestro. Nunca le importó estar en un segundo plano. Incluso cuando lo dejaba en ridículo delante de aquellos que iban a encargarle una talla. No fue capaz de reivindicarse. Y todo por culpa de ese delirio de temer al Señor. Ah, el Señor Todopoderoso. El Hijo de Dios en la tierra hecho hombre. ¡Eso no es fe ni devoción! Por eso mismo sus obras fueron atribuidas, durante largo tiempo, a Martínez Montañés. Incluso ya muerto y todavía en vida su maestro, éste no puso reparos a que la gente pensase que el Gran Poder era suyo y no de Juan de Mesa. No fue hasta los albores del siglo XX, como bien sabes, querida Laura —el tono de voz cambiaba constantemente—, cuando se descubrió que en verdad esta magistral talla era del cordobés y no del alcalaíno.

—¿Y por qué ese afán de sustituir las imágenes, si ya se sabe que quien las realizó fue Juan de Mesa?

Laura Moreno intentaba ganar tiempo. Estaba convencida de que Enrique Carmona iba a matarla allí mismo. Tenía razón Miguel Ángel del Campo. «¿Dónde estará? Ahora es cuando me haces falta, Miguel Ángel».

—No es un afán —le cortó sus pensamientos—. Es simplemente seguir algo, un juramento incluso llevado hasta sus últimas consecuencias, por parte de alguien que no quiso que la memoria colectiva enterrase y olvidase al más grande. Me sorprende que tú, toda una profesional, una maestra en el arte de la restauración, conocedora al más mínimo detalle de los más grandes, preguntes esas cosas.

Se dio cuenta que, a medida que avanzaba la conversación, comenzaba a ponerse nervioso. Seguía al pie de la puerta, tapando toda probabilidad de escapar, aunque no estaba preparada para, de repente, pegar un salto, darle un empujón y correr buscando la salida. Las fuerzas eran pocas y se trataba de un enfrentamiento físico entre un hombre y una mujer. Llevaba las de perder. Pensó en cuestión de milésimas de segundo.

—Veo que no sólo has hecho honor a tu estirpe sino que además, quieres que tu nombre quede para la posteridad realizando copias de las imágenes de Juan de Mesa.

Aquella acotación enojó sobremanera a Enrique Carmona.

—No hay nadie que pueda distinguir entre las que talló Juan de Mesa y las que he hecho yo.

—Pues un viejo decrépito, a las primeras de cambio, sí que ha podido.

Enrique Carmona estampó su puño derecho con fuerza en la pared.

—¡Puta, eso es falso! ¡Ese cabrón tenía que saber algo! ¡He sustituido cada unas de las imágenes y nadie ha sido capaz de discernir entre una y otra! ¿O acaso tú sí?

Dudó si enojarle más o buscar otra vía. Al final se decidió.

—Desde el primer momento en que vi la talla del Cristo de la Conversión de Buen Ladrón, me di cuenta de que era falsa. Más falsa que los billetes de 300 euros.

La respuesta hizo que Enrique Carmona enrojeciese.

—¡Sigues mintiendo! ¡Aquí las tienes! —se acercó de manera súbita hasta Laura y la cogió por los brazos— ¡Míralas bien, míralas! ¡Dime sin son las de Juan de Mesa o las mías! ¡Es imposible distinguirlas! Pero, ¿qué te has creído? ¿Que soy un aficionado? ¡Estás muy equivocada!

Seguía agarrando los brazos de Laura mientras le enseñaba las imágenes. Estaban justo delante de la del Gran Poder. Ella estaba asustada, muy nerviosa, pero había entendido que era la única forma de ganar tiempo y que Enrique Carmona no la matase. Nuevamente dio una vuelta de tuerca más a la situación, a sabiendas de que podía tener consecuencias fatales.

—No te he comprendido bien, Enrique. Por todo lo que me estás diciendo, creo que sólo pretendes significarte e intentar superar a Juan de Mesa.

—¡Qué dices, insensata!

La arrojó contra la pared. Laura dio con su espalda y el golpe fue tremendo. Un impacto que la dejó maltrecha. Había cruzado la delgada línea que ponía a prueba la paciencia de su secuestrador. Pero estaba decidida a llegar hasta el final. Sólo así podría tener un halo de esperanza y salvarse.

—¡Dime, si es que puedes, si son las originales o las mías! ¡Dímelo!

Estaba fuera de sí. Comprendió que ahora era el momento de asestarle la puñalada final y dejarlo fuera de lugar totalmente, algo que serviría para tener una remota posibilidad de escapar de aquel lugar.

—No me he fijado bien —respondió todavía en el suelo—. ¿Qué quieres que te diga? ¿Lo que estás esperando oír de mi boca, que son las tuyas mejor que las de Juan de Mesa? No voy por ahí, sino por lo que creo que has buscado en todo momento: quitarte un complejo de inferioridad tremendo.

Los ojos de Enrique Carmona se iban a salir de las órbitas. Era en aquellos momentos un poseso que al que sólo le faltaba echar espuma por la boca; espuma de rabia, de rencor; espuma de una envidia que parecía que, de un momento a otro, iba a salirle por cualquier orificio de su cuerpo. Fue a contestarle pero ella se adelantó.

—Además, me parece que tú no has querido preservar la obra de Juan de Mesa. Tú te has servido de esta situación para intentar quedar como un genio, como el mejor imaginero de la Humanidad, algo por otra parte imposible.

Aquellas palabras terminaron de ofuscarlo. Estaba completamente fuera de sí. Avanzó de nuevo hacia ella. Se preparó para lo peor. Quizá apretó demasiado los resortes de aquel hombre que, aunque conocía desde hacía años, no parecía ser el mismo. Siempre fue de la opinión de que era un petulante y a pesar de realizar un trabajo muy bueno y estar considerado como uno de los mejores restauradores contemporáneos, sus métodos de trabajo dejaban mucho que desear. Y Laura Moreno, en ciertas circunstancias, no había tenido reparo en decírselo a la cara. Pero esta vez la cosa llegaba hasta un límite que parecía irreversible. Cerró los ojos cuando lo vio llegar. Se quedó completamente quieta, a merced de alguien mucho más fuerte que ella y desbocado cual caballo salvaje al que espolean y pican espuela por vez primera. Se sintió estar en sus últimos momentos. Apretó más los dientes.

Pero no pasó nada. No comprendía la situación. No sabía qué ocurría porque seguía con los ojos cerrados, con los dientes que iban a estallarle y con un escalofrío que hacía que el cuerpo pareciese desvanecerse.

No pasaron ni diez segundos cuando, por fin, abrió de nuevo los ojos. Y allí lo tenía, delante de ella. De la ira mostrada unos momentos antes, había pasado a ser el hombre tranquilo que conocía cuando explicaba en una hermandad la restauración de una imagen. Se sintió totalmente descolocada. Enrique Carmona se quedó al lado de la talla del Gran Poder. Sonreía levemente mientras miraba a Laura.

—Por tus palabras, compruebo que no sabes de la misa la mitad. Mis imágenes son tan perfectas que es imposible distinguirlas de las del maestro. Pero mis pretensiones no concluyen así. El juramento que hizo Francisco de Asís Gamazo a la muerte de Juan de Mesa iba más allá. No sólo preservar las obras del maestro. No. Había más. Leyendo entre líneas puede uno darse cuenta de que lo que quiere transmitir es que Juan de Mesa realizó estas imágenes, pero también otras que hoy siguen siendo atribuidas a otros maestros. Incluso a Martínez Montañés. Y ahí está la clave de todo esto. Yo soy un experto restaurador, un conocedor absoluto de los grandes imagineros del Barroco. Tú también, no me duelen prendas al decirlo. Pero se te ha pasado por alto eso. Y aquí está la prueba fehaciente de lo que digo —dijo mientras señalaba a la imagen del Gran Poder.

Ahora era Laura quien se sentía totalmente fuera de lugar. Las palabras de Enrique Carmona delataban que sabía algo más que ella desconocía.

—No sé de qué me estás hablando.

—Muy sencillo, mi querida Laura. Francisco de Asís Gamazo no sólo escribió aquel documento en el que se juramentaba defender la obra de Juan de Mesa. También dejó otro en el que detallaba, una por una, las obras que salieron de la gubia del cordobés. Y sé que en dicha lista aparecen otras que no figuran como suyas. Ahí es donde quiero llegar. Con ese documento podré hacer uno de los descubrimientos más importantes de la Historia del Arte. Y entonces nadie dudará de la genialidad de Enrique Carmona y de su sublime capacidad tanto como restaurador como investigador. Eso, amiga Laura, no está al alcance de cualquiera. En cambió, sí para mí.

No podía dar crédito a lo que estaba escuchando. Pero a Laura se le encendió en aquel momento una luz.

—Y según crees, ese documento se halla en cualquiera de las imágenes que están aquí.

—Bueno, ahora sí eres la persona que conozco. Efectivamente, en alguna de ellas está la clave que estoy buscando, el secreto mejor guardado por espacio de cuatro siglos sobre un hombre que vivió y murió temeroso de Dios y que alcanzó el más alto grado de genialidad que ser humano haya tenido nunca.

—Pero aquí no están todas las imágenes de Juan de Mesa.

—También es verdad. No he ido escogiendo tallas al azar, así porque así. No, amiga Laura. Ha sido más bien una maniobra de despiste por si, en un momento dado, alguien descubría este magnífico plan. Estoy convencido de que el documento que busco está en el interior del Señor del Gran Poder, en la obra más grande de tan magnífico escultor. Francisco de Asís Gamazo comprendió, cuando vio finalizada la talla, que era la más extraordinaria representación de Jesucristo. Y desgraciadamente sabía que su autor no pasaría a los anales de la Historia porque estaba completamente influenciado, subyugado, por su maestro. Ése era realmente el problema de Juan de Mesa y Velasco, un enigma que por fortuna quedará ahora, y por siempre, despejado.

Ahora Enrique Carmona se mostraba suficiente y poderoso a la vez. Estaba dando una lección magistral a quien había pretendido superarlo profesionalmente. En verdad ya se imaginaba ofreciendo conferencias en las universidades más prestigiosas, ante miles de personas maravilladas por su hallazgo, por sus increíbles dotes investigadoras.

—¿Y sí lo que buscas no está en esa imagen? O peor aún: ¿y si no existe ese documento?

—¡Claro que existe! Llevo años documentándome. Sé cómo pensaba, cómo actuaba Francisco de Asís Gamazo. No olvides que soy descendiente suyo. Él introdujo en el Gran Poder ese documento. Y ahí, en esas letras, dejó para la posteridad la autoría de imágenes que hoy creemos que son de otro autor. Sí, aunque hayas estudiado todo y más, aunque seas la mejor profesional. Juan de Mesa realizó muchas más imágenes, no sólo procesionales, que creemos son de otros. Pero yo estoy dispuesto a demostrar que no fue así.

Laura pensaba lo más rápido que podía. Había tratado de disuadirlo, entretenerlo, con aquella especie de interrogatorio. Pero Enrique Carmona estaba convencido de sus palabras, de sus estudios que debían llevarle, inexorablemente, a un final feliz en cuanto a sus pesquisas. Y todo aquello desembocaría en su muerte, la que parecía iba acercándose más a medida que transcurrían los minutos.

Hizo un último intento desesperado por seguir retrasando aquel guión que se le escapaba de las manos.

—No has caído en algo que puede ser fundamental para tus investigaciones.

—¿A qué te refieres? —preguntó Enrique Carmona un tanto contrariado.

—A que quizá el documento que buscas no esté en la imagen del Gran Poder.

—¡Eso es imposible!

—No del todo. Cuando los hermanos Raimundo y Joaquín Cruz Solís restauraron al Señor le realizaron todo tipo de radiografías, estudios volumétricos y pruebas en todo su interior. Y no hubo documento alguno que saliese a la luz. Tú lo sabes mejor que nadie. Tienes en tu poder el extenso informe que elaboraron. Así que puede que hayas realizado un trabajo en balde.

—Quieres distraerme con tu palabrería. Tiene que estar el documento en el interior del Gran Poder. Y sé dónde.

De repente, Enrique Carmona se dirigió hacia la puerta, atravesándola y cerrándola tras de sí. Laura quedó perpleja. «¿Qué es lo que va a hacer? Está completamente ido, fuera de sí. Delira en lo referente a ese documento. Y lo peor de todo es que me está arrastrando con él. ¡Por Dios! ¡Piensa, Laura, piensa! ¡No te queda mucho tiempo!».

Al instante apareció de nuevo en el columbario Enrique Carmona. Traía consigo un maletín que a ella le resultó familiar enseguida: contenía herramientas y utensilios para trabajar la madera.

—¿Qué vas a hacer? —preguntó mientras seguía sentada apoyada en la pared.

—Mostrarte dónde está el documento. Ha llegado la hora de pasar a la posteridad.

Abrió el maletín y extrajo de él un punzón. Acto seguido fue hacia la imagen del Señor del Gran Poder. Vestía una túnica morada lisa y tenía las manos entrelazadas, justo como cuando la Hermandad lo expone en besamanos para la veneración de miles de fieles. A Laura le pareció entonces más cercano, más humano. Miró a su rostro, a sus ojos caídos que parecían suplicar perdón para aquel hombre loco de poder y gloria que iba a cometer una fechoría sin parangón alguno. Entonces fue cuando ella tuvo la respuesta para hacerlo desistir de sus pretensiones.

—Creo saber en qué imagen se encuentra dicho docu-mento.

Enrique Carmona se paró en seco. Se disponía a hundir el punzón en el talón de la imagen, el mismo que Laura notó se encontraba distinto cuando visitó por última vez al Señor en su camarín. Se volvió con parsimonia.

—¿Qué tú sabes en qué imagen se encuentra?

—No con certeza absoluta. Antes de que me secuestrases estuve ojeando un libro en el que, si no me equivoco, puede estar lo que buscas.

—¿De qué libro se trata?

—Está en mi casa. Y allí se encuentra todo el enigma que hay en torno a la obra de Juan de Mesa y Velasco. Sólo así podrás saber dónde se encuentra el papelito que tanto ansías.

—Bueno, bueno, bueno, profesora Laura Moreno. Por lo que veo, estás decidida a que esto se prolongue más de lo deseado. Y no lo digo por mí. Así que, ahora, me invitas a que conozca tu casa...

E que hare e labrare una ymagen de Nuestra Señora de la Concesión de madera de zedro que tenga siete quartas de alto con la peana que a de llevar y la ymagen a de ser solo de bara e media de alto...

Extracto del contrato de hechura de una Inmaculada Concepción.

XIX

Cuando abrió la puerta del pequeño taller se encontró, frente a frente, con Juan Martínez Montañés. Fue una visión repentina, extraña. Primero, de sorpresa. Era la única persona que no esperaba ver cuando los golpes en la madera le interrumpieron. Ya estaba preparado para desprenderse, aunque en su interior no quisiese, de la talla. Había concluido su misión; la obra comenzaba a no ser de él y, en cambio, a alejarse poco a poco, como si le hablase para decirle que debía dejarle marchar. Hasta eso podía comprender. Mas no era posible que tanta belleza, tanto amor que irradiaba constantemente, pudiese irse, desparecer de su vista, perderse y ser todos, no sólo suya. Por eso, en ese interior que seguía luchando a todas horas, se amasaba lenta y parsimoniosamente, la idea del arrepentimiento. ¿Y si se quedaba con ella, la mantenía en casa y se olvidaba del contrato? «No puede ser. He firmado y, como caballero que soy, no puedo echarme atrás. ¿Qué diría de mí el maestro? Y más en estas terribles circunstancias. No. Tengo que cumplir con mi palabra. Entregarla ahora que está terminada. Pero también puedo decir que todavía no es el momento, que no ha llegado la hora de que abandone mi taller. Tampoco puedo hacerlo. Él me dijo que mi principal misión, ahora, era acabar la imagen y que fuese entregada a quienes son sus legítimos propietarios. ¿Legítimos? Yo soy realmente el legítimo propietario. Yo te he creado, hecho poco a poco, a golpe de gubia, de tesón, de amor y respeto a Dios, a su Hijo Jesucristo. No hay nadie más dueño de Ti que yo, Juan de Mesa y Velasco. Pero a él se lo debo, al maestro. No podría vivir sabiendo que piensa que no he sido digno discípulo suyo. No puedo cargar con esa culpa. ¡Dios mío! ¿Por qué me pones a prueba? ¿Acaso no he dado ya suficientes muestras de que soy tu siervo? ¿No has visto todavía que cada vez que me has tentado he respondido con creces a lo que esperabas de mí? Tú le pediste al Padre que, si le era posible, apartase aquel cáliz. Yo te lo pido, te lo suplico ahora. Déjame que siga contigo aquí. Déjame que cada mañana, cuando el alba sea la que anuncia que seguimos vivos un día más, pueda contemplarte. Y hablarte, y contarte cómo va todo. Y decirte que sigo enamorado de María, que ella es la única mujer en mi vida. Muchas son las pruebas, Señor, muchos los sinsabores y obstáculos que, a lo largo de mi existencia, me has puesto en el camino. Pero ahora soy yo el que digo que los apartes de mi lado».

No supo en aquel momento qué decir. Se quedó completamente mudo, impávido, como si se tratase de una aparición espectral.

—¡Juan de Mesa y Velasco! ¿Es que acaso crees que soy un fantasma? —gritó Martínez Montañés para luego soltar una carcajada que era habitual en él.

—¡Maestro! ¡No puedo creerlo! ¿Qué hace vuestra merced aquí?

—Ser libre, Juan, ser libre. Ya soy un hombre honrado como tú . Y no creas que no me ha costado convencerme de ello. Pero la vida es así y te tienen que pasar cosas como éstas para que recapacites —respondió entrando en la estancia.

Juan de Mesa le siguió y con un gesto le invitó a que sentase en uno de los taburetes. Tenía el maestro, como siempre, buen aspecto. Se veía que a pesar de haber estado en aquella celda oscura y maloliente, el mal trago no había hecho mella en su estado de salud. Era un hombre que sabía sobreponerse a la perfección ante cualquier adversidad y en esta ocasión también lo había conseguido.

Esperó a que fuese el maestro quien hablase. Se moría de ganas por saber cómo se encontraba libre cuando todos los indicios apuntaban a que las acusaciones vertidas sobre él harían que cayese una condena importante. Al final, Juan Martínez Montañés habló.

—No sé qué pensarás de mí, qué concepto tienes. Soy un hombre afortunado porque hago lo que me gusta y estoy reconocido en la mismísima capital del Reino. Hay gente que mataría por llegar al lugar que ocupo. En cambio, tú, que no sólo has sido mi mejor discípulo, parece que toda esta vanagloria no te atrae. Es más, juraría que huyes de ella y de todo lo que supone.

Siguió sin hablar Juan de Mesa. Había comprendido que el maestro, su maestro, quería desahogarse. Esperó a que continuase. No le hizo falta esperar mucho.

—¿Qué he conseguido en la vida? —se levantó del taburete y comenzó a dar vueltas por la habitación—. Gloria, fama, dinero, un taller que es la envidia de cualquier maestro de este gremio. Y unos encargos que, como te decía antes, servirían para retirarse de la profesión una vez ejecutados. Pero, ¿y a nivel personal? ¿Quién soy? ¿Adónde he llegado?

Continuaba dando paseos de un lado para otro. No miraba a ningún sitio. Parecía abstraído y los pensamientos que se le venían a la cabeza los soltaba por la boca. Esta sincerándose no ya con su discípulo, sino consigo mismo. Juan de Mesa lo contemplaba y, en el fondo, sentía pena por él. Por vez primera se estaba dando cuenta de que no era más que un pobre infeliz. Un genio que, a la postre, estaba solo en la vida. Tenía mujer, hijos, pero a fin de cuentas, cuando se acostaba por la noche, no tenía nada más que su soledad, con la que cargaba cada día. Estuvo tentado de interrumpirle, de hacerle ver que él no le iba a abandonar. Pero también sentía que debía dejarlo hablar, que expulsase todo lo que tenía dentro que le atormentaba y que ahora, quizá por haber pasado por el amargo trance de la cárcel, afloraba.

—Tú eres el realmente afortunado, Juan —le dijo sin mirarlo—. Tú eres quien ha conseguido en la vida lo que te has propuesto. Llegaste a mi taller sin nada entre las manos, sin ni siquiera saber si te acogería. Pero en cuanto tomaste una gubia todo cambió. Cuando tuviste delante un trozo de madera, comprendí que eras el mejor. Sí, tú. Tú eres el hombre que ha sabido como nadie recrear a Jesucristo. Lo vi en cuanto te pusiste a horadar en aquella madera y comenzó a tomar forma, a parecerse a Dios. ¿Y por qué? Muy fácil, amigo Juan. Muy fácil. Porque eres hombre temeroso de Dios, porque crees en Él, en el Supremo. Por eso todos tus pasos se encaminan a mayor gloria de quien es el Todopoderoso.

No pudo aguantar más y se decidió a interrumpirlo.

—Maestro, le ruego que no hable así. No es justo consigo mismo. Vuestra merced ha creado la más genial y sublime obra de arte para mayor Gloria de Nuestro Señor Jesucristo. Y lo sabe. Yo sólo soy un humilde aprendiz suyo que Dios quiera pueda acercarme sólo un poco a su manera de trabajar.

—Tus palabras me halagan, como siempre. Pero te subestimas también, como no podía ser de otra forma. Y eso es por lo que te he dicho antes: eres un hombre que ama al Señor, que cumples con todos los preceptos y que nunca osarías molestarme en lo más mínimo.

Entonces, de repente, se paró en seco. Estaba justo en medio de la estancia. Se giró levemente y quedó casi de frente al bulto que cubría una sábana.

—Y bien, Juan, ¿cuándo vas a entregar la talla del Nazareno?

Nuevamente quedó sorprendido por la pregunta. En lugar de explicarle los hechos acaecidos en la Cárcel Real, de seguir con esa especie de confesión para quedar en paz con él mismo, se interesaba por su obra.

—Maestro, disculpe mi atrevimiento —respondió algo azorado—. Creo que la imagen queda en un segundo plano. Lo realmente importante ahora es que vuestra merced descanse. Ya habrá tiempo de concluir este trabajo.

—De ninguna de las maneras. Acuérdate lo que te dije en la celda. Quiero que todo siga su curso normal, que tú cumplas con tu trabajo y que esa obra esté entregada en tiempo y forma. Como habrás podido comprobar, me encuentro perfectamente. Supongo que es ésta — dijo señalando al bulto que aparecía tapado—la talla del Nazareno.

—Así es, maestro.

—Bien. ¿Te importaría enseñármela?

Juan de Mesa dudó por unos instantes. Pero enseguida, como le había dicho Juan Martínez Montañés en la cárcel, se acordó de que prometió concluirla y entregarla.

—Lo que vuestra merced diga —respondió acercándose a ella.

Tomó por uno de los extremos la sábana y tiró. Nuevamente, a los ojos de Martínez Montañés, se aparecía en toda su grandiosidad la más extraordinaria imagen que había visto salir de un trozo de madera.

Se quedó quieto. La escrutó al igual que lo hizo la primera vez. No podía creerlo. Era distinta a la que vio en la anterior ocasión. Estaba acabada la imagen. Miraba cada recoveco, cada detalle. Y sólo veía en ellos a Jesús. A Dios. No supo en aquellos momentos qué decir. Le hubiese gustado gritar, proclamar a los cuatro vientos que estaba delante del Todopoderoso. Pero a la par albergaba ese sentimiento de envidia interior que le invadía, igual que la otra vez. Y lo peor de todo es que sabía que era la imagen de la perfección. «Dios mío, ¿cómo alguien de carne y hueso puede esculpir tan excelsa obra? No hay manos que sean capaces de semejante prodigio». Mas comprendía que era así, que no cabía otra posibilidad.

Pasaron unos minutos que se les hicieron interminables a Juan de Mesa, que observaba en silencio las reacciones del maestro. Esperaba a que se pronunciase. La obra estaba concluida, en efecto. Pero quería tener el beneplácito de quien le enseñó a usar las herramientas, a manejarse con ellas. A tratarlas como si fuesen la prolongación de sus manos. El nerviosismo se instalaba a cada segundo que pasaba en su interior. «¿Qué estará pensando en estos momentos? ¿Será lo que él creía o, por el contrario, quedará decepcionado?».

Pasados los primeros momentos, Juan Martínez Montañés se dio la vuelta y miró a los ojos, de manera directa, a su discípulo. Entonces habló.

—Creo que estamos ahora mismo ante Dios.

✝

Corrió todo lo que pudo y más, quedando extenuado, hasta alcanzar el portal del taller de Juan de Mesa. Francisco de Asís Gamazo fue directamente a informar a su maestro de que los cofrades de la Hermandad del Traspaso querían, a toda costa, que la imagen les fuese entregada ya. Y aquella premura no se debía más a que los plazos estaban cumplidos. Intentó explicarles que Juan de Mesa había tenido que ir a la Cárcel Real porque allí se encontraba detenido y preso, Martínez Montañés. Conocían los hechos pero esa circunstancia nada tenía que ver con ellos. El contrato estipulaba que debían de ser entregadas las dos imágenes, un San Juan y un Nazareno con la Cruz al hombro. Y la fecha era la correcta y pactada. Así que los miembros de la Cofradía querían que se ejecutase el contrato ya que, una vez en su poder las tallas, debían proceder a policromarlas. Era algo fundamental, la fase final. Lo conocía bien Juan de Mesa y por eso se sentían en su derecho de reclamarle ya las obras.

Asintieron en todo cuanto dijo el aprendiz del cordobés. Por eso, cuando le señalaron que al día siguiente irían al taller y que todo tenía que estar dispuesto para el traslado, corrió todo lo que pudo y más para avisar al maestro.

Subió las escaleras de tres en tres. A punto estuvo de romperse la crisma por un traspiés. Se sentía ahogado pero también tranquilo porque no iba a dejar que nadie se olvidase de la grandeza de aquel hombre que había sido capaz de tallar tan increíble imagen de Jesucristo. «Será de ellos, pero el maestro tendrá toda la gloria que merece. Cuando los fieles vean al Nazareno procesionar por las calles de Sevilla se acordarán de Juan de Mesa y Velasco.

Así pasen los años y los siglos. Y su fama trascenderá los muros de la ciudad y se instalará en toda España y en el mundo. Juro por Dios que así será, aunque me cueste la vida».

Golpeó la puerta con todas sus fuerzas. Esperó unos segundos y cuando iba a repetir la maniobra, la puerta se abrió. Juan de Mesa lo contempló. Sudaba y jadeaba el chaval.

—¡Muchacho! ¡Cálmate un poco! Por lo que veo, eres un adiestrado corredor. Se te da mejor que la madera. ¿Qué es lo que ocurre?

Iba a contarle todo cuando se percató de la presencia de Juan Martínez Montañés.

—¡Maestro...! —exclamó aturdido por la visión del alcalaíno—. ¿Cómo ha salido vuestra merced de la cárcel?

—Chaval, soy Juan Martínez Montañés. ¿De qué te extrañas? ¿Acaso no sabes que para mí no hay nada imposible? Anda, cuéntanos qué es lo que te tiene tan perturbado.

—Mañana vendrán los miembros de la Cofradía del Traspaso. Me han dicho que la fecha del contrato ha cumplido y quieren llevarse las dos imágenes. Les conté lo acaecido con su detención, pero me dijeron que eso no les incumbía y que los contratos entre caballeros estaban para ser cumplidos.

—Y así será —terció Juan de Mesa—. Como ves, zagal, la obra del Nazareno ya está acabada. Y tiene el beneplácito y el visto bueno del maestro Juan Martínez Montañés.

Francisco de Asís Gamazo miró la talla. Era aún más bella que la última vez que pudo contemplarla. Incluso tenía más fuerza que cuando se quedó a solas con ella y cumplió parte del juramento que se hizo. No sabía qué decir. Prosiguió Juan de Mesa.

—Vas a volver sobre tus pasos —le ordenó al muchacho—y le dices a los caballeros de la Cofradía del Traspaso que mañana, a primera hora, yo, Juan de Mesa y Velasco, escultor, les hará entrega, tal y como está acordado entre ambas partes, de las dos imágenes para su Hermandad. Que traigan todo lo necesario para su transporte y aquí mismo finiquitaremos el contrato. Luego quiero que te marches a casa y descanses. Mañana nos espera un día duro y tú debes estar aquí a primerísima hora. Incluso cuando el sol no haya salido todavía. Me ayudarás con el embarazoso trabajo de colocar las tallas para que puedan ser trasladadas.

—Así lo haré, maese De Mesa.

Francisco de Asís Gamazo fue a darse la vuelta para cumplir con lo encargado por Juan de Mesa cuando se detuvo en seco.

—Maestro Martínez Montañés —dijo esbozando una pequeña sonrisa—. Me alegro de volver a verlo libre.

Sonrió levemente Juan Martínez Montañés, aunque no dijo nada.

La puerta se cerró tras Francisco de Asís Gamazo. Se escucharon los pasos mientras bajaba, deprisa y corriendo, las escaleras de aquella casa convertida en la morada de Dios hecho madera.

—Bien, Juan —rompió a hablar Martínez Montañés—. Todo está correcto. Mañana habrás concluido con tu último encargo por ahora. Pero te auguro que serán muchos más los que vengan a partir de ahora. Como siempre, tu obra dejará anonadados a miles de fieles que, estoy seguro, verán en el rostro de este Nazareno la imagen de Jesús.

—Espero que así sea, maestro. Sabe vuestra merced que mi intención no ha sido otra que ensalzar a Jesucristo.

—No me cabe la menor duda. Y yo doy fe de ello. Te felicito, pues, una vez más. Cuando salga por esa puerta ya no volveré a ver la talla hasta que procesione por la calle. Quiero quedarme, hasta entonces, con la visión de su rostro en madera. No dudo de la profesionalidad de quien vaya a policromarla. Pero está claro que así es como la quiero recordar mientras pueda. Si no te importa, marcho ahora a mi taller. Me esperan muchos encargos y debo poner orden en una cuadrilla que, en cuanto uno se descuida, comienza a holgazanear.

Se acercó hasta Juan de Mesa y le puso la mano derecha en su hombro izquierdo.

—Quiero que sepas que estoy muy orgulloso de haber sido tu maestro. Eres, con diferencia, el mejor discípulo que he tenido y tendré. Espero que vivas muchos años y yo también para poder seguir admirándome de tu trabajo.

—Me siento turbado por sus palabras, maestro. El honor es mío por estar a su lado y aprender de vuestra merced tan alta profesión.

Antes de abandonar la estancia, Martínez Montañés volvió a dirigirse a su discípulo.

—Y gracias por haberme ayudado a salir de la cárcel. Eres un amigo de verdad. En deuda estoy contigo.

†

Las campanas de la iglesia de San Martín sonaron cinco veces seguidas. Eran las cinco de la madrugada. Todavía quedaban, dos horas para que amaneciese. Juan de Mesa estaba sentado en un taburete justo frente a la talla del Nazareno. Tenía su mano derecha sobre el rostro y el codo se apoyaba en la pierna. Un duermevela hizo que se quedase traspuesto en esos momentos. El cansancio había hecho mella en él. No pegó ojo durante toda la noche. Quiso contemplar todo el tiempo a la imagen, quedarse con todas sus facciones.

Acudió a cenar a casa. Le contó a María que el maestro Martínez Montañés fue puesto en libertad, que no quedaban cargos contra él. La esposa, como siempre, lo escuchó atentamente, con dulzura, mientras preparaba algo para comer. Él le explicó cómo los miembros de la Cofradía del Traspaso irían por la mañana a llevarse el encargo, por lo que quería estar toda la noche en su improvisado taller, por si podía dar algún gubiazo de última hora y rematar, si es que era menester, la obra.

Ella no dijo nada mientras el esposo habló. Una vez hubo colocado en la mesa dos platos con comida y ambos se sentaron, dejó caer su parecer como si no quisiera hacerlo.

—¿Y tú crees que no está acabada del todo?

—María, siempre hay algo que queda por hacer. Sabes bien que una obra nunca queda a gusto del artista.

—Pero si sigues retocándola puede desvirtuarse y no ser la que concebiste en un principio.

—No te preocupes por ello. Tú la has visto y sabes mejor que nadie que ya está realizado el trabajo.

María siguió comiendo. Al cabo de unos segundos, volvió a hablar.

—¿Y qué te ha dicho el maestro? ¿Quedó complacido?

—Por supuesto. No sólo ha alabado mi trabajo sino que me ha dicho que espera poder ver salir de mis manos muchas más obras como ésta.

Siguieron comiendo. No era medianoche cuando Juan de Mesa abandonó la casa. María, sentada en un taburete, zurcía una prenda.

—¿Volverás cuándo se hayan llevado a las imágenes?

—Antes iré a hablar con el dueño de la habitación. Le pagaré lo convenido. ¿Crees que debería quedarme, de momento, con ella para seguir trabajando? Te dije en su momento que después de esta obra me instalaría en casa. Pero está muy cerca de aquí y como tengo a mi cargo a un aprendiz, podría ser bueno conservarla.

—En tus manos dejo esa opción —respondió ella sin dejar de zurcir—. Tú eres quien debe tenerlo claro, lo que decidas será aceptado por mí sin ningún reparo ni reproche.

—Además, mañana mismo cobro el resto del contrato.

No dijo nada más María. Juan de Mesa se encaminó, finalmente, hacia el taller.

Las campanas hicieron que recobrase la conciencia. Se había quedado dormido por unos instantes. Esperó a que repitiesen para darse cuenta de la hora que era. Intentó despejarse echándose en la cara un poco de agua. Ya repuesto, se acercó a la imagen y volvió a contemplarla con extremada fijación. Pero sólo fueron unos segundos. Un golpe de tos hizo que el dolor apareciese en todo su ser. La enfermedad volvía a presentársele. Tosió reiteradamente mientras, como hacía siempre, se agarraba el estómago. Aquellas arcadas vinieron acompañadas de sangre que echó por la boca. No era mucha, pero sí la suficiente para darse cuenta de que no estaba en su mejor momento. «¿Por qué ahora, Dios mío? ¿Por qué tienes que seguir poniéndome a prueba? He cumplido con todo. Te he rogado que me des una tregua. No puedes hacerme esto».

Pareció sentirse más aliviado. Bebió un sorbo de agua para quitarse el mal sabor producido por la mezcla de sangre y saliva. Escupió en una bacinilla y volvió a enjuagarse la boca. Había desaparecido el dolor del estómago. Respiró mucho más tranquilo.

Acto seguido, tomó una sábana y tapó la imagen del Nazareno de cintura para abajo. No quería que apareciese completamente desnuda cuando llegasen aquellos hombres. Tras contemplarla detenidamente, se convenció que ya no se podía retocar más. Así era como la había concebido. «No hay que hacer nada más. Señor, estás terminado tal y como Tú querías. Sólo te pido que en los siglos venideros sigas como ahora. Que los que te contemplen nunca duden de tu Poder y de tu misericordia. Que quienes te vean, bien en la iglesia, bien por la calle, sientan a tu paso la grandeza de tu perdón. Con eso me daré por pagado».

Juan de Mesa se acercó hacia la pared en la que tenía colgados los diversos bocetos que realizó antes de plasmar en la madera al Nazareno. Los contempló primero para, luego, ir quitándolos de allí. Los guardó en un pequeño arcón que había en una esquina. Se sentó de nuevo en el taburete y, con los ojos fijos en el rostro del Señor, esperó a que el sol entrase por el ventanal por el que se podía ver la espadaña de la iglesia de San Martín, cuyas campanas, hacía unos minutos, habían dado las cinco de la mañana.

A esa misma hora se levantaba Francisco de Asís Gamazo. Antes de acostarse estuvo un rato en la habitación que le dispuso en su casa Juan de Mesa y Velasco. Allí estaba viviendo desde que lo había tomado como discípulo. Escuchó en parte la conversación que el maestro mantuvo con su esposa. Estaban a muy poca distancia. Él había cenado solo, en su cuarto. María le llevó un cuenco con comida y una taza con vino. No era de la calidad del que acostumbraba a tomar Juan Martínez Montañés, pero se agradecía, sobre todo porque no era una persona que se mostrase exigente. Aprendió a moverse con destreza por el arrabal sevillano cuando era un mocoso y su tío intentaba hacer de él un hombre de provecho. Desgraciadamente

437

murió y todo se truncó. Menos mal que aquella visita al taller del maestro alcalaíno propició que, años más tarde, pudiese encontrar su modo de ganarse la vida. Ahora se sentía un privilegiado al estar nada menos que en la casa de Juan de Mesa y Velasco, algo que se antojaba poco menos que imposible para cualquiera de su condición.

Sabía, y sufría, de los temores del maestro; de su inseguridad a la hora de plantarse delante de Martínez Montañés. Dos hombres totalmente opuestos. «La noche y el día», solía pensar a menudo. Lo que sí tenía claro es que no estaba dispuesto a consentir que el cordobés fuese ninguneado por los demás y menos por el maestro.

Esa misma tarde, cuando cumplió el encargo encomendado por Juan de Mesa de avisar y confirmar a los miembros de la Cofradía del Traspaso que podrían ir por la mañana, tuvo el tiempo justo para pasarse por el convento de la Merced. Allí tenía que culminar lo que se había propuesto en su momento. No era tarea fácil. Más bien casi imposible. Pero estaba dispuesto a todo. Buscó el momento apropiado. Se escondió detrás de uno de los pilares y esperó a que cerrasen las puertas. Iba preparado para no despertar ningún tipo de sospechas. Y conocía a la perfección aquel convento, al que había acudido más de una vez, sobre todo con el maestro Martínez Montañés. Pero, ¿sería capaz de acometer tal hazaña y no ser descubierto? Es más ¿cómo podría salir de aquel trance sin que nadie, días más tarde, descubriese tamaña fechoría? No dejaba de ser un sacrilegio por el que podría ser pasto de una pira y arder en los infiernos. Pero a Francisco de Asís Gamazo le podía más el deseo de hacer justicia que lo que le sucediese.

Se plantó delante de la imagen. La oscuridad era total. Se cercioró de que no quedaba nadie en el convento. Las monjas estarían en esos momentos en sus celdas o quizá en el refectorio, rezando antes de acostarse. Podría ser descubierto por ellas si no actuaba con sigilo y, sobre todo, con rapidez. Sacó de su bolsillo el papel. Lo leyó una y otra vez. Lo repasó. Quería estar del todo convencido. «Puede que todo esto sea una temeridad, un acto inconsciente. O peor aún, una herejía. Qué más da. Ya no voy a echarme atrás. Dios me ampara, estoy seguro. Dios está conmigo, Dios está conmigo...». Cerró los ojos, apretó los dientes. Y sonaron las cinco de la mañana en las campanas de las iglesias sevillanas.

†

—Te esperaba. Has llegado a buena hora. Pasa.

Juan de Mesa y Velasco hizo entrar al muchacho al taller. Éste, todavía con los ojos soñolientos, buscó de manera instintiva la escoba.

—Me dijeron estos señores que estarían a primera hora de la mañana, maese De Mesa. Espero que me dé tiempo a recoger todo.

—No te preocupes, Francisco. Un taller es un taller y siempre tiene que haber algún desorden.

Mientras el joven aprendiz barría el suelo, el maestro se dedicó a ordenar las herramientas. En eso quería que los cofrades del Traspaso encontrasen todo ordenado. Los utensilios de trabajo eran para el escultor la prolongación de sus manos. En especial una de las gubias, con la que había tallado prácticamente esta última obra.

Una vez las dejó dispuestas en la mesa correspondiente, se acercó a la imagen. Francisco de Asís Gamazo miró de reojo sin dejar de barrer. Las virutas habían comenzado a revolotear por la estancia. Tomó un cubo de agua y baldeó la zona para evitar crear mayor polvareda. Juan de Mesa tomó un pequeño trapo y, de forma suave, fue pasándolo por el rostro de la talla.

—Perdone mi impertinencia, maestro —se atrevió a decir el aprendiz—. ¿Ha quedado conforme vuestra merced con el resultado de la imagen?

Juan de Mesa la miró fijamente mientras se apartaba unos pasos de ella. Luego, sin quitarle la vista, respondió.

—¿A ti qué te parece?

Dejó la escoba por unos instantes y se acercó hasta el maestro, que no cesaba de mirar a la escultura.

—Ya se lo dije el otro día. Creo que es la mejor obra que ha salido de sus manos. Sin ningún tipo de dudas. Y es más. Si alguien me pidiese algún día explicaciones de cómo es el rostro del Señor, le diría totalmente convencido que sólo debería contemplar el de este Nazareno.

—Me halagas, muchacho, y te agradezco tanta sinceridad. Sé que sale del corazón, que no es poco. El maestro Juan Martínez Montañés ha quedado muy complacido con la obra.

—Lo sé. Se lo he escuchado de su boca en no pocas ocasiones. Como también sé que le profesa gran admiración por la capacidad que tiene para reflejar en la madera a Jesucristo.

El sol comenzaba a entrar por la ventana. La habitación–taller ya se encontraba ordenada y dispuesta para recibir la esperada visita. Tenía dudas Juan de Mesa sobre quiénes acudirían para llevarse la talla. En todo caso, estaba convencido de que serían, más o menos, las mismas personas que estuvieron en el taller en la anterior ocasión.

Había mandado a Francisco de Asís Gamazo al portal para que esperase la llegada de los cofrades. Tenía la puerta de la estancia abierta. Sintió en esos momentos, solo ante el Nazareno, un nuevo deseo de encerrarse y que de allí no saliese. Pero también sintió cómo la obra parecía decirle que debía abandonar la casa, instalarse en una iglesia y ser venerada por todos los fieles de la ciudad.

Cada minuto que pasaba la veía mucho más real. Como si fuese a echar a andar. Volvió a ajustar las manos de la escultura, que aparecían maniatadas. «Es como si estuviese a punto de entregar al reo al poder de Roma. Aquí estás, solo, abandonado de todos y todo. Una sábana te cubre la mitad de tu cuerpo. Ya has sido vejado, ultrajado; pronto iniciarás el camino del Monte Calvario. Allí te encontrarás con María. Y aunque el dolor de la Madre sea imposible de paliar, Tú implorarás al Sumo Hacedor perdón para todos los mortales. Aquí estás, preso, indefenso, esperando tu destino. Sé que sientes miedo porque aunque seas el Hijo de Dios, en la Tierra eres humano. Por eso padeciste como tal, y moriste en la Cruz. ¿Y aún pides perdón para los hombres? Tu Reino no es de este mundo, Señor. Tu Reino sólo puede estar a la Derecha del Padre».

Unas voces lejanas le sacaron de sus pensamientos. Comprendió que estaba a punto de ver partir a Jesucristo de su casa. Al momento apareció por la puerta Francisco de Asís Gamazo, que se había adelantado unos metros para anunciar la llegada de los visitantes.

—Maestro, don Andrés de León, hermano mayor de la Cofradía del Traspaso, está aquí. Viene acompañado del alcalde de la Hermandad, don Francisco Fernández de Llera, y de don Alonso de Castro, entre otros señores.

También vinieron Pedro de Salcedo y Arteaga, Pedro Ruiz, Gaspar de Salcedo, Luis de Herrera y los escribanos Pedro López y Francisco de Alfaro. A ellos les acompañaban tres mozos; sin duda alguna los encargados de portar la imagen desde el taller hasta la sede de la corporación.

—Señores —dijo Juan de Mesa—, tengan a bien tomar posesión de esta humilde morada.

Tras los saludos iniciales de cortesía, todos estuvieron largo rato contemplando la imagen del Nazareno. Nadie dijo nada durante varios minutos. Francisco de Asís Gamazo se había colocado detrás del maestro y observaba las reacciones de aquellos hombres. Al final, el hermano mayor fue quien se decidió a hablar.

—No puedo deciros nada más que es la mejor representación de Cristo que he visto en mi vida —a lo que los demás acompañantes asintieron con la cabeza—. Debo felicitaros y mostraros mi más sincera enhorabuena. En verdad se trata de un trabajo magnífico, a la altura de las mejores obras de imaginería contemporáneas. Don Juan Martínez Montañés también debe haber quedado complacido.

—Así parece —fue lo único que acertó a decir Juan de Mesa.

—Bien, pues si vuestra merced no tiene inconveniente —terció Francisco de Llera—, ha llegado el momento de que procedamos al traslado de la imagen. Los escribanos ajustarán las cuentas para que cobre lo estipulado, tal y como acordamos en el contrato que formalizamos.

—Sea como los señores cofrades dispongan.

El rostro de Juan de Mesa mostraba desasosiego. Sabía que era ahora cuando había llegado la hora de la verdad. Sintió un dolor tremendo en el alma cuando los tres hombres comenzaron a alzar la talla. Uno de ellos, con extremada delicadeza, colocó una especie de manto púrpura que cubrió la cabeza y la parte del pecho. Con una cuerda lo fijó a la altura de los codos, de tal manera que no estorbase a las manos. El dolor del alma pasó al corazón. En esos momentos se olvidó Juan de Mesa de todo. No sabía realmente si lo que estaba sucediendo era realidad o más bien un sueño, una pesadilla, de la que acabaría despertando tarde o temprano.

Entonces supo que no estaba dormido. La talla fue levantada y cogida por aquellos tres hombres, que la inclinaron suavemente hacia atrás. El primero la asió a la altura de la cintura; otro por la parte de abajo, donde estaba la peana, y el tercero sosteniéndola por la espalda.

De forma lenta, con sumo cuidado, comenzaron a avanzar dirigiéndose a la puerta de salida. La comitiva estaba en completo silencio, dibujando el cuadro de un velatorio o el traslado de un muerto, algo que Juan de Mesa ya hubo contemplado en más de una ocasión cuando, siendo un niño, acudía a los Hospitales de Sangre. La escena le resultaba familiar, conocida. Pero en esta ocasión se añadía un componente no previsto: se llevaban su obra más grandiosa, más excelsa. Se le escapaba, en definitiva, un trozo de su propia vida por aquella puerta.

Una procesión a la que se fueron uniendo detrás todas las personas, cofrades del Traspaso. Nadie dijo nada en ningún momento. Nadie quiso alzar la vista y todos, absolutamente todos, siguieron los pasos que marcaban los tres hombres que llevaban entre sus brazos al Hijo de Dios hecho madera.

Al cordobés se le vinieron a la mente los momentos vividos en soledad con la talla del Nazareno. Recordó, en los instantes que transcurrieron desde que los hombres se hicieron cargo de la obra hasta que la perdió de vista, el primer golpe de gubia; la forma en la que le tuvo que decir a María que iba a alquilar una habitación para poder trabajar con tranquilidad. Olió de nuevo los geranios del patio de su casa y el perfume que desprendía la ropa tendida después de lavada. Se asustó otra vez al verse solo delante de Él, hablándole, implorándole perdón y rogando, por lo que más quisiera en este mundo, que apartase por unos momentos aquella enfermedad que le tenía sumido en un sin vivir y que podía costarle incluso la vida.

Se vio almorzando con la amada, mientras ella, sin decir nada parecía decirlo todo. Y se sorprendió de volver otra vez a la calle de la Amargura. Ahora, en cambio, aparecía solitaria. Nadie por la calzada; nadie gritaba. «¿Qué es lo que pasa? ¿Dónde habéis ido? ¿Por qué no hostigáis al Nazareno? ¿Acaso os habéis olvidado de Él? ¿Tan pronto ha quedado sumido en la nada más absoluta? Aquí estoy yo, Juan de Mesa y Velasco, nacido en Córdoba, para proclamar a los cuatro vientos que es el Hijo de Dios en la Tierra».

De la calle de la Amargura pasó al traslado al Sepulcro. Porque era lo que estaba viendo en esos momentos cuando el Señor se iba de casa; cuando Jesucristo atisbaba otra vez la angustia que produce la impotencia por tamaña injusticia de los hombres.

Porque aquellas personas que lo llevaban describían el momento en el que a Cristo lo depositaban en el Santo Sepulcro. «¿Pero es que nadie va a ser capaz de parar esta ignominia? ¿Nadie es lo suficientemente fuerte para detener el macabro cortejo?». No podía pensar. No veía a nadie y, sin embargo, las imágenes se le sucedían, en cuestión de segundos, por toda su mente. Pasaba su vida al completo; la veía con claridad meridiana sin poder hacer nada para remediarlo: la tos que anunciaba la tuberculosis; el temor a que el maestro no quedase satisfecho con su trabajo; la desazón por no sentirse digno del Sumo Hacedor; por no haber tenido el suficiente coraje para no dejarlo solo cuando cayó por tercera vez. «¿Quiénes son ellos para despojarme de lo que más quiero, de mi compañero eterno? Yo juré que sería como Jesús debía de ser en la Tierra. Y ahí vas. Me dejas; acudes a la llamada del pueblo, de los fieles. Te haces suyo y en cambio, yo, quedo huérfano. ¿Qué será de mí a partir de ahora? ¿Qué haré, adónde iré? ¿No te das cuenta de que sin Ti no soy nadie, no soy nada? ¿No comprendes que de esta manera es imposible que vuelva a creer en tu perdón, en tu misericordia? ¿Y María? ¿Dónde María? ¿Dónde su amor y su compasión mientras te di vida? ¿Ella no cuenta? ¿No ves que si cruzas el umbral de esa puerta ya no podré volver a verte? ¡Tantos desvelos para nada! ¡Tanta desazón, tristezas, alegrías!... ¿No valen para nada? Quiero acompañarte, tomar tu Cruz y seguirte. Así lo hice desde que tuve uso de razón y así lo haré por los siglos de los siglos. Te van a crucificar en el madero y yo puedo aliviar tu dolor. Te van a dejar solo, implorando la clemencia del Padre. Pero yo estaré allí, al pie de la Cruz. Y te seguiré. Dame fuerzas. No te vayas, no cruces la puerta. Quédate para siempre conmigo. Seamos uno los dos. ¡No, Dios mío! ¡No estoy preparado para tu marcha! ¡No puedo asimilar que mañana, ni pasado, ni la semana que viene, cuando entre aquí Tú no estés, no me hables, no me digas lo que tengo que hacer y cómo hacerlo! ¡No podré soportar el peso que dejas caer sobre mí! ¡Nadie va a poder paliar lo que siento cuando a punto estás de ser de los demás y no mío!».

Justo detrás del maestro, Francisco de Asís Gamazo presenciaba también aquel momento. Le invadió el temor de que Juan de Mesa no tuviese las fuerzas suficientes para aguantar la escena. La congoja se instaló en su ser y sintió miedo, mucho miedo, de no ser capaz de estar a la altura de tan gran hombre. «Si él puede asumir este momento, yo también», se dijo para sí mientras todo discurría conforme a lo previsto. «Dale valor, vigor, fe al maestro, Señor. Dale todo lo necesario para que de su gubia puedan seguir saliendo obras que sean alabanzas a Dios Padre. Aquí tienes el ejemplo más claro, más sincero y mejor expresado. Ahí estás Tú, Señor Todopoderoso. ¿No te reconoces? Sí, es tu cara, tu expresión; eres Jesucristo. No puede ser otro quien va debajo de esas telas camino de una nueva vida, de una nueva ubicación en la que te contemplarán miles y miles de fieles. Sólo te pido un favor: sigue guiando los pasos del maestro; sigue posibilitando que te honre con su gubia, que te ensalce como mejor sabe hacerlo. Que te engrandezca a través de la madera. Porque sólo él, y nadie más, puede ser capaz de esculpir a Dios».

El sol quiso acompañar a la comitiva mientras en las campanas de la iglesia de San Martín daban las ocho y media de la mañana. Toques secos, rotundos. Toques que parecían llamar a muerto y que se extendían por el aire de una Sevilla que, sin saberlo, estaba a punto de encontrarse por sus calles con Jesucristo camino del Calvario.

Juan de Mesa y Velasco, contemplando aquella escena y sin decir absolutamente nada, se echó a morir por unos instantes, con un pellizco que parecía querer arrancarle de cuajo las entrañas, mientras en su interior se repetía, una y otra vez de manera incesante, la misma frase: «Dios mío, ¿por qué me has abandonado?»

Encomiendo mi anima a Dios nuestro Señor que la hizo crio y redimió por el precio infinito de su sangre y el cuerpo a la tierra donde fue formado y cuando acaeciere mi muerte mando que mi cuerpo sea sepultado en la iglesia de san martín en la sepultura que alli me fuere dada y la forma y horden de mi entierro lo remito al parecer de mis albaceas...

Extracto del testamento de Juan de Mesa.

XX

—No puedo creerme que todo este entramado lo hayas planeado tú solo.

Laura Moreno estaba situada en el asiento del copiloto del vehículo que conducía Enrique Carmona. Llevaba las manos atadas y el cinturón de seguridad puesto, pasándole por encima de los brazos de tal manera que no pudiese realizar ninguna maniobra de escape. La noche ya había caído sobre Sevilla y ambos se encaminaban hacia la casa de ella. El tiempo ganado con sus insinuaciones se le antojaba fundamental para intentar zafarse de su opresor. Tenía la esperanza de que sus padres hubiesen recibido el mensaje, que aquello pudiese acabar bien, al menos sin tener que temer por su vida. Aunque lo que más le preocupaba en esos momentos era verse desasistida, huérfana de protección. Conocía sobremanera a Enrique Carmona, y si bien no lo imaginaba maquinando aquella trama sin sentido y fuera de todo lugar, era consciente de que él era la persona que había urdido semejante fechoría. Pero no podía haberlo hecho solo. «¿Y Lucas? ¿Dónde estará? Él fue quien me metió en todo esto y ahora no he podido dar con él. En todo momento se ha adelantado a mis pasos, sabía qué me iba a ocurrir. Cuando más falta me hace desaparece. Seguro que ya tiene su historia para sacarla en el periódico con grandes titulares y llevarse la gloria. Y a los demás que nos den...».

—¿Acaso no me consideras lo suficientemente inteligente? —respondió Enrique Carmona sin dejar de mirar a la carretera.

—No es eso. Tú has realizado las copias de las imágenes, pero solo no puedes transportarlas. Lo sabes bien. Hacen falta cajas de embalaje muy específicas y que son pesadas. Lo mismo que las tallas. Y luego has tenido que quitar las obras originales de sus altares o retablos y colocar las falsas. Hacen falta muchas más personas.

—El dinero todo lo puede. Un hombre bien pagado es un hombre fiel que no se va de la boca. Y si lo hace...

—Lo eliminas, ¿no?

—Bueno, es una forma muy sutil de decirlo. Desgraciadamente, ya nos ha fallado uno.

—¿Nos ha fallado? Tenía razón entonces; tú no podías haberlo hecho solo.

—Siempre se trabaja mejor en equipo. No soy la única persona interesada en salvaguardar la obra y el legado de Juan de Mesa. Lo mismo que yo hay otras que han hecho causa común con el documento de Francisco de Asís Gamazo y están dispuestas a llegar al final. Otros, se echaron para atrás. No hubo más remedio que ser expeditivos con él.

—¿A quién te refieres?

—Al desgraciado de Miguel Ángel del Campo. Pobrecillo.

Laura sintió un escalofró tremendo que le recorrió todo el cuerpo.

—¿Miguel Ángel? ¿Quieres decir que él está metido en todo esto? ¡No te creo! ¡Estás tratando de engañarme!

—No, amiga Laura, nada de eso. Él era uno de los ejes de esta historia. Con su ayuda pudimos obtener las cajas para el transporte de las imágenes; llevarlas de un sitio para otro sin despertar sospechas y trabajar con seguridad tanto en el IAPH como en la nave que teníamos ex profeso para ello. Ha sido de muchísima utilidad. En el fondo, él creía que también era un descendiente de Francisco de Asís Gamazo. Un pobre diablo al que luego, cuando vio que todo estaba a punto de culminarse, le entró remordimiento de conciencia y metió la pata.

—¿Lo has matado?

—Digamos que está en la misma situación que el capiller del Gran Poder.

Enrique Carmona comenzó a reírse de forma escandalosa. El coche avanzaba por el final de la avenida de la Palmera, a la altura del estadio del Real Betis Balompié. La noche era clara y la luna estaba en cuarto creciente, ofreciendo una visión maravillosa del cielo. Hacía algo de calor y aunque no había mucho tráfico, sí se cruzaron en el trayecto con varios vehículos. Laura sintió de nuevo un miedo atroz. Por lo que le acababa de decir, Miguel Ángel del Campo también estaba en la trama pero ahora, casi con toda seguridad, muerto; asesinado por gente sin escrúpulos que habían hecho de un papel y una leyenda sin claro fundamento una forma de vida que tenía como objetivo final la muerte.

Carmona giró por una de las estrechas calles pobladas de chalés y naranjos. El conocido restaurante gallego seguía abierto y las luces del interior dejaban ver a la clientela cenando o tapeando. También en las mesas del exterior había varias personas. Todo se mostraba tranquilo y sosegado, algo que le dio mayor seguridad a Enrique Carmona.

—¿Sabes acaso dónde vivo?

—No he estado nunca en tu casa, pero lo sé. Lo siento. No podías quedar sin vigilancia en todo este tiempo. Te has metido en el fondo del pozo y no podíamos dejar nada a la improvisación.

Estuvo tentada de preguntarle por Lucas Vega, pero prefirió no hacerlo. «Habría sacado el tema ya, porque fue él quien me puso sobre la pista de estos locos. Lo que ocurre es que a lo peor él también ha corrido la misma desgraciada suerte que Miguel Ángel. ¡Dios mío! Espero que esto acabe ya».

Dobló de nuevo y enfiló la calle en la que vivía Laura. Paró el coche justo delante de la puerta del garaje.

—Bien, ya estamos aquí. Te ruego que no te muevas. Voy a bajar para abrir la puerta del garaje. Llevo, por si no te lo había dicho antes, una pistola. Estás atada. Cualquier movimiento raro me obligará a tomar medidas contundentes. Espero que comprendas todo lo que te estoy diciendo.

No dijo nada. Continuó sentada, viendo por el parabrisas delantero las maniobras de Enrique Carmona. «Piensa, Laura, piensa. Le has dicho que el secreto que busca está en un libro. Sabes que tarde o temprano descubrirá que le estoy engañando y entonces será peor. Puede matarme. Hay que seguir distrayéndolo. Me queda la baza de mis padres. Ojalá pudiese saber si han leído el mensaje. Mantente fuerte. Haz un esfuerzo. ¿Qué libro le puedes enseñar para distraerlo?». Laura pensaba a ritmo vertiginoso mientras Enrique volvió a acceder al interior del habitáculo del coche.

—Bueno, vamos adentro. No quiero levantar sospechas entre tus vecinos. Ya pasaron desapercibidos quienes te drogaron. Por cierto, perdona el desorden de la casa. Sé que te pusieron todo patas arriba.

Tampoco, en esta ocasión, contestó. Una vez metido el coche en la zona techada, al fondo de la casa, volvió a bajar Enrique. Rodeó el vehículo por la parte delantera y abrió la puerta de Laura.

—Insisto una vez más —dijo mientras le quitaba el cinturón de seguridad y le desataba las manos—: no hagas ninguna tontería que me obligue a dispararte.

—Lo harás después, cuando tengas lo que buscas.

—No soy tan asesino como tú crees —respondió en el momento que tiraba de su brazo para ayudarla a salir.

—Un asesino es un asesino. Y por lo que me has contado, han muerto Miguel Ángel del Campo y ese pobre hombre de la basílica del Gran Poder. ¿A cuántos hay que matar para ser «tan asesino»?

—Te noto demasiado irónica para la situación en que te encuentras. Anda, ve delante de mí. Entraremos por la puerta de la cocina. No te preocupes por nada. Tengo las llaves de tu casa.

Cuando llegaron a la puerta trasera, Enrique Carmona se adelantó a Laura. Sacó de uno de sus bolsillos un juego de llaves. Introdujo en la cerradura una de ellas, que no abrió.

—No voy a saberlo todo de tu casa —dijo en tono burlesco mientras repetía la acción con otra, que en esta ocasión sí giró dentro de la cerradura.

Antes de acceder al interior de la casa, Enrique Carmona sacó una pistola de pequeñas dimensiones que le enseñó sonriendo a Laura a la vez que la invitaba a pasar.

—Como verás, no miento. Perdona que haga ostentación de ella, pero no quiero llevarme ninguna sorpresa en tu casa.

Bueno, tú me dirás hacia qué parte nos dirigimos a buscar el dichoso libro.

—A la salita que revolvieron tus amigos. Supongo que sabes que está arriba, en la planta superior.

—Por supuesto. Venga, sube tú delante de mí. Y no hagas ninguna tontería.

—¿No enciendes la luz?

—Cuando estemos arriba. Sube.

Obedeció. Comenzó a subir los escalones con lentitud. Seguía sin saber qué hacer cuando llegasen a la habitación. «¿Qué libro, Dios mío, le digo que es el que buscamos? Ya no me queda tiempo. En cuanto sepa que estoy distrayéndolo se volverá loco de ira. Y lo peor es que tiene una pistola. Creo que ha llegado mi hora... a menos que le diga... ¡sí! ¡Es la única opción! Calma, Laura, calma. Que no te note nerviosa».

Llegaron a la salita. Enrique Carmona seguía empuñando el arma. Cuando estuvieron en la puerta, de nuevo repitió la acción de adelantarse. La abrió y buscó por la pared el interruptor de la luz. Se encendió una pequeña lámpara que estaba todavía en el suelo.

—Mis amigos hicieron un trabajo realmente fino —dijo comprobando el estado de la estancia, con todo revuelto y por el suelo—. Bueno, ya estamos aquí. Tú me dirás de qué libro se trata. Y no me engañes. Ya me he acostumbrado a apretar el gatillo de esta compañera mía y, no creas, en cuanto le coges cariño se hace con mucha facilidad...

—Está allí, en aquella estantería.

—Hay muchos libros. ¿Cuál es?

Laura echó un vistazo por las distintas baldas que se encontraban repletas de volúmenes.

—En la tercera fila, en el centro. El que tiene el lomo de color grana.

El inspector Roberto Losa aparcó justo en la misma acera del restaurante. Entró por la puerta lateral y se sentó en uno de los taburetes que había en la barra. Un gran expositor dejaba ver el marisco vivo que se exponía para ser servido. Miró a su alrededor pero no vio a Lucas. «Todavía no ha llegado», pensó en el momento en que un camarero se le acercaba.

—El señor dirá lo que desea.

—Una cerveza. En copa, por favor.

En el interior del restaurante habría unas diez personas. También en las mesas de fuera, unos veladores donde se respiraba tranquilidad. Sacó de uno de los bolsillos un paquete de tabaco y tomó uno, encendiéndolo. No era hombre fumador, pero siempre llevaba a mano cigarrillos, de los que hacía uso cuando algo le ponía nervioso. En esta ocasión lo estaba. Por muchas vueltas que le daba no alcanzaba a comprender qué era lo que estaba ocurriendo. «Muchos cabos sueltos y ahora este hombre asesinado casi con toda seguridad. Espero que Lucas pueda proporcionarme alguna luz en todo este entramado. La historia no me gusta nada y lo peor de todo es que desconozco las claves y el modus operandi por el que se puede mover el asesino».

El camarero lo sacó de sus pensamientos.

—Su cerveza, caballero —dijo dejando la copa en la barra.

—Póngame a mí otra igual.

Roberto Losa se volvió. Era Lucas Vega, que acababa de entrar en el restaurante.

—Veo que te has dado prisa y encima vas y te pides una cerveza sin esperarme ni nada —le dijo al inspector mientras tomaba asiento en el taburete contiguo.

—Vengo de aquí al lado.

—¿De dónde?

—De la casa de los padres de tu amiga Laura Moreno.

—¿Qué hacías allí?

—Me llamaron. Recibieron un mensaje de su hija. Al parecer les dijo que se encontraba en peligro y que me avisasen. Desgraciadamente, lo único que he podido averiguar es cómo era el tal Miguel Ángel del Campo ese. Me enseñaron una fotografía suya.

—¿Cómo ha muerto?

—Su cuerpo ha aparecido calcinado en una nave a las afueras de Sevilla. Pero lo más inquietante de todo es que era un lugar donde se almacenaba pescado congelado.

—¿Y eso que tiene de inquietante?

—Pues que no casa mucho que en un lugar así haya material y herramientas más propias de un taller de escultura.

Lucas bebió un trago largo de su cerveza, cosa que hizo también el inspector.

—Ando un poco despistado. Tú te mueves en este mundillo como pez en el agua. ¿Por dónde crees que pueden ir los tiros?

—Ahora mismo no sé qué decirte, Roberto. Pero la aparición en escena de Miguel Ángel del Campo me da mucha mala espina. No sé, no quiero involucrar a nadie sin tener pruebas suficientes. Te dije que se estaban produciendo una serie de sustituciones de imágenes de Juan de Mesa. Si Miguel Ángel del Campo estaba metido en todo ello y ha sido asesinado, es porque sabía más de la cuenta.

—¿Y...?

—Que él no podía actuar solo. Era casi un político. Entendía de obras de arte pero de ahí a ser el ejecutor de esas imágenes...

—No me des más rodeos y dime de una puta vez en quién o quiénes estás pensando —le cortó tajantemente Roberto Losa.

—Sólo se me ocurre pensar en Enrique Carmona.

—¿Quién es ese tipo?

—Un profesor de Arte con una hoja de servicios extraordinaria, además de uno de los mejores restauradores que existen en la actualidad.

Roberto Losa bebió el último trago de su copa. Sacó un billete de cinco euros y lo dejó en el mostrador.

—Quiero que me esperes aquí sentado. Y no se te ocurra moverte. Quizá dentro de un rato tengas la mejor noticia que pueda publicarse en los próximos años.

—¿Adónde vas?

—Como te dije por teléfono, a casa de Laura.

—Te acompaño.

—Ni se te ocurra. No tengo orden de registro y ya me arriesgo bastante como para encima llevar conmigo a un periodista. Esto no es un juego. Te llamo en cuanto sepa algo. Adiós.

—Suerte, Roberto.

—Creo que la suerte ya está echada para todos.

∽

Fue Francisco de Asís Gamazo quien le abrió la puerta del convento del Valle. Le engañó, pasado aproximadamente un mes y medio, para que acudiese a aquel templo y convencerse de que la imagen del Nazareno estaba concluida definitivamente tras la encarnadura a la que fue sometida por Francisco de Llera, hermano de la Cofradía del Traspaso y miembro de su junta. Sin embargo, desde que la talla salió de su taller, Juan de Mesa no quiso saber nada de ella. Se encerró literalmente en su casa. Por las distintas estancias deambulaba en cuanto salía el sol y así permanecía hasta que María, su esposa, le avisaba para comer. En alguna ocasión le pidió que le realizase mandados para ver si de esa manera salía a la calle.

Pero el imaginero se empeñaba en quedarse en casa. Francisco de Asís Gamazo, que seguía viviendo con ellos, era el encargado de mantener limpio y ordenado el taller, por si el maestro cambiaba de opinión y se ponía manos a la obra de nuevo. En cierto modo, ya hubo varias personas que quisieron contactar con él para ofertarle encargos, pero todavía no albergaba la más mínima ilusión por coger entre sus manos la gubia. Además, la tos se había hecho presente en muchos momentos del día, y la sangre aparecía con mayor asiduidad, algo que no pasaba desapercibido a su esposa, quien con la mejor de las intenciones se esforzaba por no decirle absolutamente nada.

Esa mañana todo fue distinto. El día anterior acudió el joven aprendiz hasta el convento del Valle. En su interior bullía una especie de desasosiego al comprobar que su maestro prácticamente se había desprendido de todo valor patrimonial y de propiedad sobre la talla, que ya empezaba a ser venerada de manera ostensible por cientos de fieles que cada día acudían a la iglesia y quedaban maravillados con la imagen del Nazareno, que recibía culto en una hornacina.

Los primeros días estuvo maniatado, tal y como lo entregó Juan de Mesa. Pero tras el proceso de encarnadura, podía contemplarse en el convento con la cruz a cuestas, lo que le confería aún mayor dramatismo. Conscientes de la importancia devocional que irradiaba la obra de Juan de Mesa, los miembros de la Cofradía del Traspaso se habían apresurado a correr la voz por toda Sevilla, ponderando la grandeza del Nazareno y la devoción que iba despertando en todas aquellas personas que le rezaban.

Esto contribuyó a que, pasado escasamente un mes y algunos días más, no fuera raro ver a las puertas del convento colas para entrar y rezarle a Jesucristo, algo que abundaba también en el cepillo de la Cofradía.

Por eso, se las ingenió para hacer salir al maestro de su casa, con la excusa de que dos importantes hombres de la ciudad necesitaban verlo a toda costa y entrevistarse con él. Le sorprendió al escultor, que no puso demasiado interés en aquella petición por parte de su aprendiz.

—Maestro, es indispensable que acuda. Incluso estuvieron viendo al maestro Martínez Montañés implorando su intercesión para que los recibiera.

—¿Y qué dijo?

—Que era cuestión única y exclusivamente de vuestra merced. Que lo que decidiese bien decidido estaba.

Aquellas palabras hicieron dudar a Juan de Mesa. No estaba acostumbrado a que Martínez Montañés delegase en él cuestiones que sabía eran importantes no sólo para el cordobés, sino también para los intereses del taller del alcalaíno. No en vano, seguía siendo discípulo suyo y a él le debía gran parte de su éxito profesional.

—Maese De Mesa, tenga la bondad de pasar —le invitó Francisco de Asís Gamazo.

Titubeó por unos instantes, comprobando que a esa hora —no era todavía media mañana—unas cincuenta mujeres esperaban en la misma puerta por la que él accedía.

—¿Por qué no quieres ver la imagen?

La pregunta se le incrustó en el alma. La realizó su esposa cuando el aprendiz intentó engatusarlo. Ella sabía que no era así, que lo que pretendía no era otra cosa que llevarlo a contemplar su obra. Incluso ella, en un momento determinado, cuando supo que esta ya encarnada, a punto estuvo de acercarse a la iglesia y verla. Pero quiso, como siempre, que fuese su marido quien diese el primer paso. Se contuvo, sobre todo porque no quería incomodarlo. «Es hombre de bien, un buen esposo que me quiere por encima de todo y que se ocupa de mí a pesar de su trabajo. ¿Qué pensaría si yo me acercase hasta el templo y luego le dijese lo que he visto?».

La entrevista fue un puro trámite. Efectivamente, dos hombres de una cofradía que divagaron sobre la imagen de un crucificado. A Juan de Mesa le pareció algo pasajero. No mostraban demasiado interés por su obra y, sobre todo, daban la sensación de no conocer qué es lo que había realizado hasta entonces. Su aprendiz estuvo presente también e intentó que éstos pusiesen mayor énfasis en sus pretensiones. Todo fue inútil. Al cabo de un rato de conversación, Juan de Mesa la dio por terminada.

—Señores, les ruego me perdonen. Comprenderán que lo que me piden, además de abstracto, no se fundamenta en aspectos puramente religiosos. No es que yo no sea una persona que no quiera realizar por lo que están dispuestos a pagarme. Pero lo que es cierto es que mi humilde persona no alcanza a entender que se me pida algo que no se sabe qué es exactamente: lo mismo un Crucificado que un Nazareno. A lo mejor un Cristo atado a la Columna. ¿Acaso su Cofradía no tiene definidos sus aspectos advocacionales?

Había sido su aprendiz quien le tendió aquella especie de trampa para sacarlo de casa. No se trataba de dos cofrades sino de dos conocidos suyos, a los que pagó un estipendio generoso, quienes se ofrecieron a encargarle una obra. Pero no contaba Francisco de Asís Gamazo con que el maestro iría más allá de las meras apreciaciones estilísticas y, al final, acabase enojándose por tamañas consideraciones no sólo fuera de lugar, sino impropias de gentes piadosas y temerosas de Dios.

—Vuestra merced disculpe, pero nuestra intención es la de saber si en un futuro podemos contar con su trabajo. Nada nos halagaría más. Sin embargo, es verdad que todavía no tenemos definida la advocación. Pero estimamos que su forma de trabajar, por lo que ya se ha comprobado en toda Sevilla, es la que queremos.

Juan de Mesa salió de aquella reunión algo enfadado. Pero lo importante para su aprendiz es que estaba fuera de casa, en la calle. Y era el momento de convencerle de que viese al Nazareno.

—Maestro, estamos a dos pasos del convento del Valle. ¿Querría vuestra merced acercarse y ver cómo ha quedado la encarnadura de su última talla?

El escultor no contestó. Siguió andando tranquilamente, sin mirar a ningún sitio concreto. Al cabo de un rato, se paró y se volvió hacia Francisco de Asís Gamazo.

—Dime, ¿tú la has visto?

Comprendió el muchacho que iría hasta el convento del Valle.

—Quien debe verla es vuestra merced.

Doblaron una esquina y ambos se dirigieron al convento. Se extrañó Juan de Mesa de que a la entrada hubiese varias mujeres. Parecían estar guardando cola. Francisco de Asís Gamazo se puso detrás de la última. Nadie hablaba. «Debe tratarse de mujeres piadosas, temerosas de Dios. ¿Puede ser que sea cierto y vengan a rezar al Nazareno?». El maestro cordobés continuaba en silencio. Pasados unos minutos, el muchacho le franqueó la puerta.

Entró con cuidado. La nave estaba en penumbra. Pero, de pronto, al fondo, lo vio. Era el Nazareno que había salido

461

de su gubia. Quedó parado. Detrás de él, Francisco de Asís Gamazo. Inició la marcha hacia el lugar donde estaba la imagen. A sus pies, unas mujeres arrodilladas rezaban. Cada vez que se acercaba más iba descubriendo el rostro, ya con la policromía, del Señor. Sintió miedo y desazón. Lo reconocía. Era Él, Jesucristo. Una vez estuvo frente a la obra, estudió cada rincón de su rostro. «No puede ser que de mis manos haya salido esta escultura. Ahora sí, Señor, ahora sí te veo como te imaginé desde el principio. Aquí, con tu Cruz a cuestas, camino del Monte Calvario, implorando clemencia pero a la par perdonando. Ahora sí te reconozco. Eres Tú quien nos debe redimir. Tenía miedo, mucho miedo, a que ya no te reconociese. Temía que cuando abandonases nuestra habitación, ya no pudiese verte como te concebí. Por eso no he querido venir. Por eso he estado ido, sin saber dónde me encontraba, sin reconocerme ni yo mismo. Y María, en cambio, siempre a mi lado, sin decir nada, apoyándome. Ahora me doy cuenta de que Tú siempre has estado ahí, con ella, conmigo. Ahora sí puedo decir que has sido hecho para que te venere Sevilla, para que tu perdón traspase murallas, caminos; cruce ríos y escale montañas hasta llegar a lo más infinito. Porque de ese rostro sólo puede desprenderse perdón. El perdón que irradia el poder de tu misericordia. Ya no me perteneces. Ha sido duro, muy duro, aceptarlo. Pero ahora no tengo más remedio que plegarme, resignarme y comprender que hubiese sido injusto que solo yo pudiese tenerte. Eres del pueblo. Eres de Sevilla».

Cayó de rodillas, entrecruzó las manos y rezó. «Gracias, Señor, por haberme dado fuerzas para tenerte aquí. Gracias por concederme la honra de servirte. Siempre estaré en deuda». Las lágrimas afloraron por sus mejillas.

En la calle, una señora se cruzó con otra que se dirigía al interior del convento del Valle. Se pararon por unos instantes a hablar.

—¿Vienes del convento?

—Sí.

—Es de suponer que has visto al Nazareno.

—Así es. Es increíble la mirada que tiene. Me ha dicho mi esposo que se trata de una imagen que tendrá mucha devoción. Y sabes que él conoce muy bien el mundo de la escultura. Dice que se nota la mano de Juan Martínez Montañés. Cuando lo veas te darás cuenta. No paran de alabarlo, que al parecer ya está redimido de todos sus pecados. Y qué mejor que hacerlo con una imagen como la de este Nazareno.

—Voy a rezarle.

No llevaba ni dos meses la imagen expuesta a la veneración de los fieles y por Sevilla comenzaba a extenderse la idea, tal y como hablaron entre ellas aquellas dos mujeres, de que la talla del Nazareno había salido del taller de Juan Martínez Montañés, el genio más grande que podía haber en esos momentos en torno a la imaginería. Sólo una persona como él podía ser capaz de dar vida a Jesucristo de esa forma, como también lo hizo con obras como la de Nuestro Padre Jesús de la Pasión. En cambio, el nombre del escultor cordobés, discípulo del jiennense, parecía difuminarse, empezando a olvidarse en lo referente a la autoría de Nuestro Padre Jesús del Gran Poder.

Sin embargo, en el interior del convento del Valle y en aquellos momentos, Juan de Mesa y Velasco continuaba, arrodillado, llorando ante la imagen de Dios en la Tierra.

✝

—¿Éste? —preguntó Enrique Carmona señalando el libro que le había dicho Laura Moreno.

Se disponía a coger la obra. Era el momento en que todo o nada podría ocurrir. Laura estaba tensa, muy tensa. Aguardaba el instante en que él tomase entre sus manos el libro. Llevaba en la derecha la pistola, por lo que suponía una pequeña ventaja adquirida cuando lo abriese. «No creo que suelte el arma, así que se liará más».

Esperó con la vista fija en aquel volumen. Era grande y, por lo tanto, pesado. Sabía que para cogerlo, bien debía de soltar la pistola, bien hacer una maniobra complicada. Se acercó hasta la estantería Enrique Carmona. Fue a tomar el libro pero se detuvo por unos instantes. Leyó el lomo. «Grandes imagineros del Barroco. La edad de oro de los siglos XVI y XVII».

—¿Y dices que aquí es donde se encuentra la clave del documento de Francisco de Asís Gamazo? —preguntó volviéndose hacia Laura—. Conozco esta obra, aunque hace ya muchos años que la leí. Es cortita, nada del otro mundo. Refritos de textos anteriores, como hacen muchos investigadores de pacotilla. Ponen fotografías muy grandes; cogen párrafos de aquí, de allí, citan bibliografía y... ¡hala! Ya soy escritor.

Ella no dijo nada. Tan sólo se limitó a seguir esperando acontecimientos. De nuevo, Enrique Carmona se dirigió hacia la estantería. Agarró el libro con su mano izquierda y tiró para afuera. Le costó trabajo. Pesaba. Lo tenía cogido levemente por el lomo cuando salió totalmente de la balda. Entonces, ya fuera, se produjo lo que Laura Moreno había previsto cuando se acordó de aquella obra: era una edición bastante antigua y mal encuadernada que compró en una librería de Viejo. De tanto pasar las páginas, una y otra vez, las hojas se habían desprendido y estaban completamente sueltas. Se acordó de ello cuando llegaron a la casa y no dudó en ningún instante en hacerle creer a su captor que en ese libro estaba el secreto mejor guardado de Francisco de Asís Gamazo y Ponce de León, su antepasado.

Las hojas se desparramaron por completo por el suelo. Enrique Carmona no sabía qué ocurría. Dio un paso hacia atrás, sorprendido por lo que acababa de pasar. Fue el momento en que Laura comprendió que debía de arriesgar al máximo, como tenía pensado hacer si se producía aquella escena.

—¡Hija de puta! —gritó Carmona— ¡Me has engañado!

Pero cuando se dio la vuelta Laura ya desaparecía por la puerta de la salita. Corrió como una posesa escaleras abajo mientras el corazón luchaba por salírsele del ritmo vertiginoso que llevaban sus latidos. No quiso mirar hacia atrás «¡Que sea lo que Dios quiera!», se dijo cuando vio que las páginas de aquella voluminosa obra se desperdigaban por todo el suelo de la habitación. Seguía bajando como podía. Debía alcanzar la puerta antes de que Enrique Carmona saliese de la habitación. Sólo tenía esa oportunidad. Si no, era el final de todo.

Llegó hasta el hall en cuestión de segundos aunque a ella le parecieron eternos. Se desarrollaba todo como había pensado. «¡Ya estoy, ya estoy! ¡Lo voy a conseguir! ¡En la calle podré pedir socorro!».

Tomó el picaporte y el mundo se le vino encima. La puerta estaba cerrada con llave, ya que ellos accedieron al interior de la casa por la cocina. Una sensación de impotencia, mezclada con el terror más absoluto, se apoderó de Laura Moreno, que forcejeó con todas sus fuerzas intentando que aquella puerta se abriese.

Oyó perfectamente los pasos, acelerados, de Enrique Carmona bajando las escaleras; los gritos e improperios que iba soltando mientras intentaba alcanzarla. Sintió su aliento en la nuca, el frío del acero de la pistola y las manos que apretaban con una dureza extrema su brazo izquierdo. No se dio la vuelta en ningún momento pero, en cambio, giró bruscamente el cuerpo y, zafándose de aquella tenaza que era la mano de Enrique Carmona, corrió en esta ocasión hasta la cocina. No sabía si estaba gritando, si pedía auxilio. Seguía sin mirar para atrás en ningún momento. No quería ver el rostro de ese asesino; no quería que fuese la última persona viva que viese. Se negaba en rotundo a ello. «¿Por qué no ha disparado ya? ¡Sigo viva!». Corría y corría. O al menos eso le parecía a ella mientras llegaba a la cocina. «¡La puerta! ¡La puerta! ¿Dónde está la puerta?». El corazón iba más deprisa aún. Oyó de nuevo el jadeo de su perseguidor; el grito tremendo, rotundo, y un «¡Hija de puta! ¡Te voy a matar!» que pareció paralizarle las pulsaciones. Pero seguía sin mirar atrás.

La puerta estaba cerrada. El pomo giró cuando ella lo cogió y la hoja cedió. «¡Sí! ¡Está abierta!». La empujó con una fuerza sobrenatural. Detrás, la ira desbocada de Enrique Carmona, a todas luces mucho más torpe y menos ágil que ella. «¡No dispara! ¡No dispara!». No pensaba Laura. Sólo corría. Tanto como sus fuerzas se lo permitían. «¿Por qué no me ha matado ya?». Continuaba viva, corriendo. Chocó contra el coche y a punto estuvo de perder el equilibrio y caer al suelo. Pero siguió corriendo. La verja del garaje cerrada. A la derecha aparecería el pequeño jardín de la entrada que llegaba hasta la puerta principal de la casa. «¡Esa cancela sí está abierta! ¡Dios mío, que esté abierta!». Tenía que doblar esa esquina de la casa para llegar hasta allí. No sabía a qué distancia se encontraba su perseguidor. Todavía sentía la frialdad del cañón de la pistola en su cuerpo y la mano que apretaba con fuerza el brazo. No miraba hacia atrás. Corría, sólo corría de manera desesperada. Zancadas que se le antojaban cortas, muy cortas, y que no eran suficientes para alcanzar la cancela. No la veía. Debía de doblar la esquina de la casa. La manguera de riego estaba en el suelo, justo en el lugar en que dio la vuelta. Se dio cuenta cuando la tuvo entre sus pies y, a modo de serpiente verde, se enroscó en sus tobillos. Trampa mortal. No miró hacia atrás pero se encontró con el césped en su rostro. Había caído, atrapada por los nudos que tenía la goma. El dolor se hizo presente y notó que la sangre le manaba por una de sus mejillas. No veía nada pero sentía el jadeo de Enrique Carmona, el sonido seco de sus pasos y la voz, cada vez más cercana, como si le estuviese gritando en la misma oreja.

—¡Cabrona! ¡Te voy a matar!

Tras esas palabras, Laura oyó otro sonido que le era desconocido pero que, desgraciadamente, supo enseguida de qué se trataba: era el martilleo de una pistola. «¡Voy a morir!» acertó a pensar en el instante que otra voz, potente, rompió la escena.

—¡Quieto! ¡Policía!

Provenía de la cancela de entrada de la casa. Ella estaba tendida bocabajo con los pies reliados en la manguera. De pronto se hizo el silencio. Fueron tan sólo unos instantes. Pero durante ellos Laura no sabía si le habían disparado, si ya estaba muerta. Cesaron los pasos, los jadeos; el frío metálico y la dureza de aquella mano. Se paró todo por completo hasta que, de nuevo, la misma voz que escuchó cuando se sintió muerta volvió a oírse.

—¡Tire el arma al suelo! ¡Tírela!

Enrique Carmona se asustó cuando las hojas del libro cayeron a sus pies en forma de catarata. Un revoltijo que le desconcertó por completo por unos segundos pero que le produjo, posteriormente, ira, mucha ira. Se volvió hacia Laura pero sólo atisbó a ver cómo se escapaba.

—¡Hija de puta! ¡Me has engañado!

Tardó en reaccionar lo suficiente para darse cuenta de que ella corría escaleras abajo de la casa. La persiguió con todas sus fuerzas. Cuando alcanzó el comienzo de la escalera, la muchacha llegaba al final de la misma. Bajó con celeridad aunque con el temor de caerse en un momento dado. Tenía la vista puesta en la espalda de Laura, que se encaminaba, a un ritmo más frenético, hacia la puerta de salida de la casa. Se dio cuenta de que intentaba abrirla pero no podía. Fueron segundos preciosos en los que, a trancas y barrancas casi, llegó hasta su altura. Seguía con la pistola en la mano pero no era capaz de hacerla funcionar. Acertó a agarrar el brazo izquierdo de su víctima, apretándolo en el momento en el que hacía un escorzo, y a poner el cañón del arma en su cuerpo. Pero sólo fueron unas milésimas de segundo, porque Laura había iniciado otra vez la carrera. Esta vez se dirigía hacia la cocina. Él la siguió, desesperado y lleno de ira vio cómo abría la puerta.

—¡Hija de puta! ¡Te voy a matar!

Salió a la parte trasera de la casa. La siguió lo más rápido que pudo. Hubiese dado su vida por poder disparar el arma. Pero no podía hacer dos cosas al mismo tiempo. O corría detrás de la joven o se paraba y, con parsimonia, se preparaba para hacer detonar la pistola. Se decidió por lo primero, ya que lo fundamental de todo ello era que Laura Moreno no se escapase, no alcanzase la calle. Se dio cuenta de que se tropezaba con el coche pero que proseguía su huida. Intentaba por todos los medios darle caza. Pero era más ágil que él. «Si no le disparo, se escabullirá». Siguió avanzando. «Va a llegar a la puerta del garaje. Estoy perdido. No. Está cerrada. ¿Qué hace? Va a ir hacia el otro lado de la casa. La pierdo, la pierdo». Quería correr tanto como ella, pero evidentemente no tenía la misma destreza. La perdió de vista durante un solo segundo, el que transcurrió desde que dobló la esquina de la casa. Oyó un golpe seco en el suelo y enseguida supo que ya era suya. Laura estaba tendida en el suelo. Sus pies se enredaron con la manguera de riego. Faltaban poco menos de seis o siete metros para que hubiese llegado a la cancela de salida. Ahí hubiese perdido toda posibilidad de cogerla. Jadeaba por el esfuerzo hecho. Le dolía el pecho de tanto correr pero tuvo fuerzas para gritarle antes de llegar a su altura.

—¡Cabrona! ¡Te voy a matar!

Ya la tenía, ya era suya. Allí estaba, bocabajo en el suelo. Totalmente indefensa y dispuesta para morir. Ya no había más remedio que llevar a cabo su eliminación. Sabía demasiado. No podía correr más riesgos. No quería que hubiese más contratiempos. Se dejó engañar cuando la tenía retenida en el columbario de la Basílica del Gran Poder. Allí podía haber terminado todo y no que ahora se veía en esa casa, engañado y a punto de perderlo todo. «Ahora sí que eres mía. Te voy a matar de una vez por todas, hija de puta».

Un sonido fuera de lo normal le sorprendió. Lo había escuchado en otras ocasiones. Era como el que hacía su pistola cuando la martilleaba para disparar. Pero en esta ocasión no le dio tiempo a hacerlo. De pronto, escuchó una voz fuerte y potente que venía de la cancela de la casa.

—¡Quieto! ¡Policía!

No acertaba a comprender qué ocurría. Miró instintivamente hacia el lugar de donde provenía aquel grito y vio a un hombre que le apuntaba con un arma. Estaba en posición de disparo. «¿Qué es esto?», se dijo para sí mientras intentaba levantar su pistola. Otro grito fue mucho más contundente.

—¡Tire el arma al suelo! ¡Tírela!

La orden vino acompañada del ulular de varias sirenas. Las luces azules se extendieron por la calle. Las pudo ver por entre la celosía que hacía de muro en la casa. Todo era confuso para él. Seguían retumbando en sus oídos aquella orden «¡Tire el arma al suelo! ¡Tírela!». Y entonces, alzando la vista a la par que la pistola, se dio cuenta de que era la Policía. «¿Quién la ha avisado? ¿Cómo saben que estoy aquí? ¿Y Laura? ¡Hija de puta! ¡Te voy a matar! ¡No te mereces otra cosa!».

La detonación se escuchó en todo el contorno del barrio. Fue seca y pareció atravesar la casa de lado a lado, como un trueno en noche de tormenta seca. Sintió calor, un calor sofocante en la mano que sostenía el arma. «¿Qué pasa? ¿Qué es esto?». Miró y ya no tenía la pistola. El disparo de aquel hombre se la había arrebatado. Fue certero, propio de alguien avezado en el manejo de armas de fuego. Entonces el dolor se hizo presente en la zona. No había sangre, pero sí dolor. Instintivamente se cogió la mano derecha con la izquierda pero sintió cómo lo agarraban entre varios hombres. A su alrededor tenía a varios agentes de policía. Iban con cascos, con una especie de coraza en el pecho. Y corrían con suma agilidad. «¿Dónde estoy?» se preguntó para sí cuando notó que le echaban los brazos hacia la parte de la espalda y sus muñecas quedaban unidas mientras caía de rodillas al suelo primero, para luego darse de bruces con el frío césped de la casa. Estaba detenido.

Roberto Losa guardó su pistola y se acercó de manera rápida hasta Laura Moreno. Una decena de policías se movía por el jardín de un lado a otro. Tres de ellos procedían a levantar al detenido. Los vecinos estaban en las puertas de sus casas o asomados a las ventanas. Laura Moreno, todavía sin saber qué pasaba, vio acercarse al inspector.

—¿Está bien? —le preguntó mientras le ofrecía un pañuelo para que se taponase la herida que tenía en la mejilla.

—¿Qué ha pasado? —dijo ella.

—Ya está a salvo. No se preocupe. Ese cabrón no la molestará más.

Dos agentes se llevaban a Enrique Carmona que pasó por el lado de Laura Moreno, que estaba sentada en uno de los escalones de la entrada junto a Roberto Losa. El profesor miró a la chica.

—¡No te has salido con la tuya! ¡Ya lo verás! ¡Esto no acaba aquí!

No pudo decir nada más. Los policías lo empujaron hacia fuera, introduciéndolo en uno de los coches para su traslado a Comisaría.

El inspector sacó un cigarrillo y lo encendió.

—No se preocupe más por ese tipo. Le va a caer una buena.

—Está metido en algo muy gordo, inspector. Ha matado, al menos que sepamos, a dos hombres.

—Lo sé. Miguel Ángel del Campo, su jefe, y el encargado de la basílica del Gran Poder.

—¿Recibió la llamada de mis padres?

—Sí. Ha sido providencial que les enviase aquel mensaje. De lo contrario, quién sabe si ahora estaría usted como él.

Quedaron callados. Al cabo de unos segundos, Losa volvió a hablar.

—Tengo que marchar a Comisaría. Queda mucho trabajo por hacer. ¿Se encuentra bien?

—No se preocupe. Ha sido sólo un rasguño. Un poco de betadine y ya está. No creo siquiera que quede marca —dijo en un tono mucho más relajado—¿Sabe que han sustituido la mayoría de las imágenes de Juan de Mesa?

—Si quiere que le diga la verdad, al principio pensé que era una locura.

—Yo las he visto. En el columbario de la Basílica del Gran Poder. Allí tenían su cuartel general. Han hecho un trabajo minucioso. Es increíble cómo pueden haber conseguido dar el cambio sin que nadie lo notase. Lo que no me cuadra es que Carmona haya actuado en solitario...

—No lo creo. Tiene que haber más personas implicadas. Por fortuna, lo tenemos a él. Ahora comienza mi trabajo.

—Y usted no me creyó ni a mí ni a su amigo Lucas...

—¡Lucas! —exclamó el inspector acordándose del periodista—. Luego hablaré con él. Laura, no quiero que se mueva de aquí. Más tarde la llamaré. Va a tener que pasar malos tragos, pero por fortuna ya no tiene que temer nada.

El inspector abrió la cancela y antes de desaparecer calle abajo, se volvió.

—Muchas gracias, Laura, por todo.

∾

Seguía sentada en la escalera de acceso a la puerta principal de su casa. Acababa de hablar con sus padres para decirles que todo estaba bien, cuando una voz, desde la calle, hizo que cambiase el rostro.

—Veo que has desenmascarado la trama en torno a Juan de Mesa.

—¡Lucas! ¿Dónde estabas? Temí que te hubiese pasado lo peor —respondió mientras se tapaba la herida de forma rápida, sintiéndose algo azorada.

Se dio cuenta de que tenía la ropa sucia por la caída; estaba despeinada y, para colmo, con restos de sangre en parte de sus mejillas.

—No me encuentras en mi mejor momento —dijo mientras se levantaba e iba hacia la cancela.

Ambos se abrazaron por espacio de varios segundos. Ella sintió el calor de su cuerpo y la fuerza de sus brazos en todo su ser. Y se sintió reconfortada.

—¿Cómo sabías que estaba aquí? —preguntó colocándose de manera coqueta el flequillo hacia uno de los lados de la frente.

—Me avisó Roberto. Estuvimos hablando y creo que llegó a la conclusión de que Enrique Carmona era quien estaba detrás de todo este complot. Por fortuna no se equivocó.

Se hizo el silencio. Laura bajó la mirada. No sabía qué decir en aquellos momentos. Se sentía cómoda con la presencia de Lucas. Estaba claro que la atracción por aquel hombre había despertado en su interior. Pero no tenía la seguridad que esos sentimientos fuesen recíprocos. Y ella no quería dar un paso en falso, como ya le ocurrió en ocasiones anteriores. Lucas, entonces, habló.

—¿Has visto las imágenes?

Rompió el halo mágico que en esos momentos invadía a Laura que, de nuevo, volvió a acordarse de todo lo vivido esa noche.

—Sí. Están en el columbario de la Basílica del Gran Poder. Buscaba un documento según el cual, Francisco de Asís Gamazo habría dejado enumeradas las tallas que realizó Juan de Mesa, aunque según dio a entender Carmona, en esa hipotética lista también incluyó otras que atribuimos a otros autores.

—Enrique Carmona es el descendiente del tal Gamazo, ¿no?

—¿Cómo lo sabes? —preguntó extrañada.

—Me lo he imaginado. Sólo alguien que se crea descendiente de ese pobre aprendiz de Juan de Mesa, puede llegar a perder la cabeza de esa forma. En todo caso, no iba descaminado en sus apreciaciones...

—¿Qué quieres decir?

—Verás, estoy convencido de que ese papel existe. Pero no se encuentra escondido en ninguna de las imágenes de Juan de Mesa. Bueno, sí estuvo, pero ahora no.

—No te entiendo. ¿Dónde está entonces?

—¿Tienes algo que hacer ahora?

∽

Pasaban unos veinte minutos de la una de la madrugada cuando el vehículo que conducía Lucas Vega enfiló por la calle Conde de Barajas para desembocar en la Plaza de San Lorenzo. Laura Moreno iba en el asiento del copiloto. Estaba extrañada de las afirmaciones que le había hecho acerca de la posibilidad de que el documento existiese. Ella intentó engañar a Enrique Carmona con el pretexto de que ese papel podría encontrarse en otra imagen que no hubiese sido esculpida por Juan de Mesa. Pero ahora todo era distinto. Volvía a dejarle desconcertada la apreciación de Lucas. «Desde que lo conozco, siempre se ha adelantado a los acontecimientos. Y en esta ocasión me deja fuera de lugar. ¿Cómo que el documento existe y que estuvo en una imagen de Juan de Mesa?».

El trayecto lo hicieron prácticamente en silencio. Ella seguía algo ruborizada después del abrazo en el que se fundieron. Tenía la sensación de que él se había dado cuenta de sus sentimientos, algo que por otra parte, además de causarle un bienestar generalizado, le gustaba. «Me descoloca este hombre. Se muestra amable conmigo y me lanza mensajes que creo entender como que pretende acercarse a mí. El problema es que los esté descifrando mal. Bueno, en todo caso ya estoy talludita y sé lo que hago y lo que me digo». Por eso mismo no puso impedimento alguno para acompañarlo a pesar de que el inspector Roberto Losa le dijo que no se moviese de casa. «Bueno, es él quien tiene que sacarle toda la información a Carmona. Bastante he pasado ya como para seguir pendiente de ese tío que sólo me ha traído desgracias y que si me descuido me mata. Además, estoy intrigada con todo lo que me ha dicho Lucas. No sé adónde quiere llevarme, pero por el camino que vamos me lo imagino. Aunque a estas horas...».

—Ya hemos llegado —dijo Lucas aparcando en una de las bocacalles cercanas a la Plaza de San Lorenzo.

Bajaron del coche. A esa hora no había por el lugar nadie. La plaza aparecía serena, tranquila. El monumento a Juan de Mesa presidía el entorno. Laura fue leyendo los nombres de las advocaciones que figuraban en la estatua. «Quién le iba a decir a este hombre que, cuatro siglos después, seguiría estando en plena vigencia. Si supiese dónde se encuentran las tallas que gubió...».

—Ven, es por aquí.

Cruzaron la plaza y se dirigieron a la espalda de la parroquia de San Lorenzo, anexa a la basílica.

—¿Adónde me quieres llevar? —preguntó extrañada.

—No te preocupes. Ya estamos.

Era la parte de la casa hermandad del Gran Poder que da a la calle Hernán Cortés. La puerta existente comunica con la llamada sala del tesoro y sirve asimismo para acceder al interior del templo. Laura se sorprendió cuando Lucas sacó una llave y la introdujo en la cerradura.

—¿Qué haces? ¿Vamos a entrar? ¡Estás loco!

Se sintió desubicada. ¿Cómo era posible que Lucas tuviese una llave de la casa hermandad del Gran Poder? ¿Acaso estaba al tanto de todo lo que había ido aconteciendo? No sabía qué pensar.

—¿Sorprendida? —preguntó abriendo la puerta e invitándola a pasar.

—Me dejas de piedra. Cualquiera que nos vea puede pensar que estamos robando. Esto es muy serio.

—Pasa, por favor.

La habitación estaba a oscuras. Lucas se adelantó un par de metros y de un aparador sacó una linterna. Por sus actos se desprendía que conocía el lugar a la perfección y que no era la primera vez que estaba allí a esas horas.

—Pero, ¿qué es lo que pasa? —preguntó asustada Laura.

—No tengas miedo. Acompáñame.

Le siguió. Cruzaron la estancia y llegaron hasta otra puerta. Ésta daba directamente al atrio de entrada de la basílica.

—Lucas, tú sabes que aquí, en el columbario, están las imágenes originales de Juan de Mesa.

—Por supuesto. Todas menos una.

—¿Cómo?

Se acercó hasta una pequeña puerta. Parecía estar sellada. Era más pequeña que las demás y en un momento dado podía pasar desapercibida, habida cuenta que se encontraba justo donde la pared hacía una especie de recoveco.

—Aquí detrás está el secreto mejor guardado de Juan de Mesa.

Un escalofrío recorrió el cuerpo de Laura. No entendía qué es lo que quería decirle Lucas, pero estaba claro que él sabía muchas más cosas de las que habían ocurrido. Tras tantear en una estantería, encontró lo que buscaba: una palanqueta.

—¿Qué vas a hacer?

—Ahora lo verás.

Hizo palanca en la cerradura, que tenía un candado de grandes dimensiones, hasta que cedió. El ruido sonó en toda la estancia.

—¿Estás loco? ¿Qué haces? ¡Nos vas a buscar una ruina!

—Tranquila. Anda, sígueme.

Tras la puerta se abría un estrecho pasillo. El techo estaba muy bajo y había que agachar la cabeza para poder avanzar. Caminó detrás de Lucas unos cinco o seis metros. En ese punto las paredes se ensanchaban. Parecía como si se tratase de una cámara. Entonces él alumbró al fondo. Laura contempló totalmente paralizada lo que le señalaba Lucas. Era un cajón, presumiblemente metálico, al estilo de los que se utilizaban para el embalaje de las imágenes.

—¿Qué... qué es esto, Lucas?

—El motivo por el que han muerto dos personas y por el que Juan de Mesa no ha perecido en el olvido.

El desconcierto en el que estaba sumida Laura era extraordinario. La confusión se había apoderado de ella. ¿Era posible que, efectivamente, todo aquel entramado no fuese una obra de locos guiados por un documento presuntamente escrito por el antepasado de uno de ellos? ¿Qué es lo que se guardaba en el interior de aquel cajón? ¿Otra obra de Juan de Mesa? ¿O quizá una talla atribuida a otro imaginero y que, como ella misma dijo a Enrique Carmona, podría contener el papel que buscaba? Retrocedió unos pasos mientras Lucas procedía a abrir las tres cerraduras que tenía la parte frontal del cajón. Costó trabajo, lo que indicaba que llevaban mucho tiempo sin ser abiertas. Le invadió un temor tremendo. «¡Dios mío! ¡Pero qué es todo esto! ¡No entiendo nada!».

La puerta chirrió sobremanera cuando Lucas la abrió. Entonces Laura se llevó las manos a la boca. No podía creer lo que estaba viendo. Aquella visión le horrorizó. Los pasos desandados los volvió a dar, quedando justo a la entrada de aquel cajón mientras Lucas iluminaba el interior.

—¡Pero... pero... éste es...!

—¿El Señor del Gran Poder? —interrumpió él.

Pasaron varios segundos. La imagen se encontraba vestida con una túnica morada lisa. Tenía las manos atadas, como en los besamanos, y no llevaba las tres Potencias. Laura la contempló con una mezcla de admiración y horror. ¿Cómo era posible que hubiese una segunda copia? ¿También había sido realizada por Enrique Carmona? ¿Por qué estaba oculta en aquella especie de pasadizo secreto en la misma basílica?

—¿Qué es todo esto? —preguntó con el asombro todavía en su rostro.

—Es la auténtica, si se puede llamar así, copia del Señor del Gran Poder. La que guarda aquí la Hermandad y que fue realizada en el siglo XIX.

No podía creer lo que estaba oyendo. Quiso ordenar ideas, conceptos, pero le era prácticamente imposible.

—No encuentro explicación alguna.

—Para eso te he traído hasta aquí. Sólo unas pocas personas conocen este secreto, el gran secreto de Juan de Mesa, aunque no haya sido realizada por él. Ha permanecido aquí por espacio de casi dos siglos. Fue ejecutada por un imaginero por encargo de un antepasado de Enrique Carmona, que como habrás deducido era también una de las personas que se juramentaron para salvaguardar la obra del escultor cordobés. Nadie conoce su autoría y sólo la junta de gobierno del Gran Poder sabe de su existencia teniendo expresamente prohibido, por medio de contrato, revelar su existencia. Pero esta copia tiene un valor incalculable.

—¿Por qué?

—Porque contiene el documento que introdujo en la auténtica Francisco de Asís Gamazo. Se descubrió en la restauración a la que fue sometida la talla en el siglo XIX. Entonces se ordenó la ejecución de la copia, a la que se le introdujo el papel y que, de esa manera, nadie tuviese conocimiento de él en posteriores restauraciones. Evidentemente sí aquellos que comprometieron su vida en defender lo estipulado por Gamazo. Fue una forma de preservar lo que pretendía el aprendiz de Juan de Mesa. Por eso, cuando la imagen del Nazareno tuvo que ser tratada tanto en el siglo XX como hace unos años, en su interior no podía aparecer papel alguno que delatase lo que concibió Francisco de Asís Gamazo. Pero es sólo uno de los dos que escribió. El segundo debe encontrarse en otra de las imágenes del escultor cordobés. Por eso se han sustituido sus obras, para intentar encontrarlo. Ese segundo documento es el que nos debe conducir a la relación de otras obras que gubió Juan de Mesa pero que fueron y siguen siendo atribuidas a otros imagineros.

—Entonces, ¿tú lo sabías?

—Amiga Laura, no sólo lo sabía, sino que soy la persona que está detrás de todo esto. Enrique Carmona es el descendiente de Francisco de Asís Gamazo, pero soy yo quien ideó desde el principio este plan. Tuve conocimiento hace años, pero me costó mucho no sólo planear todo, sino que Carmona, sabedor de todo ello, tomase parte activa y diese el paso para realizar las copias y, de esa forma, encontrar el segundo documento.

Laura retrocedió de nuevo. No conseguía comprender lo que le estaba diciendo Lucas. ¿Él el autor de tamaña atrocidad? ¿El hombre por el que se había sentido atraída desde que lo vio por vez primera era quien quería matarla?

—¡Pero tú... tú has querido matarme!

—Te equivocas Laura. Yo sólo quería que me ayudases y, además, que conocieses uno de los secretos mejor guardados a lo largo de años y años. ¿No consideras algo extraordinario este descubrimiento? ¡Eres una privilegiada! ¿Acaso no quieres tener en tus manos un documento de esta magnitud?

—¡Entonces tú estás compinchado con Enrique Carmona! ¡Estás loco! ¡Loco de remate!

—¿Qué dices, Laura? ¿No te das cuenta de que lo que te estoy haciendo es un favor y proporcionando que entres en la Historia de Juan de Mesa?

Había comenzado a retroceder de manera lenta. Ella era la que estaba más cerca de la puerta. Serían cinco o seis metros. Estaba el pasadizo totalmente a oscuras, pero era recto, como comprobó cuando accedieron al interior de aquella cámara. Lucas se dio cuenta de que Laura no sólo no comprendía lo que estaba poniendo a sus pies, sino que no iba a colaborar. Intentó calmarla.

—Tranquila, Laura, tranquila. No voy a hacerte nada. Por nada del mundo te mataría. ¿Me crees capaz de cometer algo así?

—¡Dos hombres han muerto! ¡No me digas que tú no estabas metido en esto! ¡Me has utilizado y, lo que es peor, me has engañado! ¿Cómo he podido caer en esta trampa?

—No es una trampa. Además, por lo que he podido comprobar, no te sientes a disgusto conmigo.

Fue entonces cuando con un movimiento ágil la trajo para sí y, abrazándola fuertemente, le besó. Laura intentó echarse hacia atrás, pero Lucas tenía mucha más fuerza. Al cabo de unos segundos, la soltó.

—¿Qué te ha parecido? ¿A que ha valido la pena?

—¡Estás completamente loco!

—Al contrario. No sólo no estoy loco sino que te estoy poniendo en bandeja de plata algo que muy pocos mortales tienen a su alcance. Cuando contacté contigo lo hice porque estaba convencido de que tú eres la persona más adecuada para culminar esta misión. Vas a tener la dicha de ser quien descubra en qué imagen se encuentra el otro documento, que es precisamente el que nos dirá qué otras tallas realizó Juan de Mesa pero que fueron atribuidas a su maestro, Juan Martínez Montañés, la persona que mantuvo en la sombra a su discípulo cuando se dio cuenta de que éste había superado su trabajo.

—¡No sabes lo que dices!

En ese momento, Laura empujó con todas las fuerzas que pudo reunir a Lucas, que se fue para atrás y se dio contra el cajón, cayendo la linterna al suelo y rompiéndose. La estancia quedó completamente a oscuras. Ella se dio la vuelta y comenzó a correr cuanto pudo por el estrecho pasillo. No veía nada pero sabía que la puerta no podía estar muy lejos.

—¿Dónde vas? ¡Ven aquí! —gritó Lucas, que inició la carrera detrás de ella.

Alcanzó la puerta y giró hacia la izquierda, buscando la puerta de salida. La sala del tesoro era amplia y por allí se movía mucho mejor. Pero Lucas estaba ya justo detrás de ella. «¡Allí está la puerta!» pensó cuando estaba a punto de llegar. Lo consiguió, abriéndola de un rápido movimiento. En ese momento escuchó una detonación y algo, con un zumbido tremendo, pasó cerca de ella. Lucas tenía una pistola y había disparado. El proyectil impactó en la puerta, a la altura de su cabeza. Salió al exterior e hizo ademán de ir por la calle de la izquierda cuando, de repente, vio delante una figura.

Dos disparos más se escucharon en el momento en que ella caía. «¡Ahora sí voy a morir!» se dijo. Pero no fue así. Lo siguiente que oyó fue el ruido que produce un cuerpo al caer a plomo al suelo. Entonces, de manera impulsiva, miró hacia atrás y vio tendido, bocarriba, a Lucas. Un reguero de sangre le salía de la parte superior del pecho. Estaba muerto.

Volvió la vista hacia delante en el momento en que alguien le tendía la mano que se levantase.

—¡Pero... eres...!

—Sí, soy yo. Parece que estoy abonado a salvarte los muebles cada dos por tres.

Era de nuevo Roberto Losa. Él fue quien disparó a Lucas Vega en el mismo instante en que también lo hacía. Aquel segundo disparo sí hubiese alcanzado a Laura, pero al impactar la bala de Roberto en el pecho de Lucas, éste salió impulsado para atrás y la trayectoria de su proyectil se fue hacia arriba.

—Veo que he llegado en el momento oportuno —dijo el inspector mientras le ayudaba a levantarse.

En aquellos momentos hicieron acto de presencia en el lugar varios coches de policía. Los vecinos de la zona comenzaban a acercarse y el descontrol era tremendo. El cordón policial se estableció enseguida. Uno de los agentes se acercó hasta Roberto y Laura, que permanecían apoyados en un coche aparcado en la zona.

—Inspector, el hombre ha muerto.

No dijo nada. El tumulto de personas era grande y ella empezó a sentir frío en el cuerpo, algo de lo que se dio cuenta Losa, que se despojó de su chaqueta y se la echó por los hombros.

—Muchas gracias.

—En esta ocasión ha escapado por los pelos.

—¿Cómo ha sabido que estaba aquí?

—No lo sabía. De camino a Comisaría, cuando me fui de su casa, llamé a Lucas Vega. No cogía el teléfono y me mosqueó la cosa. Ya en el restaurante me di cuenta de que, de buenas a primeras, culpaba a Enrique Carmona. Fue algo que me llamó la atención, sobre todo porque desde que comenzó toda esta historia nunca lo mencionó. Así que intenté contactar con usted pero tampoco respondió. No fue difícil sacarle el nombre del «socio» a Carmona. La cuestión era saber dónde podía estar Lucas. Por fortuna, la Comisaría está aquí al lado, y tras apretarle las tuercas un poco más, el hombre acabó por cantarlo todo. Y como no quería despertar sospechas por la entrada principal, pensé que el mejor sitio para acceder al interior de la basílica era éste. Por fortuna no me equivoqué.

—Le ha tenido todo este tiempo engañado...

—Lo conozco hace años y, la verdad, no me imaginaba esto. En fin, muchas veces nos creemos que conocemos a la gente y cuando menos te lo esperas te llevas un chasco. Resultó ser un megalómano que, en busca de la noticia del siglo, ha acabado siendo él mismo parte de ella. Desde luego, un caso inédito en el mundo del Periodismo.

—Lo que le comenté en casa acerca de las imágenes sustituidas ha dado un giro mucho más rocambolesco todavía. ¿Sabe lo que hay en el interior de este edificio?

—Bueno, no soy un experto en Arte. A partir de ahora queda mucho trabajo y creo que usted va a ser de gran utilidad. Lo que sí sé es que cuando amanezca esta ciudad va a comenzar a conocer cosas de esta historia que la va a dejar consternada. Por cierto, ¿cree que existe el documento de marras?

—Si quiere que le diga la verdad, ni lo sé ni me importa. El hecho de que un papel sirva de excusa para asesinar se me antoja algo increíble. Además, creo que la Historia debe seguir su curso. No somos nadie para cambiarla ni para condicionarla. Locos ha habido en todas las épocas. Y por lo que se ha podido comprobar, hace cuatro siglos abundaban. En fin, si no le importa, creo que me iré un rato a casa.

—¿Se encuentra bien?

—Mejor que nunca.

—¿Quiere que la lleve?

—No se moleste. Prefiero coger un taxi. Me gustaría darme una ducha. Supongo que mañana querrá que me presente en Comisaría...

—Creo que es lo mejor.

Laura Moreno devolvió al inspector la chaqueta. Tras despedirse, pasó al lado del cuerpo sin vida de Lucas Vega. Había sido cubierto y varios agentes tomaban muestras por la zona, así como a la entrada de la casa hermandad del Gran Poder. Dobló la esquina y llegó hasta la Plaza de San Lorenzo. De nuevo, el monumento a Juan de Mesa.

—Y pensar que después de cuatro siglos el genio más grande que ha dado la Historia del Arte ha sido capaz de seguir esculpiendo a Dios...

Vio a lo lejos un taxi. Laura Moreno alzó la mano mientras comenzaba a tararear otra vez aquella canción de la ELO. Entonces, una sonrisa iluminó su rostro. «Mañana mismo me compro el disco», pensó cuando el vehículo se perdía por las estrechas calles del centro de Sevilla buscando el barrio de Heliópolis.

*A modo de explicación, excusa
y disculpa (si hubiere lugar)...*

Una novela es, por encima de todo, un relato de ficción. Al menos así lo entiendo. Bien es verdad que en muchas ocasiones está basada en hechos reales. *El hombre que esculpió a Dios* bebe directamente de dos personajes reales, los imagineros Juan Martínez Montañés y Juan de Mesa y Velasco, dos de los más grandísimos escultores que ha dado la Historia del Arte. Ellos gubiaron a las imágenes procesionales más importantes que existen, y a las que se les profesa una devoción sin igual por parte de los católicos.

Sin embargo, el hecho de que estos personajes conformen parte de una historia de ficción, ha servido para que me permita una serie de licencias, jugando así con la historia y mezclando realidad y fantasía.

Juan Martínez Montañés fue encarcelado, como se describe en «El hombre que esculpió a Dios». Mas esta circunstancia no coincide, en el tiempo, con Juan de Mesa, ya que el jiennense estuvo preso, por espacio de dos años, a finales del siglo XVI y, en cambio, en la novela acontece en 1620. Quede constancia de este hecho para que no haya ningún tipo de controversias.

Por otra parte, el personaje de Francisco de Asís Gamazo es totalmente ficticio. Bien es verdad que Juan de Mesa, que por su carácter dependió mucho de su maestro, tuvo a su cargo varios aprendices y discípulos. Pero creí conveniente que fuese uno inventado para así tener la libertad de concebir la trama de la novela de la forma que pretendía.

Y una última circunstancia. En *El hombre que esculpió a Dios* aparecen una serie de imágenes procesionales que, gozan de una grandísima devoción. En ningún momento he pretendido utilizarlas de manera banal o irrespetuosa. Al contrario, lo he hecho con el mayor de los respetos tanto por lo que representan para los católicos —igualmente para mí— como por la consideración que tengo a las Hermandades y Cofradías de Sevilla, parte fundamental del extraordinario patrimonio cultural pero, sobre todo, de fe en Jesucristo y su Madre, la Santísima Virgen María.

El autor

También en
Books4Pocket

ÓSCAR EIMIL

REINOS
de SANGRE

La Forja de España

*La mejor novela histórica sobre
la épica gestación de los reinos de
León, Castilla, Navarra y Aragón*

books4pocket

La novela que inspiró la película triunfadora en Sundance.

"Un libro memorable, conmovedor como pocos".
BARBARA KINGSOLVER

MUDBOUND

HILLARY JORDAN

books4pocket

MANUEL PIMENTEL

Novela

DOLMEN

Más allá de su arquitectura colosal, el dolmen es poder, energía. Un *thriller* sorprendente y lúcido que nos adentra en su arcano prehistórico y ancestral.

books4pocket

LUIS MOLLÁ

La FLOTA
de las ESPECIAS

Magallanes y Elcano
La epopeya de la primera vuelta al mundo

*Una historia de valor y obstinación en la que un grupo de valientes
se enfrentarán en los océanos más tenebrosos y hostiles a los peores
elementos y calamidades, hasta completar una de las hazañas más
importantes de la historia de la humanidad*

books4pocket

El perfume de bergamota

de

bergamota

Gastón Morata

books4pocket

M A N U E L
PIMENTEL

EL LIBRERO DE LA
ATLÁNTIDA

books4pocket